挚/友/丛/书

更高的生命

中国农业大学挚友社四十年文集

总主编 ◎ 王珠珠
主　编 ◎ 徐晓村
副主编 ◎ 李　克　陈卫国　吕名礼

谨以此书庆祝母校中国农业大学建校一百二十周年

知识产权出版社
全国百佳图书出版单位
—北京—

图书在版编目（CIP）数据

更高的生命：中国农业大学挚友社四十年文集/王珠珠总主编；徐晓村主编．—北京：知识产权出版社，2024.4
ISBN 978-7-5130-9231-9

Ⅰ.①更… Ⅱ.①王…②徐… Ⅲ.①中国文学—当代文学—作品综合集 Ⅳ.①I217.1

中国国家版本馆 CIP 数据核字（2024）第 030513 号

责任编辑：罗　慧　　　　　　　责任校对：谷　洋
封面设计：杨杨工作室·张冀　　责任印制：刘译文

更高的生命
——中国农业大学挚友社四十年文集

总主编　王珠珠
主　编　徐晓村

出版发行：知识产权出版社有限责任公司		网　　址：http://www.ipph.cn	
社　　址：北京市海淀区气象路 50 号院		邮　　编：100081	
责编电话：010-82000860 转 8343		责编邮箱：lhy734@126.com	
发行电话：010-82000860 转 8101/8102		发行传真：010-82000893/82005070/82000270	
印　　刷：三河市国英印务有限公司		经　　销：新华书店、各大网上书店及相关专业书店	
开　　本：720mm×1000mm　1/16		印　　张：27	
版　　次：2024 年 4 月第 1 版		印　　次：2024 年 4 月第 1 次印刷	
字　　数：380 千字		定　　价：120.00 元	
ISBN 978-7-5130-9231-9			

出版权专有　侵权必究
如有印装质量问题，本社负责调换。

编委会

主　任　王珠珠
副主任　徐晓村　葛长银　王之盈
成　员　(以姓氏笔画为序)
　　　　　马学玲　王义峰　吕名礼　刘　冲
　　　　　李　克　张伟标　张远帆　张敏学
　　　　　张敬柱　陈卫国　胡启毅　彭　凌

序一 以青春之名 谱人生华章

时代各有不同,青春一脉相承。青年如初春,如朝日,如百卉之萌动,如利刃之新发于硎,人生最可宝贵之时期也。在人生最宝贵时期,你作何选择,为何奋斗?

1983年4月11日,中国农业大学的一众青年发起并创立了"挚友社",此后不断发展壮大,成为校园人文精神的一方高地,赓续形成的"挚友精神"更是激励着无数学子为梦前行。高校中的学生社团,生也快,亡也忽。但作为学生社团的挚友社,实属"高龄"的一个,至今已有四十多岁了。这种现象,放到全国高校来说也不多见。

回首挚友社四十载风雨辉煌,作为挚友社创始人之一的王珠珠老师倡导,挚友人组织编辑了一部作品,取名《更高的生命——中国农业大学挚友社四十年文集》,为农大"双甲子"生日献上一份特殊的礼物,这是一件值得祝贺的事情,对高等教育而言,也是一件很有意义的事情。

人文社会科学和自然科学是大学教育的"车之两轮"和"鸟之两翼",是促进社会进步和人的全面发展的必然要求。在中国农大这样一个以理工农科见长的高等院校中,如何发挥人文教育在校园文化建设和铸魂育人中的独特作用,是值得深思的。挚友社的学生在老师的指导下,凭借着对理想的执着、对文学的热爱、对责任的坚守,在"活跃校园文化氛围、丰富同学课余生活"的第二课堂阵地中脱颖而出,成为一方人文精神家园,对校园的人文精神起到很好的建设性作用。这种作用具体可以概括为"一报一板一群人"。"一报"即挚友社的社刊《挚友报》,它自1983年创刊以来，就深受广大学生的欢迎，成为中国农大学子书写农大校园故事、展现个体青春才华的平台，也对活跃校园文化、丰富学生生活发挥了积极作用。"一板"即《每日新闻》，锻炼出了一批干练的新闻人才，为他们以后走上社会服务于我国的新闻传媒事业贡献了力量。更重要的是"一群人"。四十多年来，正是一届届奋进不已的挚友人用自己的青春和梦想，响应时代和学校的号召，披荆斩棘，奋勇向前，创造了挚友社的光辉历史，这同样也是属于中国农大青年的光辉历史；挚友人诚朴坚毅、敢为天下先的挚友情怀，也是中国农大学子以赤诚之心回报社会的无私情怀。在这样一个青春的行列里，涌现了一大批年轻有为、为国家和社会作出贡献的人才，如任洪斌、吕名礼等。

挚友人为了追求更高的人生价值，把自己的青春融入学校、融入祖国、融入时代，以笔为犁，辛勤耕耘。现在，他们把奋斗过程中的理想、情感和思考汇辑成册，让人们认识到在中国农大这块热土上还有这样一批不甘于平庸的青年，重道义、勇担当，把自身前途命运同国家民族前途命运紧紧联系在一起。这不正是"更高的生命"的内在含义吗？

作为一位曾经在中国农大这所百年老校工作过的教育工作者，我对农大历史最悠久、影响最深远的这个学生社团一直很关注，应邀为此文集作序，心里很高兴。希望不惑之年的挚友社继续砥砺前行，像美丽的中国农大校园里挺拔的白杨，永远向着明丽的蓝天进发，同时也期待这本书能够引领更多青年向善、向上，以青春之名谱人生华章，许岁月以不朽的荣光。

中国农业大学原党委书记
中国高等教育学会原会长
2024 年 4 月于北京

序二 青春的接力

接到王珠珠老师和挚友社要我给《更高的生命——中国农业大学挚友社四十年文集》（以下简称《更高的生命》）写序的约请时，我是十分吃惊的。写序不应该是那些著作等身的文豪们的事吗？75年来我从未出版过一本书，有限几篇零散发表的署名文章多是自己在不同场合信口开河后别人整理完成的。"以己昏昏，使人昭昭"，后果一定很糟糕。

我的另一个致命软肋是口拙，极不善于拒绝推辞和争执辩解，又经不住王珠珠老师电话里三言两语的开导劝说，而当时机场的扩音器正在喊我登机，我的思维和语言出现了间歇性断片，糊里糊涂应承了下来，如同不会游泳的我上了一条船，直到启航才顿悟，却不得不随波前行了。

好在我也有两点底气：一是我见证过挚友社诞生并一直断续关注着挚友社的发展，不至于胡说假话空话套话；二是王珠珠、徐晓村、葛长银、王之盈等导师40年如一日地支持挚友社，我相信他们的眼光。

40年前，一群20来岁的青年人约聚在校团委那间30平方米的、低矮简陋的平房办公室里。他们来自不同的地方，说着不同的方言，研修不同的专业，但他们都同样英姿勃发、激情四射。他们怀揣着同样的报国理想，承载着家乡同样的期望，感受着伟大时代同样的召唤。他们唱的歌是："创造（那）奇迹要靠谁，要靠我，要靠你，要靠我们八十年代的新一辈。"

于是，从重庆、邢台又迁回北京清华东路校区并恢复了"北京农业机械化学院"（今中国农业大学东校区）校名后的第一个兼具文学和新闻性质的学生社团诞生了，他们给它起名"挚友"，他们决定办一份学生自己的同名报纸《挚友》（后更名为《挚友报》）。

当时的物质条件非常艰难。这些年轻人自己撰写稿件、设计版面，把蜡纸铺平在钢板上，用铁笔刻画出一个个文字、一幅幅插图、一行行诗句、一篇篇文章。手动油印机的滚子蘸满了油墨，也蘸满了他们的青春和才华，他们一次次推动油墨滚子，也一步步推动着挚友社的成长。第二天一早，每间宿舍、每个教室门口的信箱里就都会有一份依然散发着油墨清香的《挚友报》。

那间平房办公室夏天没有空调，汗水流过他们裸露的年轻臂膀；那间平房办公室冬天没有暖气，蜂窝煤炉的火光映红了他们青春的笑脸。他们幸运地拥有了像王珠珠、徐晓村、葛长银、王之盈等这样满腹经纶、才华横溢，又平易近人、耐心教诲的指导老师。40年来，一代代挚友人在这样的精神传承鼓舞下，坚持坚守，直到今天。

如今，40年过去了，《挚友报》鸟枪换炮。手工策划变成了电脑设计，铁笔钢板变成了鼠标键盘，油墨滚子也都送进了历史博物馆，就连我们学校的名字也经历了三次改变，从北京农业机械化学院，到北京农业工程大学，再到现在的中国农业大学。似乎一切都在变，但挚友人自己知道，挚友人的初心不变，挚友人的激情不减！

现在，在纪念挚友社成立四十周年的日子里，《更高的生命》应运而生，书中精选了80余位挚友人（含挚友师友）的散文、诗歌、小说和报告文学作品121篇（首），真的是美文荟萃，有对国家、社会和人生的深刻思考，有对更高生命价值和意义的呼唤，有对师恩和乡情、亲情、友情、爱情的礼赞等，值得所有在母校学习工作过的朋友睹字忆旧，品鉴交流。

需要补充说明的是，40年在《挚友报》（第1~327期）等刊物上发表的文稿浩如烟海，本书编委会在选辑时确实煞费了一番苦心，但就像儿时赶海拾贝，选的虽然都是精品，没选的却未必不是宝贝。

序二　青春的接力

《更高的生命》的出版总结了挚友社算得上辉煌的过往，但挚友社应该也能够有同样辉煌的未来。我们处在一个高速发展、科技创新、信息爆炸的时代，我们处在一个纷繁复杂、瞬息万变、竞争激烈的世界，我们必须奋力前行。不奋力，我们就不能超越前面的人；不奋力，我们就可能被后面的人超越。

愿《挚友报》损益盈虚，与时偕行，愿挚友社青春永驻，薪火相传，愿挚友人茁壮成长，前程灿烂。

是为慨，亦作序。

原北京农业机械化学院团委书记
原农业部科技教育司司长
中国常驻联合国粮农机构原代表
2023 年 11 月

目 录

辑一　挚友师友经典

可贵的精神·艾荫谦　/003

挚友，活成一个明白人的意义·徐晓村　/005

那年，我们刚刚相识……·王珠珠　/010

美好的记忆·秦世成　/014

所有者
　　——赠给毕业的会计99（外四首）·葛长银　/017

古　　丽·王之盈　/023

桂枝香·过镇江·王之盈　/025

挚友的约定·桂银生　/026

给姐姐·沈　庆　/030

烛泪（外一篇）·冀　鲁　/032

思念如花（外一首）·冀　鲁　/034

父　　亲·李　禺　/038

辑二　用心灵呼唤生命

这不是道别·任洪斌　/041

人是管理的全部·胡启毅　/044

这个端午有些忙·王保福　/054

那水，那山·王保福 /057

阳光之旅·易华秀 /060

为了打开那扇晴窗，为了追逐那一颗星星·童 云 /069

老李倒地后再没有醒来·千岛（伊卫东） /076

曾经的居家办公日子·千岛（伊卫东） /078

用心灵呼唤生命·吴林虎 /081

梦回秦关·程 冰 /083

爸　爸·白 水 /085

春之恋·阜 云 /088

胡同里·古 月 /090

走出感情的小屋·李青绵 /092

田鼠阿佛的命运·空桐（蔡焱） /094

天下父母心·空桐（蔡焱） /098

雪　情·秋 阳 /100

雨季的书信
　　——给知己寒雨·秋 阳 /102

别时思绪·纪绍勤 /104

母爱是生活中最美的味道·蔡海生 /107

拜　海·彭 凌 /110

寄往北方之一·彭 凌 /112

爱在深秋·宋京晶 /117

让青春拥有美丽的梦·若 景 /120

早　餐·吕名礼 /122

因文学而挚友·吕名礼 /124

母爱的童话·曹翠峰 /128

徐晓村老师印象记·李 克 /130

沾雨微尘·张伟标　/135

妈妈的泪·杨天明　/137

茶书之合·张　杨　/140

被电视塑造的服务业农民工阶层·张新智　/142

一卷斑斓画,一部人水史,一曲人水情
　　——评《图说中华水文化丛书》·杨　薇　/144

丰富自己·杨　薇　/148

映山红·齐志明　/150

母亲·炊烟·欧阳晓娇　/153

家乡特产·纸　兵　/155

过忙罢·王　睿　/157

我家就在白鹿原下·王　睿　/164

妈妈的身影·周　婷　/174

父　　亲·黄丹霞　/177

父亲是棵树·张远帆　/179

记忆中的挚友小屋·吴海华　/183

那些时光里的影子·刘　冲　/186

我与管风琴的奇妙乐缘·闫　晗　/195

老屋的仙人掌·张庭场　/198

早安,中国·马学玲　/200

人淡如菊·郁　风　/204

风　　筝·刘子宁　/207

春在溪头荠菜花·刘子宁　/210

蒲公英的约定·葛芊奕　/213

阳光、树叶和天花板,头顶的风景是
　　这些东西做成的·程　娜　/219

故乡的影子

　　——乡音·付芷萱 /221

开便利店的女人·杨兰心 /223

时空交错，恍若隔世

　　——重温一本好书·刘翎怡 /226

那点黄，那点绿·慧之（王颖） /228

漂泊印象·王红江 /229

顽人梦游记·韦贵忠 /231

秋天的故事·张敬柱 /233

辑三　生命情人

大　海·李　林 /237

老　师·陈　升 /239

诗人的眼睛·杨建军 /241

黄　牛

　　——献给那些默默无闻的耕耘者·吴林虎 /242

路歌（外二首）·王红江 /244

偶像黄昏·林清红 /248

春·张广伟 /250

凄凉在中秋·夏耀西 /251

故园　秋天　我的梦（外一首）·沙漏（林月俊） /253

故园之约·梁　英 /256

生命情人（外二首）·柱子（张敬柱） /258

在北方·李　克 /262

这个春天

　　——写给未来（外二首）·周建湘 /264

我和上天对视了一眼·张伟标 /269

阳历五月（外一首）·陈卫国　/270

九月之旅·张　亚　/272

长途电话·陈毓春　/274

九月风（外三首）·双道红（王路昊）　/275

春　分·陶　醉　/281

路·刘志斋　/282

等　待·肖　帆　/285

辑四　轻掩红尘

我们刚刚相识（节选）·王晓亭　/289

父亲一生的六个别致场景（节选）·千岛（伊卫东）　/296

错　位·陈月棋　/303

情节非常简单（小说接龙）·纪军池等　/307

呼水河上·曹　义　/324

无名战士·张新智　/327

阵土台·王义峰　/331

轻掩红尘（节选）·王晓雪　/349

夜渐长·贾　柯　/357

老家门前唱大戏·王义峰　/361

摆手越千年·高　杨　孙　莹　/381

桃花源里等春天·靳雪洲　/400

附录一　挚友导师团名单 /406

附录二　挚友社成立四十年（1983—2023）历届负责人名录 /407

附录三　挚友社图片撷珍 /410

后　记 /414

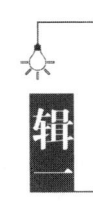

辑一

挚友师友经典

可贵的精神[*]

艾荫谦[**]

今年是我校学生社团挚友社成立四十周年。我见证了她诞生和发展的全部历程，挚友社是一个有凝聚力、有影响力、有战斗力的优秀学生社团。四十年来，挚友社为校园文化建设、弘扬人文精神发挥了积极作用，作出了重大贡献。四十年来，从挚友社不断走出一批又一批追逐理想、能担当，热爱母校、热爱党、对国家作出奉献的人。我作为北京农业机械化学院、北京农业工程大学、中国农业大学原党委书记，对挚友社四十年来为学校做出的贡献表示感谢！对挚友社四十年来取得的成绩、不断地发展向前表示祝贺！挚友社作为一个学生社团，为什么四十年来不断地发展，不断地取得成绩？我认为主要有以下几点。

一是有校党委、团委等的正确领导和一批批良师的精心指导和无私帮助。

二是有一群热爱文学、充满追求、葆有理想和锲而不舍精神的同学。

三是挚友社的一届届负责人和挚友们能秉承艰苦奋斗

---

[*] 本文为九十高龄的中国农业大学原党委书记艾荫谦在挚友社成立四十周年庆典上的发言。

[**] 艾荫谦，河北昌黎人。1979年初任华北农业机械化学院北京留守组领导成员。此后历任北京农业机械化学院党委宣传部部长，党委常委兼党委宣传部部长，党委副书记，党委副书记兼纪委书记。1984年8月任北京农业机械化学院党委书记。1985年10月任北京农业工程大学党委书记。1995年9月任中国农业大学党委书记、研究员。1999年6月荣休。

的创业精神。

1983年挚友社成立时，学校处于全方位的困难，校舍被占，经费严重不足，缺钱少房，学校不能为挚友社提供一间合适的办公室；缺少活动经费，挚友人不仅是撰稿人，而且自己刻蜡版、油印自己的报纸《挚友》（后更名为《挚友报》）。这是何等可贵的精神！现在条件比过去好了，但艰苦创业精神不能丢，要永远保持并内化为挚友精神的内核。

我们都发现，加入挚友社的同学是爱好文学、爱好写作的一群志趣相投的青年人。我希望"挚友"们不仅要多读、多写，还要多思考、多交流，带动我们理工科学校里的广大学子自觉地、积极地提高自身的人文素质，做堪当强国兴农重任、全面发展的新时代大学生。

挚友社从诞生到现在，四十年坚持下来，非常难得。挚友人能吃苦，敢闯，在勤于笔耕的同时积极关注社会和校园时事，为广大师生鼓与呼，且能做到持之以恒。我想我校师生都能从电视剧《挚友》中深切感受到挚友人的团结上进和坚韧不拔。

四十年来，挚友社配合校团委，利用业余时间把学生自己的报纸《挚友报》办得有声有色，同学们为此付出了辛勤的劳动，极其不易，谢谢你们。挚友社办得很好，还要继续办下去，后边的师弟师妹要继承老挚友的优良传统，把握学校主要工作方向，以"主人翁"的姿态为文明校园的建设出力。

大诗人屈原在《离骚》中大声疾呼："亦余心之所善兮，虽九死其犹未悔。"毛泽东主席也说过："人是要有一点精神的。"挚友们，发扬艰苦奋斗的创业精神，用你们的真诚与才干拥抱美好的人生吧！

祝挚友社越办越好，永远向前！

2023年6月10日

挚友，活成一个明白人的意义[*]

徐晓村

挚友社今天成立四十年，我退休十年。我跟挚友之间有二十多年的关系，与张敏学等第一届老挚友在那时候，没什么来往，与此后的几届才开始有交往。当挚友的指导老师，从什么时候开始，我不知道；谁聘请我，我也不知道，也没有给我发过一分钱，不知道怎么我就成了挚友的指导老师。

这可能和我自己有关系。我经历的文化场域有三个：第一个，我在工厂当了八年工人；第二个，我在北大上学和生活了几年；第三个，我来的时候我们学校叫北京农业工程大学，后来变成中国农业大学。

经过三个文化场域的文化氛围的变化，我就发现彼此有些不同。比如，在工厂，那时的工人应该是没有多少文化的，但是劳动人民有非常丰富的生活经验。毛主席曾号召我们向劳动人民学习，这是非常有道理的。北大（主要是中文系），那个文化场域也不一样。到了我们学校以后呢，我发现学校对于学生将来走向社会之后会遇到什么问题、他们内心的一些苦闷不是很关注。

我呢，自己学中文的，希望同学们有点文学艺术的修

---

[*] 本文为徐晓村老师 2023 年 4 月 8 日在挚友社成立四十周年纪念座谈会上的发言。

养。为学校，我写了三部电视剧，都在电视台播出了，前两部在北京电视台播出，第三部在中央电视台播出。当第一部播出时，《北京日报》还发表了评论，其中提到，"名不见经传的北京农业工程大学"。

我还主编过一本反映咱们校友生活的报告文学集。除了给本专业的同学上课，我还开设了茶文化课和现当代文学名作欣赏课。

我觉得自己作为一个文科老师，在这样一个理工科院校中，为了校园文化建设，竭尽全力了。但无论是拍的片子，还是写的书，或是上的课，都收效甚微，没有挚友社的成效大。

挚友社，人才辈出。我举几个例子，挚友出了任洪斌这样优秀的国家干部。我们出了民营企业家吕名礼，其公司华维已经上市。我们还出了李克这样的诗人，他之前是食品学院的学生，考取了北师大文学院古典文学专业的硕士和博士，但他创作的是现代诗歌。我们还出了张敬柱这样的出版家，作为出版公司总经理，他让其出版社的书籍销量大增。

中国农大培养学者、科学家是正常的、应该的；但是能培养出企业家、诗人、出版家和音乐家，特别是像沈庆那样的音乐家，才反映了我们的校园文化的厚度与质量。这不仅是教育，更是涵育。

没有人教沈庆音乐，没有人教李克写诗，他们是在这样的环境中，自然生长出来的。沈庆的音乐《青春》和《寂寞是因为思念谁》已经成为传唱的经典。李克在报刊上经常发表诗歌，出版了诗集。培养出这样的学生，才是我们学校的骄傲。当然，学校培养出科学家，我们应该骄傲，但是培养出像上述这样的人更应该骄傲。

农大对这方面人才的培养，不是很重视。最近学校开了"沟通与写作"的通识教育课，还是实用性的，仍然没有基础的文科教育。

在39所"985"高校中，只有8所高校没有中文系，其中就有中国农大和西北农林。在以自然科学为主的大学中，清华大学和华中科技大学都有中文系，而且非常有特色。中国海洋大学也有中文系，文学院院长是王蒙。

华中科技大学为什么要成立中文系？老校长杨叔子是个院士，是搞自然科学的，但他非常重视文科教育，在他的努力下，华中科技大学的基础文科教育才发展起来。

按照蔡元培的理论，没有基础文科的学校不能叫大学，只能叫学院，因为人总要有精神家园。

农大各个学院的书记，我认识不止一位，只有远帆书记与我沟通，想开设文科课程，要请一流的专家，做一门系统的课程。只有他一个人提出来，为什么？因为他是挚友，有挚友社的文化涵育，他关心这些。

我父亲抗战时期就在根据地当教员，除了教语文、数学，还要教唱歌，教演秧歌剧。我小时候很不理解，就问："战争年代，人可能明天就会牺牲，你怎么还干这些没用的事？"我父亲说："毛主席说了，没有文化的军队是愚蠢的军队，而愚蠢的军队是不能战胜敌人的。"五十多年过去了，父亲所说的毛主席的这句话我仍记忆犹新。

有一次我去某学院开会，在座的都是学校理工科的教授。我问他们："你们哪个人想过，自己的研究成果会进入学科史？"不进入学科史，就会被遗忘。

研究成果为什么能够进入学科史？就是你干了一件从0到1的工作。我们农大的教授有多少人做了从0到1的工作，我不知道。历史上只有在农大工作了很短时间的汤佩松进了学科史。

举个例子，一个叫张益唐的人，他做了一个研究课题"孪生素数"。素数之间的间隔到底有多大，有一个极限，这个问题是数论的基础问题。从提出来到张益唐解决之前，全世界的数学家研究了多年，毫无进展。

张益唐在美国博士毕业后，和导师闹掰了，没有工作。他有个同学邀请张益唐做一年一聘的临时工讲师，除了与同学共同署名的一篇论文，他什么成果都没有，一直到五十七岁，他一下子找到了"孪生素数"的解决方法。

他是咱们学校潘承彪老师的研究生。潘老师在北大上课讲数论，我专程去拜访潘老师，向他表示祝贺，他说张益唐的这个成果，会被写进数学史，因为这是从 0 到 1 的工作。

这时，我们就遇到一个问题：从 0 到 1 的自然科学研究成果靠什么？除了知识积累和学术训练，还靠什么？我们大家一般认为，是靠逻辑思维。不对！在高度抽象的领域，人类的成果靠的是想象力。

张益唐到朋友家做客，人家准备做饭，他想到后院看一下鹿，抽根烟，突然之间想明白了，回去用了一个月就做出来了。爱因斯坦最爱听小提琴，相对论难道是逻辑推理的结果吗？不，是靠想象力产生的。

想象力来自人的性灵，来自一个人的感性、直觉、经验的丰富与敏锐。我们学习了一堆自然科学课程，有没有一门课程是培训你的感性体验的？没有。

敏锐的感性直觉经验和直觉能力，来自文学、艺术、历史和哲学。通常认为自然科学是对真理的认识，但艺术也是一种对真理的认识。艺术靠的不是逻辑推理，而是生命本体对外部世界的直接把握，它是解决生命本身的问题。

我们的文化教育、文学艺术教育、文史哲的教育，不仅仅是培训文化素养，更重要的是给学校培养大学者、大科学家。

但是，有这样眼光的教育家，特别是像杨叔子这样的教育家非常少。

蒋南翔，任过清华大学党委书记、高教部部长等，他曾说，只要给我足够的条件，在多少年内，我可以培养五十名一流的名学者，但是我不敢保证说，培养出一个杰出的艺术家。

艺术家的培养更难，但对我们的民族太重要了。

人文教育是解决人本身的问题。人最难解决的问题，不是外部世界，比如工作碰到什么困难，而是内心世界的问题。

在人们的内心世界，痛苦多半来自求而不得。失恋、失败、当官不成、创业赔钱、孩子大学没考上没出息，等等，痛苦不？

想想这些欲望是从哪里来的？你为什么有这些欲望？没有欲望行不

行？这些问题难道是自然科学能解决的吗？解决不了。

所以，文学艺术，就是让我们认识我们的人生，不被社会潮流所裹挟，或者说活成一个明白人。

我不能说挚友社每一个成员都活成了明白人，但是我相信，他们每个人都感觉到了、意识到了，活成一个明白人的重要性，这大概就是挚友社存在的最根本的意义。

（原载于 2023 年 6 月 10 日第 327 期《挚友报》，收入本书时有改动）

那年,我们刚刚相识……*

王珠珠**

《我们刚刚相识》,这部作品惟妙惟肖地描写20世纪80年代中后期的大学生生活。他们是恢复高考以来,我国培养的大学生中承上启下的一代。改革开放的教育发展,使他们接受了较为完整的中小学教育,他们的知识学习过程是相对系统和规范的;由于当时教育资源的严重短缺,这代大学生都经历了"千军万马过独木桥"的选拔,头顶着"天之骄子"的光环;特别是身处改革开放巨变的历史大潮之中,他们目睹了解放生产力带来的翻天覆地变化,亲身体验了改革的重要性和艰巨性,从而表现出对国家发展、民族振兴以及个人成长成才的极度关注。如今,这一代大学生已经成为中华民族振兴的中坚力量。此时此刻,读这部小说,于我说来,不仅是回忆过去,分享对那个时代的共鸣,也是从一个侧面更好地思考教育、学校和人才培养这一永恒命题,以及当今所面临的国际化、信息化背景下人才培养的特定要求和意义。

小说的主人公张子轩怀着对故土麦香的眷恋和对大学新生活的憧憬,懵懵懂懂地来到首都,来到他梦想过无数

---

* 本文系王珠珠老师为王晓亭长篇小说《我们刚刚相识》作的序。

** 王珠珠,研究员,曾任北京农业工程大学团委书记、宣传部长、校长助理。参与了挚友社的创建。后调入教育部,从事教育信息化研究及应用推广工作,任原中央电教馆党委书记、馆长。

次的大学,来到他后来生活了四年的北楼218宿舍,结识了同班的六位室友,还有性格各异的男女同学……于是,故事从此展开:学习、爱情、班级、师生、社团……小说与所有大学生题材的故事走了一个套路,却写出了那个年代大学生成长的独特背景和历程。

张子轩和他的同学们不同于1977届、1978届的师哥师姐们,虽然都从不同的城乡走来,却无一不是"出了家门进校门";不同于后来的"80后""90后"大学生,"离得开家门断不了遥控";走进了大学,对于他们,就是真正地迈出了独立人生的第一步。小说中描写的218宿舍,大家刚刚相识,就已急切地要排出老大、老二、老三、老四……的场景,这就是他们这一代大学生独特的写照。他们对亲情的需要、感受和表达也是独特的。正如小说中描述的那样,他们不大会彼此谦让,直接而少于世故的语言交流,有时让人忍俊不禁。小说中老五、老六为争谁大谁小,最后妥协的理由竟然是"人家都把从娘肚子里出来的日子改了,你还不让让人家……"。然而,这种率真、个性并不妨碍他们彼此间的真诚关心和在意,小说中有多处这样的描写。老三和老五彼此闹了别扭,几天互相不说话。憨厚的老大看在眼里,急在心上,决定利用自己在北京的家和善良的双亲,来化解兄弟间的矛盾。去老大家吃一次一个都不能少的美餐,听老大父亲的一席亲切谈话,两兄弟自然举杯相互致歉。老七下了半天决心,舍弃了垂涎已久的红烧排骨,买一份土豆烧肉,自己还没吃,俩哥们却先各挑一块放进嘴里,急得老七大喊:"我有肝炎……"仅剩下的最后一根烟,几个号称没烟抽画不出设计图纸的哥们,生要一人一口,轮着来……讲情义讲到不讲礼仪不讲卫生的地步,其亲密无间也真是空前绝后的。

张子轩和他的同学们入校时几乎都没有恋爱过,他们却和所有这个年龄的青年人一样,对世界上的另一半心驰神往。他们会为班上竟然有10位女生而窃喜,会因羡慕送信同学可以更多地接触女同学而酸酸地调侃,会在送信的同时想方设法去打探外校寄来厚厚书信的那一位是不是女同学的男朋友……张子轩和他的同学们的初恋就是这样,在怯生生中开始。尽管结局各有不同，但都是那么真诚、热烈而甜蜜。他们的爱，不仅温暖着一对对正在恋爱着的人们，同时也温暖着他们周围的同学。因为一对对恋人的一举手一投足，正是他们这代大学生真实的性教育课。除此之外，他们就只能在图书馆撕去只言片语式表述男女之爱的文章，只能在《青年知识手册》中偷偷摸摸地看"夫妻性生活如何美满"。这代学生的至纯，像一对对童男童女，反映的是时代打下的特殊印迹。

张子轩和他的同学们似乎一进大学就不是只对学习感兴趣，他们争当班干部、报名社团、竞选学生会、组织舞会、演出联谊、参加农村社会调查、做改善校园环境的对比研究……其中催还校舍、拍摄电视剧、经历明星没来演出的激辩、为中国足球队第一次冲出亚洲而狂欢等，都能找到北农工大那个年代学生真实生活的原型。读这部小说的前半部分，我心里一直在想："没有正面写学习的吗？"看到第二十二章，作者终于细致地描写了《钢筋砼结构》，写了深受学生喜爱的孟老师，写了孟老师的谆谆教导："施工质量何等重要啊！真是关系到人民生命财产安全的大事。"小说结尾与此相呼应，找到象征幸福的五瓣丁香花的张子轩，眼前出现的是：在塔吊林立的建筑工地，自己和一帮同学戴着安全帽，正对着设计图"指点江山"。这一代学生的学习生活是多彩的，在正式的课程和专业学习之外，丰富的校园生活以及对社会改革的关注和参与，构成了他们珍贵的非正式学习经历。这些正是他们如今在祖国建设的方方面面作出贡献的基础。

我不能确定，张子轩是不是有作者的"影子"，但我确定，作者就是那位活跃在北农工大挚友社、广播台、学生会，有事会找到我直言的"排骨"（张子轩的外号）。晓亭毕业后不久，我也离开了学校，没有机会更多地来往。没想到他来电话邀请我写序，让我们以这种形式作了一次深入的长谈。晓亭做了一件了不起的事，不仅是不负同舍兄弟的嘱托，更是记述了北农工大一代大学生的心路历程，折射出他们大学生活的那个时代。

我不知道有没有人从社会学角度研究，为什么在北农工大，在那个并不完美的校园里，成长出的不仅仅是一批批工程师，还有那么多的

"文人"或者说有相当文采的人。他们，或专业或业余地写诗、写歌、写小说……甚至他们的作品被广泛地传颂。我深信，他们的华彩，是母校华丽乐章中一串串动听的音符，也是他们幸福工作、学习和生活中不可或缺的美妙旋律。

我期望，有更多的人读到这部小说，更深入地了解这样一代大学生，了解培养了他们那一代大学生的学校。如果你与我一样，属于他们的师哥师姐，请到书中来，体验一下当年忙于学业而忽略了的校园一草一木；如果你是与晓亭他们年龄相仿的朋友，你会在小说里找到你和你的情愫；如果你是"80后""90后"大学生，请你畅想一下张子轩和他的同学们所经历的年代。小说中那些校园中的不完美，大多已经不复存在，但是，他们为改变而努力所经历的那么多成长磨砺，都是值得所有人品味的。

我愿永远从书中体验那种亦师亦友的滋味，恰如我们——刚刚相识！

2016年12月25日

（原载于2017年3月25日《中国农业大学校报》，收入本书时有改动）

美好的记忆
秦世成*

挚友社的彭凌同学邀请我为挚友社四十年文集《更高的生命》写篇文章，我不假思索地欣然答应了。2023年4月11日是挚友社四十岁生日，从1983年挚友社创建开始，不觉四十年弹指一挥间！

1983年我上大学二年级，同班同学李林参加了挚友社，常常很晚回宿舍，并且经常带回来油印的《挚友》报（后更名《挚友报》），让我们看他写的诗，他的自豪感在我们的赞美声中得以充分展现。同时，他又向我们介绍挚友社及其他不认识的挚友人发表的各种题材的文学作品。从此，我就和《挚友报》、挚友社、挚友人结下了解不开的缘分。

1985年毕业留校工作后，我所在的食品工程系（今中国农大食品科学与营养工程学院）就有不少同学参加了挚友社。其中两位挚友人童云和梁建芬也先后毕业留校工作，她们经常和我说起挚友社的人与事儿，说遇到困难时

---

* 秦世成，吉林德惠人，1981年考入北京农业机械化学院内燃机设计与制造专业。1985年毕业留校工作，任食品工程系团总支书记、党总支副书记，1994年任北京农业工程大学学生工作部部长、学生工作处处长，2002年任中国农业大学学生工作部部长、学生工作处处长，2003年任中国农业大学党委副书记，2014年任中国农业大学党委副书记、纪委书记。2022年退出领导岗位，现被教育部党组聘为高校党建联络员。

如何与挚友指导老师交流求助、与挚友人如何互助等，时而让我疑惑：挚友的指导老师怎么会比我这个担任过她们班主任的老师地位还高呢？但在有些失落的同时，我更能感受到挚友社这个人文精神家园的凝聚力。一群有理想、有追求、有共同爱好的文艺青年，一起有组织地学习、努力、付出，用文字书写青春，用青春奉献学校，在实现自我价值的同时又能服务国家、社会和他人，这种吸引力当然是巨大的。我这个班主任老师，挚友社的圈外人，自然在许多时候不能与她们的指导老师相比了。

1994年，我调到学生处工作，学生处和团委的服务对象都是学生，两个部门的工作联系很多，我对在广大学生中影响力巨大的挚友社的"掌舵人"了解得更多了。我和时任团委书记陈明海以及之后的林涵同志，在"推动建设挚友社，使其更好更快地发展"理念上是一致的。团委的同志们全面领导和直接指导挚友社，我主要解决社团的建设经费以及对优秀挚友人如何进行肯定和鼓励。"情为理之维。"由于是带着情感认真去做的，以至于在多次参加挚友社纪念活动时，许多毕业的挚友校友都由衷地感谢我当年为挚友社所做的点点滴滴，而这些不过是我的分内之事，因此，我在欣慰之余，更多的是反思自己可以做得更好。我想，如果我做得更多更好的话，在拍摄反映挚友内在精神追求的《挚友》电视剧时，知名导演郑导演给我的角色（"老梁"）可能会安排更重要一些吧。

一个有影响、有魅力、有价值追求、有精神传承的学生社团离不开优秀的指导老师，党委宣传部、团委、学生工作部、各个系的学生工作老师，任课教师，还包括后勤工作人员，等等，许多人都以不同的方式支持、鼓励、帮助过挚友社，但我特别想说的是，有三位老师对挚友社的指导帮助较大或最大，他们的名字挚友人都知晓并铭记于心：王珠珠老师、徐晓村老师、葛长银老师。如何评价他们在挚友社四十年漫长历程中的贡献和付出，每个挚友人都会用自己的记忆和"文学第二专业"，用准确、生动、优美的文字去表达。因为，没有他们就没有挚友社，就没有挚友社令人难忘的过去，没有我们要隆重纪念的现在和要更加发扬光大的挚友精神的未来！

2003年初，我到校党委工作，和挚友社同学日常接触少了些，但觉得责任更重了。《挚友报》如何办好、传统媒体和新媒体如何融合、多元文化背景下校园文学如何更有影响力，这些都思考过，实践过，尤其是从学校层面更好地支持、鼓励挚友社越办越好，更好地发挥组织优势，使挚友社再创辉煌。时任学校党委书记瞿振元同志多次和我讲过，挚友社一个学生社团，几十年还在学生中有这么大的影响，培养了这么多有文化、有情怀、有追求、在各个行业取得突出成绩的优秀校友，我们要总结好、宣传好，要大力支持！记得老挚友人任洪斌同志回校参加名家论坛，讲了自己的挚友经历，希望学校更好地支持、鼓励、帮助学生社团的发展。我想说的是，挚友社是每个挚友人的，它离不开那么多指导老师的辛勤付出，离不开多届团委同志的悉心努力，更离不开学校党委的把航领向，它是我们共同的精神家园！在2023年挚友社成立四十周年纪念大会上，九十高龄的艾荫谦书记，不仅参加了纪念大会，还发表了热情洋溢的讲话，让我深刻感受到了这一点。

四十年了，记忆可能是不完整的，是碎片化的，但美好是不会忘记的，奋斗的日子是会常常想起的，挚友社、挚友人是我难忘的、美好的记忆！

挚友精神永存！

所有者
——赠给毕业的会计99（外四首）
葛长银*

所有的过去都不会过去
所有的未来都会到来

既然要走了
就将教室的灯光
餐馆的烛光
还有老师的目光
收集起来，用手工
做成萤火的样子
带走

所有的梦想都不是梦想
所有的现实都是现实

既然要走了

---

* 葛长银，安徽淮北人，毕业于安徽财经大学，中国农业大学副教授。出版财税书籍30部，1部获2017年度华章图书奖；发表财税文章200余篇。2017年春开始研究毛泽东的会计实践，至今已发表文章35篇，1篇获2018年中国毛泽东诗词研究会年度征文优秀论文奖，1篇被《新华文摘》全文转载。2007年至今依次担任中工国际、中粮糖业、春立医疗、上海华维等公司独立董事。

就做一个飞翔的姿势

冲出校门

你的目标是远方

那里有花朵、诗歌、高山和湖泊

还有一个在码头

已等你千年的知心爱人

所有的祝福都不用祝福

所有的美丽都注定美丽

既然真的要走了

就将会计的基本公式带走

这个贯穿辉煌历史的公式

要永远记住

先支出后收入

收入必须大于支出

你才能成为真正的所有者

2003 年 5 月 24 日于农大校园

我的课堂在大地上

我的课堂在大地上

在山东、山西

在河南、河北

在知识的高速公路都能到达的地方

在平原、海滨

在企业、农场

在需要我的专业知识的商圈和村庄

我的课堂在大地上
因为那里有人民
人民就是我的
也是你们的爹娘
我要为人民服务
让爹娘尽快过上幸福生活
让子孙都能喝完牛奶去上学堂

我的课堂在大地上
那里有美如兰花指的小城
洁净如心灵的街道
有美如江南表妹的乡村
红唇衔着金色的麦芒
还有比美模更美的美酒
和比香妃更香的名吃
一道特色小菜
能吃得你浩气回肠
让你深深地想念故乡

尤其是课后的掌声
拍红粗大巴掌的掌声
比风声雨声更优美的掌声
能穿透历史的掌声
促进俺健壮成长

我是一名高校教师

更应该是人民教师

我的同事们

那些整天躲在书斋找眼镜的教授们

副教授们、讲师们和助教们

还有那些像被圈养的男同学、女同学

在人民还不富裕的关口

请跟我上

2007年7月1日于山东日照市政公司培训课堂

草原印象

草原是绿色的，春草在下，绿鸟在上；

草原是白色的，羊群在下，白云在上；

草原是蓝色的，湖水在下，蓝天在上；

草原是彩色的，百花在下，彩虹在上。

草原是清纯的，歌声在下，清风在上；

草原是明媚的，敖包在下，明月在上；

草原是苍劲的，野狼在下，苍鹰在上；

草原是公正的，大地在下，老天在上。

2013年6月20日，第一次向呼伦贝尔
人民传播财税知识后，对大草原的素描

美丽三月，我在彩云之南度过

美丽三月，我在彩云之南度过

我在温润的普洱度过

我从来不寂寞

身边有花朵

这个热带庄园的每一种生物

包括天天在洗马河公园晨练的老军人

好像都能开花,也都能结果

美丽三月,我在彩云之南度过

我在茶马古镇的烈酒中度过

我一点不寂寞

身边有情歌

那叮当的马帮铃声

好像还从山间或明月之上传来

悠远苍凉,载舞载歌

美丽三月,我在彩云之南度过

其实我 90% 的时间

是在曼城酒店的房间度过

我无暇去寂寞

专心写著作

一头青丝进去,满头苍发出来

在最美的地方、最美的季节或岁月

我好像开凿了一条大运河

2015 年 3 月 14 日于云南普洱写作
"财税一体化"教材《企业财税会计》时所记

生一个女儿就是给老爸想的

生一个女儿
就是给老爸想的
想她的时候
就去吃从来也不爱吃的西餐
她在西欧游学
吃西餐
好像就离她近了一点点

所谓的西餐哈
只不过是从农大西门
稻香村买的两块糕点
放在盘子里
再摆上叉子和刀，切着吃
其实是做做样子
其实是不知道用哪个样子表达思念
思念就是思念
但那糕点
确实很甜很甜很甜

2020 年 5 月 20 日于北京

古　丽

王之盈*

去新疆的火车上碰到一位中年维吾尔族妇女，黑胖，眼睛大而有神，透着一种健康的神采，但谈不上漂亮。

她总是在离我们的铺位四五米远的一个凳子上坐着，将半边脸侧向窗外看风景——或许是在想家吧，她很少挪动。

出于好奇，我和老徐请她过来坐，请她谈维吾尔族、谈新疆。她很腼腆地摇头，表示无从谈起。我们就问她维吾尔族有什么好吃的，有什么节日和禁忌，维吾尔族喜欢不喜欢喝酒，他们是不是全都是海量，我们问她新疆的歌曲和舞蹈——我们搜寻出各种各样的问题。她总是先笑一笑，再把眼睛斜斜地闪几下，然后给出各种各样的回答。

但我们终归觉得答非所问，她也开始吃吃地笑我们多余的好奇心了。我知道我们是拙劣的：或许谁都不可能在一连串随便的问话之后就能理解新疆、理解维吾尔族，如同不能一步跨入新疆。

后来彼此熟悉了，知道她是喀什外贸公司的，刚到北京去"参观学习"了两个月。她的名字叫"××古丽"，很遗憾，只记住了一半。"古丽"是维吾尔语"花"的意思。

---

* 王之盈，原北京农业工程大学党委宣传部副部长，现供职于某企业。

你见过以"花"为名的人吗？很少吧？她竟然叫"花"。

古丽并不太爱说话，除非你主动和她聊天。她总是静静地坐在那儿，看着窗外，窗外是无尽的戈壁。

车到哈密，我们下去买葡萄，她也在买，指着一种小葡萄跟我们说："买这种好吃。"

后来我们才知道，那就是有名的马奶子葡萄。

到乌鲁木齐后的第三天，我和老徐有机会搭农业部直属高校校长会议的便车去吐鲁番。大家都坐定之后，有一高一矮两位女性搬着一筐西瓜上了车，气喘吁吁地坐在了我们身边。她们是农学院的工作人员，矮的很活泼，高的很矜持。她们山南海北地聊，一唱一和的，很成一番景致。后来是我们大家一起山南海北地聊。

那个子矮的是维吾尔族人，叫"阿扎古丽"，又是一朵"花"。"阿扎"是"解放"的意思，她是"解放花"。

每游览完一处歇脚时，"解放花"总是前前后后地招呼大家吃西瓜。到了葡萄沟，她又帮助我们挑选葡萄干。

我们问她很多有关新疆和维吾尔族风物的问题，得到的最多的答案是"我不知道"——她的确不知道。我问她维吾尔语"我不知道"怎么说，她说"满壶满啊满"，我说你老说"我不知道"，就送你一个外号"满壶满啊满"吧。她大笑。

"解放花"特别爱笑。后来我们一直逗她，她就一直笑个不停，眼泪都笑出来了。

乌鲁木齐的夜市满溢羊肉、孜然和煤烟的味道。许多维吾尔族人人手一只煮烂的羊头，有滋有味地啃，我和老徐下决心要去尝一尝，但最终没敢去吃。那是人吃羊还是羊吃人呀？长长的一条夜市街，我们只有吃两根羊肉串的份儿了。新疆的羊肉串总是在几块瘦肉之间加一块肥的。肥羊肉也叫羊肉？我不敢吃，只好把那一块跳过去。

我就是在吃羊肉串的时候听到那首古老的新疆民歌的：

我骑着马儿穿过了高山走过了戈壁，
见到了美丽的阿玛古丽。
天涯海角有谁能比得上你，
哎呀，美丽的阿玛古丽。

又是一个"古丽"。

就是在那个时候，我仿佛有了一种新的发现，深深地记住了那两个"古丽"，绝不因为她们两个是我们所接触到的仅有的印象较深的维吾尔族人，只因为她们都叫"古丽"。这向着自然也向着人群亘古不变直白朴实的"古丽"，好像比那首民歌还要古老的传说，在维吾尔族人的名字里绵延流传，这是一种怎样的绝对，怎样的真挚和美丽。

古丽，我敢说，哪怕只有一步，我也已实实在在地走进新疆了。

（原载于1994年春《光明日报》，有改动）

桂枝香·过镇江

王之盈

江山千古，看京口春来，初绿烟树。河纵江横浩浩，巨轮争渡。盛唐古道埋几许，旧风流，音尘如故。那时舟口，波堆广陆，月兴山坞。

念往昔，词人静伫。叹铁马金戈，万里如虎。极目神州不见，俊英闲赋。声名少日畏人晓，老来行藏如鸥鹭。繁华行过，何人对我，酒杯盈注。

（原载于2023年第13期《诗刊》）

挚友的约定

桂银生*

2023年5月底的一天，我搭乘彭凌学弟的汽车（那天好像他是专程赶来送我下班的），从中国农大西区返回东区，路上他告诉我，下周要召开挚友社成立四十周年纪念大会，邀请我作为曾经的"指导老师"，和现在的"挚友导师团"成员一起参加活动。这让我多少有些惊诧——自从离开学校党委宣传部，近20年来我辗转于不同的单位部门，与学生社团几乎"失联"，因而与挚友社很少往来。我只知道这些年大学新生的社团组织风起云涌，据说由原先的几十个发展到数百个之多，活动也花样百出，甚至有的社团我连名字都看不明白。作为一个成立于1983年的学生社团"传统老店"，居然还在顽强生长，坚持不懈，并且热闹地过起四十岁生日了！而且他们还记得我这个"挚友社的挚友"，倒让我一时有些迷糊。

严格地说，我不能算一名出身挚友社的挚友人，因为我在求学时，没有加入挚友社。我自认为自己情感粗放，缺乏文学"悟性"，辞藻文采也不够丰富——而这些，都是搞文学"这块料"的基本功。因而，我对文学社团总

---

* 桂银生，农建90，中国社会科学院研究生院新闻学硕士，安徽安庆桐城人。曾先后负责中国农业大学新闻宣传和网络与信息化工作，现供职于中国农业大学档案与校史馆。

是心存敬畏，不敢接近（虽然那时挚友社几位大总编王保福、王颖、吴林虎、陈月棋等"校园大文豪"的名字如雷贯耳）。于是，我另寻门路，加入了另一个具有新闻综艺性质的学生组织。毕业后我留在学校党委宣传部工作，又继续走上了新闻传播专业的求学与职业之路，与挚友社的情缘似乎注定要擦肩而过。

我记忆中挚友社最早的活动是出报纸，每月定期出刊的《挚友报》，从四开小报到对开大报，内容以文学作品为主，散发着浓郁的文学气息——当然是我这等文学悟性不足的人写不出来的喜忧缠绵。那时挚友社成员也是学校校报重要的作者源。参加工作后，我在党委宣传部随着徐晓村、王之盈、金俊荣等老师学习编辑校报。这几位也是文学功底深厚的散文高手，是校报文学版面的编辑。有一次徐老师手持一位挚友社大一新生的来稿赞不绝口：这篇散文写《迎春花》，你瞧瞧这句子——"我走在这陌生的城市、陌生的风中……"，表达了这名新生对家乡春天的想念和思乡的离愁，这孩子的文学感受力多好！这样"美妙"的诗情句子，我就怎么都感受不到，也写不出来，我还是专注我的新闻采编吧。

印象中挚友社也做新闻，最具标志性的媒体不是报纸，而是东区大食堂前电线杆下的一块大黑板。每天晚上，总有几名挚友社同学蹲在地上，一手拿着一大叠稿纸，一手拿红白粉笔，在大黑板上抄写当天的学校新闻（简讯）。他们借着路灯的光亮，连夜抄写完毕，第二天早餐时，大黑板前就围观了一圈一圈的读者。这种场景寒来暑往，风雨无阻，成就了一段校园媒体的传奇。在那个没有互联网的时代，那块斜靠在地上的陈旧大黑板，粉笔涂抹的白底大红刊头《每日新闻》，成为许多教职工和学生重要的消息来源，也是几代师生共同的记忆。但那个时期，文学一直是挚友社的主阵地，新闻似乎还是挚友社的副产品。

终于有一天，大约是2000年前后，挚友社开始与时俱进，走文学与新闻并重之路，《挚友报》上也明显加大了新闻的比重，向着综合性报纸方向转型。于是，我这个"文学门外汉"，居然以"指导老师"的身份，开始与这家历史厚重、荣誉等身的中国农大学生"主流社团"结缘。当然，我主要从新闻业务角度提供建议，给挚友社的学生记者和通讯员举办业务培训，给报纸的新闻版提点改进意见。是新闻，把我拉进了曾经"望而不能即"的挚友社，成为"挚友们"的一名挚友，夏耀西、魏红俊、纪绍勤、彭凌、吕名礼、张敬柱、张伟标等社长或总编和办报骨干成员（他们有的还是我负责的学校新闻中心学生记者），就是在那个时候，与我成了亦"师"亦友的老熟人。

2005 年，我离开学校宣传部外出挂职，才放下了这份"指导"的责任。回校后，我转战于本校的信息化领域，后辗转到学校的档案与校史行当。虽然还在学校工作，终究告别了"新闻宣传"战线，与学生社团也基本没有了业务交集，因而与挚友社的机缘也没再继续。

近二十年过去了，我知道文学之树常青，挚友社的文学基业一定还在继续传承（记得我在网络中心工作时，挚友社同学曾经找我商量开办网站的事），但这些年来，互联网、云计算和大数据的广泛应用，使媒体形态发生了天翻地覆的变化，社交媒体、融媒体等新事物层出不穷，而且新闻舆论大环境似乎也一直变幻不定，挚友社还做不做新闻、做出的新闻是什么样子，我是一点不清楚的。坦白地说，我几乎已经忘了自己曾是一名"挚友人"了。——直到 2023 年 5 月底的这一天，彭凌（我们未断的交情一直延伸到他的湖北沙市老家）真诚地邀请我参加挚友社成立四十周年大会。后李克学弟又多次约我给挚友社四十周年写点什么。感谢挚友社的老朋友们，对我这个"血统"并不纯正的老挚友的不离不弃。

我想，这正是挚友人的性格。他们离开学校和挚友社几十年，我知道他们还一直聚集在"挚友社"温暖的"云空间"里，天南海北，千行百业，许多人已经成为一生的挚友。在 2023 年 6 月 10 日那个热闹的挚友社四十周年生日庆典上，我再次感受到了"天下挚友一家人"的炽热情怀。时光已经过去二十多年，当年与我打过交道的挚友，如今都已年届而立，模样体态多少都有些变化。坦率地说，如果不是他们主动与我打招呼，我是叫不上许多人的名字的。但置身那个欢乐的氛围中,看各届老中青挚友人或激情、或幽默、或深沉、或淡定地回顾着自己的"挚友往事",感受着浓烈的挚友情谊,我无法不与他们产生心灵的共鸣。他们对文学的热爱、对过往的珍惜、对人生信念的坚持和坚守,当是挚友社四十年茁壮生长、绵绵不绝的动力。我想,挚友社强大的凝聚力,这种代际传承的社团文化,真如一些领导所说的是一种"现象",是值得研究的课题。

而我本人,在与挚友社"失联"的岁月里,也与当年的几位老挚友们保持着交往和联络。几位大佬级的"挚友导师团"顾问和团长们自不必说,他们也是我多年的工作领导和人生师友;当年在挚友社结识的同学,见面还是分外亲切。虽然有的多年未曾联系,但他日若能江湖相见,共同的"挚友"身份一定会给我们增加更多共同的话题。

1995年,一部以挚友社为原型拍摄的电视剧《挚友》反响热烈(还记得我担任了"场记"角色,跟着剧组跑来跑去,开拍前举了许多次镜头牌)。当时我在《挚友报》上写了篇小文,说"这部电视剧为坚韧、质朴、执着、无私的'挚友精神'立了一座丰碑"(感谢李克给我提供了这篇小文的电子影印件,将我与挚友社的情缘史又推前了 N 年)。忽忽间挚友社成立已经四十年,这座丰碑上已经写上了一代代挚友人的名字,他们因入社而成为挚友,因文学(和新闻)而成为"生命情人"(语出自挚友社成员张敬柱的诗作),而这所大学也因他们的出色表现而代出人才。四十周年生日的挚友之约,让"挚友们"重温了人生中一段最美好的时光。

文学是人学,是关于人的生命和心灵的学问。大学未必都要有中文和新闻专业,但一定不能没有文学,没有爱好和追求文学的学生(当然,新闻素养和训练对大学生同样重要)。有了这个基础,挚友社作为文学与新闻社团,有了四十年探索的厚重阅历,有了遍布各地的赤忱挚友,这个社团就有了接续前行的持续力量。相信到挚友社五十周年生日时,"天下挚友"们还会发出同样的约定。

2024 年 3 月

给姐姐

沈 庆*

哦，亲爱的姐姐

怎么会表情如此的冷静

当你看到曾经幻想的东西

哦，亲爱的姐姐

怎么会叹息如此的俗气

当偶然提及那逝去的往昔

曾经名闻一方的美女

轻捷的脚步牵动多少视线转移

如今当你神色疲惫而从容地走过街市

又有谁会注意

哦，敏感的姐姐

什么时候停下了日记

而关注着天气给孩子加衣

哦，温柔的姐姐

什么时候停止了忧郁

而梦想和寂寞对你都毫无意义

曾经名扬一方的才女

朋友们都在报纸上等待你的消息

---

* 沈庆，工管89，著名音乐制作人，歌手，代表作品有《青春》《岁月》等。

如今当你神情专注而从容地走在菜市
又有谁会在意

你究竟是做了伟大的母亲
贤良的妻子还是平凡的女性
你究竟是做了梦想的事情
应尽的义务还是很多的不得已
为什么你任最后的美丽
消失在夜里
哦,亲爱的姐姐
怎么会笑容如此的平静
当你听到你老弟的歌曲
哦,亲爱的姐姐
怎么会笑容如此的平静
当你哼着你老弟的歌曲

(原载于1991年4月第82期《挚友》)

烛泪（外一篇）
冀 鲁

你和我对坐。

我的世界由于你的光辉而覆上一层华美的柔，我的手在为你的名字颤抖。

然而你却在暗暗地流泪，如阴雨天里青黝屋檐上渗出的一粒粒念珠，一粒粒落在我似水柔情的心上。

在你身旁我很满足。

在你身旁我很温暖，虽然你柔弱的光辉永不可触及。

而你，却仍在无声地流泪，你莫名的忧伤，打开了我心紧闭的栅栏。如梦中含泪微笑对我的仙子，以柔弱的美丽扰乱我心古老的凄凉。

我知道，你的青春已化成洁白温馨的片语，与我生命的每一页胶合。

如梦到了尽头，终于，你无力地依在自己的清泪中。黑暗无声地拥住我，拥住我最后一份无力的执着，一枚枚苦涩的青果落入你逝去的轻尘。

夜正渐渐褪去，这时，周围已喧动人声。我仿佛又看到你清瘦的影子悄悄避开我，低低道："再见……"

后记：深夜，独对白烛。亡友浅浅的笑容在白烛后显得更加凄朦。曾给我人生中最美的故事的友，用自己的生命为这个故事画上了句号，成为今夜遥远的传说。白烛怯弱而执着的焰子温柔而高贵，让我想起一些永不再能实现的诺言。我，不禁潸然泪下。

(原载于1993年4月第103期《挚友报》)

渴望敲门

今夜月光竟如那夜你粲然的笑容，以最美的姿态在我的目光里柔柔绽放。于是所有令我焚烧与疯狂的梦想，所有令我向往与痴迷的天堂，纷纷沓沓涉夜而来。少年时代为友而做的曾以为是亘古不变的梦，如今竟已被岁月风干成一具美丽的枷锁，牢牢地固在我脆弱的灵魂上，让我在命运的沉浮中只能无助地起起落落。每每深夜悄然回首，灯火阑珊处，唯有香风片片宛如裙裾临风，却哪有半点往日的影子？又想到几年来被友的犹豫和美丽撞得伤痕累累的我，居然，居然真的想大哭一场。

渴望有友会为我涉夜而来，轻轻悄悄地走进，无限怜爱地端详被夜和寂寞拥住的满脸泪痕的我，如母亲如姐姐如情人般轻轻叹口气，为我整好被，片刻，又慢慢拭去我面颊刚刚流下的泪。

渴望有路人会经过我的小屋，渴望嘚嘚的马蹄声会把我从梦中唤醒。我会珍惜生命中的每一次擦肩而过，虽然从不觉得自己是芸芸众生的一分子，但依然渴盼每一份关爱与真诚，陌生的或熟识的，火热的或平和的。渴望敲门，渴盼美丽的相逢。然而，每次，沏好的绿茶都随心渐渐地冷去，而门终究未响，马蹄声随风远去，随风远去。

渴望敲门，深夜，我，独伴白烛，独伴浪漫而真实的孤寂，渴望……

(原载于1993年10月第106期《挚友报》)

思念如花（外一首）
冀 鲁

（一）

多少年以后，如果能，我还会

在生锈的风铃响过后

轻轻的，梦般的，随风

走向你

让我眼中古老的情感

缀饰在你的肩头

闪着光，又落在地

（二）

但，你还会吗？

还会吗？

还会有为我而绽放的童话

为我而盛开的梦般雾般

被泪濡湿的笑吗？

（三）

还记得吗？

你说

你愿是古词中清莹的碧波

为我　为了我

倒映出

那片　雨中山林般的困惑

然后　风过时

一切消失

是的　一切消失

一切消逝

（四）

我？是的

我就是在理想痛苦的光辉下

默默生活

我只有尼采高桥上的灵魂

和注定被粉碎的

梦幻

（五）

万籁俱寂

我心已成木成石

一如远古淳朴而善良的人们

在木上　在石上

在额上　在心上

刻上纵横交错的

沧桑

我长长的一生啊

就这样地结绳记事

一如远古淳朴而善良的人们

在风里　在雨里

在魂里　在梦里

抚摸一个个故事的情结

忽然被某个情节

感动

（原载于 1994 年 5 月 30 日第 110 期《挚友报》）

午夜的河流

八月上旬的一个午夜

我站在自己的废墟中眺望一条苦难的河流

在河的两岸，散布着战争、饥饿和点点星光

我像是一个哲人　以古典的姿势

痛哭流涕

我热爱诗歌、音乐和生命

我拥有许多真实的诗歌和音乐

她们诚实、高贵、善良

充满了对肉体的谴责和对精神的膜拜

并被我和一些不平凡的人接受

而生命　她与我的思想一样纯洁

并将随我一起步入天堂

爱情　这是一个宗教般的字眼

它总使我想起古老的乡村教堂传来的
慈爱悠长的钟声
没有一对恋人能创造完美无缺的爱情
只有我能　只有我能

我想起那些我爱和爱我的女子
她们每夜着紫色长裙与我共舞
我们在浅色的乡村音乐和灰色的布鲁斯中接吻
我们穿过厚厚的窗帘和薄薄的月光
旋转着　忘记了天是黑的

每日我从酒瓶、稿纸与美梦中醒来
总会想起那首 D 调的古典吉他曲
它缠绵、婉约、细致而忧伤的华彩
隐含的唯美思想和自恋情结
总使我　黯然销魂
并在往事中不能自拔
我仿佛看见许多故事正如泪般盈于窗口
坠落阳台
汇成一条凝重而深刻的历史之河
我将以其濯我双足　濯我灵魂
并濯我漫长而苦难的一生

（原载于 1997 年 3 月 28 日第 134 期《挚友报》）

父 亲

李 禹

弯曲的山路

挑在父亲的肩上

我和哥哥

是两只悠悠颤颤的

沉重的竹筐

父亲的腰杆

被岁月压成弓状

他用最后的韧性

把我们弹向高空

飞翔

（原载于1988年《校园文艺》）

辑二

用心灵呼唤生命

这不是道别

任洪斌*

2018年12月17日,中共中央组织部有关干部局负责同志宣布了党中央的决定,国机集团党委书记、董事长任洪斌将卸任在国机集团的职务,奔赴新的岗位。从2001年开始,从"三大转变"到"再造一个新国机",再到"二次创业""再造海外新国机",任洪斌为国机集团注入了改革的活力和动力,推动国机集团不断发展,带领国机集团全体干部职工攻克一道道难关,取得一个个进步。当日,任洪斌将接受组织的重托,开启新的征程。他饱含深情地为国机人写下了一封信,祝福国机集团更上层楼,走得更远、走得更好,国机人将怀揣祝福,不忘初心、筑梦前行,为机械工业发展,为实现中华民族伟大复兴的中国梦贡献更大的力量!

亲爱的同事们:

按照中央的安排,从今天开始,我将卸任在国机集团的职务,奔赴新的岗位。在国机的6317个日子,如此丰富美好而又短如瞬间,真是不思量,自难忘。

这不是道别。国机赐予我的一切,都将在灵魂里

---

* 任洪斌,农机82,挚友社创始人之一。

永随。

我清楚地记得2001年8月31日,在未消的暑热中,我走进了三里河那栋不起眼的小楼。从那一天起,我的生命深深地和国机相交融。国机教我公正。我能从一个普通工人子弟成长为央企负责人,得益于我曾在国机得到的一次又一次公开公平的机会,这使一个信念坚定地成长于我内心:无论有怎样的压力,我也要把公正的种子播撒。国机使我坚韧。我曾面对集团成立初期"房无一间,地无一垄"的困窘,我曾在"三大转变"推进中不得不强硬地喊出:"不换思想就换人!"我曾深陷于二重改革脱贫攻坚战的胶着……那些挑灯看剑、枕戈待旦的日子,使我知道什么叫不折不挠。国机催我成熟,特别是工作中难免出现的分歧和矛盾,从另一个维度教育我,让我懂得宽容和从多角度去审视问题。我深知,我做得还很不够,国机还有很多问题以待求解,但我可以真诚地说:我是国机朴拙的赤子,我尽了我菲薄的全力!

这不是离开。18年,可以让一棵小树长成参天大树,18年,也使我的根深扎在机械工业的厚土中。

我感恩党和国家,把我放到国机这个大平台上,使我能够在人生最美好的年华有机会在这样重要的岗位上,实实在在地为祖国的机械工业做一些事情。我的一切都是党和国家给予的,我对党和国家的感恩之情是刻在心上、溶在血里的。我感恩机械工业的老领导们,我忘不了每年的团拜会上他们父辈般的一次又一次谆谆教诲,我忘不了他们不辞高龄远赴二重调研指导,我忘不了他们为了机械工业的改革发展满心热忱奔走呼喊。我感恩我神一样的队友,我们互相点亮了彼此的生命。我们一起探索国机的路怎么走、人心怎么聚、在央企的格局里如何定位、在民族机械工业的大旗下又该有怎样的责任和担当。我们一起江湖夜雨十年灯、桃李春风一杯酒。我们彼此看到青丝是怎么被点染了花白,纹路是怎样攻陷了朱颜。让我内疚的是,我也曾性情急躁、自以为是,伤害了同事,我在此真切地恳请你们原谅。我感恩我认识或不认识、谋面或未谋面的国机广大干部员工们，是你们在祖国的天南海北，甚至在遥远的地球另一面，孜孜不倦经营着国机"日不落"的事业。我们所有的理念、原则、思想、规划，正是由于你们的付出才把它们变成了生动伟大的事业，变成了利润总额的百倍增长，变成了"五百强"与"十连A"。

这不是结束。这是一个新的开始。

尽管我希望把我的职业生涯都奉献在这里，把我的激情都燃烧在这里，把我的智慧都绽放在这里，但中央有新的决定和安排，我完全拥护并坚决服从，我将携国机所赋予的智慧和力量整理行装再出发，踏上人生新的征程，继续努力为党工作，不辜负国机人的期望，不辜负党和国家的重托。从今后，心似双丝网，中有千千结，此"结"便是与国机的"一世情缘"，便是我们奉献了韶光芳华所追求的梦想：把国机建设成具有全球竞争力的世界一流装备制造企业。实现梦想是一场需要坚韧不拔毅力的严峻、长期、历史性的长跑。功成不必在我，国机人只要以钉钉子的精神一锤接着一锤敲，一茬接着一茬干，我相信明日之国机将更上一层楼，必不负昨日之国机艰辛探索。

不是道别的道别，不是离开的离开，不是结束的结束，融通"是"与"不是"的，正是这心中深藏的"梦"。为了国机的梦、机械工业的梦，民族复兴的梦，让我们在更大的舞台上，像以往的日子一样，彼此鼓励、互相支持、共同前进。

永远祝福国机！

任洪斌
2018 年 12 月 17 日

（原载于2019 年 1 月 12 日第 316 期《挚友报》）

人是管理的全部

胡启毅*

企业管理的起点在哪里？

每个管理者都有不同的答案。根据我对大量农业企业的观察，有的企业做得风生水起，有的企业原地踏步，有的企业快速失败，其中的因素非常多。如果把各种因素归结起来，逐条剔除，只剩下一条，那就是人的因素。

正如中化集团原董事长宁高宁所说，"人是管理的全部"。企业是把人集合起来，加上土地、资金、技术、设备等资源，组成"1+N"，人发挥核心作用。人没有组织起来就是一盘散沙。是谁把人组织起来呢？当然是组织的负责人，也就是企业管理者。为了讨论方便，在这里我们把企业家都视为企业管理者。

企业家是人，人就有人性的普遍特点。他们与员工一样有喜怒哀乐，有油盐酱醋茶的生活，有悲欢离合的人生经历，有自我实现的期望，还有不愿与别人说的隐私。我看到很多企业家，成功之后只愿意呈现自己光鲜亮丽的一面，不愿意承认自己具有人的普遍特点，但凡这样的企业家都是没有走出自我的人。

---

* 胡启毅，农水86，中国人民大学硕士，清华大学 EMBA。曾任中国农业大学教师、农业部党委宣传部副部长、国务院稽察特派员总署秘书；历任乾元浩公司董事长、中牧集团总经理、中牧股份董事长等。出版专著《农业的干法》。

企业家与普通员工不同。企业家要承担复杂的管理任务，担当不同于普通员工的责任。企业是企业家的投影，企业家是企业的化身。企业家的认知能力、抗压能力、想象力、内驱力都异于常人，这些品质在管理企业的过程中都会被无限放大。当然，他们性格中的弱点也一样会被放大。

在企业里，企业家作为企业的引领者发挥着最核心、最关键、最根本的作用。企业家的眼界决定企业的境界，企业家的胸怀决定企业的发展空间，企业家的判断力决定企业的决策水平，企业家的管理能力事关企业绩效水平。所以，企业家的价值是企业财富的重要组成部分。

企业管理不是从管理员工开始，而是从企业家管理自己开始。本文重点讨论企业家的自我管理。

企业发展的天花板是企业家。企业家的能力如何与企业发展阶段相匹配，非常重要。企业家也是人，也有逃避痛苦、追求快乐的本性。不少企业家都很偏执，企业创立初期，这种偏执常常能让企业发展起来，但企业发展到一定阶段，企业家性格当中的均衡性更加重要。

企业家真正成长，要由外在力量逼迫自己成长变成内在自觉。企业家常常"灯下黑"，很难清醒地认识自己，尤其企业是靠他自己打拼出来的，他在企业中一言九鼎，更容易形成权威，故步自封，其他人也不敢去挑战他的权威。

企业的自我觉察

企业家是承担企业管理职责的人。从表面看，管理就是发号施令，非常简单，但是，只要有一点管理经验的人，就会觉得管理难以把握。人本身就非常复杂，需要把一群性格各异、才能不同的人组织在一起，为一个共同的目标奋斗，就更加不容易。

正如家长并不是做好准备才成为家长，而是孩子一诞生就"荣升"为家长一样，管理者也因为被赋予管理职责就成为一名管理者。没有经验的家长，通过与孩子相处，慢慢知道自己的角色和职责，逐渐成为一名合格的家长。据说日本、韩国有大量教育年轻夫妇如何成为合格父母的学校，这对年轻父母和子女的成长都是非常好的。

与此相似，培训管理者的机构很多，有各种大学的商学院，还有众多的培训机构，但是什么样的培训课程、培训方式以及培训师资才能把一个完全没有管理经验的人培训成一个"合格"的管理者？像父母是否合格需要孩子的成长来证明一样，管理者是否合格需要用企业的发展成果来证明。

家长可以通过交流学习来提高教育子女的能力，管理者也可以通过交流学习、总结经验以及自我反省提高管理能力。可以在承担管理职责之前学习管理，这时的学习主要通过书本、与其他管理者交流，但毕竟是没有"入局"的旁观者，学习只限于知识层面。只有真正担任管理职务之后，面对需要管理的人和事，从旁观者成为局中人，才会以局中人的思维体会管理，把管理知识和管理心得融合起来，慢慢领会管理的要领。

承担管理职务时，管理者需要看清管理的目标任务、自己的角色以及管理对象，要建立对管理的基本认知，对自己有基本的觉察。我把管理者的自我认知称为"企业家的觉察"。企业家也是管理者，为了扮演好管理者的角色，我把企业家的基本觉察，总结为以下四条。

首先，员工是人。员工是人，这似乎是一个管理的常识，但管理者常常忽略这个常识。管理的对象是人，所以管理必须明确人的属性，即所谓的人性。这是考虑一切管理工作的底层逻辑，一切管理行为都建立在对人性假设的基础之上。

企业里面的员工，是自然人和经济人的复合体。作为自然人，他们有生老病死、喜怒哀乐；作为经济人，他们有实现自我价值最大化的动机。无数经济学家或哲学家都在揭示人性是什么。但在人性问题上，认识"为什么"比"是什么"更重要。在没有弄清楚人性到底是什么的时候，不妨把人性看成一个黑匣子，假设人性具有自然和经济双重属性，虽然不知道黑匣子里面是什么，但可以通过人的行为去认识人性。

脱离人性谈管理，最多是一个事务型的管理者，没有抓住管理的根本。有效的管理必须建立在正确认识人性的基础上，否则管理便是无源之水、无本之木，最终误入管理的歧途。

其次，企业家也是人。当企业家看到这句话，可能会说这是句正确的废话，但根据我长期的观察，无数失败的企业就失败在管理者忽视这句"废话"。比如有的企业家极度渴望财富，对团队却十分吝啬；有的企业家自己懒散，却要求员工加班加点；有的企业家希望获得社会承认，把主要精力放在谋求各种社会职务上，但要求员工低调务实、甘于奉献；有的企业家艰苦创业，企业发展壮大后，又不断自我膨胀，独断专行。凡此种种，都是企业家不再把自己当成普通人对待的表现，在被赋予管理者角色之后，就把自己从普通人中抽离出来，忽视企业家也是人这个基本认知。

企业家也是人这个命题是要提醒企业家，在扮演管理者角色的时候，不要忘记自己作为普通人的人性。只有认识到了这点，才会有同理心，站在员工的角度考虑管理问题，做到"己所不欲，勿施于人"。

再次，企业是人的组织。企业会引入资金、技术、设备等生产要素，但是这些生产要素不会自动变成产品或服务去满足客户需求，必须通过"人"这个最关键的要素把以上生产要素整合起来。从人力资本的角度看，只要人力资本没有发挥作用，前面那些生产要素无论多么丰富，都不能自动创造价值，而且其他生产要素的使用效率、价值发挥都与人力资本直接关联。

经济学家研究发现，人力资本有三个特点：人力资本天然归属个人；人力资本的产权一旦受损，其资产可以立刻贬值或荡然无存；人力资本总是自发寻找实现自己价值的市场。企业是人的组织，需要结合人力资本的特点，最大限度发挥人的价值。

最后，企业的价值存在于企业外部。企业存在的唯一理由是：有人因为企业存在而获得了他愿意花钱购买的产品或服务。这句话听起来有点绕，换一个说法，只有企业为目标客户创造了产品或服务，目标客户愿意并且有能力购买，企业才有活下去的理由。

这点拆开来看有三层意思：一是企业要活下去，企业生产的产品或服务一定要满足特定人群的需求，这些特定人群愿意用自己辛苦挣来的钱购买。二是无论企业内部管理多么高效，如果客户不买单，企业所谓的高效管理没有实现转化，企业还是没有存活的价值。三是为客户创造价值就是企业的价值，内部管理是为客户创造价值的手段，让客户价值最大化才是实现企业价值最大化的唯一途径。

企业价值来自客户并不意味着企业内部管理不重要。两个企业为同类客户提供相同的产品或服务，客户会选择性价比更高或服务更好的企业，这时候两家企业比拼的是内部管理能力。

以上四个方面的认知，可以说是企业家应建立起来的对管理的基本认知。这四个基本认知是搭建管理知识架构的基础，也是开展管理工作的起点。没有这些觉察，就如一个没有任何经验的新手父母，匆忙上阵，手忙脚乱。

这四个觉察中，最核心的是对人的觉察：从人性出发认识单个的人，从企业中人的自然属性和经济属性来激励和约束人，从自身的角度把自己置于管理之中，从企业的终极目标中明确管理者的角色。

总之，管理是一项非常复杂的活动，但可以学习和领悟，在实践中锤炼，在失败中成长，在经验中丰富，在反省中提高。

企业家扮演的角色

管理大师明茨伯格对管理者的角色进行了大量论述，我都赞成。我思考了很久，觉得对管理者角色最形象的理解是教练员、裁判员和运动员三者的融合。

在球队比赛中，有的人带领队员赢得比赛，既要最大限度发挥每个队员的特长，还要让队员之间相互配合；有的人制定比赛规则并判断参赛者的行为；有的人则直接下场参加比赛。这三类人，分别代表了教练员、裁判员和运动员。与此类似，企业中也有这三类角色，只不过由企业家一人扮演，并在三个角色之间来回切换。

教练员。教练员的职责是发挥每个人的长处，并且让团队成员彼此配合，共同实现目标。企业中最重要的资产是人，团队成员来自不同地域，性格、年龄、家庭成长环境等都不同，每个人的长处也不一样，有的擅长冲锋陷阵，有的擅长带领团队。作为教练员，把正确的人放在正确的岗位上，利于发挥每个人的价值。正如再优秀的球星在一起，如果没有一个好的教练员，也会常常形成内耗一样，管理者起着调节团队内部矛盾、化解团队冲突的作用。当团队一团和气、缺乏斗志时，则引入竞争机制，形成鲶鱼效应。

裁判员。企业家是企业价值的守护人，等同于球赛的裁判员。裁判员根据比赛规则判断球员的行为，严重触犯规则就罚下场，不严重的犯规发黄牌。在企业里面，这套规则是企业的制度。企业家基于企业价值制定评判标准，并对所做的事、做事的人进行评判。即企业家要评判各种动作是否符合企业战略方向、团队做的事情是否和企业效益挂钩、各类项目该不该投、员工干得好坏，等等。

这个角色扮演的好坏，直接决定了企业的价值导向，最基本的裁判标准是看有没有为企业创造价值。如果做的事情在为企业添砖加瓦，那这个事就是对的，如果在消耗企业资源但没有创造价值，那就是错的。

举个例子，投资是企业很重要的一个行为。项目该不该投、投入多少、何时投，最基本的判断标准是，投资的项目是否能为企业创造价值，如果价值是正向的，就应该投，否则这个项目就应该停止。

另一个例子，一把手选择副手，天天顺着你说话的人不见得好，不断给你提意见、批评你、给你挑毛病的那个人可能更适合。选择副手的标准是，这个人是不是在为公司创造价值。如果是站在公司角度挑你的毛病，那他的行为应该鼓励；如果只会说好话，有损公司价值，那他的行为就应该反对。

运动员。企业家也是运动员，光说不练的管理者，在企业里很难建立威信。组织赋予管理者的是权，需要靠自己建立威信。威信来自一个个胜仗，通过拿下客户和解决疑难问题，让团队成员看到你的认知、能力或者品格超过他们。管理者下场"踢球"，不是事无巨细地去干事情，而是去做你应该做的事情，管理者是通过他人拿到成果。

企业家同时扮演这三个角色：作为教练员，要有基本的管理技能、沟通能力、协调能力、决策能力等；作为裁判员，要辨别是非，按照规则判断人和事，如果经常把别人放在评判标准中，不把自己放进去评判，这相当于带头破坏规则；作为运动员，要带领团队打胜仗，要能让员工认可你的管理能力。

企业家的自我成长

我把企业家如何成长总结为三修：修头、修脚、修心。

修头

"修头"是形象的比喻，指修炼思维和认知。现在有一种说法叫"企业的成果是企业家认知的变现"，我不太同意这个观点，虽然这句话反映了认知的重要性，但我不认为企业家的认知是企业的全部。就好比我们可以看见对面山上美好的风景，但是如何爬到对面山顶去欣赏这个风景，需要耐心，需要行动，更需要耐力，仅仅认知到对面山上美好的风景是不够的。

修头有很多方法，可以通过读书、拜访高人、自我反省等。企业家的认知能力很大程度上表现为对问题的判断和处理能力。我把问题分为三类：简单问题、复杂问题、疑难问题。不同的问题采用不同的解决方式。

简单问题深度思考。一个简单问题，当你深入思考后，可能发现并不简单。思考是去粗取精、去伪存真、由此及彼、由表及里的过程，这就需要实事求是，还原现场，把问题弄清楚了，事情就解决了一半。

举个例子，一个客户一直用公司的产品，突然就不用了。当你去拜访这个客户后，你会发现，客户不用公司的产品可能是公司流程问题、产品质量问题，甚至是客户给业务员打了几个电话，业务员没有接，就把公司产品拒绝掉了。看上去是很简单的问题，当你深度思考后，可能会发现这个问题背后反映了公司经营上的重大风险。

复杂问题系统性思考。复杂问题之所以复杂，是因为多种因素交织在一起，千头万绪。这就需要系统思考，从整体考虑各个要素，找到突破点，避免在不该用力的地方用力。比如产品质量不稳定，这只是表象，需要从质量控制流程入手，从原材料采购、生产过程、检验环节、库存环节、运输环节、质量追溯环节，逐一排查，找到导致产品质量不稳定的真正原因，制订解决方案。

疑难问题逆向思考。逆向思考即反过来想，反其道而行之。我们习惯顺向思考，但疑难问题逆向思考反而容易迎刃而解。比如，你在思考如何过上幸福的生活，可以先思考如何才能让生活痛苦。你要分析一个项目能否成功，可以先思考这个项目会如何失败。海底捞创始人张勇说，他想得最多的问题是海底捞会如何倒闭。

企业家修头，就是要修这三种思维：深度思维、系统思维、逆向思维。这三把利剑，有助于我们把管理中遇到的问题分类，找到解决办法。企业的发展是不断解决问题的过程，"修好头"有助于提高解决问题的效率。

修脚

"修脚"是个形象的表达，是指要有超强的行动力。做企业是不断试错的过程，没有行动就没有试错机会，只有不断试错才能找到最优的解决办法。只有行动才能验证头脑中的设想是否正确，才能产生结果。企业经营最终看的是结果，过程再完美、想得再多，结果不理想，没有利润，还是没有用。

行动时要学会把握行动的节奏。头脑中要有一盘棋，先走哪一步，后走哪一步，要学会"弹钢琴"（指多项任务并行）。管理者手中不可能只有一件事，无数线索都汇集在你这里时，就需要分清任务的轻重缓急。比如，你要去拿项目、要进行团队建设、要迎接考察团，这时候，要分清最重要最紧急的事情、重要而不紧急的事情、不重要但紧急的事情、不重要也不紧急的事情。

修脚要锻炼行动力，不要做理论家，要做行动家，行胜于言，而不是言胜于行。怎么去修炼呢？在行动中不断掉坑，然后总结经验，再从坑里爬出来。

修心

企业家对外要面对客户、竞争对手、行业主管部门，对内要面对员工，还要面对家人，就像天天被放在火上烤。管理者永远处于斜坡推球，推动企业、推动自己不断往前走。稻盛和夫说，要不断磨炼心性，让自己的心胸变大，让自己的灵魂更高尚。

苦难是磨炼企业家最有效的良药，苦难一旦转化就是财富。在困难的时候，感谢困难对你的磨炼；在面对不确定性时，感谢不确定性带给你的机会；在焦虑的时候，感恩焦虑带给你的成长。人的心胸是在憋屈、磨炼和压榨中撑大的。

找到你的发心。在夜深人静时，思考什么东西是最重要的，你在乎什么，想去追求什么，你的发心是赚钱，就会把钱看得很重；你的发心是帮助别人成就他人，可能会把更多精力放在团队上，敢于分享财富；你的发心是改变世界，让这个世界因为你的存在而精彩，就会去关注人类命运。就像马斯克，他希望这个星球因为他的存在变得不一样，他关心人类能源使用问题、为人类寻找第二生存空间。

培养同理心。2000年,比尔·盖茨辞去微软CEO,把微软交给了好友鲍尔默。鲍尔默担任CEO期间,微软股价不断下降,错失移动互联网的机会。2014年,萨提亚·纳德拉接替鲍尔默出任CEO,他一改鲍尔默强势的文化,拥抱开源生态,公开表示"微软爱Linux",收购全球最大的程序员交流社区GitHub。如今,微软云计算市场份额居全球前三位,萨提亚·纳德拉带领微软抓住了云市场的机会。萨提亚·纳德拉最大的特点是具有强烈的同理心,能够感受员工、客户、竞争对手的感受,并且影响他们。他的超强同理心可能与他对孩子的爱有关,他的孩子身患残疾,不管多忙,他每周末都要坐几小时的车回家去照顾孩子。

保持自我反省。通过反省,纠正自己的错误。反省还能让你保持敬畏之心,对客户、员工、你的周遭,心存敬畏,心存感恩。

这个端午有些忙

王保福*

"快！再快！"

老刘手握秒表，像一座铁塔似的矗立在百米终点处，冲着每一组冲刺的队员吼道。

"不能让球到跑道上来！"

百米起点处，拿着发令枪的金杰一边帮老刘发令，一边大声喊着正在足球场上训练的队员，一声声炸雷似的呼叫，满操场都能听见。

跳高场地边上，老李在指导几名队员放松，跳高组队员少，训练节奏紧凑。操场外面，老姜、孙平带着投掷组的队员在杂草地上练铁饼，受场地所限，几名队员在徒手练习标枪的动作。

"跑位置！看手势！"

体育馆里，李老师在训练男子甲组篮球队，今天的内容是分组对抗、进攻战术复习，虽然是端午节放假，但这些普通系的孩子们也是一个不落来训练。

排球教练老张昨晚把队员训练到十一点了，说好今早迟一些，十点钟开始，但已经有队员来到馆里热身了。

再过二十天，四年一次的全省大学生运动会就要开幕

---

* 王保福，农建87，甘肃省工程咨询中心有限公司总工程师，研究员、注册咨询工程师，甘肃省领军人才、优秀专家。

了，城市学院各个训练队都在见缝插针挤时间加练。对于大学生来说，能代表学校参加一届省大运会，是一件让人很兴奋的事，要是拿到好的成绩，毕业找工作可能会是一个有利的条件，最起码也能津津乐道好多年。

半年前，校园里还难见到这么多学生进行专业训练，偌大的操场上打篮球的人都寥寥无几。久负盛名的兰州国际马拉松赛也停摆了三年。为了检验新建的奥体中心的运行状态，一年前的全省运动会倒是如期举行了，但是所有比赛都是空场进行，没有观众。前不久的马拉松比赛上，这座城市才算是恢复了生机和烟火气，参赛选手和观众彻底放松了一把。

今天是端午节，五月初五。老祖先用天干地支排序记事，子丑寅卯，辰巳午未，申酉戌亥，认为隆冬十一月为一阳生，是阳气始发之时，当为一年之子月，农历一月即为三阳开泰。午排第七，月份上对应农历五月，端为初始，有发端之说，故将五月初五谓之端午，五月阳气最盛，也是阴气始生，故又称端阳节。有些地方也叫"五月节"，而我的家乡称端午节为"五月单五"，以对应中秋节的"八月十五"。

我对端午节最深刻的记忆便是吃粽子。我是北方人，和大家一样，日常吃食多以面食为主，即使是喝"腊八粥"，也主要以各种豆类、杂麦、高粱混合而煮，以示吃百家饭的开始。唯端午节时，方以糯米为主包粽子、蒸甑糕。我一直觉得家乡人在端午之时包粽子的少，蒸甑糕的多，是因为当地不产粽叶，须从远方购进，故而就简。以前的粽子基本全是糯米，讲究些的人家会在粽子里放上一颗红枣、几粒红豆，吃时再滴上些蜂蜜或撒些白糖，总之味道以甜为主。高二那年的五月，我代表县上参加天水地区的作文竞赛，在天水的大街上，买了一个小摊上卖的粽子，老板听我口音是外地的，看我细细品味、吃得很香，又给我碗里加了一勺子蜂蜜，那个粽子的香甜让我回味至今。在以酸、辣为主要口味的家乡吃食中，粽子算是个特例。

随着物流的通达和生活水平的提高，南北方的粽子也在交流，各种口味的粽子纷纷出笼，有些也与当地人的偏好相靠拢。《晏子春秋》有云：

"橘生淮南则为橘,生于淮北则为枳,叶徒相似,其实味不同。所以然者何?水土异也。"昨天收到一盒网购的竹筒粽,吃了一个带肉的咸粽子,想着尝个鲜,结果口感很不爽。看来人的口味在小时候就基本定型了。

家乡是亚高原,小麦成熟略晚些,地形不同、品种不同,成熟期也不一样,阳历六月底七月上旬川道麦熟,七月中下旬山梁麦熟,"五月单五"是夏收大忙前难得的一个节日,是一年中最重要的日子之一,也是准女婿们提着大小礼品去老丈人家"追节"、正大光明地看未婚妻最好的机会。以农为主的时代,平日里地里家里的活儿很多,青年壮劳力们不论男女都在忙活自家的营生,家长是不会让他们出门去"浪荡"的。

相传端午节的一大传统是防毒祛邪,所以人们只祝"端午安康",而很少说"端午快乐"。人们会在大清早去野地里拔些艾蒿、菖蒲之类的野草挂在大门上以避邪瘴,弄得家家户户像是住在茅草屋似的。有些勤快的人家不光在大门口悬挂,在每间屋子的门口也都挂上。同时,人们会在小孩子的手腕子和脚脖子上涂上雄黄,以防毒虫,后来觉得雄黄有毒性,遂绑些红绳以替代。现在城市里很少有野地,艾蒿也不好找,人们就去折些"万条垂下绿丝绦"的柳枝以代替,把家门打扮得绿意盎然。以前这家属院和楼道里都是"端午插柳",三年疫情期间更是盛行,唯恐不插柳不足以驱疫。但今年我竟然连一处也没见着,是大家都忙到没时间去折柳条了吗?还是觉得插柳并不足以防毒驱疫?

据说狼虫虎豹是怕火的,渐渐引申为一切大小害虫是怕红色的,后来有些人生活富足了,就把红绳美化为彩线。光有彩线那是不够的,许多老人和孩子腰间还要挂上填满各种香料的香包,既祛邪又是装饰,尤其是小孩子会攀比谁家的香包更漂亮。有时我在想,冬春时节园林部门给大多数树木一米以下的树干涂刷以石灰石、硫黄拌和的"石硫合剂",其灵感是不是也来源于此呢?

其实,彩线香包的风俗古已有之,苏东坡在《浣溪沙·端午》中就说:"轻汗微微透碧纨,明朝端午浴芳兰。流香涨腻满晴川。彩线轻缠红玉臂，小符斜挂绿云鬟。佳人相见一千年。"对美好生活的期冀和盼望，看来亘古不变。

李老师早上训练完，请队员们到附近的生态园聚餐，共庆佳节，也适时调整一下状态，而我则坐上了回老家的火车。本来我想约上几个朋友一起开车回家，打电话问了一遍，要么单位值班、检修，要么轮休，时间凑不到一起，干脆一个人坐火车回吧。经停甘谷的火车很多，甚至每天上午开行一趟兰州始发、终点甘谷的"专列"，但前天我在网上买票时，今天早上的所有车次都没票了，只好坐下午的车走。不过不着急，给大姐电话里说了，在家吃晚饭。

看来大家确实都忙起来了，我喜欢这种忙碌而充满烟火气息的生活状态。

2023年6月22日草拟于兰州—甘谷火车上，2023年7月1日修订

那水，那山

王保福

家乡有条大河，叫渭河，地理书上说它是黄河的第一大支流，据说"蒹葭苍苍，白露为霜，所谓伊人，在水一方"说的就是渭河边上。县城边上有座小山，叫天门山，是秦岭向西延伸的余脉。见过一户人家的春联上写着：窗含天门连五岳，门对渭水通四海。其气势不小啊。

老家叫甘谷，很久以前叫冀城，《天水关》里唱的三国名将姜维就来自冀城，也有文人墨客考证后说此地是羲皇故里，但莫衷一是。秦时甘谷为县制肇始之地倒是真的，所以对外宣传多用"华夏第一县"的名号。甘肃省甘谷一中是为数不多的全省重点中学，倒也不是徒有虚名，好些年的高考情况都比天水一中要好。

陇海铁路沿渭河而上，给故乡人们的出行带来很大的便利，坐火车东奔西走，也使商贸之风盛行。多年前因为穷，扒火车的人比较多，车站和车上都比较乱，以至于在西北境内只要说自己是甘谷人，马上就能从对方的眼神中读出很复杂的反应，耳边就会响起列车员以前常说的："火车马上就到甘谷站了，大家不要开窗户啊。"

渭河在县城和火车站之间流过，距离我们庄子有三四里地。小时候我们常在夏天去渭河边学游泳，那时管游泳叫"打郊洗"，是脱光了衣裤光身子那种。我个子小，每次都因为水大浪急不敢到深处去，更不敢去"坐浪"，也就只在水边学个狗刨之类，主要是在出水后，光屁股在河滩上晒太阳，或抱着洋灰电杆烤一会儿，尽情享受阳光的温暖，反正都是小男孩，谁也不笑话谁。有时幸运一点还能看到几条渭河鲤鱼在水中跳跃，听老人们说，以前在河边上有专门的打渔人呢。好像是升初中的那年夏天，我终于领略了一次到深处去游且是"坐浪"的感觉，那次是上游下了暴雨，河水涨得不多但都是稠泥，看不见底的河水叫人有些害怕，有胆大的不想白跑一趟，就跳了进去，从泥里爬出来后极力鼓动我们"不会沉下去的"，我经不住诱惑壮着胆子试了一次。真的只在水面上漂而沉不下去哎！坐在浪上盯着身下的泥汤，惊喜的感觉不一会儿就变成了刺激和恐惧，脱下一层泥壳后就再也不敢下水了。后来就不怎么去河边游泳了，我到现在还是不会游泳。

近几年回家时，听说渭河里已经没人游泳了，鱼早几年就不见了。宽阔的河道里一下雨是泥汤，不下雨是一股股的臭水，而且在冬天时不时还会断流，甚至有一年冬天，县上瞅着机会封了渭河大桥，实施桥面加宽的工程，行人和车辆都从河滩上穿行，竟也不会湿鞋。千里渭水富关中，传说不太远的下游的关中人提出由他们出钱引上游另一条河水来济渭，希望保住这条生命之源，不知道这消息是真是假。

天门山在县一中的南边，算是离县城最近的一座山。上学时一直觉得天门山很高大，实际上，站在渭河大桥上往南看，天门山不高也不算大，东西两边和山后面都是绵延起伏的大山。

天门山面向县城的北坡比较陡,除了中间的部分因滑坡留下"七把刀"陡峭得无人能上,两边的坡子也陡。上山的路真是崎岖的羊肠小道,但对我们好动的小孩子来说,一个多小时就能跑个上下。山上以前树不多,只在山顶有一些,每次雨后,我们就去山顶采"地软儿",也就是现在可以人工种植的地达菜。有一次我不小心滑倒了,顺着山坡往下溜,地面湿滑根本刹不住,也没东西可抓,眼看就溜向了崖边,一棵小树挡住了我,伙伴们赶紧找了些树枝,把惊魂未定的我慢慢拉了回去。后来我就莫名其妙地恐高了。

农村的冬季农田基础建设一直都在进行,农业户、居民户各有各的任务,小孩子的任务好像少一些,城区居民户的任务就是在天门山上修水平梯田。在上小学之前,我每年冬天都得跟着父母去天门山劳动。寒冬腊月,壮劳力一锄头下去才几个小土块,小娃娃只能用小铲子往手推车上铲土,或干脆用手去刨,那个冻啊,真是冰得钻心。在一阵紧似一阵的西北风中,连歇一下的地方也没有,周围的小孩子们都在诅咒严格的夹着卷尺的丈量人员天天感冒,好让我们早点收工。这样的冬天过了好几个,忽然发现天门山有些变了,尤其是在夏天,像是花卷馍,一圈一圈不同颜色的庄稼,有些漂亮。到我初中的时候,山上的树就多了起来,小块的地也不种庄稼了,以栽树为主,我也和同学们经常去稀疏的林子里习文练武,有一年春节时竟然跑到山顶上赏雪,一路走一路拍照。

前几天,听正在县一中上高中的外甥说,他们全校在天门山上种了满山的"青年林",每棵树上都挂个小牌,记载着栽植者的姓名和栽种时间,栽植者还要定期巡查、负责保活。我的眼前便常常浮现出一片不太大但很苍翠的绿色。

渭河水就那么淌着,天门山就这样绿着,我的故乡啊!你何时能够舒展腾飞的翅膀,成为名副其实的冀城呢!

1999 年 12 月初稿,2023 年 6 月修订

阳光之旅

易华秀*

1989年的寒假，我还是一个肥肥胖胖的大三女生，胆大，心野，脸皮厚，爱幻想，成天向往着远走高飞，浪迹天涯，闯荡江湖，好给自己白纸一样简单的人生经历添加点色彩。我手头存了几十元钱，这是我给一个高中男生做家教赚的钱，小男生很争气，考上了清华，他父亲奖励了我。我寻思着用这笔奖金作为自己的旅费，开始我的第一次长途旅行。大冬天的北京，到处是冷飕飕。作为一个有上进心、追求悲情浪漫的"文艺女青年"，我的主题是"奔向阳光灿烂的南方，拥抱大海"。那时候的广东沿海是一片热土，吸引了无数的打工妹，是全国老百姓最向往的淘金之地，所以我的目的地就是广东，美其名曰"阳光之旅"。

大年三十的晚上，我们大学的翁校长请所有留校的学生享受了一顿丰盛的年夜饭。我不相信天下有免费的晚餐，但对于有些人，比如我，幸运总是特别关照的。从北京到广州的全价火车票是一笔能让我彻底破产的花费，严重超出了我这个穷学生的经济承受范围。听说每一年的除夕，火车票是免费的，所以我经过精心策划，选择了在除

---

* 易华秀，水机87，供职于北京益恩际流体科技有限公司。

夕之夜启程。梦想的翅膀不会因为贫穷而折断，我要起飞。

酒足饭饱的我出发时心情愉悦，我的好朋友、食工 87 的 LILY 和她的男朋友送我到 902 车站，千言万语地叮嘱我"要小心"。到了北京站，才发现根本就没有什么免费的车票！好在我对这一关早有准备，没有什么犹豫，购买了一张站台票，我装模作样地跟在一群送客的人中间，混上了开往广州的特快列车。

几节硬座车厢空空荡荡，几十个人稀稀落落地散坐着。此前，我从湖北到北京往返坐火车，经常是站立十几个小时的，从来没有这么多舒适的座位可以任我躺卧，这样占便宜，让我高兴得有些不安了。一直以来，我喜欢乘坐火车，从一个已知的地方驶向另一个未知而新奇的地方。看那些陌生的人群，形形色色的面孔，嘈杂的声音讲述着天南海北的奇闻逸事，让我觉得又安全又热闹。透过玻璃看窗外一闪即逝的风景，回想一些令人忧伤或者愉快的心事，不知不觉地，几个小时过去。我没有手表，并没有时间的概念。远处，漆黑的夜空中亮起绚丽的烟花，午夜来临，也许已是 1990 年的新春。没有空调的车厢灌满了冷空气，温度越来越低。一心想着太阳的我衣衫单薄，寒冷让我缩成一团，牙齿"咯咯"地响，手和脚渐渐失去知觉。我闭着眼睛，想象自己就是那个卖火柴的小女孩，手里握着小小的火苗。许多年来，我都不能淡忘这可怕的冰凉！从此，在任何一次旅行中，我一定会带上御寒的衣裳。

车厢里走动着几个列车员，我哆哆嗦嗦的样子让其中一个停下来。我看着这位披着棉大衣的列车员，他的大衣又长又厚，像我母亲缝制的冬衣一样，铺满了厚厚的新棉花。列车员打量着我，莫非这位好心人看出我对他大衣的热切期待？"你去哪里？票拿出来给我看看？"他温和地询问我。我慌张起来，拿出我的站台票，可怜巴巴地告诉他：我要去广州，火车票丢了，想和相依为命的亲人一起过年（纯属虚构），没钱买票。列车员恍然大悟，脸色大变，非常恼火地训斥起来："你这姑娘，没钱还敢去广州！下站赶紧给我下车去！"我有些沮丧，眼泪流下来，却不甘心，拿出我的学生证，承认错误，陈述自己一时的困难，企图打动这位列车员让他手下留情。

"你别在这里骗人了，就你这样子，哪里是什么大学生！你肯定会被卖掉的！"列车员的轻蔑和冷酷让我脆弱的自尊心受到伤害，我用袖子擦干泪水，盯着他，一字一句地回敬道："你记住了，我绝对不会被卖掉的。"此时我的眼睛一定是喷着火苗的，再卑微的人也有尊严。

就这样，我的包被粗暴地扔在了站台，我像一只让人讨厌的苍蝇，被毫不留情地赶下了车。

在石家庄车站微弱的路灯下，我蹲靠着冰冷的水泥柱子，怨恨那个冷酷无情的列车员，更对自己不知天高地厚的愚昧生闷气！是进还是退？我必须做出选择。一阵阵寒风吹过，我的怒火慢慢平息下来，开始冷静地分析在这个意外变故中自己的失误：那就是对他人同情心所抱有的天真幻想，根本不能作为解决我实际困难的唯一依靠。我恢复了自信，制订了新的方案：尽量花最少的钱购买几次短途车票，注意言行与周围的环境协调，随时保持警惕，严防查票员的突然袭击。只要是往南的火车就可以坐，一站一站地往广州走。火车上断断续续几十个小时的行程，我学会了察言观色，什么样的人冷漠，什么样的人热忱，通过他们的言谈举止，我基本能够分辨出来。一个人心地的善恶与其外貌或者贫穷富贵没有任何关系。慈眉善目的人可能是道貌岸然的家伙，所谓狼并不可怕，要提防的是那些想吃人却披着羊皮的狼。我还总结了一些经验：出门在外的单身女子，遇到恶人欺负需要帮助时，军人是最可靠的选择。我们的人民子弟兵，不仅体格健壮，思想端正，而且普遍具备侠肝义胆的英雄气概。保家卫国、爱护女生是军营男子汉们义不容辞的责任。一个柔弱的女孩，只要用崇敬赞美的目光稍做暗示，那些热血男儿们多半会挺身而出，打抱不平，那些不怀好意的人面对军装就只好望而却步了。对一个20岁的年轻人，这些切身体会可比那些书本上的人生经验要宝贵得多呢。

一个背着干粮的河南打工妹，用她香甜的玉米面饼子填补了我空虚的胃，也用她朴实的话语温暖了我的心。武汉和韶关又被撵下来两次，中途还算顺利。

经过两个白天三个晚上，大年初三的上午，广州火车站到了。不敢直接走出站口，我沿着漫长的铁轨朝前走，找到一面残缺的围墙，钻出车站。踩着不一样的土地，呼吸着不一样的空气，梦中的广州就在眼前，虽然不是阳光明媚，却是温暖如春。我终于可以张开双臂，做出拥抱的姿态，迎接崭新的太阳了。

新春的广州，大街小巷都摆满了鲜花，金橘树结满果实，马路上散落着数不清的红包。走来走去的广东人个子矮矮、皮肤黑黑、额头高高、眼眶凹陷、眼神精明，长相好特别。男人穿着时髦的夹克牛仔裤运动鞋，女人穿着别致的牛仔裙，一切都那么新鲜。我裹着一件老旧的呢子风衣，漫无目的地游荡，微风拂面而来，湿润而清凉，夹杂着人们的欢笑，还有我一个字都听不懂的语言。低头看看自己衣服，那颜色让人想起风干了的牛粪，这让我有点自惭形秽。这时候，如果一个广州人看我不顺眼跳出来揍我一顿，我也无话可说，因为我的确影响了广州繁荣昌盛的市容。然而，我可不是一个一文不名的流浪汉，我口袋里还装着至少30元的大钞呢。什么都不怕！先找到一家大排档，一大盘炒河粉吃下去，精神面貌便焕然一新了。再购买一张广州市交通地图，我便雄赳赳气昂昂地朝着珠江的方向前进。步行不仅是最省钱的方式，更是打探这个陌生城市最简捷的途径，还不用担心迷路。我很快走到珠江边一个叫"大沙头"的地方，面对滚滚珠江水，心中百感交集，浪子情怀油然而生。

既来之则安之，广州有名的公园，免费的，我都进去瞧瞧，不免费的，我也要在门口瞅瞅。小半天的工夫，这个城市的风景名胜古迹我差不多能说出个一二三了。天快黑的时候，我掉转头，往火车站方向返回，准备在车站候车室的座椅上歇息一个夜晚。这一整天的行走，我有点虐待了自己的脚，脚底已经磨出了水疱，疼得很。

候车室显然是许多人温馨的港湾，我去的时间有点晚，抢到一个座位的希望落空了。只好把包搁在空地上，人坐在包上面休息。真正疲劳的人一般不计较睡眠的姿势，我双手抱着膝盖，很快就进入了梦乡。在梦里，正当一个白马王子走近我的幸福时刻，一阵急促的吵闹声把我惊醒了。原来是候车室禁止无业人员们在此地逗留，工作人员们正高声呵斥，驱逐我们离开。因为怕弄脏了手，他们用脚踢着我们，眼看着，我们这群无家可归的"丧家犬"就要被撵走。

"能不能交费，让我睡在这里？"睡眼蒙眬的我头脑还算清醒。

"交钱可以，4块钱一个晚上。"

我大喜，踊跃地交钱，工作人员收下钱，给了我一张草席、一条毛巾被。又一群人变魔术似的，变出几十个简易的折叠床，看来也是专门为我们准备的。我很快抢到一个床位，躺在软软的草席上，我想，一切都很顺利，广州真好！

天亮了，今天，我要在这个美好的城市里找到一点事情做，最好能赚到我回北京的路费。在我的计划里，从来没有体验乞讨和偷窃的打算，一把鼻涕一把眼泪的哀求显然不是我的长处。所以，用光荣的劳动赚钱是最好的办法。

火车站附近有一个服装批发市场，节日的市场，逛街的人很少，看起来像顾客的人更少。我走近一位摊主，夸他的牛仔服样式好看。摊主很高兴，说："开门大吉呀，小妹妹你买一条吧，穿上一定很漂亮的！"我满脸堆笑，告诉他我想帮他卖衣服。摊主大失所望，看看我，撇撇嘴说："看看你，长这么胖！站在这里，我的衣服更不好卖啦！走开点！"

我有点受打击了，这几天我忍饥挨饿的，可是不见任何身材苗条的迹象，年轻就是健康，我是喝凉水也长肉呀！暗下决心：是该减肥啦！这几天，干脆水也别喝，就喝西北风了。连续走访了几十个摊位，我发现服装批发市场的临时工必须是年轻貌美、身段苗条的靓妹，这个残酷的真相让我黯然退出了市场。

经人指点，我溜达到一个外来人口服务中心，一个专招临时工的集散地，五湖四海的无业者聚集在这里，期望找到能让自己衣食无忧的贵人。

一位衣冠楚楚的中年男人注意到我。"姑娘，想找工作？"他用亲切的北方话问我。

我点点头，告诉他，想要一份短期工作，最多只能干一周时间。

"才干七天的工作，那不可能找得到哟！"中年男人很遗憾地说，有些爱莫能助地摇摇头，走了。

时间过去了小半天，还没有一位贵人模样的人出现，我有些失落，焦虑和急躁的情绪难以克制。

"姑娘，我朋友那里有个招待所，招服务员，看你一个人可怜的，我帮你问了问，他同意让你去啦。"还是刚才那个中年男人，他转了一大圈，又回来了，很热心地告诉我这个好消息。

我们交谈起来，告诉他服务工作是我的强项，洗衣做饭卫生保洁，我样样都在行。中年男人好像一位慈祥的长辈，和我谈心，不过，他对我的工作经验似乎不感兴趣，只是滔滔不绝地给姑娘我讲述过来人的人生经验。

"姑娘啊，你还年轻，不懂事！人生在世，就得享福，年轻的时候要多赚钱，不管做什么，得把一辈子的钱赚到手！"他语重心长地说，"什么最赚钱呢？年轻最容易赚，要想得开嘛，有什么比小姑娘更好赚钱呢？姑娘你今年才18吧？我那里可是又轻松又赚钱的工作呢！"

这个中年男人有点花言巧语，一直保持高度警惕的我有种说不出的不自在，想起列车员恶毒的诅咒。

"我那里的姑娘，干了几年工作，现今都在谁也不认识的地方吃香喝辣的呢！"

这番话让人全身起鸡皮疙瘩，原来他所说的工作有名堂，说不定是见不得人的勾当！这家伙似乎不是一个好鸟！光天化日之下，想让我自投罗网，把自己卖掉？我深吸了一口气，暗暗地想着对策。

"大哥，你真是个好人，遇到你实在太好了呀，你说的都对，我明白，这个工作很不错。对了，我还有个表妹，才 16 岁，她也在附近找工作呢。你在这里等着，我把她也叫上，一起去你那里吧。"

"好好好！两个最好，你快去叫上她，我等你们。"男人如释重负，喜出望外地看着我走了。

我逃跑似的离开这个服务中心，同时决定购买一张第二天去惠州的汽车票，投奔我在惠州打工的表妹。

正月初五，坐上广州到惠州的大巴，我的口袋空空如也。不过我不担心，惠州有我的亲表妹呢，她在广东打工一年多了。那时候，电话只是少数富人的联络方式，我们的联系方式是通信。我手里紧紧地攥着表妹的信，信封上有她的通信地址呢。

表妹已不在原来的工厂，我向许多的湖北老乡打听，分析了很多的线索，好不容易把表妹从上万个打工妹中找出来。我们姐妹俩搂抱在一起，开心得眼泪都流出来了。表妹把我领进她的宿舍，让我冲了冷水澡，拿出她干净的衣裳，换下我满身臭气的脏衣裳，还用百米冲刺的速度打回一份食堂的饭菜，腊味荷兰豆，极其美味，那是我品尝到的第一个广式菜肴，我看到它时一定两眼冒着绿光。

16 岁的表妹，小时候就是我的亲密伙伴。因为几分之差中考落榜，一直把我这个表姐看作她的骄傲。高低床的下铺，我们挤在一起，有说不完的知心话。只是半夜有时候，工厂会有保安过来查房，砰砰地敲门，打着手电筒到处晃，那气势，就像鬼子进了村。保安们大多数是广东本地人，在外地打工妹面前耀武扬威作威作福，被外来妹称作仗势欺人的"狗腿子"！表妹胆小，总被吓得脸色苍白浑身发抖，让我躲在床底下，千万不要被抓住。

表妹打工的运动鞋厂是很典型的台资企业，她们平常的工作非常辛苦，一天工作 12 个小时是经常的事儿。一间宿舍里摆着高低床，住着一二十个女孩。打工妹都以省为单位结成同乡会，内部团结，一致对外。湖北的死对头是河南，四川人跟江西人对着干，广东人是所有外地人的眼中钉，互相打群架是常有的事。表妹的室友们，对我算是一个破例，不仅没有对"狗腿子们"告密揭发，还对我表示了宽容欢迎的态度。女孩们大都从穷山沟里走出来，小小的年纪却背负着赚钱养家的使命，她们都把上大学当作人生最美好的梦想。不上班的时候，大家要求我讲大学里男生女生之间的故事，大家嘻嘻笑笑的，觉得新奇又有趣。渐渐地，她们都跟我亲近起来，很愿意带我认识惠州的大街小巷，还带我逛惠州西湖。几天的工夫，这些单纯的女孩们对我敞开了信任的心扉，她们会把从来不说的秘密告诉我，甚至，一个相貌出众的湖南女孩还让我帮她处理一场危险的三角恋爱。女孩带我到一个塑料厂，那里有一个对她纠缠不休的男孩。我把那个男孩叫出来，以女孩最好的北京朋友身份，以一个知识分子的口气，严肃地教导他要有知识，学文化，树立正确的人生观、爱情观。男孩低眉顺眼，很敬畏的样子，服服帖帖说是是，保证改邪归正，从此不再死缠烂打。

正月十三，我返回湖北老家的日子到了，表妹哭得泪人一样。这些天来我羞于启齿我捉襟见肘的窘况，表妹也从来不问。临走的时候，表妹在我手里塞了100元钱，这可能是她三个月的生活费。表妹的室友们也恋恋不舍，这些外来妹，无论她们来自湖南、四川，或者江西、广东，都成为我亲密的姐妹，给予我浓厚的友情。我的旅行包塞满了礼物：几十个无比漂亮的洋娃娃，还有精美绝伦的工艺花，那是她们在花厂、塑料厂打工很久，用心积攒下来的最美好的礼物。我看着她们天真烂漫的笑脸，下定决心，回北京后珍惜美好的校园生活，努力学习，做一名模范学生，为自己，也为她们。

正月十五，我平安回到父母身边，尽情享受家人团聚的亲情。这一趟阳光之旅，我收获的快乐比付出的眼泪要多。这次短暂的旅行因为有太多严酷的考验，而失去了很多轻松愉快的体验，这段过于辛酸的经历让我在许多年里一直羞于启齿。但最重要的是，这15天的时间教会我用成人的眼光看待这个未知的社会，让我懂得：

生存的意义在于认识、接受、珍惜和感激。

无论多么卑微的人都有一份足够强大的尊严。

任何时候，我绝对不可以做一个恃强欺弱的人。

对他人，任何细微的帮助或者表达同情支持的笑脸都是最值得赞美的礼物。

人，或许本来没有好坏之分，激发他的恶意或者善念，最重要的原因是你的言行。对于女人，保护自己的安全高于一切。

2007 年 12 月

为了打开那扇晴窗，为了追逐那一颗星星

童 云[*]

《挚友》报是 1983 年创刊的，距今已经 40 余年。说心里话，尽管在后来的日子里，自己仍然生活在这座校园里，但对她的记忆已经有些模糊不清了。

然而在每年某个特定的时刻，比如三月中旬至接下来的四五月里，当年挚友社的社长、总编辑等中流砥柱们，总是会掀起一波"回忆杀"。特别是看到那些被拍成图片发到挚友群里的、经由个人珍藏了下来的旧年《挚友》报，虽然纸片已经发黄，而且由于报纸当时采用的是 20 世纪 80 年代的油印技术，到了 21 世纪的今天已经墨迹模糊，但那是一代又一代年轻人的青春念想。看着她，就好像旧友重逢，分外亲切。

只是不知道，这些斑驳的报纸看到已经变老的我或我们的模样，是何感想。

为何使用"挚友"两个字？不知别人如何感想，至少当时的我是不求甚解的。只知道是指亲密的朋友。挚友的"挚"与"挚爱""挚诚"中的"挚"不二，但有这个"挚"就足够了。

虽然办《挚友》报的这一伙人，两三年后就不得不

---

[*] 童云，食工 87，供职于中国农业大学出版社，《科普时报》"茶知道"专栏作家。出版茶文化著作《茶之趣》《一壶普洱》等。

离开《挚友》报，离开学校，投入社会，各奔前程，但这伙人，从此有了一个共同的名字——挚友人。纵然大家已经作为"流水的兵"或哭或笑地离开了校园，但"挚友人"已经成为这伙人心中"铁打的营盘"，这三个字让这伙人变成被线牵着的纸鸢，只要"挚友"把手中的线轻轻动一动，飞得再高的鸢儿便会一只只地飞来归巢。

说起来，挚友这伙人，除了爱好文学、诗歌，并没有多少相同的地方。相反，这些来自中国农村、小县城、大城市等"五湖四海"的挚友人，各有各的成长背景、各有各的专业特长、各有各的生活方式、各有各的社会角色，因了"挚友"这个魂牵梦绕的称谓，让大家有了不同于别人的调性，成为各自所在圈层里的那个"独一份"。

当然，挚友人的聚会，和当今的寻常聚会一样，少不了美食与美酒。不同的是，挚友人的聚会，让我们在乏味的酒桌上多了一些"营生"。不知道从哪次活动开始，即使是只有三五个挚友人的小聚，也会在席间诵读自己的新作或即兴发挥作出美文。也许大家在借助这样激扬文字的方式，纪念自己青年时代的创作欲、发表欲。好在，40年后，我们的这种"二欲"依然如故。

几经辗转，自己最后还是选择了内心深处一直喜欢着的文字工作岗位。这一干就是20年，这种情愫对于一名当时在挚友社里只是"打酱油"的我尚且如此，那么，昔日的社长、总编、主编、部长、编辑记者等核心人员们，又会是怎样的一种难舍难分！

别的人我不了解，我只知道走出校园这座象牙塔后，是"挚友"让我成为圈层里的那个"独一份"。

这是一篇无法结束的文字，如果我不略略述及从21世纪初把我从"孤独的混沌中"逐渐拉回温情宁静世界中的几位师友。

秀子，也就是同届、不同系的校友易华秀。就是她，当年的一通电话，把我叫去参加挚友社20周年社庆活动。虽然我一直很抗拒她这种临时打电话叫我参加活动的"毛病"，但慢慢地也就理解她了。在商场博弈多年的她，大概率讲究的就是需要彰显出"我一个电话就能把人叫出来"的能力，只是这个招数用习惯了以后，就分不清楚施招的对象是客户还是同学了。但这都无伤大雅，更重要的是，在毕业十多年后仍然生活在农大校园里的我，从此开始主动社交了。

主动交往的人物就是葛—徐合体的葛长银、徐晓村两位老师。这和易华秀同学当年极度"粉"葛、徐两位老师是分不开的。想想自己还一度把葛长银老师当作徐晓村老师，真是有点好笑，在挚友人心中的精神领袖怎能容许我如此的"怠慢"？其实，这在某种程度上也说明了学生时代的我社交范围仅限于学生层面，没有勇气与师者成为朋友。看着挚友们与王珠珠老师、徐晓村老师、葛长银老师等亲密的模样，着实令我羡慕不已，只能默默地在边上感慨自己在校读书的时候，怎么就把自己混成了一名"打酱油"的透明人！

当然，毕业近20年后和他们成为好友，一点也不晚。不仅如此，诗人葛长银还为我写了首名为《每一部作品都是一颗星》的诗歌。葛长银老师创作这首诗歌是有原因的。2006年起我策划了一套5册的"社会主义新农村建设·财智丛书"，请葛长银老师担任丛书主编，同时他本人还承担了其中《新农村：帮你减轻经营税负》《新农村：帮你应用会计增效》两种书稿的编写任务。其间，我们一起研讨书稿的写作风格、版式风格及封面设计等。书出版后，我们又一起四处宣传新农村建设的财智知识。当然，这套丛书也顺时应势地成为国家在建设社会主义新农村中的一个主打工程——"农家书屋"建设的主力图书。其时，正值我的原创小说《心路》完稿，葛长银老师作为会计界最著名的诗人，诗兴大发，诵出了一段诗意文字："请给点掌声/请给《心路》一些掌声/请给童云女士热烈的掌声/一位温良的母亲/一位贤惠的妻子/一位出色的编辑/用时间的针头线脑/在夜晚，缝补生活/用心灵的五彩石子/为好女人，铺就《心路》/不要吝啬掌声/让我们用掌声为一颗星星命名/璀璨的天空/最耀眼的是星星/漫长的人类社会/沿途种下的是灿烂的文明/而每一部作品都是一颗星/是人类文明中的红宝石/或蓝宝石/总之是灯盏/照耀人类奔跑或爬行/《心路》就是一颗星/而且是一颗能长大的星/犹如一位聪慧的儿童/从那清醇的星星一样的眼睛里/我们看到了美好的未来/城市,乡村和心灵/生活在那里的人们是幸福的/其实,我们就是那群人/你看,不是吗?/我们正在用掌声/庆祝这幸福的光景。"

这段文字葛长银老师在新书发布会上再次进行了诵读。

那段时间最常见的一道风景就是葛长银老师到农大西校区上课,总是在课前或下课后手持一把紫砂壶来到我的办公室小坐,一起说说书稿、说说宣传等。而且,葛长银老师还驱车带着我去王珠珠老师办公室,见到了这位当年我心目中的女神在办公室里的领导者风采。这段作者与编辑的交往,被我利用编辑的小特权,写成文章《一部作品 一份情怀》,作为师兄王晓亭于2017年出版的作品《我们刚刚相识》中的"后记"捎带着变成了铅字。

说葛长银老师的时候肯定少不了晓村老师。令我惊叹的是,都21世纪了,徐晓村老师居然还在用笔于稿纸上一笔一画地写稿。当然,这也就有了自己向其献殷勤的机会——为晓村老师录入手稿。于是,在《晴窗集——晓村茶话》书中关于"晴窗"的文章《晴窗细乳戏分茶》当年就是我录入的第一稿。然而,争着为其录入手稿的学生太多,因此这也是我唯一的为其录入手稿的经历。但我是幸运的,毕竟这是晓村老师最看重的一篇文章,否则其第一部著作的书名怎么会叫"晴窗集"!而且晓村老师在他的多篇文章里均用到了"晴窗"这个词。试想,作为社会人,谁不愿意在"烟花三月,春光明媚,窗明几净,泡好茶一杯,忘记柴米油盐,抛开了人世纷争,平心静气,细细品味那来自大自然的清香,确实是终日紧张劳碌的人极好的休息"。也正是有"晴窗泡茶"这个渊源,我和晓村老师的交往变得越来越有味道。

2011年左右,徐晓村老师在为我的第一本茶书《茶之趣》写推荐意见之后,继续为我的第二本茶书《一壶普洱》慷慨作序。

我自以为别出心裁地请徐老师在普洱茶的包装纸上题字,准备后期制作成茶饼送给晓村老师收藏。由于普洱茶通常是以一提七饼为单位用竹壳包起来存放的，为了方便徐老师保存，特意请他在七张棉纸上题了字。"一壶普洱，心纳万物""清茶三盏，余闲半日""相伴以茶，夫复何求"等经典美句落在了普洱茶棉纸上，让当时在一旁充当书童的我不仅羡慕其夫人可以从文字中体会到晓村老师对其的浓浓爱意，还当场接受了一次浓浓的传统文化教育。同时，自己也为这提茶有了晓村老师的题字而由几千元瞬间升值为数万元而暗自激动。

这件事情后来的发展超出了我的预想。过后我把棉纸寄回茶厂，没多久就收到了厂家制作好的普洱茶，我自然是在第一时间就把它们送到了徐老师身边。时值他正与秀子同学等人小聚，只见徐老师二话不说，就令万分不情愿的我拆开那精致的普洱茶竹壳包装，顺手拿出一饼普洱茶看也不看地就送给了秀子同学。惊呆了的我立即扑了上去："等等，别把那饼题有'相伴以茶，夫复何求'的茶饼送给秀子，那是晓村夫人独享的茶饼。我一定要替杨老师把这饼茶看好了！"看着秀子同学兴高采烈地把茶纳为己有的我，只能一再向晓村老师强调：余下的六饼茶以后不要再送人了，这是能喝的古董，越存越好喝。时至今天，我还在为晓村老师只把茶送秀子而不送我的事情而耿耿于怀。

2016 年，晓村老师出版了茶散文集《晴窗集——晓村茶话》，我和千岛同学比谁都兴奋，自发组织了一次全国范围的图书漂流活动，随书漂流的还有一个精致的读书笔记本。大约一年后，这个由 15 地的 15 位读者用约 16000 字记下了自己读书心得的笔记本回到了我的手上。我和千岛一商量，就把它制作成了《晴窗集——"好书流转"书评文集》，当作教师节礼物送到了晓村老师家里。他表示很不屑，"很厌恶地"顺手就扔在了一边……

就这样，一年一年地，每次拜访晓村老师，我都会带上自以为得意的伴手礼，毫不例外地都被他顺手扔到了一边。

时间很快就来到了 2023 年端午节。端午节得吃粽子，想着大家去看望退休在家专心写文章的晓村老师时定会带上粽子。果然，进得家门，师母杨老师正在以粽子为餐。见此情景，暗自得意的我，也拿出了"粽子"，不过我此番送来的"粽子"是用老白茶为原料制作而成的"粽子茶"，用开水冲泡就可以喝了，不仅不腻，而且还解腻。这件伴手礼自然又被晓村老师顺手扔到了一边。但是，当我拿出另一件礼物的时候，情形就不一样了。这是一件很简单的礼物，就是一包定制的稿纸。这稿纸其实也没有什么特别的地方，只是我请设计者在每一页稿纸上简单明了地印上了"徐晓村专用"字样。晓村老师抱着这包稿纸爱不释手地连连惊叹，并特意唤来夫人共同欣赏的模样，着实令我难忘。

这件小小的伴手礼送出后，立即收到了晓村老师的回礼——"知道你爱茶、爱茶文化，那我就把我的全部茶书都送给你吧。"我兴高采烈地把晓村老师收藏的茶书全部拉回了家。这中间，自然暗藏了我的一点小心思。想从前，在中国农业大学媒体传播系讲授中国茶文化课程的晓村老师在写作或备课过程中会因为某个细节而打电话来询问正确的用词，如果我把他的茶书都收入囊中，那么，以后当他再想查资料的时候，我自然就成了他的首选资料员了。这真是一件极好的事情。

抱着这些代表晓村老师多年耕耘在中国茶文化领域的"凭证"，我在欢喜之后，产生了强烈的责任感，它们促使我从此必须在茶文化研究上更加精进才是。晓村老师此番赠送的茶书共计78册，其中竟然有两册上面写着我的名字，且盖着藏书印。哈哈，看来我在自己喜欢的书上做记号的习惯还是有意义的。但至于这两册书是何时，又是怎样到了晓村老师的书斋，原因已然不得而知了。这些书包括了从1987年出版的由吴觉农主编的《茶经述评》，到2020年出版的由马哲峰等著的《普洱六山记》，虽说只有78种，去掉两种非正式出版物后，涉及的出版单位有47家。

既然我从事的是图书出版工作，自然要对它们进行数据分析，结果发现了几组有意思的小数据。从出版数量来看，出版数量排名前三的有光明日报出版社6种，文化出版社4种，云南人民出版社3种。从出版社所在的地域来看，北京的出版社 18 家，上海的出版社 4 家，云南的出版社 3 家，杭州的出版社 2 家，成为主要的茶书出版力量。这些数据正好和它们各自所处的环境相匹配。北京历来是文化中心，茶作为历代中国文化传承的载体，自然少不了文化输出。而上海、云南、杭州的出版单位成为茶书出版的主力，就更不容置疑了，茶，绿茶中的龙井，黑茶中的普洱已经成为这些城市的代名词。这些数据摆在一起，就可以得出这样有深意的分析结果。晓村老师是懂我的，知道我一直以来向往的是一茶一书的生活。

想当年，自己在茶书《茶之趣》里自以为"得道"地写了个所谓的"送礼小妙招"——送礼就要送真心。事实证明，只有自己的真心还远远不够，还需要懂得对方真正的喜好。这样就可以不用考虑物品的贵贱，反而可以让你真切体会到礼物送到后，主人对它们是"随手一放"还是"爱不释手"的感受了。

至于秀子，虽然她喜欢临时"提溜"人的毛病多年来始终"坚定不移"地不改，但我们已经越来越习惯彼此的表达方式。"每年必须一起看话剧"的约定，已经成了当年的两个文青保持至今的"文艺范儿"。而且，现在这种行为已经发展到了不仅仅在北京看话剧，我们还出京看。这样的做法，还颇有点当今年轻人的味道。据说，现在的年轻人会为了省时间而花上不菲的机票钱，去追一场喜欢的话剧。这说明长期保持文艺范儿，的确是一道让我们永葆青春不老的美容秘诀。

以至于那日和秀子一起很刺激地冒雨观看完一场话剧之后，我发自肺腑地对秀子说："以后我们不仅要一起看演出，还需要一起去旅行，这样提前磨合好双方的习惯之后，等我一退休，就可以立即加入你的这种天马行空的生活了。"

"等不及了，需要你现在就开启天马行空的休闲日子！"秀子那天如是说道。

都说人生如茶，茶如人生。其实，交友亦然。一群人，为了心中的那扇晴窗，为了追逐那一颗星，那一颗会长大的星，走在了一起。

老李倒地后再没有醒来

千岛（伊卫东）*

老李倒地的瞬间，肯定是清醒的，这是我看了监控视频后得出的结论。我很想向老李求证，但这已经是不可能做到的事。老李倒地后再也没有醒来。

认识老李有两年五个月了，说起来是一段不算短的时间。自认识老李起，除了休息的日子，我每天都会和他碰面，他值守着我们单位的传达室，上班下班，他总是笑呵呵地跟我打招呼。他这张笑脸，在我们单位总部这幢小白楼里映照了十多年。

老李以单位为家，他就住在一楼传达室那间十五六平米的房子里。传达室位于一楼正中位置，从北边走廊出入，朝南有扇窗户，西边的墙上开了一个窗口，老李大多数时间就坐在挨着窗口的桌子前，行使着他神圣的权力，看管着每一个进出楼门的人。之所以在老李身上用"神圣"两字，是他在工作状态时自然流溢出的那股神气，为仅两层的小白楼平添到了二十层的高度。

我和老李有且只有过一次私下聊天。那是去年他老父亲病危，他急匆匆请假回去陪了两个礼拜，回来后，我问他父亲的身体恢复情况，从而知道了他前一个职业是军人，退伍后进了安保行业，他说虽脱下了军装，心还在军营。那次聊天后，每次经过传达室，我的眼神不由自主就

---

* 千岛（伊卫东），机化87，曾用名伊克，自由撰稿人，供职于首都农业食品集团。

会穿过窗口，投射到他的床上，一床被子从来都是叠得四四方方。看得出来，老李视军旅生活为他一生的荣耀。

整个单位几百号人，最了解老李的应该是人力资源部的女孩小静。从食堂吃完午饭回来，常看到小静在传达室里坐着，有时午间散步回来，快到下午上班时间了，还能看到她在和老李聊天。今天上午，小静有事找我，我刻意提起老李。

我说，一个月过去了，还常听到有人在念叨老李的好。我和他的日常交集也只限于每周二和周五，他会主动给我送来《作家文摘》，还有就是办公室饮用水没了，他挺直个腰板帮我们扛来一桶水。原来对他所做的常态化的点滴没有特别在意，现在回想起来觉得温暖。

小静说，老李的确是个大好人，但家庭生活不顺意。他是河北人，娶了个北京郊区的媳妇，婚后生了个儿子，儿子得了小儿麻痹症后，落下了肢体终身残疾的病根。老李和妻子性格不合，聚少离多，夫妻感情也就淡漠了，不抽烟不喝酒的他，只能常年寄情于工作，心里才有些安慰。

我问小静，老李告诉过你他身体有得什么病吗？小静说没有。小静说，那天早上她直接从家去社保中心办事，回到单位已近中午，没有看到他倒地的场景。我说，那天我七点五十分到的单位，看到楼门口有五六个人都拿着手机，一脸凝重地拨打120叫救护车。我进楼门，看到老李一身旧戎装，在楼道侧卧着，脑袋枕在一大摊血里，嘴里发出哼哼叫疼的声音。前几分钟，他还在门口指挥倒车，完事后他掀开门帘，进到楼里，走了五六步，腿一软，就倒下了。有同事拿了一床被子给他盖上，这个时候他的哼哼声已转为呼噜声。见有人看护着他，我就上楼了。

我对小静说，听到他打呼噜，我想着不会有大碍。没想到，送他去医院的安保部部长不到十点打来电话，老李在救护车上心脏就停止了跳动，到了医院，医生确认人已经没了。

小静说，生命太脆弱。我说，生命是脆弱。午饭后，我拿上老李走后单位出的报纸，找了块空地，点着了。单位的报纸，老李每期必看，他在天堂肯定惦记着呢！

曾经的居家办公日子

千岛（伊卫东）

　　回家的路上，走在两幢楼之间，迎面有只喜鹊挡了道，它抬头看了看我，又向前蹦跶了几步，敢情没把我当陌生人。我注视了它一会儿，冲它招了招手：你好啊！喳，一个飞翔的姿势，它瞬间消失在树丛中。我想，它大概是误会了我的友好，以为是在驱赶它吧。

　　提笔，没想到这篇文字会是这样的开场。由于疫情，两个多礼拜的居家办公，除了偶尔到周边购买生活必需品，每天傍晚在家门口的自行车专用道上骑一圈，活动的半径仅限于小区内，也因此对这个居住了二十多年的家园有了格外的注意。以往，匆匆进出家门，怎会有闲心去逗弄一只喜鹊呢？

　　这只喜鹊，是在回家吃饭的路上遇见的。吃完饭，我沿原路返回，小木屋的廊檐走道成了我坐班的地方。小木屋曾经做过琴房，我儿子上幼儿园时在这里学过钢琴，现在成了杂物间，门上挂着一把铁锁。木屋内没有了往日的生机，木屋外则完全是另一番景象，放眼四顾，几乎看不到房子，恍惚间有置身于一个大植物园的感觉。

　　十年树木，小区里的树木，年轮基本都在二十年以上了。木屋的后面是一片高大的树林，现在正枝繁叶茂。木屋的西侧就是竹林，竹林里还有几棵松树。木屋东侧挨着一条小径，小径往东盘踞着龙爪槐一族。这几天，有一对年轻人在龙爪槐下挂了吊床，除了饭点时间不在，他们把白天的时光都消耗在了这树荫里。极富有情趣的是他们养了一只鹦鹉，男孩女孩遛弯时，鹦鹉乖巧地站在他们的肩头，左顾右盼，不惧路人——提起鹦鹉，我又想起了喜鹊，它能不怕我多好啊。

坐在木屋前，我的视线焦点当然是正前方的花园，一个长满月季的花园，红色粉色是主色调。花园南侧尽头的平台上建有一座木构方形凉亭，亭内有方桌长凳，白天黑夜都有人流连其中。不知道是哪位有雅趣者找了块木板，还刷了漆，用毛笔题写三字——聚贤亭，悬挂在亭内北侧正上方。

平台栏杆外挖了一个人工湖，水源来自湖西边的假山。假山上放水时，汩汩流瀑吸引着在湖岸捞蝌蚪的孩子们，他们蜂拥着跑到假山下流往湖里的水道，踩水嬉戏。看到孩子们的欢闹场景，我眼前自然浮现起顽童时代的儿子，大人稍不留神，他就刺溜爬过嶙峋的怪石到了假山顶，坏笑着看向怕他磕了碰了的我们。

往返小木屋时，早几天我走近道，跳踩着连接湖南北两岸的间断石道，穿过花园直接到木屋或回家。自发现假山有流水后，我就改道走花园西边，为的是能踏进冰凉的水道，感觉就像小时候在南方老家，于炎热的夏季在小溪里躲阴凉。

那天正踏水而行，自顾追寻假山边通向花园的小桥下的湖水里七八条优哉游哉的鲤鱼的动向，一个稚嫩的声音叫我：大哥哥，你帮我抓条鱼吧。在孩子的眼里，我也还是个孩子吗？我倒希望自己永远童心未泯。跟小女孩说完再见，我又有怎样的遇见呢？

开心开心！前往小木屋，一个五六岁的小女孩叫我大哥哥，哈哈！到了小木屋，还有四个老太太一见我，就连声谢我，说等了两天，也没见到我，她们都在微信群里找我了，还争论我是不是戴眼镜。我只是举手之劳修了几把椅子而已。还送我雪碧，她们说这雪碧都带在身边两天了，温暖！

这是当天顺手写下、发给也在居家办公的朋友的消息，即时分享给他们解闷儿。发现这小木屋妙处的大有人在，难得只有我一个人独处的时候,常有孩子们过来玩扮家家的游戏,也有一个二十多岁的女孩连续几天上午捧着 Kindle 在阅读电子书。这几个老太太则是一年四季每天必到,早上八九点、下午四五点,她们都会聚在这里闲聊。小木屋前的旧椅子,就是她们搜罗过来的。我见椅子摇摇晃晃的,她们年龄都在八十岁以上了,坐了摔倒可不是小事,就惦记着找了铁钉给修好了。

和老太太们聊了十来分钟,知道了她们都是有故事的人。一个是纺织女工,祖辈都是老北京,搬来小区之前家在二环内,她说胡同里住着太憋屈,这里天大地大,心就宽了。一个是四十年前从淮北来北京的,她先生是大学教授,改革开放后国家解决夫妻两地分居,她随夫迁京。一个是接生大夫,她是这群老太太中年龄最大的,今年八十八岁,她告诉我,最多的一天她接生了八个孩子。一个是河南村妇,孩子接她来京养老,她说起她大姐生了八个孩子,"大跃进"那几年没吃的,饿死了七个,只活了一个……

老太太们跟我道别,颤巍巍地挪动着脚步,回家吃饭去了。我坐在小木屋前,现在整个花园里只有我一个人了,听到空中有喜鹊飞过,是挡了我道又被我吓着了的那只喜鹊吗?我打开书读,想着岁月静好。

用心灵呼唤生命

吴林虎[*]

刚上大学那年,我怀着对文学的虔诚走进了挚友社,一篇小小说《偶遇》开始了我做一个挚友人的旅程。那时的挚友社在共青楼。《挚友报》或手刻油印,或铅字印刷,报纸不定期地出几张。虽然是千辛万苦始出来,犹含遗憾与灵光,但我对文学的眷恋、对朋友的忠诚、对生活的梦想不失几分天真。

当挚友社搬到民主楼时,我已是《挚友报》的"主人"。此时,我对"挚友"的爱已陷得很深,几乎不能自拔,夜不能寐。首先,我加大了新闻的力度,创办了《每日新闻》黑板报;其次,加快出报的周期,变月刊为半月刊;另外给文学爱好者一个园地,取名为《文学副刊》,让赵辉设计了一个封面。

所有的工作离不开一批心有灵犀的挚友,也许正是挚友心灵的呼唤,一批批出色的农大学子聚集在"挚友"身旁。王保福为《挚友报》呕心沥血,父亲去世,把悲痛埋在心里,抹去泪继续编《挚友报》;易华秀是出色的内当家,为每一期《挚友报》,从采访到编排,从出样到校对,从排版到美工,每一道工序她都十分认真地把关,

---

[*] 吴林虎,机化88,供职于泰康人寿保险有限责任公司北京分公司。

为了编报，她多少次半夜爬墙回寝室；肖泉这位贵州来的才女，虽然话不多，但文章写得相当出色，美工尤其做得好，随手一画便成一景；赵文萍，这位师长的千金，为了《挚友报》，中午常常不休息，尤其注重效率，编报时的认真劲令须眉也服她三分；还有张新昌、吴成云、吴小兵是《每日新闻》的三根立柱，支撑着《每日新闻》的阵地；林清红、李新生、张广伟等为《文学副刊》不遗余力；还有天才的管理者陈月棋、王颖、侯敏，出色的外交者李丰、茅建宏，等等。正是由于他们默默无闻的工作，才有《挚友报》的红火。作为第八任《挚友报》总编，我衷心感谢那一批又一批为《挚友报》奉献、为我捧场的人。

也正是在挚友社的这段经历，这份为"挚友"无私奉献、勇于拼搏的心灵，才铸就了我的人生。在挚友社，我练就了一身不怕挫折、坚持到底的精神，从而在毕业后的工作中，不管环境多么恶劣，条件多么艰苦，我都始终不退却，不放弃自己对生命的追求，不放弃对青春的承诺。工作六年来，我当过喷漆工、电气焊工、农机修理工，当过餐厅老板，三夏三秋，我下地干过活，连续几天几夜不合眼地抢收小麦。尤其是1994年秋，我去陕西靖边县开采石油的一百天，生活在黄土高坡的泥土中，喝的是带泥土的水，虱子在身上四处爬。但是不管干什么工作，我都不轻言放弃，坚持与奉献始终贯穿在我的生命中。六年来，我的振动深松犁的研究获北京市农场局科技进步奖一等奖，并获国家专利。我还为永乐店农场设计了一个摩托车驾校训练场。

1997年8月，我加入保险公司。七个多月的行销经历，不知遭遇过多少白眼与拒绝，经受过多少打击和压力，但我始终用一颗火热的心去呼唤自己的生命。感谢"挚友"，感谢命运，让"挚友"的心灵永远呼唤我未来的人生！

（原载于1998年4月11日第145期《挚友报》）

梦回秦关

程 冰

太阳落下去好些时候了,楼道里安静下来。且这会儿闲,独坐窗前,细细地看那暝色入高楼。因为置身都市,寒山一带是没有的,也不见宿鸟自飞,只见近是树影依依,远是灯火点点,心儿又回那梦魂所系的故乡去了。

童年的生活是美好恬静的,真如梦一般。虽没有过"妈妈在雨天采茶,我为妈妈打一把雨伞"的融融乐趣,却有同样的亲情。山间小学校里,黄昏来时寂静得很,我坐在妈妈对面的小凳上,呆呆地听她弹风琴,煤油灯无声地亮出暗淡的光,照出房间里一方小小的天地。音符如今一个也回想不起,大约是不久我就瞌睡得很了。记得清楚的是樱桃和桑葚。有樱桃的世界可真美,天也朗润,太阳也暖和。后来才明白,因为那是春天的缘故。

桑葚多半是与人结伙从队里的树上偷来的。其实无所谓偷,大人多数不管,只是吃了往往被染成花脸,又不易洗去,后来干得少了。

这条大河叫灌河,其实不怎么浇地,百泉所汇,自然清洌得很,绕秦岭逶迤而行。另一边宽阔的沙地,种粮不虞,夏天可以种西瓜。远远望去,绿海之中宛若轻舟的是瓜棚,棚子离地很高,一来安全,二来便于观察。白天里面很少有人,只拴条狗在棚下,伸着湿漉漉的舌头喘气,偶有声响，即警惕起来，静息屏气，支了耳朵四下去听。骄阳下的沙滩蒸腾着袅袅的水汽，蝉儿疯也似的叫。晚上棚里是要有住的，河水哗哗，清风依人，却也浪漫。忽然听见狗叫，有事了，只见瓜地的尽头有影子在动。待人拿了鱼叉跑去，两只小猪似的东西一溜烟逃了，"迅哥儿"说话，"大约是獾罢"。

中学时，学数学，学历史，也学会了若有所思地来回徘徊。学校建在一座黄土高坡上，地势极高，走在上面会觉得人是很小的。不远处有一块石碑，上有隶书写道："战国城遗址"。第一次见它时，云碧天高，野草丛中摇曳着黄花点点，秋风正紧，又有雁儿南飞。一时间我茫然为斯，苍凉如斯，一种来自远古的追忆浸染了身心。那挥戈的黄帝，捐铲的大禹，那充满了神奇魅力的洪荒往事，竟似前世所见，只是太久远了，记不真切。满是沟壑的故乡土地几度桑田几度牧场，悠悠千古演出过多少故事，而今只留下无言的黄土，依旧养育着忠实的子孙。

如今的我，身在异地。有些时候，在一个偶然的瞬间，当眼前闪现一条波光粼粼的大河，白亮亮的雪夜里静穆地伫立着松树或柏树，抑或一朵小花在清晨里绽放，一种似曾相识的感觉倏然降临心头，叫我想起千里之外的故乡来。这思念中，于孤独时有温情，于失意时有振奋，于自暴自弃时有生命的责任，那份慰藉，那份激励，我将终生受用不尽。

月亮已经很高了，也圆。有人弹着吉他唱歌，恍惚间不知是梦是真。

风沙吹老了岁月，吹不老我的思念，曾经多少个今夜，梦回秦关？

（原载于 1988 年 11 月 12 日第 65 期《挚友》）

爸 爸

白 水

总觉得爸爸是个高度浓缩的结晶：身材是浓缩的，又瘦又小；头发是浓缩的，又稀又少，因为谢顶早，无可奈何只得把四周的头发蓄长，拉过来盖在头上，形成一种"地方支援中央"的局面；话不多，笑不多，脾气也不多，统统经过浓缩处理。平日里温言细语，却处处体味到他做父亲的威严，或是偶尔让我这等不开窍的人从他的威严中尝出几分慈爱时，却每每因为难于从他那浓缩过的表情中找出丝毫证据而疑心自己感觉错误。偶尔也会胆战心惊地听他发一两通浓度很高的脾气。所以，自小，爸爸在我的心目中便是个不可接近的人，不敢对他撒娇，更不用说开玩笑了。

还记得那年刚拿到大学通知书，爸爸便举着那张谢绝家长护送的纸条严肃地说："是该让你锻炼锻炼了。"我盯着他看了半天，看样子不像是开玩笑，便回过头来央求妈妈送我。"送，一定送！"妈妈笑眯眯地保证。等到走的那天，一口答应要送我的妈妈站在月台上向我挥手告别，倒是声称要让我自己走的爸爸将我一路送上了北京。爸爸说得好："我是到北京出差，你去上学，我们同路嘛！"这倒似乎也算不得有悖前言了。

只是自此以后，似乎成了惯例，爸爸像是把送女儿上火车认认真真地列入了自己的"工作安排"。每次离家，都是爸爸送我上车，放好行李，把车票、学生证、零用钱一样样递给我，然后，站在月台上一直等到火车开走。一来二去的，我也渐渐习惯了。

那一年寒假回家，过完年，爸爸要到外地开会，算算行程，已赶不上回来送我。我倒挺高兴，仿佛高中时乘爸爸妈妈不在家时偷偷看电视的那种心情，我兴冲冲地说："我自己会走，你们统统不用送了。"想来我那时还摆了一个颇英雄的架势，爸爸拿眼瞅了我半天，没言语。

临出发的头一天，妈妈毛焦火辣地催我收拾行李，我懒懒地用被子盖住头，闷声闷气地说："不要着急，不要着急，休息，休息一会儿。"听着妈妈叹着气一路走出去……等到晚上看完电视，我打着哈欠把衣服、食物东一包西一包地塞进包里。正准备上床睡觉时，忽听见门外钥匙响，门开了，爸爸的秃头伸了进来，额上亮亮晶晶的满是汗。"爸，你怎么回来了？会开完了？"我惊讶地问。爸爸没有搭腔，回过头问妈妈火有没有封。"怎么，还没吃饭吗？"妈妈问。"不是的，我想给她炸些糕点路上吃。""不用了，"我忙声明，"已经十二点了。"爸爸像是懒得和我费口舌，没说话。我不敢对他说火车上是吃不下油腻东西的，倘说了，想来一定会伤他的心。正踌躇间，爸爸已奔厨房去了，我忙跟上前去，见他忙着和面，妈妈在捅火，见我进去，爸爸眉头皱起来，说："睡觉去！看看几点了，明天又叫不起，还要不要走了？"看着爸爸要发脾气的样子，我赶紧闭上嘴，乖乖地溜了出来。夜，黑沉沉的，只有我家的厨房亮着灯，青烟从烟囱里冒出来，在黑而高的天空下袅袅地飘着……

第二天，爸爸用自行车推着行李，把我送到车站，然后，把行李递过来说："你看着，我去买站台票。"老半天，才见他满头汗地回来，手里捏着几张票。"怎么这么多？"我问。"哦，我下午回去开会的票。"爸爸一边说着一边提起行李，很快地往站台上走去，我愣了一下，忙跟上去。

因为进站晚了，行李架上已放满大包小包，找了老半天，才在离座位较远的地方找了个空地儿。把包搁上去，爸爸好像觉得因为买票耽误了占位置而过意不去，不甘心地还想找一个更好的位置。我忙说："一会儿就会有人下车的，到时我再挪过来！"爸爸看看实在没什么空地儿，便同意了。他伸手把车票、学生证、零用钱和一大包糕点递过来，下车去，在窗外等着。我说："爸爸，你回去吧。"他不耐烦地挥挥手说："等车开了再说。"然后，从口袋里掏出烟，点上，慢慢地抽，也不看我，只盯着车站上来来往往的人……车开了，我把手伸出窗去，向着爸爸摇了摇，看他跟着车走了几步，冲我挥了挥手，嘴动了动，却没有说话。站台上的人挤来挤去的，爸爸在那一大堆人中瘦瘦地站着。上午的太阳红红地照过来，他额头亮晶晶的，车越开越快，爸爸终于在一片光辉中浓缩成小小的一点，不见了……

我在座位上坐下来，窗外的景物渐渐模糊起来，看不甚清了，只有爸爸的额头还在眼前晃来晃去。唉，爸爸，爸爸，我不知你想说些什么，可我倒实实在在地想说一句很早便想说却一直不敢说的话："我爱你，爸爸！"

（原载于1991年12月20日第91期《挚友》）

春之恋
阜 云

认识你，在一个春天里，离去时，你走过我的心，留给我一片痴迷。

从来没有想到，感情的潮水竟是这样难以把持。生活中曾有许许多多的人来到我身边，然后又匆匆离去，记忆随着岁月的流逝已渐渐模糊。然而，第一次见到你，我就觉得我已找不到自己，多年历经风雨，苦苦寻觅的心停泊在这里，从此不愿流离。

似乎是一次极偶然的相遇，然而我相信，你留在我心中的记忆任时间的潮水无论怎样侵蚀也无法抹去，执拗的潜意识自作主张地记下一个谜：在这个春天里，你将是我最美好的故事。

每次见到你，似有无数话要向你倾诉，然而面对你，我却像个做错事的孩子，所有的情思都怯怯地藏在心里，深恐一说出，便会伤了别人，烧了自己，破坏了或许还仅仅是由自己独创的这一份美丽。于是，故作轻松地互道"再见"，转身离去时，你走在彷徨中，我徘徊在犹豫里。

我不知道怎样做才会使自己得到慰藉，诚恐、彷徨与思念交织，每一个不眠的夜里，枕边留下的便是无限的回忆和默默的祝福，说出来唯恐伤了你，不说出来又恐留下的遗憾在日后熬枯心血也无法弥补。花谢还有重开之日，而生命的春天却只有这么可怜的一次！

或许现实的无奈使我们不久就会分离，从此便孤蓬漂泊品尝人间甘苦。这一天的到来对我来说该是多么残酷，因此我常常暗暗祈祷上苍，苦苦挽留时日，诅咒那个可恨的日子，但是无情的岁月一点也不解人意，匆匆走过时，扔给我一个凄凉的秋和白茫茫的天地。

曾想有了你，我这像浮云一样孤独漂泊的旅途从此便有了一个忠实的伴侣，相扶而走，历雨经风，共同寻找一处属于我们自己的天地。可是，牺牲别人为自己铺路，这又是多么卑鄙自私。或许离开了我，你会找到自己更好的归宿。

人生真是一个谜，想得到却不敢拥有，想拥有却唯恐伤了别人，或许，人活着就是为了解谜，一个深奥的、永远解不开的谜，人的精神支柱，就是一个美丽的梦，一梦未醒又一梦，到头也难以做完的梦。

春天的空气充满生机、希望和遐思，相信拥抱春天，秋天便不会只是黄叶堆积；拥抱大地，便会获得生机；拥抱太阳，光明便不会嫌弃你。

于是，在这样一个迷人的春天里，我郑重地为你记下一笔：认识你，不仅是我生命旋律中的一个音符，还是我永远的相知，我会永远珍惜你。

（原载于1992年9月第99期《挚友报》）

胡同里

古 月

胡同，是司空见惯的东西。

八年前，我家就住在一个胡同里，狭长的胡同，连着七家的大门。家里宽裕了，便在村外盖了宽敞的大瓦房，之后，其余各家也陆续迁出。至于迁出时孩子们的高兴劲儿和大人的依恋，我是回家后从母亲的絮叨中才晓得的。

毕竟一别八年，毕竟那曾是我童年与少年时代的所在，暑假的第二天，我便决定去看看那胡同。

一家、二家……所有的门都紧锁着。门板久经风吹日晒，似有朽意。墙角边簇拥着不甚浓绿的杂草，很胆怯的样子，缩作一堆儿，渗透出怵人的凄冷。窄窄的胡同，忽然空旷起来。望着短短的横线和那横线上的天空，我极力地寻找着逝去的故事。

春夏秋冬，昼出夜归。小胡同里的人们一刻不歇地紧跟着大自然的脚步，忙忙碌碌。农闲时婶子大娘们都坐在自家门前，织着花边儿，嘴里交换着一些土生土长的俚语，感慨和议论夹杂其中，内容则多半是张家长、李家短、某人家的小子特难管……诸如此类、无穷无尽。孩子们则似乎天天都在过节，进这家出那家，脸上带着永久的笑靥，全然不管大人们的喜怒哀乐。谁家的果子熟了，总是被我们偷偷地用棍子敲掉，先过馋瘾，事后则拒不承认，非得大人们扬起巴掌来才招实……

噢，这里曾是一片多么美好的令人回味的风景，然而现在呢？

一声沉闷的咳嗽，证明这胡同并未完全死去。许久，里面拐角处踱出一位老人，花白胡须，拄着拐杖，有仙貌却没有道骨，生命的火焰一颤一颤的。他提个马扎，步履蹒跚。他想让晌午的太阳，赐给他一点延续生命的希望。我走近他，与他寒暄。他却怔怔地瞪大了苦涩无光的眼睛。我知道胡同也许不再令他痴迷，反而成了障碍，一切都那么毫无意义地存在。

我推开房门，小院湿漉漉的，沁出令人心寒的凉意。齐腰深的杂草，连正门都堵得严严的。墙上的石块汗津津的，泛着苔绿。"苔痕上阶绿，草色入帘青"，然而，陋室与旧屋却完全是两种情趣、两种意境。我悬紧了心，直愣愣地瞅着脚下，生怕草丛中圈伏着一条大蛇而被我陌然踩中。

屋内，墙是一律黑乎乎的，连同那粗短的房梁，手及之处是厚厚的尘埃，空中成了蜘蛛的天地。那网，或大或小，层层叠叠的。屋里杂七杂八堆着些各色物件，也蒙着最厚的灰尘，有点像泼留希金的小屋。这儿不知是否藏着潘多拉的匣子，即使没有，一个人要在这儿待一晚上而能安然无恙，那才叫出奇。

我心悸地退出房屋，望着那在风中萧瑟的老屋，那记载着时代沧桑的胡同，"自然是伟大的，但没有人类活动的自然是缺乏生机的。"我仿佛有所顿悟。

（原载于1992年12月15日第102期《挚友报》）

走出感情的小屋

李青绵*

深秋了，我约朋友一块去感受秋天的诗意。漫步于市郊的小路上，毫无目的地走，漫不经心地看，扯天扯地地谈。我又在寻找失落的梦，好苦，我还没有走出感情的小屋。

那已是遥远的过去，是童年的梦幻，还是真实的存在，已辨别不清。在秋天里，两个不知疲倦的孩子去沙滩寻找紫贝壳，虔诚地在手掌中架起一座紫色的桥。长大之后，还不懂得真正人生之时，秋天，我们去了枫林。深秋了，大片大片的红叶和夕阳的柔和，当风吹起时，便充实了一个难忘的日子。我还记得那片树林里分出的两条小路，可惜我们不能同时涉足，在路口久久伫立。后来，我们去画自己的轨迹，再后来好长好长的路，满是落叶和枯萎的野草。

再后来，我们不再洒脱地玩，不再舒心地谈。那是一个美丽的日子，默默对着，用钥匙撞击着杯子，搅出一个温馨的黄昏，你我答应相互忘记。我不愿做一支受伤的白玫瑰，我走了，走得很远很远。我没有哭，在短短的一站地，我们相互珍重，谢谢你给了我一个永恒的记忆。分手

---

* 李青绵，机制91，供职于浙江省工业与信息化研究院。

时，默默无话，一声珍重。就这样简单地走过了昨天的自己。分手之时，也是秋天落叶之际。

那阵阵的秋风撩动着我额前的头发，好惬意，秋天不只有失意，也不只有残酷。那河边在风中摇曳的垂柳好温柔，秋天了，在没有看到冬天的雪线之前，我是爱它的。我爱秋天的每一片落叶。那丝丝纹络，不正是流淌过血液的印迹？我摘了两片最精致的叶子，轻轻夹进书册，让它带着昨天的温馨一同枯萎，一同逝去。在古老的土地上，相互撞击的叶子怎能有幸一同埋入土地？任风，任风吹来吹去，而后，找到自己的归宿。

走出感情的小屋，去看看秋天的风景吧！忘掉失意的梦，把过去当作一个支点，把另一个支点放在未来。走出不属于自己的小屋，追回大自然真实的属于你的美，不再独自品尝那美丽的苦。

(原载于1991年11月14日第3期《挚友文学副刊》)

田鼠阿佛的命运

空桐（蔡焱）*

童书在某些主流文学从业者眼里，历来是天真而浅薄的。他们在庆幸自己掌握着文学桂冠上的明珠时，不会想到，"桂冠"这个词，是来自人类童年时期的想象。

李欧·李奥尼的童书《田鼠阿佛》，就记载了人类童年时期的某个重要时刻。故事里有五只小田鼠，它们住在废弃农场的石墙里。秋天到了，它们开始准备过冬的粮食，只有一只例外，那就是阿佛。别的小田鼠在收集禾秆、坚果和浆果时，它在发呆。如果被问到它在做什么，它回答，我在收集阳光、颜色和词语。

许多孩子听到或读到这里，往往会大笑起来："原来晒太阳就是收集阳光啊！"他们很鄙夷阿佛这样美化懒惰。当然，"懒惰"这个词也是家长或老师奉送给他们的。

读到后面，当漫长的冬天来临，所有储备的粮食都吃完了，四只勤劳的小田鼠眼巴巴地看着阿佛："你收集的那些东西呢？"阿佛站上大石说："闭上眼睛……"它收集的阳光、颜色和词语果然给大家带来了温暖、想象和希望。

读到这里，问小朋友们："阿佛这样的事，在人类的

---

* 空桐（蔡焱），工程机械91，供职于深圳少年儿童图书馆。

历史上真的发生过吗？"这时候，小朋友们往往被阿佛的壮举弄迷糊了：这样的魔法真的存在吗？

当冰河时期的阿尔塔米拉洞穴壁画出现在他们眼前：濒死的牛、被捕猎的野兽群、活着的野兽呼唤死去的同伴、濒死的野兽顶杀猎人，还有一群人列队看一位同伴手舞足蹈……他们会问，在那漫长的冰天雪地里，我们的祖先为什么要画那样的画？

谁洒下雪花，谁融化冰霜？
谁把天气搞坏，谁让天气转好？
谁在六月长出四瓣的幸运草？
谁把日光弄暗，谁把月亮点着？
是四只住在天上的小田鼠①，
四只小田鼠，就像你和我
春田鼠把阵雨拧开，
夏田鼠把花儿画好，
秋田鼠带来小麦和核桃，
冬田鼠，有着一只小冰脚。
我们多幸运，
一年有四季，不多也不少！

——摘自李欧·李奥尼《田鼠阿佛》，孙晴峰译

是时候读《田鼠阿佛》里的这首诗了。如果小朋友们对神话熟悉，他们会说："这些小田鼠也在解释宇宙。"而解释宇宙这样的事情，只有儿童或保持童心的人才会去做。

提出疑问正是文明之光的征兆，如屈原《天问》："日月安属，列星安

---

① 诗句当中的四只小田鼠指四季，而文中的四只小田鼠指阿佛的家人伙伴。

陈?""女岐无合,夫焉取九子?""应龙何画,河海何历?""东西南北,其修孰多?"希伯来的神问约伯,光风雨露和羊鹿驴鸦从何而来？更早的苏美尔人也有七个疑问：鱼鸟之争、冬夏之先、谷羊之优、树果之存、木荆之统、树芦之辨、银铜之分。

田鼠阿佛是谁呢？是壁画中站在众人面前手舞足蹈的家伙。它有另一个名字,叫作"巫"。巫是人类最早的知识采集者和传承人,是人类文明的诗性与浪漫之代表。在漫长的冰河世纪,当人类祖先的身体和物资都走到尽头濒临灭亡时,诗性与浪漫带来的温暖、想象和希望让人类迈进新的时代——文明。

因此,这个时期的田鼠阿佛的命运,是成为贾谊口中"不居朝廷,必在卜医之中"的"古之圣人"。向神或者天提出问题,正是圣人时期的"阿佛"要做的事。

中国诗歌经历屈原之后漫长的严冬,终于走到了曹植。严冬来自七国混战、来自嬴政焚书、来自董仲舒独尊儒术,也来自东汉的党锢清流。但春天终于还是来了。唱响春天的,不仅有曹植的诗歌,还有嵇康的音乐、王羲之的书法、顾恺之的绘画、陶渊明的田园理想……偏偏在这动荡、战乱、饥荒、惶恐的汉末魏晋时期,中国士大夫们两千年的审美范式,就此奠定了。

而开创这华美时代的最大功臣,不是上面的任何一位,而是以中国目录学之祖著称的刘向。若不是他与儿子刘歆致力收集整理自嬴政焚书之后散佚的各种文献,屈原的精神未必能再次被发扬光大。当然,刘向和刘歆不是艺术家,不是田鼠阿佛,他们是捡拾柴火的"小田鼠"。

还有王充,他在《问孔》和《物势》里质疑了儒家的大部分理论要点。他吹响了挣脱思想枷锁的号角。当然,他也不是田鼠阿佛,他是点燃篝火的"小田鼠"。

于是,"阿佛"们终于可以在篝火边吟唱了。除了曹植,还有嵇康、王羲之、顾恺之、陶渊明,还有何晏、王弼、阮籍、山涛、王戎、向秀、刘伶、阮咸、裴颜、郭象、王导、谢安等《世说新语》里记载的那些人物。他们喜欢扪虱清谈、放浪形骸、食散酗酒，他们清峻通脱、烟云水气、风流自赏，他们一方面"群有以至虚为宗，万品以终灭为验"，另一方面"岂不罹凌寒，松柏有本性""死去何所道，托体同山阿"，然后，魏晋风度延续到李白那里："五花马，千金裘，呼儿将出换美酒，与尔同销万古愁。"

此时的"阿佛"，是仙气飘飘的"阿佛"。他们的命运，是在多舛的世间，堆一座避难的仙山。

自魏晋之后，整体气质未有超越其风度者。也许盛唐的两千诗人皇皇四万首诗还堪称相提并论，两宋的千余词人悠悠两万首词也可说不甘其后，但到了元曲明小说以及唯有一部红楼拿得出手的大清——当然，这里说的是整体——再也没有那种"清峻，通脱，华丽，壮大"的气象。文学尚有可道之处，音乐绘画则再也没有出其窠臼。我们现在看到的中国画，自顾恺之后，审美意趣、风格、题材乃至作画的工具，再也没有大的改变，而中国音乐，嵇康之后更是进步不大。

魏晋之后的中国士大夫们都干什么去了？自杨坚发明了科举，李世民颁行了《五经正义》，接着是武则天的殿试，赵祯说与士大夫共治天下……历朝皇帝以各种手段对士大夫进行收编，终于收获了某种铁杆庄稼的翰林学士刘子仪说："状元试三场，一生吃着不尽。"韩愈赶紧擎起"文以载道"的大旗，朱熹抛下年轻时"为有源头活水来"的金翅膀，一门心思披上《四书章句集注》的黑羽毛……开放、宽容、浪漫、积极进取的魏晋风度，就这样变成温雅细致、操守谨严和注重内心道德体验感的后宋典型人格。他们再没有超越自我与世俗的"玄心"，投入红尘权力中打滚，追求"立德立言立功"。他们要么就"百姓之性与圣人之性弗差"；要么就"为天地立心，为生民立命，为往圣继绝学，为万世开太平"；要么就"理在先，气在后，虽未有物而已有物之理"；就连"致良知"的阳明先生的弟子们，也前仆后继头破血流地投入党争。总之，他们不光不是"田鼠阿佛"，还成为仇视金翅膀的那三只乌鸦（见李欧·李奥尼作品《蒂科与金翅膀》），他们对上天赐予的金翅膀羡慕嫉妒以至于仇恨，如果蒂科不抛弃金羽，那就等着被孤立打压、被流徙千里、被枭首弃市……

后来的"田鼠阿佛"们——如尼采无数遍赞叹的酒神——如柳永、朱耷、郑板桥、曹雪芹等人，从此过上了暗无天日的生活，而他们的国也一次一次地重复蹈入"帝王将相宁有种乎"的兴废泥潭，再也没能挣扎出来。

此时"阿佛"的命运，是零落成泥碾作尘。

当然，也有例外，与乱葬岗中结束一生的曹雪芹不同，晚出生87年的维克多·雨果生前享受文名，死后极尽哀荣，葬于巴黎先贤祠中。

天下父母心

空桐（蔡焱）

春意已浓，马上就要高考预选了，爸却在这时候进了医院。下了课，我赶紧往医院跑去。推开病房门，就见爸面色苍白地半倚在床头，明显消瘦一圈。妈坐在床边，脸上似有泪痕。

"你来做什么！快回去看书，只有两个月就……"

没等爸训完，我就赶紧打断他："看看都不行？您到底什么病？"

"死不了，胃……胃溃疡，出了一点点血而已。喂，你怎么还不走？"

妈站起走过来，把我推出了房门。

"你回去看书吧，这儿有妈呢！""爸到底什么病啊？""没听他说吗？胃溃疡。""那您哭什么？""妈老了，眼泪多了。快回家吧！"

我抓过妈递过来的苹果就跑了，到了转角一回头，发现妈又在低头拭泪。

从此妈更忙了。要上班，要照顾爸，又要给我做饭，还要做家务，一天天憔悴下来。爸也总不见好转，倒像比妈憔悴得更快。我学习完了，想帮妈做点事，她总是轻轻推开我，抬起红肿的眼说："妈不要你做事，你学累了就休息会儿，散散步什么的，只要你好好考试就行了！"又拍拍我的脸，"儿啊，你也瘦了！"

我看着妈，忍不住鼻梁酸涩。

转眼已到盛夏。爸坐在轮椅上由妈推着送我进了考场。

我拿考卷，笔尖颤抖。一想到门外爸妈两双希望满溢的眼，我的勇气和信心也满溢。

考完试，我和爸在病房里等了一个月。爸胃疼得昏迷了，口里仍喃喃道："通知……通知到了吗？"

我问医生，爸的病啥时能好，医生轻轻吐出几个字："就快了。"

通知总算到了。我噼噼啪啪地冲过医院走廊，咣地撞开病房门，叫道："爸，你看！"

爸皮包骨头的手接过那张精美的卡片，苍黑嶙峋的脸上泛起红光，"××大学——"他念道，从第一个字到最后一个字，一遍又一遍。

那天，爸一直没睡，手捏通知书，嘱咐我到天明："好好学习，注意身体！"也是一遍又一遍。

第一片黄叶飘落时，我戴着黑纱上了远行的火车。连爸的葬礼也没来得及参加，妈就买了火车票让我走了。妈对我说，爸发病时已是胃癌晚期，医生说只能拖一个月，爸却挺了四个月，并告诉妈："别跟他说，让他好好考。"

到大学报了名，我把那张印有"××大学"的卡片往家的方向焚去："爸，你放心！"

（原载于1993年4月第103期《挚友报》）

雪 情
秋 阳*

下雪吧,下场大雪!

四月的午夜,一个人听春风吹响叶笛听不出欢乐,我胡乱地辨着别离的音符,莫名其妙竟生出一个强烈的愿望:下雪。

失眠后的清晨轻轻地拉开窗帘,满眼的素白装点出一个亲切的冬之晨。北方的冬晨,戴雪的那树那墙那矮墩墩的小平房就是家乡的那树那墙那屋,屋子里妈妈正急匆匆地煮方便面弄荷包蛋,慈爱的老爸一定又把浸了凉水的毛巾捂在小弟的脸上催他起床读外语……看见雪便看见家了,糟糕透顶的坏心情随即"葬身"雪野。

一个人走入北方的冬,默默地穿过厚雪覆盖的林间小道。风过处,枝头飘落的雪花时不时轻轻地触一下额发。抬手扯一下树枝,仰面承接纷纷扬扬的沁凉,雪姑娘的调皮迅即渗入肌肤,享受冬天,这世界此时只属于我一个。脚过处,咯吱咯吱动听的是玄妙的冬乐,平和愉悦的心情总是从这乐音中走出,通常来得很自然。

欣赏冬天,刺目的阳光下笑看着厚装的少男少女飞掷雪球,红扑扑的脸儿尽现无忧的心绪。银白色的弧光划过,男孩的粗犷、女孩的活泼,北方人的性格漫天飞舞。此刻再下雪就更好了,大片大片的雪花伴着稚甜的笑声飘

---

* 秋阳,本名魏红俊,电力 92 专科,中级经济师,供职于海南职业技术学院。

飞，那六瓣精灵的亮翅上分明写着亲情和友情。这样的日子，大人绝不会喊孩子回家做作业，大人们也被感动了。

北方人都说：下雪不冷。

北京的冬天很少下雪。那个薄雪的日子，你轻悄悄地走入，嘴角挂着微笑。我说，下雪的日子，北方的男孩会堆好高好大的雪人，让北方的女孩把好看的绒线帽戴给满脸滑稽相的雪娃娃。你说，那雪人的灵魂凝聚了男孩的智慧、女孩的温柔，骨子里一定有一串晶莹剔透的童稚的梦。我说，你像个诗人像个童话家，家乡的雪天一定会给你许多灵感。你说，你希望我是个天才的雕塑家，肯定能用积雪塑出你的梦想，要是下场大雪就好了。你说，你不会织绒线帽，可不可以把你的红丝巾给雪娃娃围。我只是笑了笑没有作答。那个时候，薄雪之下是郁郁葱葱的绿色。

接连两个冬天，我们都没有机会挽着胳膊踏积雪。三月，缀满绿白的玉兰花树下你泪眼盈盈，你问我，北方的春天会不会下雪。我没有回答，只是轻轻地捂上你微启的唇，家乡的五月也落过雪，星星点点，就像你的心事一样细细碎碎。

终于下大雪了，鹅毛般的雪片纷纷扬扬地飘落，飘落，大地白了，树白了，房屋也白了，戴雪的你亭亭玉立在我的身边，一脸的惊喜。雪后初霁的夜晚，骄傲的月亮站得高高的，洒着银白的光。这里是校园那走了无数遍的路，你挽着我的胳膊慢慢地踱着，这是在陶然亭的草地上，我仰面躺在厚暖的白线毯上，你坐在旁边用柳叶吹奏爱情的甜蜜与欢乐……

"雪天真静！"你的声音。睁开眼睛欲赞美你恬静的天性，竟醒了，窗外是姣好的春阳，迎着阳光的绿叶闪着点点鹅黄，欲飞的样子。

下雪吧，真的下场大雪！

同宿舍的小王连同窗外那满眼的绿一起笑我傻，你听了总会哭。

拭雪拂花，长袖清香……雪落在相爱的心灵，在阳春四月的夜，我独自拥有诗中的情与趣。

（原载于 1995 年 5 月 20 日第 117 期《北京农业工程大学校报》第四版）

雨季的书信
——给知己寒雨

秋 阳

还记得那玫瑰飘香的五月晨吧。你手捧席慕蓉的《七里香》在公园的长廊悄然而立，我带着林妹嬉笑而来，我们的脚步踩碎了你的那片宁静，抬起头你粲然一笑，那光艳艳的笑脸在我心窗雕了好娟秀的字儿："你要爱我这个小女孩！"

偶然的偶然，数月后我们竟就读于同一个班，你望望我，我望望你，相视一笑，心彼此近了许多。都是爱诗的小女孩，都拥有飘满蓝蓝绿绿肥皂泡的十六岁，都喜欢清清凉凉的绿荫……无数个"都"将两颗心叠在一起，我们成了好友。

席慕蓉说十六岁的花季不再来，拍拍掌我俩悄悄说，要好好把握多梦的花季。秋风飒爽，依偎着漫步在校园那平坦的跑道上，我们低吟着舒婷的《致橡树》，看星儿在彼此的额头闪亮；瑞雪纷飞，不安分的两人心血来潮，于校园刮起一阵"绿野风"，寒雨、秋阳便随风飘落在校园的文学芳草地。就那年我养成了低头走路的习惯。低头找不回被绿野风吹走的时间。分数至上的中学逃不开考试，我们熬夜晚起被罚跑步。面对皑皑白雪地，心里惦着昨夜未解出的题，我哭了。你笑问冬天的"太阳雨"是咸的还是甜的，说话间竟用手抹了我脸上的眼泪舔，我和你一起笑了。于是，空旷旷的大操场，淡蓝的双杠托起默默的两个，黑眼珠与冉冉上升的冬阳遥遥相视，便有了《读雪》这心的交融。那次期末考，我们依然名列前茅，十六岁，畅所欲言把分数作笑料，我们好潇洒！

美丽的总是短暂的，匆匆地你离我而去，没有影子。我十七岁的天空细雨迷蒙，笔尖滑落的不再是白雪、红衫、绿树、春阳。幽幽怨怨，泪水涟涟，我在冰凉中感觉着你：欲把你作白云，却又怕过一夜望蓝天不见你的纤形；想把你作小溪，又害怕跑不动跟不上只由得那欢快的叮咚声渐渐远去；把你作春雨吧，又耐不住炎夏、金秋、银冬那悠悠岁月的漫长……翻着你温柔的诗，任它一页页模糊，我等它幻化出你的倩影，陪我真笑真哭，痴痴傻傻。

世界真有灵魂，人能转世也是真。寂寂他乡我遇上一个小女孩，活泼、善良，也爱诗，这便是你了。讲半个故事给她，她知道后半个便是你了。我醉了，说了这些许痴话，你懂的，你最知我，醒酒时你便在我身边了。

人生知己最难得，我会好好待她。

（原载于1993年10月第106期《挚友报》）

别时思绪

纪绍勤*

前几天,九五级一个老乡送我一本《复活》,说是给我的毕业留念,心里一热,想想大学时光即逝,不知为什么,总没有离别的感觉,也许是分配得较近的原因。想起去年此时,毕业班的毕业留言册已是传写不断,人手几本了。现在的学生可能更理性,更现实些,很多人不再停留在简单的感情交流与互诉衷肠的缠绵上,而是把学习锻炼能力看得至高无上。

回想走过的路,感慨颇多,觉得自己成熟了很多。"挚友"四年是我大学四年的浓缩,在这里我结识许多朋友,找到了自我,更重要的是锻炼了自己,树立了一种积极向上的人生态度。

新鲜。我对这所大学是比较满意的,刚入学,尚未脱去固有的嫩,大学这个既独立又团结的集体已将我拥抱。集体生活的频繁有趣,人与人更深层次的交往,这一切于我是那样的新鲜。第一次加入挚友社、40周年校庆时的第一次采访、第一次集体春游、第一次外出实习、第一次课程设计、第一次……渐渐地熟悉了很多东西,但后面的一切又是那样的新鲜。人生很多东西恐怕都是如此,新鲜

---

* 纪绍勤,工管92,供职于中信农业科技股份有限公司。

事物容易被别人记住。大学生活于我永远是新鲜的,重要的是我一直有一种新鲜的心态。

累。大学的四年,有时感觉很累,只因身上的担子较重。家人的关怀与支持使我的心有一种重负不敢放松自己。加入挚友社,正式接手《每日新闻》,那时每天几乎除学习、吃饭、睡觉外,都泡在挚友社,出新闻、编报纸,这儿成了我的家,回去晚是经常的事。曾跟挚友开玩笑,报社到北楼的路我闭着眼都能走回去。其实其他挚友又何尝不是呢?当拖着疲惫的身躯回到宿舍时,室友大多已进入梦乡。一上床便呼呼大睡,当天的作业只好第二天课前做了。后来又在学生会当宣传部部长,一心顾两头,忙得不可开交,来回奔波,回去得更晚了。舍友常以怀疑的眼光看着我,说是否有"情况"了,我默然一笑,多少酸甜苦辣在其中。

愉快。很多时间我都被一种愉快所拥抱,有成功的喜悦,有助人后的欢快,有为班级体育夺冠而兴奋,更为拥有一批朋友而高兴,最多的愉快是在"挚友"。"挚友"是个温馨的家。每次下自习,我总是情不自禁地走到这里来坐坐,海阔天空地乱侃一通。这里是消息的集中地,校内外的大事、新闻经众挚友的口一一道出,乐此不疲。激烈的争论是常有的,嘲笑过头的"木讷"、黄剑华的"沉默"、蔡兄的"多情"、先伟的"风度"、老魏的"认真"、徐顺利的"辩才",还有楚天、张文理、小阿宝……正是这样一批执着的挚友人才形成我们这个团结的集体,才有了《大学生》杂志社的注意,才有了《挚友》剧的成功。当《每日新闻》板报前围着一群群学生的时候,当《挚友报》一份份被传阅的时候,当新闻捅了马蜂窝、王珠珠老师找我们谈话的时候,我的内心是喜悦的,因为我们的工作得到了别人的重视。徐晓村老师说:"挚友社是用青春铸成的。"王之盈老师总想把挚友精神归纳为"团结友爱、无私奉献",但我们总认为不准确,因为我们也说不清楚。在这里,你总有一种激情,想努力地为别人做什么。

遗憾。有得必有失,这可能是颠扑不破的真理。四年里我最大的遗憾莫过于没有上研究生,学习成绩也落下了不少。平心而论,若不是专业的原因，我会在补考的座位上坐过好几回了。英语四级第二次才过60分，六级连考也不敢考，一直想报考中国新闻学院双学士，但由于工作忙，没时间复习。我遗憾，但我不后悔。人生的选择都是阶段性的，在大学里，思维方式的培养和思维结构的建立才是最重要的。

我要走了，要离开我相依四年的挚友了，愿挚友的明天更美好。记起王珠珠老师的话："以挚友的心态工作，这一生有味道。"

（原载于1996年7月1日第128期《挚友报》）

母爱是生活中最美的味道

蔡海生[*]

时光飞逝,在 UBC 访学近一年了。一个人在异国他乡,"吃"是一个非常头痛的问题。刚来之时,在外面东一餐西一餐将就度日,但时间久了,花钱多且不合口味,实在难以为继。无奈之际,只好锅碗瓢盆、油盐酱醋装备齐全,看来自己动手、自我满足方为上策。

做饭炒菜可是个细活,买菜、择菜、洗菜、切菜、炒菜,一步都不能少,炒上两三个菜往往要 1 个多小时才能搞定,真正是"炒要半天功,吃只几分钟"。因嫌天天炒菜太花时间,非常麻烦,所以总想偷懒,一次多炒几个菜,放在冰箱里,吃上几天,省得天天动手。做饭炒菜也绝对是个技术活,看来容易做来难,做到满意难上难。每次做饭炒菜就如同做实验,不停地琢磨、不停地改进,但还不一定能达到理想的效果。有热心的访友在 QQ 群中晒出"访问学者实用菜谱",已是第三版了,足足介绍了 60 多道中国菜的做法。川菜、粤菜、京菜、鲁菜等风味各异,蒸、煮、炒、煎、烤等式样齐全,满足了不同地区、不同口味的访学游子的需求。访友们有时闲聊,也多了一个有趣的话题,相互交流切磋起做菜的心得。

---

[*] 蔡海生,电力 93,中国农业大学工学博士,江西农业大学教授,博士生导师。

深感在国内时厨房进得太少了，如今只能现学现用，独自琢磨各种菜的做法。但有时仅靠想当然，或按菜谱行事，总有些解决不了的问题。例如：如何去鱼腥味、如何蒸蛋、如何炖烂牛肉……自己认真再三、努力再三，依然琢磨不透、不得要领。心急之下，便拿起电话去请教万里之外的母亲。母亲总是以专业的态度，将做菜的步骤细细地说明，认真作答，生怕不能帮上我的忙，生怕解决不了我的问题。可是，同样的一道菜，精心准备了食材，也花了不少时间和精力，总做不出母亲的味道。既然这样，也怪不得别人，花了心思又如何，自己好好将就着吧！

每每这时，总想起在家的情形。因为我和妻子忙着上班，厨房是基本不进的，不管早晚，只要下班一到家，就能吃上母亲精心准备好的饭菜。有时在家吃腻了，便跑到馆子里换换口味，但吃来吃去还是觉得在家吃得爽口、舒心。后来，女儿上中学了，中午我和妻子、女儿都在学校食堂吃，晚餐就变成我们家的正餐了。每天晚上，母亲总要为我们多炒几个菜，吃不了就放到冰箱里，留待第二天中午她和父亲再吃，不再炒新菜了。我对此很有意见，认为吃隔夜菜对身体健康无益，再说冰箱东西太多也浪费电，省不了什么钱，叫她晚上尽量少做点菜，少吃点没关系，不要剩菜最好。但母亲似乎总担心我们在外伙食不好，特别是为了孙女能吃好点长身体，每天晚上依然要为我们多炒几个菜，不辞辛劳，不考虑自己明天又要吃剩饭剩菜了。

有时中午在家吃饭，母亲也会特意为我们炒上几个新菜。有天我看到父母不吃新炒的菜，一个劲地吃隔夜菜，便说："你们今天吃昨天的剩菜，明天吃今天的剩菜，这样只能天天吃剩菜，永远吃不完。"说完便气冲冲地将那隔夜菜倒进了垃圾筐里。母亲说："不要倒了，不要浪费了，你不吃我吃。又没坏，吃了没关系。"我说："浪费点总比吃病了的好，不要到时候送医院打针吃药。现在生活条件好了，不要跟以前一样地过日子。"

有时我也会为母亲米饭做得太烂了、稀饭煮得太干了而抱怨不断；也会为炒菜放多了盐、油、酱油、味精等而喋喋不休；总是要求母亲做的饭菜满足自己的口味，说吃多了盐、油、酱油、味精不健康，病都是这么吃出来的。母亲总是无语，有时也会简单地说一句："已经很清淡了，老家的菜要比这里味重得多。"每当我对饭菜提意见的时候，父亲、妻子、女儿他们从来不搭话，只是默默地吃着，似乎只有我的要求太多、太挑剔……

现在自己炒菜，忽然有了不一样的感觉，不管菜炒多了、炒少了，味道好、味道差，我总是要吃得干干净净的。一餐吃不了，留到下餐吃，绝不浪费！因为从买菜到炒成菜，自己一路体会过来，辛辛苦苦实在不容易；如果还要保证菜的味道、掌握火候、满足不同人的口味则更非易事。所以，就冲着是自己炒的菜，付出了那么多的时间和心血，怎么能不珍惜、怎么能不吃了呢！这时，已经没有心思去想浪费不浪费、健康不健康了！

犹如醍醐灌顶一般，忽然感到自己以前太顾及自己的感受，太对不住年迈的母亲了。母亲为了我这小家，离开熟悉的故乡，来到这陌生的城里，辛勤操劳这么多年，做饭、洗衣、打扫卫生、照看孙女……任劳任怨，不是保姆却胜过保姆！可我总是不停地提意见、挑毛病。母亲总是努力地改进、默默地操劳着，很少与我争执，也从不计较我不当的言辞。显然，是我在家里太霸道，或是将其他方面的不顺带到家里借题发挥、小题大做罢了。世上只有母亲，容得了我这种放纵，容得了我这副德行！

天下哪有不为儿女的父母，只有不管父母的儿女！都是些家庭琐事，却见证了母亲的付出，母亲的伟大！母爱是生活中最美的味道！

看来，我是要好好改改我的臭毛病了，好好做一个母亲眼里懂事的孩子。

我更要感恩于我的母亲：一个为儿女不尽操劳、对儿女无比宽容的母亲！

谨以此文作为对 2015 年"母亲节"的献礼！祝福我的母亲！愿天下的母亲都能幸福安康！

拜 海

彭 凌

一到仲夏，绿色的风吹起，校园里高大的白杨树叶频频挥手，我们毕业告别的日子就要到了。风轻日朗的一天，我坐上火车从北京去了秦皇岛海边。这个时节，去海边的人开始多起来，不知道众人有多少与我有同样的心思：我是朝圣去的。

海之于我是陌生的，也是神圣的，是我心中勾画近二十年的一幅图景。家乡是长江中游江汉平原的一个鱼米之乡，大小湖泊星罗棋布。我的村子就被长湖南岸一个弯弯曲曲的小湖三面环绕。小湖有个传承已久的名字——"内泊湖"，她像一位乡村姑娘灵秀、纯朴，也如她的名字一样忠实、内敛，给儿时的种种幻想注入了点点灵犀——我便这样从小结下了与水的缘分。长大后去荆州古城的县一中念书，坐在长江岸边斑驳的石头上，看绵延大堤的挟束下那滚滚东去的巨流，奔腾翻滚、汹涌向前，尽情展露其不屈的个性：比起家乡的"内泊湖"粗犷、奔放多了。想起东坡居士《念奴娇·赤壁怀古》那首千古绝唱，大江东去的浩荡豪迈、浪淘尽的沉浮悲壮，着实让我心情澎湃了许久。但随岁月流逝，稚气褪去，激情渐少，愁苦日多，我对心中描绘已久的大海充满了向往：它宽广、博

---

* 彭凌，工民建93，供职于中国劳动关系学院。

大、深沉、包容……一首歌这样唱道:"如果大海能够带走我的哀愁,就像带走每条河流。"这是一首海的圣歌,一遍遍在心底唱响,挥之不去的是对海的膜拜。毕竟沉淀在心头的愁苦太厚,我终于来拜海了。

　　远远地在行驶的火车上捕捉到海的影子,星星点点的湛蓝忽闪地跳进我的眼,从路边飞逝而过的树林、房屋缝隙间穿透倏闪的太阳光里,我追逐着海的踪迹。等到双脚踏入金灿灿松软的沙滩时,一面幽蓝幽蓝的大镜子,在我眼前向远方无限铺展,面前没有了大路高墙,没有了人影交错。下面是广阔的海,上面是高远的天。阵阵海风从四面八方吹送到身上,四周上下仿佛只有我一个人,人已随海浪融入大海里。我的心徜徉在宽广深邃的大海之上,那无尽的蔚蓝将所有的爱恨恩仇都通通吞噬消融。海蕴藏着磅礴的力量,但海面上宁静而祥和,我像一身疲惫倒在母亲怀里睡着的孩子。跳跃着的海水在阳光下闪着梦幻般的金光,是大海迸出的思想火花,火花串成一条条金带向天边延伸,海水似乎越升越高,天却越来越低,最后成了雾蒙蒙浑然一片。大海在海天合一处披上了一层神秘的面纱,在那里随海风轻柔地飘浮,而面纱后面的一切便是留给我无限伸展的想象空间,海浪从想象中的天涯海角处一层一层涌来,走了很久很远的行程,从前往后,从下往上抚摸着我的脚,一层一层有节奏地簇拥着我脚下的沙滩,涌入我的心胸,拍打着我的灵魂。"荡胸生层云","诗圣"杜甫二十四岁登临泰山绝顶面对茫茫云海的感受,与其何异呢?我愿做一个虔诚的行吟者,手擎大地的诗篇,走出水乡小湖,用高山流水的歌声伴读吟诵,沿着那一条条苦难的江河奔向大海,看月升日落,听浪卷云舒。

　　沿着海滩远远近近散布着突兀的怪石,海螺、贝壳随心所欲地坐着、立着、卧着,到处都是。远处一艘轮船的轮廓若隐若现,那里无疑也是一个丰富多彩的小世界;近海处一只快艇载着游客乘风破浪,在海浪中划出一条雪白的弧线。沙滩上有很多游人:观光的,散心的,放风筝的,推着自行车卖糖葫芦的吆喝声,偶尔远处轮船汽笛的一声鸣响,一切都是这么和谐。海包容、无私接纳着一切,每一件东西都在大海广博的怀抱里找到了自己的生存空间,在这里一切存在便成了自然。海,深邃沉静、浩渺丰饶，知道曾经沧海难为水，明白沧海桑田、海枯石烂的真谛，见过世间一切浮华，懂得人间真情至爱。

高中时喜欢上一个灵秀纯真的女生，背负着辛勤父母的期待和贫苦家庭的重托，我也只能深藏自己的心迹。看她那双眼睛就像家乡的那一弯小湖清澈，给我学习的动力，是我才思的源泉。高考前夕的一个晚上，和她几个同学跑到长江边，唱着郭富城的《伤心的话留到明天再说》，用歌声抒发我久藏的心意。高考后我到了北方上大学，她考上家乡的一所大学，鸿雁传书，虽无海誓山盟，但互相倾诉，互相勉励。过了几个月一次来信，她说决定回去复读，我寄过去的信再杳无回音。第二年终于收到她的来信，她已考到北方海滨的一座城市上大学。自此我冥冥相信我们命运中有一个一起去看海的约定，更加向往那片海，和那一封封带着海风气息的信笺。然而造化弄人，年少时的所谓情感寄托在跨越山海之约面前是如此不堪一击。今天我真的来到了海的面前，才发现自己太渺小、太卑微了，海风的气息还留在那信笺里，写信的女孩已随那艘模糊的轮船乘风远走了。世上的聚散离合的故事太多，大海仍在诠释着天地间命中注定的每一次相遇。

海边有一处重要的景点：秦始皇求仙入海处，这也是"秦皇岛"的来历所在。我们是平凡人，不求成仙，只是来看看心中的海，听听海的召唤，静下来想想怎样走下去，走向哪里。

（原载于 1997 年 6 月 25 日第 138 期《挚友报》）

寄往北方之一

彭　凌

徐老师：

自去年教师节一别，后来您又回青岛养病，有半年没见面了，这是时间最长的一次。六月"挚友"社庆之后一直挂念您的身体状况，盼着能早点相约一起"喝酒"暖和暖和，因为去年底连南方的冬天也出人意料的冷。让我安心些的是，每隔几天，微信会收到您刚出炉的大作，还有专门精选的经典乐曲，对您带病坚持创作还不忘滋养学生，既钦佩又感动。读完《艰难的硬写》，想起您创作过程中还和我聊起一些建筑方面的专业术语，没想到竟是耗时近一年六易其稿后完成的，您如此"老实"执着地"用笔写作"又让我有些担忧。每当远离喧嚣、黑夜属于自己的时候，浸润于这些文字和音符中，奔波劳顿的紧张、疲惫及愁苦也远遁而去。钟锤被音乐"那个孩子"拉动的那一刻，"心灵的钟声才会响起"，我试着拿起沉寂已久的笔，把那全部湖水的震荡和共鸣记录下来，既是一次"自我反省和挣脱束缚"的释放，也算寄去对您的问候和感谢吧。

岁序更替，不觉年尽。腊月二十九傍晚收到您的《过年做酥锅》，像是品尝一顿妈妈做的年夜饭。因为一年到头全是焦头烂额的事缠身，这前面的好几篇，我都没有及时回复。新年前后一直守在家，围着病中的父亲，给您拜年的微信也没有发，深感愧疚。正月初十收到《寄往南方之一》，您痛失恩师的悲抑茫然，牵动我的心情更是沉重。曾多次听您提起孙玉石老师的学问和声望，但这样一位大学者"对于他人苦难的无区别的痛惜"，从您的点滴追忆中我真切地看到了一个心怀悲悯、坚守良知的老师。一个老师对学生抚慰的一句话，或者善良的一个举动，也许能影响他的一生。我理解孙玉石老师的"善良"其实与学问、身份等都无关，这是一个人的本性。钱穆先生在《师友杂忆》中写道："能追忆者，此始是吾生命之真。其在记忆之外者，足证其非吾生命之真。"这样的老师现在越来越少了，"吾生命之真"的追忆将愈来愈珍贵，这才是我们更加深切缅怀孙老师的缘由吧。

"吹灭读书灯，一身都是月。"有多少人能一身月光，清白坦然地离去？孙玉石老师一生学富五车，以一种近乎残酷的仪式——把所有的书籍和字画捐给故乡的一所大学，来完成人生最后不得已的割舍。一个学者面对"书柜里和墙壁上空空如也"，是不是他已把心掏空，只需让灵魂找到一个安放的归宿,"静等那个日子来临"。生老病死是人生的基本命题,我们都逃脱不了,苦难是作家的基本处境,"文章憎命达",像路遥、张贤亮、史铁生这些作家都是真实的例子。《寄往南方之一》中您还提到几位大作家的作品,有几篇我还没读过,就特地从网上找来读了读。孙犁先生晚年有一篇散文《黄鹂——病期琐事》,写一个普通生灵遭到射杀、囚禁时无救无助的境遇。我从中依稀读懂了孙犁先生对生命起码的尊重和对自由无限的向往。周作人《一个乡民的死》,尽管"似乎在谈论一个数字问题一般",但在他笔下,生活在底层的普通人生活的细碎、贫寒以及生命的卑微,随着几笔简单的账单灰飞烟灭画上了句号,账单上的数字可怜得连"十"都没有大过。

您的《路》提起了"挚友",说:"他们对文学的渴望和热情,对我这个孤独的写作者来说,是莫大的安慰和鼓舞。"您之于挚友社又何尝不是如此?记得挚友社不惑之年的生日,您参加六月十日下午的社庆纪念活动,坐在前排四个多小时,靠着一罐一罐的啤酒醒神,一直在现场关注着每一个细节,给我们以莫大的"安慰和鼓舞",直到活动结束,最后连参加晚宴的体力也所剩无几。目送您回家路上憔悴的身影,作为一个全程筹备这次活动的老挚友,我心头有千言万语,却哽咽得一句话都说不出。活动结束后一连几夜,柱子、新智、卫国等几位笔杆子几易其稿、最后一遍改完给中新网马学玲师妹的社庆新闻稿,点击"发送"的那一刻,我如释重负。回想筹备挚友社四十周年社庆活动前前后后的一百来天,一幅幅清晰的画面从氤氲烟雾、阑珊灯火中跳跃、浮现出来,您电话里那饱满、富有磁性的声音又回荡在耳边。

多年来,我似乎形成了一个习惯,就是每遇到有大事难事,第一时间总是想到找您求助,打电话前总要先慎重地盘算下时间,您早上起床了吗?开始午休没有?下午几点开始写作?晚上是不是已经就寝?我生怕打扰您休息和写作,但实在又渴望听到您的点拨。尽管我如此小心谨慎,您还是诙谐地送给我一个"狗皮膏药"的雅号。但我仍然有些"洋洋自得",

因为更在乎您慷慨地送给挚友社四十周年庆典的三份厚礼：第一份，是您数推不就，实至名归地做了挚友导师团的团长；第二份，是您提前数天专门为挚友社四十岁生日手书的一篇"贺文"（文稿真迹被我捷足先登收入囊中）；第三份无疑最厚最沉，是您30多年来给予挚友的"保姆"般的眷爱、教导与呵护，以及"那一双清澈而睿智的目光"中饱含的欣赏和激励。您十分懂得"他们为什么对挚友社有如此深厚的感情？"因为您说过一个喜欢文学作品的人，一定是敏感、细腻、内心丰富的人。在挚友社的这段经历，使挚友们拥有更多的机缘和更大的视野，通过文字发掘领悟到人性"真""善""美"的强大感召力，他们的思想世界比同在一个校园的其他学生更加丰富，也更加深刻理解生命的意义。一百多名老挚友从海内外四面八方相聚学校，奔赴一个学生社团的青春之约，让历届挚友追忆的，无疑是挚友的"生命之真"，是您和王珠珠老师、王之盈老师、葛老师等这些人生难遇的老师身上蕴含的"人性之善""尔雅之美"。当然，"挚友"也会慢慢老去，我们谁也阻挡不了，但我相信"挚友精神"是长青的。

　　回首过往，一直觉得自己是一个十分幸运的人。从南方水乡泥地里走出来的一个学子，同学少年的时候能结识到这些志趣性情相投的师友，是何等的足矣。漫长的人生际遇变化，生活的面孔大多时候是温情的，偶尔也会以狰狞示人，就像坏消息往往突然而至，给你致命一击，它却真正考验了我们的承受力。

　　去年十月初，听到父亲在老家突发脑溢血的电话，我完全愕然。继而，看到老父亲重病昏迷中枯槁的面容、插着各种管子的口鼻和扎满针头、布满老茧的双手，想起当年春节刚给他买的那支新竹笛，我心如刀割。老父亲再也拿不起锄头、扁担和这支竹笛了！我不知道他醒过来该如何面对突如其来的病魔打击，这是一种怎样的痛苦、绝望和无奈啊！近半年来，我承受着完全被打乱的生活，不愿放弃，也不能垮掉。想起您给我们讲孙犁先生的《荷花淀》（之一），解读文章开头那一段对话：夜里水生回来突然说"明天我就到大部队上去了","女人的手指震动了一下,想是叫苇眉子划破了手,她把一个手指放在嘴里吮了一下。"您看到面前几个年轻的学生根本没领会这段细节描写的深意,就语气深沉而笃定地说:"真正的爱是无声的,爱的最高境界是什么?是忍耐!"您的这句话像一道耀眼的弧光,让我瞬间震撼不已,也时刻支撑着我到今天。

夜已经很深了,不知道您休息没有。一位诗人说:"黑夜里的你,拥有看不见的世界,和清晰的自己。"不知不觉写了这么多,难得让自己清晰一回,渴望所写的这些东西"能传达出某一种内在的生命状态",但愿不是顾影自怜。不经意间我也迈进五十了,蹉跎无为,成了您的一个"老学生"。

继收到您的《寄往南方之一》后,又收到了"之二""之三",受您的启发和鼓励,这封北望"琴岛"而发的杂感就命作《寄往北方之一》吧。我还会努力写下去的。

学生楚天
2024 年 2 月 24 日—3 月 5 日

爱在深秋

宋京晶[*]

她不明白自己为什么跑到这里，在这萧瑟的秋风中，数着一片片梧桐的落叶。也许是很久的从前了吧，她想，也是落叶的季节……

对了，那是个落叶的季节。天阴阴的，她独自漫步街头。没有目标的眼光被一棵法国梧桐深深地吸引了——苍老却挺拔的干，虬劲而又不失柔美的枝，而吸引她的目光却是它的叶——纷纷的落叶。每一片在日光下都黄得耀眼，黄得让人心碎——它是属于她的。她喜欢数落叶，因为那种感觉像是在审视生命——每一片落叶上都写满动人的故事——只有她才能看懂的故事。

她倚在树干上，抬头看打着旋儿在半空飞舞缤纷的黄叶，一种感动莫名地在心底涌起，漾开……荡得她的心好痛。

一滴、两滴……泪水悄无声息地滑落，她哭得那么投入，甚至在无意中接受了一条雪白的手帕，惊觉中回头，她却立即诧异于对方的眼神。好深呀！这是一对深邃的眼眸，目光中闪着几分忧郁，几分高傲，几分孤独，几分关切，几分……不，她根本读不完这眼神的内涵。

---

[*] 宋京晶，设管93，供职于中国农业大学。

"谢谢。"她淡淡地说。

"没什么。"他的目光不经意地闪过她的脸，又淡淡地问，"哭什么呢？"

忽然间，她觉得那目光像酒精灯上的蓝火苗，让她那清高的个性在瞬间受到灼伤。"哭什么和你相干吗？"她有点气急败坏。

他对她的反应有点儿吃惊，好一会儿才回过神来："对不起，我……"

她不想听他解释什么，但不明白自己为什么不立刻转身离开。或许是舍不得这树吧，她自我解嘲地这样想。她又静静地依靠在树干上，仰着脸接着数她的落叶，可是再也数不清了，满天都是耀眼的金黄。

"落叶上写满故事，每个都很感人，"他打破了沉默，"只有爱它的人才明了。你很专注地为它流泪，可落叶虽有几分伤感，它的飞舞却是极辉煌的。你看，它像个穿着金丝舞衣的精灵，把风的交响当作舞曲，但没有舞伴注定了它的孤独、它的失败。在同一片天下，笑是自己的，泪也是自己的。这也许是一种灿烂，但这最终只是一场悲剧。然而，这悲剧好像不需要别人的眼泪。"

她有些迷惑了，于是又抬起头看着那点点纷飞的金黄："它失败了吗？她也许不需要落泪者，但它决不失败，这也可能算是谢幕吧。"

"既然不是悲剧，又何必需要谢幕？"他笑了一下，吹起口哨——《爱在深秋》，风中的曲调显得有点儿悲伤。

她再没吭声，心里轻轻地唱着：纵然，当你想我在深秋……面对眼前陌生的他，说不清是该赞赏、认同，还是该反驳或者说有些可怜，却又不知道可怜他什么。

天更阴了。"回家吧。"他吹着口哨走远了，她却怔立在纷飞的落叶之中，《爱在深秋》越飘越远，忽然觉得有些好笑。一个莫名其妙的日子，一个莫名其妙的地方，一个莫名其妙的人，一堆莫名其妙的话，一首莫名其妙的歌，一种莫名其妙的感觉……于是那晚她有了一个梦，梦里，满天的落叶上都有那双深邃的眸子，风中尽是《爱在深秋》。

以后的日子里,梧桐树下常有一个男孩和一个女孩傻傻地抬着头,数着落叶。

日子渐渐走进了冬天,叶子还是在风中飘着。

还是那棵法国梧桐,叶子几乎落光了,残存的几片更显孤独,寂寞。他好像还是对一切都不太在乎:"数清了,你看,这片叶子上的故事:从前有棵好高好高的法国梧桐,树下有个很傻的男孩和一个很傻的女孩,他们拼命地想数清一群缤纷谢幕的精灵……"他把一片落叶放在她的手里,转身走进寒风里,口哨声又一次飞起……

又是《爱在深秋》,她站在树下,目送他的背影,突然觉得这世界很怪。

许多年过去了,她努力说服自己那一段数叶子的时光是一场梦——很美的梦。只是耳边却常常会响起风中飞扬的口哨声,她心碎了……

假如,躲不开离别的时候
我愿,能对你潇洒挥手
只因,此情不该我所有
如何相守
……
偶然,当你想我在深秋
回忆,远去的我在心头
回忆,面对这一刻分手
你曾泪流
……

忘了吧,过去的梦……

(原载于1994年11月29日第115期《挚友报》)

让青春拥有美丽的梦

若 景

"请为我点上一盏烛光,让我把前方的路照亮。"这句话该对谁说,我自己不清楚,只是虔诚而静默地祈祷着。当一颗疲惫的心无法托住现实时,我悄悄走进梦里,梦才是唯一的美丽。

苦心地在现实与梦想的边缘收藏一段灿烂的历程,谁料空间早已被命运安排好,摊开偷回的记忆,走不出自己画的生命线。

一株沉思的童年,单独地站着,想在阴雨的天气看见太阳。茫然时,就对着雪白的墙认真地流泪。这里的空气很少被陌生人呼吸过,墙角的虫子叫得很脆,屋内那绿意愈发葱茏,似沉郁的心情长出了希望。于是,拥有一种"很多事情在预感之外"的感觉,无奈中竟感到满足。

把自己交给一把椅子,把鲜明的性格、熟悉的面孔装进生活的扉页,一遍遍阅读,然后,把自己也装入,才明白,走出梦的时间不多,走出自己的时间也不多。当长大了的脚和长不大的鞋成为一种永恒的矛盾,走出来的依旧是累累的、深深的印痕,脚印躺在深渊里,在一个艳阳的日子,带着执着的眼神,去远方流浪。

出门很久,头上依旧藏着故乡的屋顶和那永不褪去的树荫。当月亮隐去时,我再也放不下最真的嘱托,一个心思睡在草丛，梦是弯曲的。睁开惺忪的眼睛，使劲辨认着风雨依旧的世界，发现最贴心的衣袋里，有最珍惜的名字和最初的感觉，轻轻唤起几缕温暖、几分惬意。

远远的想象的边缘，突然传来太阳哭泣的声音，阳光霎时变得遥远。二十二年的美好，都是善意的诺言，一切要强都是徒然。心不知不觉呻吟起来，被注定的，永远便是注定，人生本是一条无涯的路。于是默契的风匆匆刮来，摇撼着一叶叶红帆，重新走进一个孕育浪漫和洒脱的季节，回到一个可靠的归宿。

红色的年轮，点点渗入生命的弧线。人们，有时能做到深刻却难以做到豁达，有时能做到洒脱却难以做到深沉，当你倾覆美丽的同时也倾覆了自己。只差那么一点点，就注定了生活只能如此，永远不可能拥有真正的心情！眼神和表情悄悄融入孤寂，满脸充满生活的失意，仍旧喜欢快乐的形象从心底油然而生。

美丽的梦最终还是梦，梦中的我找不到来时的路。青春是否拥有它的节奏，我是否拥有美丽的梦，所以，我再一次虔诚地祈祷：请为我点上一盏烛光，让我把前方的路照亮。

（原载于 1998 年 6 月 15 日第 148 期《挚友报》）

早　餐

吕名礼*

又是周末。同宿舍的几位早早地咋呼着起了床，抱着新买的足球踢腾去了。我习惯地打开电视机，里面正放着话剧《徐虎师傅》。尽管有的片段已经看过，我还是冒着错失早餐的危险一直看到话剧换成喋喋不休的广告，才草草地收拾了一下，直奔食堂。随便买了几个花卷，坐了张空桌，徐虎的影子仍挥之不去。

"嗨，你好！"一个平日里都听得麻木了的招呼声笑滋滋地响起，"咦！怎么早上还有馒头"？

"嗨！昨晚吃剩下的，不吃完太可惜了。"另一个平静的声音在作着自自然然的解答。

这普普通通的对话似乎触动了我情感的某个反应中枢，条件反射般地抬起了头，这才发现我的斜对面已经坐了另一个用餐者。由于以往的经验，我不敢也不愿正视我的同席者，上挑的余光里只见一双冻红的手，皮肤粗黑，间或还有几丝干黑的血渍，平坦的盆盖上摆着一个花卷和大半个冷馒头。我的脑海里很快地闪过《同在一片蓝天下》中"一包咸菜三餐饭"的字眼。我正担心他怎样用那大半个被戏谑成"砸在脚上起大包"的冷馒头来打发空腹时，只见他拿起馒头捏了捏，喃喃道："这么硬啊。"

---

* 吕名礼，农水94，上海华维可控农业科技集团董事长，教授级高级工程师，国家"万人计划"领军人才，享受国务院特殊津贴专家，上海领军人才。

外面白杨树的秃枝正在呼呼地嘶叫。我不自觉地紧了紧衣领。我同桌的用餐者正忙着把冷馒头弄碎在粥里，捣成了糊状。我一时全然觉不出花卷的味道，只是机械地往嘴里送，他那娴熟的捣粥过程似乎诠释着一个我早已学得滚瓜烂熟的道理。

直到他被一位熟人友好地邀到不远的另一桌时，我才从感动和思索中回过神来。看了看满桌的鸡蛋壳，零乱的火腿包纸，还有留下的一些干细的馒头碎末，我不禁想起了饭馆吆五喝六的呐喊。带着一种渴求，我抬头打量这位我心里的"强者"和"老师"：他是一个瘦高的、稚气未脱却又脸写磨砺的男孩，粗黑的短发，粗脚的近视眼镜，一身新生军训用的迷彩服上蒙着黄黄的灰尘。他是刚扫完路面，还是昨晚午夜后仍在拖洗楼道以致差点失去那份半热的稀粥？他是不是一面做着学生一面还在牵挂着家里的农活？

可是，他却笑得那样地自然。

我没有像往常那样快吃快走，而是静静地等着那位并未注意到我的同学有说有笑地吃着他的特制早点。忽然我发现他手里正拿着个鸡蛋往同伴那边让，隐约地听到他那位正在剥鸡蛋的同伴说："唉——你拿着吧！"尔后，便友好地道别了。而他，却站也不是、坐也不是地反复了好一会儿，脸上似乎有那么一点不好意思。我倒是觉得身体暖和了起来，像是有人替我做了一件事，心里有一份感激和踏实。

食堂里的人渐渐地少了。他低着头一边自语着什么，一边把鸡蛋拿在手里摸了摸，似乎在考虑中餐的搭配，然后把鸡蛋放进了衣袋里。他很快地洗完了餐具，哈着气搓了搓手，抱起一大堆书快步走了。

生活之于他的亏欠，似乎又是另一种意义上的馈赠。因为生活本身早就教会了他怎样去生活，一如教会了他如何微笑着承受苦难。我分明感到一份沉重和感悟，心里默默地祝祈。

走出食堂，阳光很好，只是迎面的北风还是不饶人地透着冷劲。我那位不知名的同席者正大步地走着自己的路，渐渐地远了。

（原载于1997年1月10日第133期《挚友报》，作者原署名"路明"）

因文学而挚友

吕名礼

故事，似乎常常都是从一个意外开始。

1994年9月，我考入中国农业大学的前身——北京农业工程大学（大家都习惯地称之为农工大），也是一个意外。对于患有选择性忘却症的我而言，全然不记得当初为什么填了这个志愿。

但，就是因为这个意外，我开始了人生第一次也是最重要的一次远行，离开湘南故土，独自一人踏上了开往北京的K5次列车。那是从越南河内到北京的快车，到达永州站时，车厢里已经挤得像沙丁鱼罐头一般，没有挪动的可能。我只记得是从窗户爬进去的，却不记得是如何坚持27个小时一路站到了北京，而且应该是没吃没喝没上厕所。

那时的农工大校园是简陋而硬朗的，给我们这些初到北京满怀憧憬的新生们的第一印象，不像农大更像农场，一个比较萧瑟的农场。

那时的农工大校风是质朴而醇厚的，学长们热情的接站和细致的引导特别暖心，让我记忆犹新，还有那菜品丰富而廉价的食堂伙食。

最最深刻的记忆是，在这么一个农场般的大学里，居然有一个成立于1983年4月11日的"古老"的文学社

（创始人是任洪斌等几位学长），而且还是在全北京甚至全国高等院校里都首屈一指的文学社——挚友文学社。

这注定了我与农大最刻骨铭心、血脉相融的故事发端。

挚友社有一个传承了多年、面向入学新生的"九月风"征文活动，作为数学恐惧症患者和一个貌似爱好文学的人，我义无反顾地投了一篇稿，取名叫《初航》。就是这篇《初航》，我居然获得了"九月风"征文空缺两年的一等奖！而且还是全体挚友人最崇敬的徐晓村老师钦点的！后来我才晓得徐晓村老师那显赫的文学渊源和极品普洱般醇厚的文学造诣，所幸徐老师在钦点《初航》时，并不知道我其实是一个不懂文学的伪文学青年，只是其时真情流露，天成了那么一篇小文。

那是一个无论如何也忘却不了的日子。在简单而隆重的颁奖典礼上，一等奖的获得者照例是最后一个上台领奖，这给了我充分的打腹稿的时间。那个时候没有手机记事簿来充当手抄，又不好意思拿张稿纸照本宣科，结果从校团委书记陈明海老师手里接过奖状、张嘴发言的瞬间，一肚子的话只剩下了"谢谢"两个字。

那时的挚友社有一间低矮的七八平方米的办公室，办公室的木板门上挂着一幅现已仙逝的贝威扬老师手书的浑厚遒劲的"勤朴"，我理解为挚友人推崇"勤勉而质朴"之精神吧。相邻的一个个小房间里，分布着校学生会、书法社、摄影协会等一系列学生社团。

就这样，一个操着满口浓重难辨的永州乡音的青年，进入了传奇般的挚友社，进入了一个改变自己人生的学生社团。用当年《大学生》杂志社专访挚友社时的原话来说，"吕名礼从一个一说话就脸红的小伙子，入社半年就锻炼得变了模样……"。

在挚友社，我遇见了慢条斯理、和蔼可亲、满腹诗书的第十二任社长魏红俊师姐。也不知道是什么原因，有幸一开始就跟着她参加了当年在农工大图书馆举办的国际农业机械学术研讨会，一起采访了大名鼎鼎、九十岁高龄的孙毅将军……

在挚友社，我遇见了一大帮或豪放或婉约但都真挚的老挚友，跟着他们学着数格子做编辑，知道了什么叫通栏什么叫断版；学着晚自习后在大食堂的高远的路灯下哈着气搓着手抓牢粉笔抄写《每日新闻》黑板报（此报二十余年不曾间断，被奉为高校文学社团的经典），知道了什么叫坚持、什么叫责任。

在挚友社，我遇见了机化专业现在改行搞出版的张敬柱，遇见了食品工程专业后来改读北京师范大学古典文学专业的李克和同样专业后来改读北京大学现代文学的陈卫国，遇见了现在驰骋全球半导体业界而又文采斐然的张伟标，遇见了一大批憧憬风花雪月、向往大漠孤烟、梦想踏浪飞歌的挚友们……

就是这么一群人，一群素不相识的、来自天南地北的年轻人，因为那间小平房里那盏昏黄的灯，下晚自习后，无论夜再深，无论路多黑，都不约而同聚过去，一起熬夜，一起审稿排版，一起抄板报。挚友们常常为了一首新诗一个用词而慷慨激昂或相拥而泣，为了筹措活动经费又媚俗地一起到依托于学生消费的照相馆、小饭馆去拉赞助……

大三那年，我毫无准备地被以彭凌师兄为社长的第十四届"领导班子"指定为接班人，成为第十五任社长（现在看来，这是直至今日，我最自豪的和最感恩的一次被当"官"了）。就这样，我带着一个字一个字累积的经验，和着一瓶酒一瓶酒融合的挚情，更责无旁贷地投入文学社工作。我们创建了《挚友文苑》，将挚友通讯社更名为挚友社，这是记忆力超强的第十六任社长张伟标师弟去年告知我的，说是为了避免"挚友文学社"和"挚友通讯社"的局限。记得那个时候，社员人数达到了73人，而且基本上都是不"潜水"的活跃分子。

挚友，成了我们这群农大人另外一个更温暖无界的共同身份。我们无论哪个学院哪个年级在哪个地方碰到，只要同是"挚友"，都必然是无比地亲切，酒和挚友故事那是免不了的，都醉人。上海世博会期间，我家里就齐聚了五六位挚友社的老社长和老总编。

三十多年了，挚友社依然茁壮地生长着，挚友故事被津津乐道地传颂着，挚友精神一代一代传承着。去年到访上海的时任大学党委书记姜沛民同志称之为"挚友现象"，认为这正是校园文化生生不息的源泉。

因为这些共同的文学志趣，为文学社发展而同的甘、共的苦，大家彼此间甚至比同班同学多了一些特别的理解，不仅孕育了一群群挚友，也天作了一对对"挚友夫妻"，这一直被传为佳话。我也是其中的幸运者之一。在2015年的全校校友工作会上，一句"感谢母校，不仅给了我学位，还给了我老婆"，引发大家会心大笑。

因为农大，我进入了大农业领域。

因为挚友社的历练和积累，毕业求职时我才有了一大摞简历材料，才有了被素不相识的广州市农机研究所原所长李明如老师面试后推荐到上海的机缘，才有了自己创建的上海华维可控农业科技集团股份有限公司被业界称道的企业文化。

所有的意外，其实往往都是因缘注定。

就是那么一次不记得的意外志愿和录取，注定了我与中国农大结缘，注定了我将用一生去续写农大和农业的新故事，点滴践行母校"解民生之多艰"的校训。

2016年4月29日

（原载于2023年6月10日第327期《挚友报》）

母爱的童话

曹翠峰*

几年前的一次外语课上，记不清我正对着窗户想什么，或许是那个从未谋面的舅吧，忽然老师问我："What are you going to do if you have several days' holiday?" 恍惚间我答道："I...I will help my mother do much more housework." 说完自己先不好意思起来，因为在以前我是很少帮母亲干活的。教室里很静，只听老师清了清嗓子，说道："Very good. You are a sensible girl." 我红着脸坐了下去。那一节课讲什么，我一点也没听进去，只记得从那以后，我开始帮母亲干一些自己力所能及的事。

母亲年轻时生过一种病，当时无钱医治，因而落下了耳背的病根。儿时的一天，我和小朋友玩恼了，委屈地哭起来，而当时母亲就在不远处，可她并未听到我的哭喊，这在我幼小的心灵投下了阴影……渐渐地，我开始疏远母亲，而喜欢把一些事讲给父亲听。母亲显然感受到了这一点，但她从没说过什么，只是有些忧郁，常用慈爱的眼光怜惜地看我，抚慰我……直到那节英语课后，我突然转变，母亲似乎很高兴，这才又见了她的笑脸。尽管如此，我跟母亲长谈的次数还是不多，因为一句话对她讲了三遍

---

* 曹翠峰，食工94，供职于养生堂药业有限公司。

还不被听清之后，耐心极差的我就不再想讲第四遍了。我不愿对母亲大喊大叫，更不愿看到她疑惑，继而摇头，以及那失望的眼神，我只好含泪跑开了。有时，我也会用笔写在纸上，可母亲读过的书极其有限……母亲也曾四处求医，终因时过太久而收效甚微。那一阵子，我觉得自己很虚伪，每天微笑着帮母亲做事，却从不曾试着与母亲长谈。母亲似乎根本没注意到这些，常常讲起她小时候的事，有的我已听过好几遍。不过我没有不耐烦，只边听边又想起那个小时候母亲讲过的故事："姥姥家的孩子很多，你舅十五岁就出去做事了，他高大、英俊，又聪明能干……后来，听说他到了北京，你长大后一定要考大学，到北京去找他。"此后，舅高大、英俊的背影就时常出现在我脑海中，有时我还想他一定有一双大眼睛和一对浓黑的眉毛，那时候，我并不在乎考北京，而只是很想这样的舅，想一定要找到他，或许这只是为了幼年那心中高大的背影？

那一年，我终于考上了北京的大学，母亲高兴得眼泪直流却再也没提起这舅。从她的眼神中，我读懂了平凡的母亲一颗殷殷爱子之心：从我小时候，她就开始编织一个不算美丽的童话，而这十几年来我得到的母爱又岂是小小的童话所能包容的呢？

此后，我开始与母亲长谈，有时加上手势，有时用笔，也讲小时候的淘气，常常母亲满意地听着、看着，高兴地点头……我觉得自己拥有天下最好的母亲。

（原载于1997年3月28日第134期《挚友报》）

徐晓村老师印象记

李 克*

从中国农业大学走出来的学生，对于这所有着一百多年历史的以勤朴闻名的学校，大都怀有一种天然的亲近和怀想。这里面的原因很多，其中最重要的恐怕要托庇于那些博学而富有文化情怀的老师们。这个名单很长，而在我们自己，则总觉得那些促成我们生命新轨迹的师者是最值得铭感于心的，特别是广为学生所热爱的徐晓村老师——不管是离校的，还是在校的，很多学生都有一种相同的感念："徐老师是我遇到的最重要的一位老师。"

说实话，我在农大所学的食品工程方面的专业知识，如今基本上都还回去了，心下倒也并不觉得十分可惜。记得当我经历过辞职、考研等一系列"神操作"后到某出版社就职时，同屋一位老编辑拊掌大笑说："你这是从'火坑'跳进了'水坑'啊。"但我的遗憾并不在此。

我遗憾的是自己行百米而只见五十米，悟性太差，有徐晓村老师等名师在身边时，没有好好珍惜。

说起1994年入农大后，初次见到徐老师的样子，很惭愧，我已想不起来了。我只记得第一次揣着两篇文稿《月夜遐思》和《听听那蝉声》到《中国农大校报》编辑

---

* 李克，食工94，北京师范大学文学博士，出版诗集《灵魂里的铁》《大地或荒凉的石头》、专著《明清戏曲评点研究》等。

部投稿时，看到的恰好是徐老师那清澈而睿智的目光。这目光中似乎有一种神奇的力量，刹那间让拙于交际、羞于以方言示人的我安宁下来，仿佛心上的一块石头落到了地上，眼前的空间更大、更明亮了。这种感觉至今想来犹在昨日，甚至超过了那两篇豆腐块文章在校报上刊发所带来的惊喜。我不知道，以我这么低的文学起点，如果没有徐老师一直以来的教导和激励，我的文学生涯是否还能坚持到今天。

大约是在1996年，徐老师开了一门公选课"中国现当代文学作品欣赏"，讲解的内容有鲁迅的《伤逝》、张承志的《黑骏马》、路遥的《人生》、贾平凹的《鸡窝洼的人家》等作品。当时选这门课的学生跟徐老师后来讲茶文化时的学生有天渊之别，即人数没有想象的那么多，但听过这门课的学生多年后都会津津乐道地描述当年的情景，并引以为豪。因为徐老师不是一味地串讲现当代文学史知识，而是采取文本细读的教学法，即直接讲作品，重在文学的生命体验和鉴赏，强调作品与时代、与作者的精神互动。文本细读需要有驾驭语言和文字的能力，需要很高的鉴赏品位和水平，教起来更难，但效果也更好。这种教学法已为今天的大学文科教学改革的实践证明是正确的。徐老师早在二十多年前就已经身体力行在理工科院校里推行这种教学法，说实在的，这于学校，于学生，功莫大焉！

比如在讲路遥的《人生》时，徐老师的讲题是"在城市与乡村之间"，他由20世纪80年代中国城乡二元文化的对立互动切入，说明高加林在文化上已经进入城市，和城里人黄亚萍势均力敌，而和作为农妇的巧珍没有了共同语言，因此高加林由抛弃巧珍追求黄亚萍到回归土地，是有着特定的时代和文化内涵的。"高加林"由此就成为一种文化现象。在讲贾平凹的《鸡窝洼的人家》时，徐老师谈到农村妇女"麦绒"，说这个名字起得好，麦绒就是麦芒，麦芒有尖刺，和女主人公敢说敢做的性格很吻合。在讲课时，徐老师还会即兴朗读文中的精彩段落。他的嗓音非常好听，这对有幸在现场听过徐老师课的学生而言，早已是共识。当时，大家的第一直觉就是："文学作品原来还可以这样讲！"当这些作品经由思想的贯通和涤荡，把我们或发散或蒙昧的思维按在这根感觉的脉管上，这隐藏于冰山下的秘密着实让人感到愉快，我们便陶然于这文艺的涛声中了。我想，如果当时有条件把徐老师的授课内容录下来，该是怎样一笔宝贵的财富！

当然，对我们这些小"文青"而言，更重要的是听课时的感受与听课时激发的遐思和情感状态。而一切文字的材料——人物、情节、故事——由我们当时肤浅的经验看来，也许最普通不过，但艺术的种子则掩藏在文字的背后，所谓的文字三昧引而未发。我们仿佛是在黑暗的海上，命运的舟楫注定要与风浪搏击，在那灯塔之光的指引下才能躲过风暴眼，从而顺利航行。当文学的光芒照进我们的心底，我们又怎能不油然而感激于那光明之源呢？

其实，徐老师已经把讲课艺术化，使之成为一种享受，但他仍谦虚地说："距离我认为我可以做到的和应该达到的，我的教学水平还差得很远。"我不知道，他的这份苦心，今天的学生是否能懂或愿意去懂，是否还能激起像我们当年一样的对文学、对生命的激情。恐怕很难。这不能不说是一种美的遗憾。

2017年3月23日，我有幸回农大听徐老师讲现代散文。那天，教三206房间坐满了人。听在座的千岛师兄说，他在鲁迅文学院的作家朋友得知徐老师当天有讲座，都冒雨赶了过来。徐老师当天讲的内容是名作《喝茶》。徐老师认为，《喝茶》这篇文章是从"喝茶"这一具体事物入手写中国文化，倡导生活的艺术化，即"发现日常生活中的艺术，把生活中的苟且变为艺术"。这也是他多年来所孜孜以求的教育理想。

徐老师在一次演讲时的夫子自道，把这层意思说得更明确：

> 作为一个老师，不仅仅是他的学问，不仅仅是他的教学效果，我觉得第一重要的是他对学生的爱，我是爱我的学生的。我为什么爱我的学生，可能跟我搞文学有关。文学是人学，我觉得文学更重要的首先的出发点是爱人，不仅是爱自己，爱自己的亲人，也会爱整个人类。……我是不能，

也不愿意看到这么一群有才华的孩子，他们的一生过得很庸俗，我希望他们活得优雅一些。

我所接触过的名师不少，但感觉其中更多的是学术的碰撞或接力，是富有意义的；而在生命的内在魅力上，我更倾向于徐晓村老师，其中的缘由或即筑基于此。

尤其是像沈从文先生一样，徐老师对青年的帮助也是不遗余力、有目共睹的，他总会在学生人生最关键的转折处谆谆提醒，"重要的是完成自己"，不要被社会潮流所裹挟，"活成一个明白人"。而他在培育人才方面的贡献，诚可借用某位教授的话说，是"不亚于一所学院"。这可能要归功于徐老师对学生发自内心的爱、理解和犹如南宗的断喝，让人醍醐灌顶，一下子明白要走的路。

一天，我在网上看到一位留美的中国农大学生特地留言感谢徐老师当年的指点迷津，顿觉释然。还有一名学生透露："（他）有一年不怎么如意，苦熬到没了自信，沮丧着脸去找徐老。徐老抽口烟顿了顿：'你还是有个优点的，很热忱。'"

多年来，徐老师就是这样以他的大智慧，在为人和行文上坚守理想主义和人道主义的精神底色，影响了很多不甘于平庸的有志青年。

徐老师还有着超前于时代的艺术嗅觉。他曾说自己的散文受日本散文和屠格涅夫的散文影响颇多，但从谱系上看，我认为，仍然可以归入中国现当代散文中充满魅力的那一支，即接着沈从文、汪曾祺等巨擘的散文大旗"往下说"，也许更近于汪曾祺的"内冷外热"，但面貌又迥乎其异。这里有散文题材前贤道尽、巧妇难为而奋力披荆斩棘的可喜；有体察大地和生民疾苦的可敬；有虽千万人往矣而吾不为也的可贵，而这些就足以构成最普通而又最美的生活。这样的散文注定属于真诚地热爱生活的人们，如果静心读下去，你将不得不为文字中蕴含的真挚的人文情怀和语言之美而感动。

汪曾祺在名作《星斗其文，赤子其人》中动情地写道："他（指沈从文）总是用一种善意的、含情的微笑，来看这个世界的一切。到了晚年，喜欢放声大笑，笑得合不拢嘴，且摆动双手作势，真像一个孩子。只有看破一切人事乘除，得失荣辱，全置度外，心地明净无渣滓的人，才能这样畅快地大笑。"

然每读此文，我脑海里浮现的不是沈从文，而是徐老师……

（原载于 2023 年第 12 期《传记文学》，略有改动）

沾雨微尘

张伟标[*]

梁实秋曾言："死欲速朽，何需铺张。"死是对生的告别，只要活着的时候热情满怀，乐观积极，死去时也该轻轻松松了。于是我想起《增广贤文》中的一句话："来如风雨，去似微尘。"不知何时起，对那种进入的热烈和离去的超脱的渴望深深植于心底。

回想大学四年，最难一挥手一转身就作别的是老师，因为灵魂的潇洒必须以没有愧疚为前提，师恩实在给了我太多的凝重。

此刻回想大学里的恩师，立刻想起来的得有二十几位，他们每一位都有感动我的人格魅力，其核心是对学生深沉的爱。电机王建平老师讲课特别潇洒，从未见他带讲义，总是排了几支粉笔在讲台上，然后边讲边写，粉笔写完刚好下课。当校园里流行第四节课提前下课时，王老师激愤异常，他以他常用的颇有说服力的方式为我们"算账"：每次提前十五分钟下课的学时累加，等于我们一年的课时——我们美好的一年青春被浪费了！道理大家都懂，临近十二点却依然吵吵闹闹，王老师神情中那份难以名状的沮丧和无奈至今令我心痛和愧疚。

---

[*] 张伟标，电子95，供职于似空科学仪器（上海）有限公司。

老穿着一双穿了多年的破皮鞋的彭隆才老教授；总是在大家快吃完午饭时才伸长脖子匆匆跑进大食堂的比我还瘦的物理助教"小刘老师"；病得浑身虚肿却依然坚持上课的陈景荣老师；颇有大家风范的罗曼仪老师；几节课就记住百多名学生名字的刘鸿珍老师；说话特别实在的王库老师；把哲学讲得异常精彩的张铁森老师……无法将所有恩师一一列出，然而对我影响最大的徐晓村老师却不得不写一写。

自私的老师把学生塑造成老师生命的组成部分，让学生认同他的学术思想，追随他的学术研究；伟大的老师把自己的生命融入学生的生命，使学生走得更高更远。这两种老师都是高水平的。徐晓村老师介于两者之间，因为目前还没有一个学生能优秀到足以承载他的生命之重。我是以徐老师能承认我是他的学生为荣的，而此刻，千言万语聚成一句话：父母者，肉体之所授也；师者，思想之父母也。

好了，该结尾了。梁实秋临死时写了两张令世人遗憾的字条给护士："救我！""给我大量的氧！"没有了超脱的激动的心情加速了他的死亡。

北京天气热了，知了也该开始令人想起它生命短暂的嚣叫。

作者情怀：我对于挚友，唯责任心正摆于胸；挚友给予我的是友情带来的力量和为事业拼搏的体验——我的余生只需在诠释和充实这种体验中度过。

（原载于 1999 年 6 月 20 日第 158 期《挚友报》）

妈妈的泪

杨天明[*]

妈妈离我而去，已经快三年了，三年来，我一直忘不了妈妈，忘不了妈妈那慈爱、焦虑而又满含希望的目光，以及伴随着这目光的泪。

妈妈一生很平淡，大部分时光都围绕着儿女们展开。她心地善良，从来没和别人口角过。然而不幸却降临到妈妈的身上，我高中毕业那年，妈妈突发疾病而中风瘫痪，全家都为之悲痛。可怜操劳一生的妈妈，从此就将永远地坐在轮椅上，连基本的生活都要爸爸帮忙。爸爸一下子苍老了许多。望着妈妈痛苦的样子，我的心都碎了。然而祸不单行，带着全家的希望，我经过了紧张的七月，迎来的却是失败。我受一连串打击后，一蹶不振，整天无精打采。弄清怎么回事后，妈妈就把我叫到跟前，眼睛里满含鼓励与希望，用她那含混不清的话对我说："阿明！都是妈不好，影响了你学习，你要坚强起来，准备明年再考吧！"看着妈妈，我无言以对。

看着爸爸劳累的身影，为了不再给家里增添负担，我决定随同村人去宁波打工。那天晚上，面对着父母，我把我的想法告诉他们。爸爸听了只是叹气。妈妈听我说完，

---

[*] 杨天明，农水95，供职于中国商飞北京民用飞机技术研究中心。

那焦急的眼神中的眼泪再也忍不住了，急得她的话更含混不清了。爸爸解释道："妈妈说你还小，又刚出校门，到外面会受很多苦的，并希望你再复习一年。"我深深地理解妈妈的心，她是怕我在外受苦，更希望她的小儿子能有出息，能够出人头地。

但是我没有听妈妈的话，仍踏上了找工作之路，同时心里怀着一个愿望，希望能尽快找到一份工作，能多赚钱，为妈妈治病，帮自己圆大学梦。到达宁波后，一家金属工具厂接受了我，在那里我虚心学习，努力工作，很快就熟练掌握了各种机器设备的操作，得到了师傅和老板的赏识。我的心情也慢慢好起来了，然而，大哥多次来信说，妈妈自我离家之后，就天天坐在家门口，盼望我能早日平安归来，并且每当有人提起我，她总伤心落泪。那年春节，因厂里赶一批供出口的货物，我没能回家。年后，大哥来信说："妈年三十那天一直坐在家门口，直到天黑。"读到这里，我已是泪流满面了。遥对家乡，我默默地道："妈！儿对不住您，有空我一定回家。"

后来，我抽空回家一趟。妈妈见我平安归来，高兴得落泪了。这一次，妈妈执意不让我再去打工，非让我去复读，爸爸也执意坚持。回到学校，我特别珍惜这不易的机会，刻苦努力，1995年我以560分的成绩被中国农业大学录取。听到这个消息，妈妈又一次落泪了。接下去几天，妈妈精神特别好，说话也清楚了不少。可后来听说北京冬天特别冷，又为我担心起来，怕我不习惯，受不了，就赶紧要二姐为我织毛衣。

离家那天，妈妈起得特别早，看着我收拾行李，就时不时地提醒别忘了什么，并要我在外注意身体，不要太克扣自己，要和同学们好好相处，等等。临出家门，妈妈再也忍不住了，呜咽着流下了眼泪。我深深地懂得这泪中饱含了母亲的牵挂与担忧。我精神抖擞地站在妈妈面前说："妈！您别担心，学校的条件很好。打工的日子我都过得好好的，上大学还怕什么，您就放心好了。"

然而，我万万没有想到这次竟成了永别，妈妈在我到校一个月后就永远地离我而去了，妈妈没有等到我给予她回报的那一天就匆匆地走了。后来大姐来信对我说："妈临终那一刻，除你之外，姐弟六人都在妈妈身边，可妈妈却始终泪眼蒙眬地看着房门。"我知道妈妈是希望我突然出现，是想再见我一眼，看看我现在的样子。可我远在京城，不能回到妈妈的身边让妈妈再看我一眼。从此，我永远地失去了妈妈。

今天，我在大学里得过奖学金，荣获优秀学生干部称号，并且光荣地加入了中国共产党，但我深深地懂得，这些远远不足以回报那伟大的母爱。每每想起妈妈，想起妈妈那慈爱、焦虑而又满含希望的目光以及那目光中的泪，总有一股无穷的力量，催我奋进！

（原载于1998年6月6日第147期《挚友报》）

茶书之合

张 杨

因为与徐晓村教授熟稔,耳濡目染所得点滴茶知识,使我俨然成了朋友和同事中的"茶专家"。每每有友人三五相聚饮茶,总会有人询问我茶史茶事等,我只得将承教于徐教授的茶文化转述一番,难免捉襟见肘。徐教授的《中国茶文化》出版,可解我一知半解之尴尬。

徐教授是作家,执教于中国农业大学媒体传播系,涉猎广泛,研究茶文化始于七年前。他的作品广见于各类媒体,其散文一如"正宗的绿茶",入口淡涩,待到读毕,甘香盈口,持久不绝。《中国茶文化》一书的文字即有其散文之风格,清新悠远。虽是农业大学的教授,他并非研究茶树的培植或茶叶的加工,《中国茶文化》一书只讲文化,与稼穑无关。

徐教授讲授的"中国茶文化"校际选修课,很受青年学生欢迎,屡创校际选课人数纪录,在学院路附近的十余所高校中颇为闻名。从"五色土"BBS上的"茶文化"版可窥一斑。《中国茶文化》一书源起并应用于大学课堂,并获"北京市高等教育精品教材"之称号。书中并非教科书式说教,既有常识性的茶叶种类、名茶简介等内容,更有独创性的研究成果,如对茶事与茶书、文人与茶、茶馆文化的研究,令人耳目一新。尤其"中国茶文化史"一章,脉络清晰,旁征博引,自成体系,颇见学术功力。

书中前言讲"中国茶文化,就是茶这种饮料与中国人的精神世界发生了联系而形成的文化",如此说来,茶与书一样,都与人的心灵密切相关,两者颇为神似。将两者融为一体,写关于茶文化的书,实在是妙得很,别有意味。

李清照在《金石录后序》中,记有她与丈夫赵明诚回故乡山东闲居时,"每饭罢,坐归来堂,烹茶,指堆积书史,言某事在某书某卷第几页第几行,以中否角胜负,为饮茶先后",有书有茶,读书赌茶,浪漫至极。

如果我们无法拥有古人那般闲暇,那就让我们于喧哗之中,寻片刻的宁静,沏一盏茶,优游于《中国茶文化》之中,让所有的浓淡甘苦从心底缓缓流过。"喝茶之后,再去继续修各人的胜业,无论为名为利,都无不可。"

(原载于 2005 年 12 月《光明日报》,略有改动)

被电视塑造的服务业农民工阶层

张新智[*]

羊年春节，读了两本书：即将付梓的《影响传播学发展的西方学人》和《电视内外：作为文化阶层的服务业农民工研究》（以下简称《电视内外》）。前者是因为该书即将由笔者所供职的出版社出版，可谓"近水楼台先得月"；后者则是拜著者李红艳教授所赐，经该书出版人——中国农业大学出版社的童云老师之手转赠。

作为中国农业大学的教授、中国乡村传播研究所所长，多年来，李红艳义不容辞地将研究的触角伸向了农民工群体，且成果丰硕。在李红艳的学术视角下，农民工是一个阶层，是传播学意义上的文化阶层，亦是社会学意义上的社会阶层。如此，研究作为文化阶层的服务业农民工便具有了特殊的学术意义和社会意义。

传播学是一门相对较新的人文社会科学，发端于美国，国内的研究始于20世纪90年代初。30多年过去了，国内传播学界至今没有可为圭臬的理论建树。究其原因，大概是制度层面的水土不服，但更多的可能是没有寻到与中国实际相结合之路。而从实证来看，近年来的国内传播学研究，更多的是继承了批判学派的作风，并以城市精英作为研究或服务对象。而《电视内外》选择农民工作为研究对象，采用文本分析与社会调查结合的研究方法，具有浓厚的拉扎斯菲尔德经验主义的色彩，展现了勇敢的开拓精神。该书超越了以往牵强的西方理论套用模式，摆脱

---

[*] 张新智，农水95，供职于中国大百科全书出版社，编审。

了苍白的二手资料引用手法,以第一手的实地调查案例,饱含人文关怀的笔触,为我们拉开了传播学视野中现实场景的幕布。在该书中,传播学不仅仅关注信息传播问题、精神文明问题,更把读者引向了对物质文明、社会发展的思考,这也是传播学学术研究的初衷。从这个层面来讲,该书研究农民工问题,具有重要的传播学本土化的学术意义。

中国的改革与发展所要解决的最困难最复杂的问题当属"三农"问题。可以说,"三农"问题是中国最大的现实。"三农"问题不仅仅是经济问题和社会问题,也是文化问题。迁徙于城乡之间的农民工,是打破城乡二元结构,推进城乡一体化发展所要依赖的重要群体。该书借鉴马克思和布迪厄等关于"阶层"的理论,直面中国现实,开创性地提出了"城市中从事服务业的农民工是一个独特的阶层,一个受电视影响、被电视塑造的文化阶层"。电视何以能让服务业农民工成为一个文化阶层?这个阶层与其他阶层的差异是如何产生的?这种差异与经济、社会的关系是什么?中国的现代化进程中,应该如何正视农民工的文化消费与被文化消费现象?新兴的手机媒体如何从电视媒体中汲取经验和教训,唤醒我们平等的人文情怀,填平现有的文化鸿沟,指引正确的社会发展方向?该书所能解答和引发的思考无疑是丰富而有意义的。

书中的实地调查案例大多取自北京,尽管管中窥豹可见一斑,但从统计学角度讲,二三线城市样本的缺席,对于研究结果的全面性来说,是不够完美的。当然,社会调查这一研究工具的缺点向来是无法完全克服的。

无论是传播学学者或者学子,还是普通的读书人,只要内心充满人文关怀思想,渴望拓宽视野,更近地触摸中国的现实,那么就需要勇敢地挑战该书。可以放弃那些略显艰涩的学术论证,但绝不可以逃避那些真实生动的调查记录。无论是学术意义还是社会意义,并非评论的本意,读者从这本书里,能够发现传播学的学术趣味及研究中国乡村传播的重要性,才是该书最大的价值所在。

(原载于 2015 年 4 月 22 日《中华读书报》19 版)

一卷斑斓画，一部人水史，一曲人水情
——评《图说中华水文化丛书》

杨 薇*

时下，有这么一句话颇为流行——"没文化真可怕！"这话使用场合广、频次高，可以说到了妇孺皆知的程度。有人在社交场合用它，自嘲以摆脱谬言失语带来的尴尬；有人在网络评论中用它，炮轰某些文化底蕴不厚、言谈漏洞百出的社会公众人物；也有人在茶余饭后闲谈时用它，喟叹社会上的文化素质缺失行为……调侃、嘲讽、抨击之余，反观思之，这句有着"真理"意味的网络流行语，多少也折射出当下国人对文化的关注、对社会群体及个体文化素养的审视。

文化是民族的血脉，是民族的灵魂。文化对个人、民族和国家的发展都影响深远。当前中国正处于快速发展时期，在创造和追求丰富的物质文明之时，人更需要文化的导引和滋养。文化给予人的不仅是智慧之光、礼仪之规，更有心灵养分。中华文明是地球上最古老、最灿烂的文明之一。中华文化源远流长，博大精深，有着十分丰富的内容和精神内涵，几千年来哺育和滋养着中华民族。直到今天，中华优秀传统文化仍然是个人、社会和国家发展的智慧源泉，是团结和凝聚民族的胶黏剂。灿烂丰富的中华优秀传统文化理应渗透进我国社会各个阶层，为广大民众所

---

* 杨薇，农建96，供职于中国水利水电出版社。

熟知。

然而，中华文化既广博又精深，以至在普通民众眼中，它是高深的代名词，在学者的案头，或束之高阁，远离生活。所以，我们讲弘扬和传承中华优秀传统文化，深度发掘、内容创新很重要，但如何艺术化地表现，使之亲切、平和，使普通民众没有心理上的隔阂感、疏离感，也至关重要。当然，内容和形式都令人爱不释手，才是最高的艺术。在这一点上，《图说中华水文化丛书》无疑是高明的。

中华水文化是中华传统文化研究的新秀，学者对它的研究始于20世纪80年代末期。"水文化"是因人水关系而产生的物质和精神文明，它的内涵和外延十分广阔。我国的水文化传统久远，十分古老，它一直活跃在中国人的生活中，又长期隐没在灿烂的中华文化里。它的内容和内涵如浩浩汤汤的江海，博大精深，又如自然界的水，千姿百态。

《图说中华水文化丛书》挖掘了中华水文化研究的阶段性成果，并从宏大的中华水文化体系中提炼出九个主题，以轻松、活泼的图说形式为读者展现水文化的广博与绚烂。亲切如水与衣食住行、水与风俗礼仪；风雅如水与文学艺术；深厚如治水与中华文明；智慧如诸子论水、水利名人、水与战争；神秘如中华水崇拜；久远如古代水利工程，等等。九个主题无不是人与水关系最密切、最紧要的命题，无不与现代人的生活息息相关。这九个主题独立成书，各成体系，各具风采，各有精妙。

譬如，水崇拜这种农业文明的产物，貌似与我们今天的生活不相干，但其实它的影响依然存在。我们熟知的龙抬头节、端午节、泼水节、春节、诞生习俗中的洗三、龙王庙会等，都是由水崇拜形成的仪式或仪式的衍生。中国人自称"龙的传人"，但鲜有人知，龙神是中国水神神灵的象征，源于水崇拜。《图说中华水崇拜》为我们抽丝剥茧，揭示了生活中一些礼仪、习俗、民间崇奉的神灵和人的水崇拜的渊源。书中记述的古人想象创造的各路水神及神话传说，读来也饶有趣味。

水崇拜，是人类依赖于水，或者说依赖于大自然的产物。但我们的祖先又是充满智慧的,在与自然的抗争中,他们逐渐开始治水、管水。治水活动催生了中华物质文明的创造,还促成了政治文明和精神文明的创造。中国历史上,农业、手工业、商业的发展,聚落、村镇、城市的兴衰,乃至国家的诞生与兴衰,都与水密切相关。水对中华文明的影响和作用,于《图说治水与中华文明》中可见一斑。当然,在中华几千年的治水历程中,也涌现了无数水利名人,他们中有帝王将相、文人才子,也有民间百姓、开明人士,他们的治水方略、治水智慧、治水精神,值得后人探究和学习。但《图说水利名人》并不止于讲述这些历史人物与水的故事,还涵盖其生平,展现了他们生动鲜活的一面。

古代水利工程是治水活动对科技进步推动的成果,也是古代治水思想的物化显现。坝工、防洪工程、运河、水力机械、提水工程……有的已淹没在文明发展、科技进步的历程中,有的还服务于现代人的生产和生活。但透过《图说古代水利工程》描绘的工程器械的物质表象,我们看到的是水利对治国安邦、社会发展的重要性。

文学艺术是精神文明的重要方面。中华民族把对水的体验、体悟,钟情、倾注于文学和艺术之中,创造了气韵生动的水墨艺术,创作了大量脍炙人口的诗词歌赋和风靡一时的影视佳作。就连文字和日常用语,也与水密不可分。中华民族与水的情缘,中国人解不开的水情结,《图说水与文学艺术》大概是最好的注解罢。

最接地气的,是《图说水与衣食住行》和《图说水与风俗礼仪》。衣食住行离不开水,我们的祖先利用水的特点,创制了蓑衣雨伞、桥梁船只、渡口快餐饮食,临水营建了城市,规划了城市水系,还利用水进行保健……这些智慧,对现代人来说,仍受益无穷。为了生命健康,多些水知识是必要的,《图说水与衣食住行》也为我们揭示了水与健康的奥秘。《图说水与风俗礼仪》则是一部绚丽的中华民俗画卷:从诞生礼、婚礼到葬礼,水在中国人人生最重要的时刻都有一席之地;丰富的中华节日和中国人独创的二十四节气,也都与水有着千丝万缕的联系;56个民族又各有独特的水习俗、水礼仪……由此可见中华民族对水之钟情，中华文化之灿烂广博。

《图说诸子论水》和《图说水与战争》，一个说人，一个说事；一个谈哲思，一个谈军事，貌似风马牛不相及，实则讲的都是中华智慧。在思想家眼中，水深含人生哲理、处世智慧、治国之道；在军事家眼中，水蕴藏战争之机、军事之利、强国之要。无论是个人的修身养性、安身立命，还是国家的军事图强、定邦兴邦，古代思想家、军事家由水中悟得的智慧，在今天也不过时。随着时间的流转，"技"或许消失于人们的视野，但"道"仍将行于天下。

实际上，丛书所载的内容、思想远不止这些，更精彩的，还要读者自去书中体会。

值得称赞的，是丛书的叙述风格。九册图书，内容各自丰满，20万字至30多万字不等，但读来并不让人觉得辛苦，反倒觉得是一种享受。任一本书，都采用讲故事的方式娓娓道来，且每一则篇幅简练、文字通俗，再有数百幅精美图片和手绘插图的图示图解，读来意趣横生，轻松从容。

并且，纸质图书外，还有电子书、图书App，对读者来说，这真是一场阅读的盛宴！你可以信手翻阅传统纸书，在疏朗的书页上游曳于文字或流连于图画；你也可以充实时间碎片，在旅途中或工作闲暇，从电子书中便捷地感知中华水文化。至于阅读同名图书App，聆听古典琴音，欣赏流动图卷，品读水文化之渊博，那就是又一种享受了。

中华水文化的研究还在继续，中华水文化的宝藏还有待挖掘，《图说中华水文化丛书》所载入的或许仅是中华水文化体系中的冰山一角，但它的丰厚已足够我们品读回味。它并不仅仅是一套丛书、一种数字阅读产品，它更是一卷斑斓画册、一部关于人和水的绚丽史诗，谱写着人与水的情缘。它所挖掘和展现的中华水文化丰富的物质和精神财富，如果我们能从中汲取智慧并加以创新运用，得到的福祉将远不止于人水和谐。

（原载于2015年第8期《中国三峡》，收入本书时有改动）

丰富自己

杨 薇

每年仲夏,照例会有一批一批的人离开校园,熟稔的朋友也照例会聚在一起:回味、感叹、鼓励……

朋友要走,临行前来看我,想把他大学生活的总结留给我。感于朋友的诚意,便无所顾忌地向他倾诉自己如何为学业所苦,又是如何失败,继而埋怨校园生活的索然无味。朋友似乎并没有产生共鸣,既不附和,也不以过来人的姿态传播什么学习经验,却侃起了武侠,然后问一脸茫然的我:"大学两年,除了课本学习,你还做了些什么?"

是啊,除了学课本,还做了些什么呢?细细回想,才惊觉,六百多个日子几乎全被方正的水泥空间占据了。伏于桌案,忙于作业,疲于考试,差不多是两年大学生活的全部!

人还是丰富点的好。朋友一语触动了我。

生活是多味的,人是立体的。一程一程的山路,人们不会希望见到的风景只一种颜色。丰富多彩,是人们对生活最统一的认识模式,现代的大学生,又有谁甘愿自己是一览无余的平面呢?然而我们当中的很多人,要么因没有认识自己而安于一角空间,被动地辗转于教室—食堂—宿舍之间;要么沉湎于两个人的浪漫,把自己封闭在一个熟悉的小圈;要么偏狭地两耳不闻窗外事,或埋头专业课本或钻身计算机房,只为学业有成。

大学四年说短不短，有一千多个日子。然而，四年下来，有人大丰收，有人却腹中羞涩。更富戏剧性的是，成功的往往不是专于一技的人，那些活跃于校园各角、"精力分散"的人显得更为优秀。

不懈地开阔自己，追求丰富的生活，才能感知世界的博大。

如果把人比作一方田，如何开垦、适合栽培什么，这是对自我的认识和定位；而收获什么，是收多损少，还是失胜于得，便是如何经营了。是一茬一茬地单一耕作，还是一垄一垄地合理套种？生长于土地的人更明白，简单的种植结构只会让土地越来越贫瘠。

丰富自己，不是人生饭后茶余的事情。我们懂得万物的相互关联，懂得生活的触类旁通，知识和能力也是由此及彼的。因为丰富，在竞争中便多了选择和调配的余地，可以东边不亮西边亮，可以失之东隅，收之桑榆。而缩身在一个狭窄的空间里勤勤恳恳，思维难免局限，一旦处于不利的竞争地位，便只好退而求次了。

丰富自己，在丈量自身与社会的差距后，抛弃无谓的感叹与埋怨，主动挑战自身的弊病，走出熟悉的圈子，去做怯怕的事，去弥补欠缺的地方，去歌、去舞、去笑、去干……去领略青春的多味。丰富自己是开拓自己，延伸自己，发展自己，是让人生充实而饱满。

丰富自己，不是蜻蜓点水浅尝辄止地装模作样。东一榔头西一棒，结果不只是两手空空一无所获，而且容易滋生浮躁虚妄的心理，看不清自己，自以为是。丰富自己，也不是稀里糊涂眉毛胡子一把抓地不分主次，缺少计划，否则最终也只是碌碌无为。正如自然四季，季季斑斓，又春青秋黄、夏绿冬银，每一季都拥有各自的主色调。丰富自己，也该如此：保持基调，兼容他彩。

丰富自己，让自己成为一棵树。首先稳稳地扎根于一方适合自己生长的土地，然后吐枝展叶，在蓝天大地间尽情伸张，摇曳生姿。

（原载于1998年10月1日第150期《挚友报》，作者原署名"薇子"）

映山红

齐志明*

每年的这个季节,总是在冰雪凄迷的苦寒之地想起故乡的美。

去年在波特兰的农业工程年会上遇到一位北农机的老校友,他捋着山羊胡子对我说:"你们江西啊,我印象最深刻的,一是红土地,二是漫山遍野的映山红。"我们江西的土地,比路边的停车牌还要红,只是这红长年压在青翠的草木之下,若非逢山开路,遇水搭桥,是不容易见着那宛如朱砂一般的红的;而那学名叫作杜鹃的映山红,则是这红土地上真正给人印象深刻的红色。

映山红是春天催开的第一枝花。在故乡,它既不叫映山红,更不叫杜鹃,人们都叫它"春牛儿花"。这是我根据乡音考证出来的,并没有文字的依据。我们家乡有一种简易的日历,只有一张红纸,A4打印纸那么大小,雕版印刷的,全年的节气及其对应的日子都在上面。大概是因为古人印刷业并不发达,并不是每家每户都买得起厚厚的日历,于是便有有学问的人把一年的节气和一些重要日子印在上面,每家都买一张贴上,以授农时。虽然是古时候的物件儿,聪明伶俐的现代人并没有忘本,如今依然风行。新年一到,便有精神矍铄的老先生,挨家挨户地送上

---

* 齐志明,农水96,美国爱荷华州立大学农业与生物系统工程博士,加拿大麦吉尔大学生物资源工程系副教授。

一张。因为它是指导农业生产的,正中央有一幅巴掌大的图,一头水牛在农夫的催赶中犁地;又因为它印在一张大红的纸上,所以它的名字就叫作"春牛儿"。故乡人叫它春牛儿花,大概是因为映山红大红的颜色,还有在百花之中它像春牛儿一样来得早吧。

  我已经记不起映山红花开的具体日子了,大概是惊蛰前后吧。映山红长在娇小的乔木上,可她绝不是羞羞答答的花。含苞欲放的花骨朵,淡绿色的外壳已经迸裂了,露出几缕殷红的花瓣,仿佛一个个即将点燃的红爆竹。映山红也从不孤独,每一株花茎上密密匝匝地开着好几朵,盖住了鹅黄的叶子,也盖住了青翠的草地,放眼望去,山坡仿佛是一块红地毯。映山红虽然是寻常不过的野花,但是每到山花烂漫的季节,小时候的我总是和小朋友一起去寻找最红最艳的,抱一大捆回来,按照习俗插在水缸边的土里。有时明瓦上透过一片灿烂的阳光,照在墨绿色水缸边怒放的映山红上,山墙上粼粼的波光仿佛荡漾在红色的烟雾里。选两根笔管条直的映山红的嫩枝,大概五六寸长的样子,把其他的叶子都撸掉,只留下顶端的几片绿叶,像一个腿脚细长的"丫"字。然后把几十朵映山红的花心摘掉,唯余伞罩似的花瓣,将丫字状的小树枝穿上十几二十片花瓣,做成一个像微型鸡毛掸子一样的花饰。那时候很多小朋友收藏有野鸡毛,把长长的野鸡毛插在丫字形花饰中央,就做成了一个戏剧里武将的花翎。将这两支花翎一左一右插在帽子上,然后把棕榈树的叶子撕成细丝,做成一尺来长的胡子系在两只耳朵上。当此之时,一个赫赫武将就横空出世了。有些年长的小朋友还能假模假式唱上几句,我们这些小孩只能是喊一声"众将官!有!"就操着棍子叮当开打了。至今还记得那时舍不得摘下胡子,只能双手托起胡子,让外婆给我喂饭。

  冬天的道路是泥泞的。那时人的雨鞋都要穿很多年,大都有点渗水了。"礼失而求诸野",乡下人都是"衣冠简朴古风存"的,雨鞋这种新时代的橡胶产品,并没有真正融入我们的生活。大人们都穿桥儿,就是在一块裁成脚掌形状的木板上装上两片三寸高的木板腿,仿佛是日本人的木屐;小孩们则走拐棍,就是用手腕粗,一米多长的两根木棍,在离地一尺高处装上脚踏子，木棍的顶端装上一个手柄，脚踩在脚踏板上，手握着手柄，像走高跷。过些天，拐棍的脚踏上就会积上一层泥，很厚很滑了。这时我就要去到柴房里，用柴刀刮去脚踏上的湿泥，撒上秋天晒干的黄土，增加摩擦力。在阴雨连绵的冬日里，柴房总是一个好去处。坐在干燥枯黄的树枝草垛里，别有一份温暖的感觉。在柴房里，我总能找到映山红的枯枝，折了出来，它依然保持着春天的样子，尽管所有的颜色都已经枯黄，犹如一支风干的样本。有时还能找到映山红的花蕾，已经风化成了吹弹可破的膜，鲜艳的朱紫已经退去，只剩下一缕残红，淡淡的在朔风里飞舞。我拿着这些花蕾，望着柴房外阴沉的天、泥泞的地，痴痴地期待着下一个春天。

后记：在他乡第一次见到映山红，是大概 1998 年或 1999 年在农大东区的礼堂里看戏。北京京剧院的小姐姐小哥哥们大驾光临给我们赏了一部全本《杜鹃山》。那时的舞台道具很单调，但是有一块巨大的岩石，上面长满了映山红。全校的弟兄们都流着哈喇子看着党代表，估计只有我盯着这道具，想着虽然这"严防奸细"几个字写得不咋的，这几丛映山红倒是跟真的一样。

十年以后在科罗拉多柯林斯堡看到几家公园和庭院种了映山红，是在他乡第一次见到真的映山红。但是科罗拉多的山上是没有野生的。再后来在北卡罗来纳的中部的山上见到过成片的野生映山红，算是人生完整。蒙特利尔虽然是苦寒之地，映山红作为园林绿化的观赏植物也算是很常见的。所以映山红并非我江西所特有的物种，后来在南京、在陕西太白山顶也见到野生的映山红，只是感觉它们开放得含蓄，有所保留，不如故乡的热烈自然。

在我们校园教学楼前有好几行映山红，还有橘黄色的。我所住的小区里也有好几家种了映山红。四五年前我从苗圃里买了一株映山红，种在了朝阳的墙根下。可是因为太靠近墙根，没有足够的雨水，又加上旁边有一棵爬山虎，竞争不过，浇水又不及神瑛侍者那般勤快，这株仙草就慢慢魂归离恨了。叶公好龙，此之谓也。今年要重选一个地方重种一棵，聊慰乡愁。

2007 年旧作，2023 年修改

母亲·炊烟

欧阳晓娇[*]

总爱在黄昏里看渐渐下落的夕阳,看袅袅升起的炊烟弥漫整个村庄,而最爱的便是坐在灶前看炊烟里母亲黝黑的面庞。

那个时候,家在乡下。父亲常年在外奔波,因而灶前的炊烟里,只有母亲唯一的身影。那时的母亲总是爱在午后把一堆堆草散开,再一把一把地束好。那束好的把子便在火花中与母亲的辛劳一起化为灰烬。

儿时的我,总爱躺在灶前软软的稻草窝里,闻着那饭、烟、草的味儿,看忙着添柴、忙着炒菜的母亲,看荡漾的烟雾一点一点地遮住她那因烟熏过度而爱流泪的眼,遮住她的银丝与皱纹,慢慢地我的心也被这烟雾笼罩了,有火燎般的难受。

后来,在柴草垛渐渐矮下去的时候,母亲便挑着扁担、箢子出发了。往往饭香开始在暮日中飘荡的时候,母亲沉重的身影也就映入了我的眼帘。那落落的一担松针、野刺,把母亲的肩膀压得垂垂的。于是我的泪眼中,母亲的身影,被落日的余晖拉得好长,好长……以后的这一段日子里,我们灶膛里就跳起了野刺的火光,燃起了那曾把

---

[*] 欧阳晓娇,经济学97。

母亲的手扎满血泡的火光。更是在那炊烟里，我嗅到了大山的味道。

每日早晨，总能听见外面劈柴的声音。那是早起的母亲为了让炊烟早早在自家的屋顶升起，为了孩子们能有个温暖的开始，为了家里的活计早点开工。那声音一点一点地渗透我的胸膛，渗透孩子最初的心灵。

如今，我们已搬入城里，家里再也没有袅袅炊烟的升起，没有能烧柴的灶膛。而我的母亲，再也不用凌晨踏着露水去山上打柴，夜晚踩着星星归来；再也不用抡起沉重的斧头，去劈开那坚硬的木头，以此点燃一天中的第一束火光了。如今的母亲，总是在一遍又一遍地擦着液化气罐的时候，念叨着家里的灶膛，那我们曾烧过年糕、红薯、豆粉的灶膛。我也会时常想起那缕缕炊烟，那侵蚀了母亲的韶华却让我们懂得许多的炊烟……

母亲的日子，大半在炊烟中度过，可她却嫌弃现在的清闲生活，怀念起当初忙忙碌碌的日子。她老是伸出手让我们去闻一闻手上的味道，看有没有烟味儿，有没有带着稻草味儿的香气……

这个时候，我们总是什么也不说。劳碌了一生的母亲哟，你还惦记着那劳苦的日子，惦记着那平凡的劳动！

（原载于1998年4月《挚友文学副刊》）

家乡特产

纸 兵

上大学时,班里的同学来自天南海北,每次开学返校后总特别热闹,每个人都带来了自己家乡的特产,放在一起聚餐,什么河北鸭梨、北京果脯、四川辣酱、新疆葡萄干等,一连几天也吃不完。而每到这个时刻,我却悄无声息,远远地避开,因为自己来自边远山区,那里穷乡僻壤,根本没有什么特产可言。吃别人家里的特产,总令我又羡慕,又不安,反正心里不是滋味。

从写给家里的第一封信开始,我就抱怨:大城市里高楼林立、车水马龙,而家乡却贫穷落后;别的同学都带来了家乡的特产,而我却一无所有……以后的每一封家信,虽然减少了牢骚,可末了总要加上一句:"小李的父亲来了,给他带来了家乡的米糖和香糕","汤胖的家里又寄来了鱼片和虾酥"。可每次母亲的回信都很平淡,只是关心我的学习和身体情况,似乎对我的牢骚和羡慕无动于衷。

转眼这一年的中秋节要到了,我如期给家里写信,末尾又捎上一句:"小伟家里寄来了广东月饼,可好吃了!"

过了几天,就是中秋节那天中午,吃过饭后班长把我叫住了,说我家里寄邮包来了。"邮包?"我心里一怔,不敢相信自己的耳朵,我从来就没有过什么邮包。"是我的——邮包?"我疑惑地问。"没错,你家里寄来的。"班长斩钉截铁地说。我双手接过邮单,见上面字迹十分工整,立刻认出是母亲写的。右下角还写着两个稍大一点的字:特产。我谢过班长,赶紧把邮单藏进了布袋,像是隐藏了什么不可告人的秘密。

这天下午，我急切而渴望地到邮局取包，拿到的是一个用厚白布紧裹着的小包，摸上去鼓鼓的、硬硬的，足有一斤重。我望着邮包忧虑地想：这里面到底是什么？家里能有什么"特产"呢？怕让熟人看见，我立刻把它藏进了书包。

回到宿舍，我暗自把邮包锁进了抽屉，装作若无其事的样子与众人聊天，这时班长笑眯眯地进来，直冲我嚷："喂！你家里给你寄来了什么山珍海味，也不拿出来给大伙儿尝一尝？"说完，其他人也都随声附和，蜂拥而上。我的脸唰地红了："没，没什么！"支支吾吾的我拗不过大家的一再坚持，只好把邮包拿了出来。

白布包用针线密密地缝着，我小心翼翼地拆，心里却在打鼓。大家都像等待什么珍馐美味一样急不可耐。费了好大劲儿，我拆开了白布，里面露出了白毛巾，我一眼看出这是母亲年轻时用过的头巾，再打开白毛巾，里面是一个纸包，当我慢慢打开纸包，顿时惊呆了，里面竟是一堆去了壳的葵花籽！大家开始饶有兴致地嚼起来，而我却难以下咽。

透过这晶亮洁白的、小小的葵花籽，我似乎看见了母亲正坐在烛光里耐心地一颗一颗地剥着，用她那双粗糙而灵巧的手……这一晚的月亮特别圆，特别亮，我们边吃葵花籽边赏月谈天，直到深夜。

又过了几天，母亲来信了，信上说：家里穷，实在没什么特产寄给我。今年园子里的向日葵结了好多籽，她把它们晒干、炒熟，然后全家人又花了几个晚上的时间给我把壳剥掉，只因我从小就不大喜欢剥瓜子壳，喜欢吃人家剥好的……

夜里，我怀抱着母亲的信幸福地睡着了，我深信我已经收到一份世上最可口、最珍贵的家乡特产，并把它藏进了心灵最深处。

从那以后，我的家信中再也没有了牢骚、羡慕和自卑之词，有的只是对家乡一草一木的眷恋和思念。

（原载于1998年9月1日第149期《挚友报》）

过忙罢

王 睿[*]

过忙罢，在鄙乡是和过年一样重要的节日。

不知道从何时起，从白鹿原上往北，从原上到原下，由高到低，直到灞河两岸，分布的大大小小几十个村落，开始沿袭着一种古老的风俗——过忙罢。

每年立秋过后不久，农历七月、八月，各村落像是约定好一样，按照从南到北的大致地理位置，像准备过年一样，依次开始准备吃食、新衣、节目，准备过忙罢。这种习俗，不但在其他地方闻所未闻，即使在关中地区，也只有本乡才有。

为什么会过忙罢呢？问及老人，有几种说法，主流的意见是——

农历七月，根据节气，西京白鹿原灞河这一片，各种农活都忙完了——忙罢忙罢，就是忙毕咧，没啥重活咧。父老乡亲凑到一起，一方面庆祝今年的好收成，祭祀各自的祖先，感念先人保佑，风调雨顺换来好收成，一方面好好谝闲传，交流种地经验。

过忙罢都干些什么呢？

答案是：啥都不干。

内子第一次来吾乡过忙罢，很是诧异，怎么整个小区——以前是整个村子，同时在大摆宴席，招待宾朋。

---

[*] 王睿，电力98，网名文艺 IT 虎，《腰部 IP》《流量革命》作者，老虎微运营 CEO，跑者，吉他手。

我说，这是集体的狂欢，现在已经淡漠了很多。

来，吸一碗头锅臊子面

过忙罢当天，亲戚们一大早就来了，尤其是娃娃和老人，来得早，准备吸头一锅臊子面。关系好的，离得近的，提前一天，甚至提前几天就来了——我小时候，都是提前好几天到舅家蹲点，就等他们村过忙罢。

面，是手工现擀的。人来了，先在院子里喝口水，或者抽锅子烟。媳妇在案板上，用一米多长的擀杖，把一个面团子擀得不能再薄了，然后叠在一起，再用一口宽大老旧却又无比锋利的生铁老刀，以极快的速度，从左到右"砰砰砰砰"地切过去。

面，又薄又细。随手把锅盖揭开，扔一梭子到锅里，给她娃说：

"火旺些子，给你舅爷下面。"

娃给灶台里加了好几块大木头，扯直了脖子拉风箱，火苗像娃一样快活地从锅台里蹿了出来。一会儿面就煮好了。

媳妇麻利地从案板上拿出一个大老碗（有多大？比你的徽大），从锅里捞出煮好的黄澄澄的碱面到碗里（内子乡里吃面竟然不知道放碱，我很诧异），然后把灶后面锅的木头锅盖掀开，舀了两大勺子肉臊子到碗里，端到院子里的梧桐树下的桌子上。这时，桌子上已经摆好了油盐酱醋，还有油汪汪的油泼辣子。

"达，吃臊子面！"

吃面的时候，老一辈还是爱圪蹴，年轻的都会找个板凳或者椅子坐着。一锅臊子，要吃好几拨人。路远路近不一样，早来早吃，晚来晚吃。但是一般到中午 12 点，就把"臊子锅给戳了"。

女人，男人，娃娃，谝闲传

吃完臊子面的，开始谝闲传，三五人一堆。谝闲传，山东鲁中地区叫拉呱，川渝地区叫摆龙门阵，东北叫唠嗑，或者扯犊子，其实就是闲聊天。

女人们，不是在院子里择菜，就是在伙房里刷碟子洗碗，帮忙准备下午的宴席，七大姑八大姨，家长里短，道听途说，什么都聊：曹堡子的神婆子治好了南城疯子的疯癫症，莫灵庙野地里死了的女人是谁谁谁的相好，前天看到甄堤的二女子跟一个油头粉面的小流氓拉着手在灞河沿子浪呢。

男人们，围在一起，抽着烟，谝的都是男人的事情。

"哥，今年大棚黄瓜把钱卖了吧，明年种啥？"

他哥说："开春的大棚黄瓜没变几个钱，夏天的线线辣子倒是能挣几个。"

有的在谝练拳的事情："没事到我这里打沙袋子来，前几天刚在院子树上绑了一个。"

"不去了，我这段时间在举锁石。"

听到这里，蹲在地上给蚂蚁窝吐唾沫的二蛋隐隐感觉到身上有点疼。他爸把他送到武术学校练功，教练让蹲马步，拿柳树条在他们身上抽。

有的问："刚子回来了吗？"

"再包（别）提窝（那）货（垃圾）了，刚回来半年，又进去了。这回我可是啥也不管了，就让狗日的在里面好好受法吧。"

"这回是为啥？"

"为啥，又是一个朋友拉出去让给说事情，没说几句，就把桌子掀了，砸了人家一酒瓶子。"

有时他们也聊聊道上的事，比如："恩勇，是条汉子啊，娃再苦，也没欺负过乡邻。"

恩勇脊背文一条下山猛虎，手腕上有个"孝"字，娶了隔壁英芳的三女子。他赤裸着上身，拿一条铁杠子，大半夜站在马路中央。一次，一辆运苹果的大卡车开过来，没停。早上，扫马路的在路边看到了躺在草地上的恩勇,还有他的铁杠子,铁杠子旁边放了一箱子洛川过来的苹果。

不说这些,说些高兴的吧。谁最高兴呢?娃娃们。

娃娃们聚成一堆,他叔带三侄子(有时候叔比侄子还小呢)在院子里和泥巴。他们翻箱倒柜,游街串巷,把家里甚至一条街都弄得鸡飞狗跳。有时,他们在院子里掏出3个小坑,然后拿出玻璃弹珠,不顾身上前天刚买的新衣裳,趴在地上,对准一个坑,玩老虎进洞;也有逗凶斗狠的,当着大人的面摆跤,看谁能把谁摆倒,有时弟弟看哥快被摆倒了,上去帮忙抱住对手一条腿不撒手,你再说就是不放,哈哈。

当然,他们也有不快的时候,也有发生内部矛盾的时候。比如,侄子打了叔,虽然叔辈分高,但是年龄不如侄子大,没劲,手脚也不如侄子快,抢糖果的时候被侄子抢了几个嘴锤也很正常。

吃席,老舅爷的凉肘子

早上臊子面,算不上吃饭,我们这里,响午饭上桌的饭才是正餐。我们叫吃席面,一般会在下午两三点开席。席面如何,反映了主家的富裕程度,更显示了女主人的手艺。男人们坐一起,女人们带娃坐一起吃饭。酒,当然是要喝的。客人们早上可以不吃面,但是下午的宴席必须参与,尤其是男人们的桌子,每年都是按老幼尊卑坐席的,少了谁,一下就看出来了。下午的宴席,至少是12道菜,4个凉菜,8个热菜,家境殷实,女主人又会做菜的,会更多。我记忆中,凉拌三丝、炝莲菜,荤止坡的腊牛肉,这些凉菜貌似每家都有。

有一年,我随奶奶到她娘家,河北(灞河北岸)的老舅爷家过忙罢。老舅爷是奶奶的哥哥,都八十多了,身体还硬朗,爱喝老酒,爱扎卷烟。那一次去,都查出肝癌了,他还是嘴里咂吧着黑老卷。他也不让儿女管,也不去看病,就自己住在一口窑洞里。奶奶劝他少抽些烟,他说:"甭管,今天我先受活了,哪怕明个儿就死!"

老舅爷声如洪钟，烟酒嗓，爱说笑，每次我去，他总说：

"哎呀，河南人又来啦。"

他家里虽然很穷，但我爱到他家里过忙罢。每次去都很快活，老舅爷爽朗、犀利、幽默又泼辣，几个表兄都很谦让我，每次去都带我到河里捕鱼抓螃蟹。

我们在黑漆漆的、弥漫着旱烟味的窑洞里上了炕，炕上有一个老旧的小长桌。每次忙罢，有一道菜，老舅爷都会让儿媳妇们靠边站，他会亲自出去，端出一道菜来。那是他提前好几天腌制的凉肘子，切成厚厚的片子肉，软硬适中，肥瘦均匀，咸淡刚好，什么调料也不加，入口即化。三十多年过去，走过了数不清的城市，再没吃过那么好吃的肘子了。

奶奶过世后，我听家人讲，奶奶和老舅爷竟然不是亲兄妹。后来我出来上学，都不知道老舅爷是啥时候故去的，哎……

酒过三巡，开始划拳，一般都是年轻人划拳。西北人生性豪爽，喧闹的声音能把房上的瓦都震碎了，有时甚至能听到邻居的邻居的邻居的亲戚划拳的声音，不明就里的路人，会以为这家人在打架。关中地区喝酒划拳的习俗延续了几千年，划拳讲究手到口到，出拳必须带音，不能出闷拳，我从小耳濡目染，不知道什么时候也无师自通，竟然颇精于此道，你啥时候喝酒，我可以请你划两拳，哈。

大人们在大桌子上喝酒划拳，娃娃们有样学样，在小桌子旁边，拎着一瓶啤酒，玩老虎棒子鸡，一个个有鼻子有眼的，拿着筷子敲着碗，你来一下，我来一下，一会儿都醉了，趴在桌子沿，流着哈喇子睡着了。

吼秦腔，露天电影

大人们还在划拳，忙罢会晚上的节目已经开始了。

各个村在过忙罢的当天晚上，都会放电影或唱戏。有钱的村，连续3天有节目。唱戏唱的当然是秦腔，没钱的小村，搭个棚子，请上五六个唱戏的，也没有啥扮相，就地撂摊。有钱的大村，会整一个舞台，演员穿上古代的衣服，台下十里八村的都赶过来看。秦腔是秦人的摇滚，用"吼"来描述一点也不过分，本村唱戏，邻近几个村都能听见。我曾祖父，被人称作"戏匣子"，听祖父说，大字不识一个，竟然会唱百八十个折子。

"吼秦腔"的时候经常是用了吃奶的劲，满脸通红，脖子青筋暴起，让人很是害怕。年轻人多不喜。老婆子老汉，台下乌泱泱地坐了一大片。老汉一边往烟锅子里填烟丝，一边眯着眼，很陶醉地唱着——

> 祖居陕西韩城县
> 杏花村里有家园
> 姐弟姻缘生了变，
> 堂上滴血蒙屈冤。
> ……

老婆子抱着孙子，也摇头晃脑，一会儿就把孙子们摇睡了。也有在他奶怀里不停闹腾的，要求他奶给买一包瓜子。那瓜子很巧妙地被包裹在废报纸卷成的一个圆锥形的纸盒里，报纸的墨香混着瓜子焦焦的味道，很是特别。五分钱一小包，能嗑一个晚上。《薛平贵出征》《三滴血》《三娘教子》……我记忆里的这些曲目，就是幼时在姥姥怀里嗑瓜子的时候记下的。

年轻人多不喜欢秦腔，他们宁愿做银幕下的"狗熊"，在电影屏幕下钻来钻去打闹嬉戏。电影队吃了村主任或者书记家的菜馍，天蒙蒙黑，就用一块硕大的银幕把整个村子的主街拦腰截断。卖小吃、卖玩具耍货的，也早早赶来占地方，忙罢晚上生意会非常好。娃们这时手里都会有几个小糟钱（方言，糟心好不容易赚来的小钱），因为家里来了好多亲戚，他们会嬉皮笑脸地问亲戚要钱花。大人们正在一起谝闲传，一个半大小子突然钻进来，给他舅说："舅，给我一毛钱，我要买个冰棍。"你说你给是不给，哈。

《地雷战》《地道战》《南征北战》《平原游击队》《白毛女》……这些都快看 100 遍了，但是每次放，还会来很多人。电影开始之前，有时还会放如何种地的科教片，或者毛主席说一类的政教片，哈，很好玩。在我看来，忙罢晚上的露天电影相当于农村过去的春晚，大家体验到的不是电影，而是节日的气氛。

电影队还在进行投影调试，熊孩子们就开始捣乱，有的把自己的小爪趁人不注意突然塞到那一束光里，在屏幕上出现一只巨大的手；有的爬到树上，朝树底下的伙伴吐水，自己在树上嘎嘎笑；还有手欠的，在放电影的家伙事上胡乱摸揣，把一盒电影带子趁人不注意拿走了玩。狗们吃够了白天的残渣剩饭，也随主人趴在地上，等着电影开始。偶尔，他们会把鼻子凑近主人点过烟的一根还冒着烟的洋火把，然后又突然打个激灵。

终于，银幕上出现了娃娃子，两边的人群开始安宁下来。放眼望去，地上，树上，墙上，麦秆堆子里，都坐满了人。多的时候，人都能坐到银幕底下去。有刚喝完酒的来看电影，直接躺倒在泥土地上，不知道是看电影还是看星星。

这时候的世界，是喧闹的，也是宁静的；是忙碌的，也是悠闲的。银幕里的喧闹、忙碌，对应银幕外乡亲们的宁静、悠闲，平日的喧闹、忙碌，对应今晚的宁静、悠闲。终年劳碌，终得一日安闲，过了今晚，明天又开始面朝黄土背朝天的日子。忙罢忙罢，今天先啥事不管，事情再大，好好休整一番，享受完今天这难得的安闲，一切过了明天再说。

我从二十岁离开故土，再也没有过过忙罢，貌似一直都在忙碌中，没有真正罢了收手的时候。比先人们忙叨，一刻不敢放松，没忙出个样子，却也不如他们洒脱和快活。

今年，我准备给自己放天假，啥也不干，专门回去过一回忙罢。

2017 年 9 月 8 日

我家就在白鹿原下

王 睿

我们村，唐朝就有了

打电话和母亲聊天，他说原上的姑妈，和我们搬到一层楼住了。

所谓原上，是指住在白鹿原上的人，与之对应的，是住在原下的我们，我的家在白鹿原下。我们那个村子，叫香王村。在很小的时候，我看到村头立了一块石碑子，上面刻着村子的历史。

根据老人们的讲述，我们村子应该是唐朝时候就有了，最早几户人家是给宫廷里的达官贵人造香的，具体什么香，不得而知。唐朝建国是公元618年，到现在已有1400多年的历史了。沿着白鹿原北麓，从东到西，在灞河的南岸，沿着河岸，星罗棋布地分布着几十个村庄。在这些村庄，有的住着我的姑奶奶，有的是大妈的娘家，有的是堂姐嫁出去的地方，有的是表哥的丈母娘家。总之，这些村庄与村庄之间，联结起来的不仅仅是一条条道路，连在一起的不仅仅是一片片麦田，更是一层一层的关系。

我们村从东到西，有一条很长的主街，这条主街把四五个生产队，几百户务农的农人们连在一起。一到晌午，人们都端着碗，圪蹴在槐树下、磨盘上，一手抓个黑馍，一手端一个粗瓷老碗，"呼呼呼"地喝玉米粥，碗面上浮着老瓮里切碎的腌咸菜。

菜地，水井，渠

我们家是一座大瓦房，并没有在主街上，而是在最北边的一条背街的最西头。对门是大伯，斜对门是远房的一个叔——李娃子，隔壁呢，是赶车给队里拉大粪的军旗。我很喜欢我家的这个位置。

贴着院墙，是一条一米宽的小土路，我们在院子里，能听到路上的脚步声。小土路再往外，有一条常年流着水的清澈的水渠，这水渠往上 50 米的地方，是一口老井。妇女们在井边的蓄水池里洗菜、洗衣服，男人们把水桶放到水泵抽出来的井水下面，接完一桶水，再接一桶，然后用扁担颤颤悠悠地挑着水，倒进自家灶火里的大水缸里。

我们家的菜地，就在一墙之隔的水渠边，就在那口老井旁边，你说方便不方便。浇地方便，种菜方便，吃菜更方便。每次锅里的饭快弄熟了，母亲说，到地里砍一个莲花白，于是出了后门，跨过水渠，在地里找一个莲花白，用刀从根部砍下去，只一刀，莲花白便圆滚滚地"尸首分离"，掉在地上。随即在水渠边，把外面的叶子剥掉，把菜洗好，然后拿给灶火里做饭的母亲，很快一盘子炒莲花白就好了。

或者有时候，我复习功课，夏天到晚上饿了，热了，推开后门，到自家地里摘两个西红柿，放到水渠里冰镇上。做完下一道题的时候，从水渠里把西红柿捞出来，那滋味真是又冰又甜，让困顿的脑袋为之一振，吃完之后，又可以头脑清醒地做作业了。

一到夏天，那个水井就成了话题中心。那口水井在村口，本来就人来人往，另外一到夏天，到水井边洗凉水澡的，淘菜装车的，洗衣服的，挑水的，纳凉的，人就更多了。说到纳凉，水井边住着的一个奇人不得不提。他家后院那棵大杨树，在水井边形成了一个天然的棚盖，遮住了夏日毒辣的太阳。此人不但经历丰富，而且为人热情和诙谐，爱谝闲传。

大妈家的炒面就是香

他就是爱民爷，一个给国民党扛过枪、在城里登台唱过戏的、租赁红白喜事桌椅碗筷的老汉。门口弄个躺椅，躺在上面悠闲地喝茶。过路人的板凳提前给放好，只要你没事，都可以到他那里谝闲传。一到吃饭时间，他也端个碗，在门口吃饭，招呼你："饭吃了没？给你舀一碗？"大部分人，即使没吃，都要说吃过了。但是小孩子有时就说了大实话，说他没吃饭，那就真的进去给你舀一碗。像我小时候，在对门大妈家混饭吃，那是常事。到现在为止，我还是觉得大妈家的饭比我们家好吃。对门大妈菜炒得香，锅盔弄得也比母亲更酥更脆，她做炒面更是一绝。

手擀细面，先蒸熟，热面拌上油，然后放在筛子上摊开，晾半个小时。然后锅里热油烧到冒烟，葱姜爆过，放入切成丝的莲花白，还有小豆芽，这时候再把凉了的面放进去，不断地翻炒。炒完之后，把锅里的炒面全部铲到一个大盆子里——比洗脸盆还大，端到饭桌上，开饭！

谁要吃，自己拿一个搪瓷碗，用筷子，扎进大铁盆里，戳进炒面里，然后挑起来一大筷头面，放到自己碗里，吃完了，再去弄。油泼辣子，管够；新鲜的，刚从地里掏出来的大蒜，管够。有时我们在大妈家里吃，但我们更喜欢到二楼的露台上吃饭。

大妈家的房子，也在村子的边上，和我们家对门。所不同的是，他们家是二层小楼，我们家是大瓦房。要上二楼，先要顺着台阶，上到灶火房顶的露台上，然后从灶火房顶，穿过一条空中走廊，就到了。水渠边有大妈家中的四棵梧桐树，每一棵都盖过了二楼房顶，其中有一棵，把那个小露台遮蔽得严严实实。有时候下雨，你站在灶火房顶的小露台上，根本淋不到雨。

大妈家的小露台，是西头最知名的纳凉"圣地"。一到夏天，天还没黑，左邻右舍，都来占地方。20世纪80年代，电视还是稀缺物的时候，大伯不知从什么地方弄来一台14英寸的黑白电视机。那台电视机，晚上会摆在露台上，放《射雕英雄传》。

于是，整条街的大人小孩，会把那个露台坐得满满当当。有的一边看电视，一边端碗吃饭，有的啃一条黄瓜。娃他妈怀里奶着几个月大的儿子，娃他爷旁边坐着并不专注看电视的孙子。随着电视剧情的进展，人们一会儿屏住呼吸，一会儿发出没心没肺的爆笑，一会儿粗野地咒骂电视里的"哈怂"。就像逛庙会一样，大人小孩，七上八下，李娃子回家拿水去了，军旗又端着第二碗饭上来了，二牛回去给他爸拿吃烟的洋火回来了，来弟她妈把第二天还要上学的来弟从楼上往下赶。

1998年我参加高考，7月7日高考，7月6日晚上我还在大妈家的露台上看《射雕英雄传》，结果呢，虎妈实在看不下去了，硬是拿着扁担把我从露台上赶了下去。这件事不知道为什么，我到现在还一直记得。

等看完电视，观众们纷纷下楼。回家睡觉的时候，堂哥、堂姐会把露台重新打扫一遍，然后我回家里，抱来一张两米多高的卷好的凉席，扛到楼上，然后把它和大伯家的凉席放到一起。夏天的时候，我们就睡在露台上。

我和虎爸、大伯、堂哥、堂姐，都特别怕热，所以一般都是我们睡在露台上。这时候，大伯会给我们娃娃讲故事。听着听着，不知不觉大家就都没声音了。一觉醒来，发现东边的太阳已经明晃晃地照在身上。

打个洞，上学去

夏天早上的太阳照在身上，很热。

赶紧把单子揉成一团，抱在怀里，下楼回到家里，从馍篓子里抓一个蒸馍，里面夹点油泼辣子，把书包背上，上学去。吃得嘴里发干，路过村口的水井，咕嘟咕嘟，灌几口井水，然后沿着一条土路一路向西。

路两边是一望无际的农田和果园，南边是一大片果园，记得果园里种的是葡萄、苹果，似乎还种过草莓，是粑粑爷种的。粑粑爷害怕娃娃们偷水果，住在果园里看守果园。然而，我们半夜趁老汉睡觉的时候，屡屡得手。偶尔上学、放学的时候，路过果园，看看没人注意，也会"顺手牵羊"一下。

路的北边种着菜，家家户户都种菜，而少有种水果和粮食。我们村主要靠卖菜为生，是"蔬菜队"，还有的村公社干部不让种菜，让种粮，是"棉粮队"。因此我们村里，家家户户吃菜都是放开了吃，你去邻居家串门会看到，放菜的往往不是碟子，而是盆。夏天拍个黄瓜，到了地里，都是弄个十来条，然后放在一米多宽、两米多长的案板上，用厚重大片刀，把十几条黄瓜拍碎，扔到一个大铁盆里，上面撒一把辣椒面子，辣椒面子上再放一把盐，然后在直径一米多的大锅里，把油烧滚，用大勺子，把滚油盛出来，刺啦刺啦地泼在辣子上，最后给大铁盘里倒半碗醋。

晚上在院子里吃饭，没有外人的话，直接把盆子端出来，放在桌子中间，大家一边喝粥，一边吃拍黄瓜。一盆子拍黄瓜，大人、碎娃，再加上老人，七八口子人，一会儿就见底了。

顺着这条路一直向西，就是我们的学校——新寺小学。新寺小学，是挨着新寺村建的。我在那里度过了快活的小学7年。据说这所学校的前身是一座寺庙，围绕这所寺庙住的人越来越多，就是新寺村。后来庙被拆除了，在原来庙的地方新建了我们小学，所以就叫新寺小学。

学校就一个正门，坐北朝南，临着一条大马路。但是我们经常走"后门"，原因很简单，从那口村头的水井，一直往西走，就到了学校操场边的围墙，如果想走到正门，还得先往南拐一下，等走到马路口，再往西拐，走半里路，才到学校门口。我们经常卡着点上学，为了不迟到，只好在学校的围墙下，把砖掏下来几块，然后钻进去后，再把砖塞到墙上去。

学校操场后面，是一片松树林，里面种了很多松树，平时也没什么人去。我们就在松树林最里面的那堵墙上，打了一个洞，如果时间来不及，就从洞里钻进去，然后再从松树林里钻出来。松树林里有松油的味道，很好闻。到了冬天，从上边折下一个松树枝，点火烧，一根火柴就能点着，呼呼地冒着浓烟，火苗子往上蹿，很好玩。

从松树林钻出来，是学校的操场。操场边我记得放着一个溜溜板，不管啥时候，娃娃们都玩不厌，七上八下，溜下去，再从另外一边上来，再弄一次。我喜欢站在那个台子上面，朝东看。有时候早上来得早了，一直能看到东边的骊山，还有南边的白鹿原。那时候，根本没什么楼房，二层楼都少见，更不要说几十层的楼房了。

有时候，早上的太阳，从骊山的山头蹦出来，把万丈霞光，从墙头那边泼洒到墙里，把操场照得明晃晃的，把我的心也照得明晃晃的。那时候，我就莫名地想吼两嗓子，对着那远方初升的太阳。

他大舅，他二舅，都是他舅

到了周六，做完大扫除，我书包一背，出了校门，右拐，然后再右拐，沿着一条从原上流下来的小溪，一直朝北走，路过我当时的小学同桌的家——也是我未来的堂嫂的家，然后再走过一片苞谷地，还有一大片荷花荡，就到了一棵巨大无比的大柳树下。

到了大柳树下，那条小溪继续向北流去，一直流到灞河里，灞河汇入渭河，最终在渭河里汇入黄河，流入大海。而我在这里，顺着一条东西走向的土路，往西走，就到了我舅家。我舅家在席王村，早先那个席字，脑袋上是有一个草字头的。我舅家村离灞河很近，据说最早的几户人家，是靠将灞河沿岸的芦苇编织成各种草席谋生的，然后一村子人接下来几千年都靠这个养家糊口，最终形成气候。

大柳树就在我舅家的村口，柳树下一口水井，除了冬天，其他三个季都不闲着，从地里把汩汩的井水抽出来灌溉庄稼，当然包括浇灌我二舅和大舅的庄稼。二舅和大舅的庄稼挨着，都在大柳树下。有时走到大柳树下，我会看到在地里干活的二舅或者表哥，于是就先不回他们家，和他们在地里把活忙完，然后一起回去。

大舅沉默寡言，不爱说话，也不爱和人打交道，但是待人仁厚。

二舅是个"杠头"，不但声如洪钟，而且爱和人杠，动不动就和人杠上了。比如说，我们拉了一车子白菜，走在回家的路上，有村里人看到我，问二舅：

"哎呀，你外甥又来了。"

一般人会说"要不怎么说娘舅亲呢"，可二舅会直接给撑回去，他很可能会说：

"咋咧，你还不让来吗？"

或者，又有人客气地问他：

"饭吃了吗？这么晚了。"

一般人即使没吃，也会说"回去就做"，可二舅经常说：

"没吃，你给舀一碗不？"

大舅一辈子就是种地，二舅除了种地，还爱玩。

二舅不但玩狗、玩猫，还玩鸽子。房顶上，最多的时候，几十只鸽子都是他的。他给鸽子的脚上绑上一只哨子，飞在天上，风一吹，发出特有的动听的声音。前年母亲生病，我回家探病，二舅杀了自己心爱的一只鸽子，还送我了几只鸽子蛋，让我给母亲补补。

两个舅，性格各异，但都爱喝酒。

哎，当我敲击这些文字的时候，我的两个老舅，都是八十多的人了。大舅刚做了心脏搭桥，现在还在喝酒，劝他别喝了，他说："甭管，今天死明天埋。"二舅前几个月中风了，手脚不便，说话都不太利索了，但是还爱和舅妈、表嫂抬杠。

灞柳风雪，灞桥伤别

从大柳树下，沿着那条从白鹿原上流下来的小溪，一直往北走，路过我小时候和表哥表弟偷葡萄的葡萄园，就到了灞河。灞河上有一座老桥，据说隋唐年间就有了。我们那个地方，包括白鹿原在内，因为那座桥，就叫作灞桥区。

灞河有太多的故事，西汉时期，周亚夫在灞河两岸驻扎军队，那个营地，因为灞河两岸的柳树多，叫作细柳营。至今，灞河边还有一个村子叫作柳巷。说来也奇怪，灞河两岸其他树木很少，多的是柳树。汉唐以来，文人墨客爱在灞河边吟诗作赋，送别朋友的时候，在灞河边喝完送行酒，折一根柳条让带走，这就是折柳相送的典故。

到了春天，灞河两岸，柳絮漫天飞舞，风一吹，真的像天空飘起了鹅毛大雪，这就是灞柳风雪，这是关中长安八景之中一个很有名的景点。我们小时候总觉得那柳絮很烦人，一不小心就吃到嘴里，沾到头发上、衣服上。

我看到很多诗词描绘送别的时候往往还喝酒，有的在亭子里，有的就在桥上喝一杯饯行酒。小时候读到这些诗句，我就有点好奇，柳絮飘到酒杯里，喝下去，不知道是什么感觉。不过这些古人们估计都不会在意这些吧，他们的诗词里充满了悲切之感，净忙着悲伤了。以前长安是首都，离开首都的人去外地谋生，或者被贬官、发配，相当于现在离开北上广深，去偏远地区发展吧。辞别繁华的帝都，到还未开化或不甚发达的边远之地讨生活，心里肯定不好受。我们且看几首与灞桥有关的诗词：

箫声咽，秦娥梦断秦楼月。秦楼月，年年柳色，灞陵伤别。

——李白《忆秦娥》

飒飒风叶下，遥遥烟景曛。霸陵无醉尉，谁滞李将军。

——长孙无忌《灞桥待李将军》

翠拂晴波，烟垂古岸，灞桥春色。斜带鸦啼，乱萦莺梦，愁丝如织。为怜张绪风流，正瘦损、宫腰褪碧。绽绾同心，留连不住，天涯行客

——高观国《柳梢青》

绣幌闲眠晓。处处闻啼鸟。枕上无情，斜风横雨，落花多少。想灞桥、春色老于人，恁江南梦杳。往事今何道。

——贺铸《连理枝》

熏炉重熨，便放慢、春衫针线。怕凤靴，挑菜归来，万一灞桥相见。

——史达祖《东风第一枝·春雪》

目断江南千里，灞桥一望，烟水微茫。尽锁重门，人去暗度流光。雨轻轻、梨花院落，风淡淡、杨柳池塘。恨偏长。

——晁冲之《玉蝴蝶》

这是我喜欢的一些诗词,其中最有名的是李白和长孙无忌的诗词。那个长孙无忌就是唐太宗李世民的"铁哥们儿",凌霄阁第一功臣,后来当了宰相。

我家就在白鹿原下

尽管文人墨客们写的诗词很悲伤,灞河带给我们的却是无尽的快活。

那时候水是真清啊,清得能看到水里游动的鱼。除了捉鱼捉螃蟹,我们还爱耍水。夏天,娃娃们几乎整个暑假都在河里玩水,一个个晒得像非洲的黑种人。我们最爱玩的一种游戏是跳水,从桥上直接跳进河里。

桥下有一个小水坝,把从东向西的河水拦住,我们跑上桥,翻到栏杆的一侧,然后"扑通"一声跳到凉爽的河里。站在桥上的时候,视野非常开阔,那时候河两岸全部是平坦的庄稼地,还有错落的村庄,可以看到很远很远的地方。

傍晚时分,会看到正前方金光闪闪的一座山,河面也是波光粼粼,万道金光毫无遮拦地撒在山上、河面上,让人莫名地感动。老人说,山下面是一个古老皇帝的陵墓,有数不尽的金银财宝,那正是长安八景中的"骊山晚照"。关中流传着一首佚名诗:

> 华岳仙掌首一景,
> 骊山晚照光明显。
> 灞柳风雪扑满面,
> 草堂烟雾紧相连。
> 雁塔晨钟响城南,
> 曲江流饮团团转。
> 太白积雪六月天,
> 咸阳古渡几千年。

很多年后，我才知道，在桥上跳水的时候看到的那让人感叹的风景，竟然是长安八景中的第一胜景，那座山正是骊山，因为在临潼，也叫临潼山。

而从桥上，手搭凉棚向南看时，就会看到起起伏伏的白鹿原。原上有很多村落，大部分种粮，我姑妈就住在唐寨子村，对门大妈的娘家就在毛窑院村。

白鹿原是汉文帝及其皇后窦皇后安眠的地方，汉文帝的陵寝因为靠近灞河，所以叫作霸陵，汉文帝就是那个开启了"文景之治"的贤明帝王刘恒。他死后葬在凤凰嘴，就是我大妈娘家那里。而窦皇后的陵墓，就在我姑妈家唐寨子村不远。从灞河桥上，可以看到白鹿原上那个若隐若现的四方大土包，正是窦皇后的陵墓。我们小时候会爬上去放风筝。

姑妈家在原上，大妈娘家在原坡上，而我们的村子，就在原下，我家就在白鹿原下。

过去的感觉是，原上的人住窑洞，原下的人住瓦房；原上的村子种粮食，小麦、玉米、红薯……原下村子种菜、果，黄瓜、洋柿子、辣椒、白菜、葡萄、西瓜……

原上的女子会嫁到原下来，比如我大舅妈，就是原上人；原下的女子也会嫁到原上去，比如我姑妈，还有我的两个堂姐。因此，一到过年，原上、原下就开始走亲戚。原下的男人到原上窑洞里的炕上坐下来，吃一烟袋锅子旱烟；原上的女人到原下来，坐在大瓦房里，吸一老碗臊子面。

2020年10月25日

妈妈的身影

周 婷*

去年春节后,我照例要离开家,回北京上学。临走的那一天,妈妈提前把独自经营的花店关了门,赶回家给我做饭。她知道我喜欢吃炸海蛎子,说好当天买回新鲜的,多炸些,让我带在路上吃。

挨到傍晚,彤云密布的天上开始飘起了雪花。我听到门响,赶去开门。只见门外妈妈的头发落上点点白花。我一边接过她手里的海蛎子,一边说:"哟,刚染过的头发又变白了!"妈妈淡淡一笑,说:"可不是?每年送你走一次,头发就白一撮。"我心里陡然一惊,似乎觉得说得有些不妥,脸上笑笑,把话题岔过。

窗外的雪花开始慢慢变大,渐渐变成天地间传书的纸片,热闹地飞舞着。

"嘀,好大的雪!"我推窗拿外面冻的鱼和虾的时候,看到我家屋外的吊篮上盖了厚厚的一层奶油似的雪垫子,高兴地说道。妈妈向外望了一眼,有些担心地说:"这么大的雪,你还是打车去车站吧!不知道火车能不能耽误了?"

我随即安慰她说,火车最不受天气的影响;至于打车嘛,其实也用不着,我们离车站不远,只要我早点动身,

---

* 周婷,农水98,供职于金融界上市公司研究院。

不会耽误赶车的。其实，我心里明白，素来节俭的妈妈很少打车，她总是以县城不大为理由，无论去哪儿都是走路或者骑自行车。

很快开饭了。爸爸也提前从单位请假赶回来，为了送我。这顿饭虽然吃得香甜，但心中的不舍还是难免的。看得出，三口人的脸上都强忍着装出一副笑脸。

爸爸举杯说："我们祝你一路顺风。"妈妈跟着端起杯子，却没有说话。

看到席间的气氛有些凝重，我故意用开玩笑的口吻说："爸爸妈妈现在是不是后悔了？小时候总是教育我要好好学习，将来考大学考到大城市去，没想到今后送我走的时候不舍得了吧？"

妈妈一怔，随即笑着说："不舍得也没办法呀，不过人往高处走，水往低处流，能到北京上学，总还是有出息的！"于是，大家干杯，一饮而尽。

饭后，我把收拾好的行李拿到客厅。妈妈突然想起了什么，穿上衣服要出去。我赶忙拦住，问她要干什么。她说："我出去找辆车，让他直接开到楼下。你这么多东西，不好拿。"

我连忙说我去。走到外面，风夹着雪花劈头盖脸地砸在身上，天地间已经一片白茫茫分不清方向了，只有眼前一片浑浊。走出巷口好远，才看到一辆出租车闪着顶灯开过来，我一招手就上了车。

我坐在副驾驶的位置上，只见前方的能见度很低，司机打起前灯，照出两束橙黄的光柱，缓缓地往我家的方向驶去。

突然我看到，在光柱的尽头，一个模糊的身影，孤零零地站在漫天风雪里，裹着大衣，朝巷口这边张望着——那是我的妈妈。霎时，天地万物都消失了，只有眼前在光柱中飞舞的雪花和那个不断清晰的身影。耳边，响起周传雄的歌：

雪在飞，雪在飞，又添了心碎，天涯何时能再聚首，让爱长相随？雪在飞,雪在飞,梦何时能圆?雪花片片,融化人间,融成一个圆……

我飞快地跳下车,带点儿埋怨地说道:"你在家里等我就行了,外面多冷啊!"

"我怕你不舍得找车,所以一直看着你。"

霎时,走在前面的我再也忍不住,眼泪掉了下来。我随手擦去,没敢让妈妈看到。

就在这时,我的脑海里突然浮现出一个穿着黑布大马褂和深青布棉袍的、肥胖的、笨拙的背影——那是少年朱自清心目中的父亲的背影。多年以前,在初中语文课堂上,少不更事的我怎么也不能理解为什么这个背影会引起作者的无限悲鸣,如今,看到那漫天风雪里伫立着的妈妈瑟缩的身影,我明白了。

作于 2006 年母亲节前夕

父 亲

黄丹霞[*]

十八九岁的几个女孩,在寝室里,谈起自己的父亲总有不少话题:老爸的工作、老爸的工资、老爸的风趣幽默、老爸对自己有多严格、老爸多宠自己、老爸给自己买了什么东西……只有我这个铺位,永远是沉默的一隅。

因为,我的老爸很平凡。

是的,老爸是个平平凡凡的农民。

听妈妈说,老爸未满十五岁便开始种地了。那时候,家里穷,为了让家庭不再是"黑户",为了让他的大哥小弟继续上学,老爸回了家,扛起了锄头。

这一扛,便是三十多年。

三十多年的风风雨雨在他额上刻下道道沧桑;三十多年的锄把握得溜黑发亮;三十多年的劳作,留给他的,只有矮小的个子、黝黑的皮肤、胳臂上密布的青筋和掌中厚厚的茧。每逢高大魁梧的叔叔伯伯与他并肩拍照,我们便忍不住为老爸鸣不平。然而,老爸却从未有过一句怨言。

他就是那么沉默。默默地播种,撒播着他的希望;默默地收割,收获着他的喜悦。老爸的收成总是队里最好的,吃不完,便卖。换来的钱,都装入了我跟姐的书包,

---

[*] 黄丹霞,微机98,供职于北京电子科技学院。

又换回墙上那一长排奖状——不管有没有用，那是老爸永远的骄傲。

有一首歌这样唱：你有个家，妻如玉，女儿如花，你是个男子汉就注定要支持它。

老爸从未听过这首歌，却深知其中的含义……

家里只有我跟姐姐两个女孩，这在农村里，被人瞧着的滋味可想而知。

"孩子，好好努力，让别人看看，女孩子未必不如男！"

从小，乡邻的眼光让我把老爸的这句话深深地烙在了心底。我想，我们不愿也不会让老爸失望的，那一摞摞证书和姐姐收到的村里第一封大学录取通知书便是明证。

今年夏天，邮递员送来了第二张来自远方的通知书。

接过它时，我并没有太多的激动；而当我看见老爸那开心的笑脸时，却不由自主地红了眼眶……

暑假的日子过得飞快，开学报到的时候到了。老爸拎了大包小包，陪我去火车站，老爸的话不多，只是在等车的时间里反复叮嘱我自己多照顾自己，早晚多添衣，有事了没钱了打个电话回家……我也不是个善于表达的女孩，只是默默地与老爸一起看地图，等候火车到站。

忽听老爸说了一句："十多年未到城里来，这儿变成啥样子都让人瞧不出来了。"

我的心猛地一震！要知道，市中心离村里只有——七公里！

火车徐徐启动了。我趴在车窗上，看着老爸微开的笑眼，看着那熟悉的身影逐渐远去消失在视野里，终于再也忍不住，任泪水漫过脸庞濡湿双颊……

（原载于1998年11月1日第151期《挚友报》）

父亲是棵树

张远帆[*]

记忆的浓淡，断断续续，在脑海里盘旋了很久，直到医生告知父亲时日不多的时候，树的形象越发清晰，清晰得令我无法形容。

儿时的记忆装满了农村的趣事，弹玻璃球、打瓶盖、跳皮筋、上山打柴掏鸟窝、下河摸鱼捉泥鳅，还有那些四季不同时令的瓜果，满满的都是幸福。最美的事情是夏天光屁股在河里游泳。因为父亲管得严，所以每次下水都不能把衣服弄湿，有时候在河里还得往河岸瞟上几眼，以免被抓现行。回家之后，泡皱了的皮肤依然没能逃过父亲的眼睛，他总是不说话，搞得我们兄弟更害怕，好几天心里怯怯的，也收敛了不少。就这样，我还有过两次呛水到不省人事的经历。现在想起来，父亲是棵茂盛的树，而我继续着乘荫纳凉、偶尔风雨的惬意。

少年时的记忆变得成熟起来。打猪草，插秧，割水稻，采茶，带弟弟玩，喂妹妹牛奶，早上生火热饭上学去，放学自觉完成作业。那时候我们仍然在农村生活，只有父亲一人在二十里之外的城里工作。我搞不清楚大人的事情，父亲也不会和我交流。只是我每次找家里要练习本

---

[*] 张远帆，车辆99，供职于中国农业大学。

钱、试卷费什么的，我妈唠叨两句也都会给。这让我在班上很自豪，因为有太多的同学没法交，一是家里不信任，二是确实没钱，而我没有这些问题。我也很自信，学习成绩一直很好，也就能主动承担一些家务。而这些，父亲从没有夸过我一句。记得六年级时的一天放学回家，妈妈病了，不到一米三的我，骑着父亲二八式自行车去买药，去的半道上，车后胎破了，天也黑下来了。我只好把车子藏在草丛里，跑着去买药，然后极快跑回，幸好车还在。天漆黑一片，时不时有猫头鹰的叫声传来，推着车子往回走，我多期望父亲能在身边啊。现在想起来，父亲当时正在努力拼搏，使我们能移栽到更广阔的土壤，使我获得了自信和足够的坚韧。

  青年时的记忆全部交给了学习。初中是在父亲工作的学校，爷爷还教我的课。所以，我稍有差错，父亲很快就能知道，但他从没向我流露出他对传言的相信，而总是听我说完前因后果，然后淡淡地说，下次注意点。有时候，我觉得很委屈的事情，他也没有给我期望的义愤填膺的表情和话语，笑着说，没事没事，说清楚就好。因为学校是寄宿制，所以，我算走读生。但因我住学校，我自觉按照住校生一起，早起参加早读。有天早上，闹钟坏了，我比平时晚了十分钟起床，不想去了。父亲说，去吧，还能读五十分钟呢。不巧的是，教导主任恰好在抓迟到，结果我与其他迟到的住校生一起，被罚跪在院子里。就这事，我向父亲发了很大的脾气，他好像也很想去替我解释。后来，他说既然都罚了，就吸取教训吧，以后做得更好点，吃点亏也不算坏事。现在想起来，父亲已经占下了一块地，让我这棵小树在他的身边，去经历风雨阳光。

  上大学的时候，父亲问我钱还够不，要不要带点。我说够了够了，弟弟妹妹还要花钱，给他们攒着。我从他眼神里读到了欣慰和少许的没落。工作了之后，我问父亲钱够不，要不要寄点。他说够了够了，接着就把一年的收支说上一阵子，尤其是年底的时候，若有节余，话语里的高兴让我都有些亢奋。最后嘱咐我把自己的事情安排好，家里能力有限，你买房子什么的是帮不上忙了，但家里不用惦记。父亲手很巧，木工、电工、油漆工、修理工等他基本上都能上手，还做得有模有样。与同事相处得也好，都愿意和他交流，他过得也很知足。2009年查出肝有轻微硬化的时候，我和父亲商量，你现在干的是锅炉工，每天凌晨3点多就要去，就那点钱，还那么辛苦，别上班了，到北京来吧，我养着。他听了很高兴，仍说，在你那住不习惯，再说我这也不累，多少还能让我和你妈生活无忧，挺好。有一年过年回家，看到父亲书桌上厚厚一摞荣誉证书，我好像突然懂了父亲，仿佛一棵外表落叶的树，而那根深扎在泥土里。

后来每次打电话，都说挺好的，什么都好，就是不说胳膊已经疼了半年多了。即使我回到家里，他宁愿去打封闭，也不愿意告诉我他的胳膊还疼着。我说隔了两年没全面检查身体了，来北京吧。他说，在单位查过了，都没问题，过一段时间再去吧。我说小孩想爷爷了，过来看看吧。他沉默了一阵子，说，你们带得那么好，我们怕带不好，去了添麻烦。再后来打电话，大多是我妈接电话了。到今年7月，借着带大孙女来北京玩的机会，他终于来了，就被我带医院去了。肝癌晚期。我满城医院地跑，各位名医地求，结果却是那么一致，3—6个月的时间吧。在北京疗养治病两个月，父亲非常积极地配合，我带着他到处找好吃的，开车去看大飞机、去看海，父亲乐观的心态让所有人丝毫没有感觉到异样。后来，他和我谈，还是回去吧，这病没法治了，还花钱，耗费你们的精力。我就把我的收支告诉他，解释先进的科技手段，想方设法去留他，父亲还是回去了。妈说，你爸到家后可高兴了，屋前屋后转了好几圈，邻居都没觉得他得了那么重的病。

12月23日晚，父亲住院了。我立即买好了24日早上的票。清早出发前，父亲特意要妈打电话过来，叫我不用回去。他又有点担心，躺在病床上，亲自和我说，输上液了，好多了。你工作忙，半个月就放假了，把票退了吧，到时候再回来。24日晚，我接到在医院工作的表哥打来"病危速回"的电话。现在高铁上，敲着键盘，脑子里满是父亲躺在病床的样子，眼睛不时模糊起来。我使劲眨巴眼，望向窗外，一排冬日的树木飞入眼帘，明年春天应该是春意盎然吧。

  我小孩刚入幼儿园，她还有点不愿意和我们分开。恰好，她教室旁边有一棵大树和一棵小树，我说，大树是爸爸，小树是你。想爸爸的时候，看看大树；你要像小树一样茁壮成长。我相信，有机会我一定会给她讲大树的故事，里面有父亲的影子。

  后记：2013 年 12 月 25 日上午 8 点在高铁上动笔，11 点 50 分完稿。父亲于 2013 年 12 月 25 日 19 点 26 分与世长辞，享年 56 岁。

记忆中的挚友小屋

吴海华[*]

谨以此文献给心中的那个小屋和小屋里的人们！纪念那些激动、激情同在的岁月和不再重来的青春年华。

一、小屋历史

听小屋里的人说，这小屋是很有历史的。二十年前，一群不安于现状、激情澎湃的年轻人在这里开启了这二十年的历史。二十年来，小屋里来来往往的人改变了小屋，演绎了小屋里的一段段故事，也因此改变了自己。听许多人说：小屋在二十年中历经多次变迁，从一个地方到另一个地方，从一个环境到另一个环境，小屋见证了那片热土的昨天、今天，小屋是忠实的记录者和承载者。而小屋在每次的搬迁中总是要丢掉一些东西，也会多出一些东西，但不管如何，小屋里的人们总是将这方寸天地视为心中的圣地，那里的人们的感情一如既往，而且唯一。

二十年过去了，小屋成了现在这个样子，人来了一茬又一茬，走了一茬又一茬，每一茬人都在小屋里抒写属于自己的故事、属于小屋的故事。而离开小屋的人们，不管身处何地、家在何方，心中总装着这样一个地方，总是铭

---

[*] 吴海华，机制99，供职于中国农业机械化科学研究院。

记着大家都心照不宣的名字——"挚友小屋",不管是变成"温馨之家",还是变成"心灵小屋",或是变成"心的归宿"……小屋里的人们和离开她的人们总是那么深情地爱着她,依恋着她。

二、初识小屋

四年前,我从一个城市到另一个城市。有一天,我遇到了她,走进了她——平凡的挚友小屋,却没有想到以后的日子里我会与她相伴。同小屋里的其他人一样,我只是来也匆匆、去也匆匆的过客而已。我开始审视她,也开始如其他人一样品味她了。她是平凡的:三条不知道是哪个年代的桌子;十几把或新或旧,或有装饰的或没有装饰的木椅子;两个不旧也不新的书柜,零乱地摆放在那里,里面放着据说是小屋里来来往往的人们无偿捐赠的、或旧或新的书;还有几个铁柜子安静地待在属于自己的角落,里面装着的是别人或许看不上眼的,但小屋里的人们视若珍宝的东西,每每有一些人或蹲着,或站着,或弓着腰地在里边找什么、看什么,让人有一种神秘感和向往感。所有的一切都是那么地自然,稀稀落落的摆设却装点了一个个美好的梦。

小屋里的两盏灯也总是在阴天或天暗的时候亮起来,虽然有时泛黄,有时明亮,但总是及时地照亮着小屋的每个角落,伴随着小屋里忙忙碌碌的人,照亮了小屋门前人来人往的路。而最让小屋里的人津津乐道的是挂在小屋墙上的各色各样的工艺品和字画,每一件都有一段故事,每当说起,小屋里的人的神情是那么地自豪,也充满着深情,流露出对小屋里的人的留恋和感激。

这就是小屋里和小屋外的人无数次讲述起的小屋,也是我慢慢融入其中的小屋。在那喧嚣的城市里,小屋无怨无悔、静静地坐在被高楼大厦挡去阳光的角落,与家乡那山水之间的小屋一样,哺育着我,同时她也接受着那片热土的滋润。

三、回味小屋

就这样，在审视和品味中，我在小屋度过了两年。偶有一天，独坐于小屋里那把熟悉的椅子上，看着小屋里的一切，想着小屋里发生的故事，眼前浮现的是与小屋相伴的一幕又一幕；看着泛黄灯光下小屋的桌、椅、书、画和透出斑驳历史的墙壁，我想起了听过无数次的小屋的昨天，感叹着小屋的今天，憧憬着小屋的明天。想起小屋里来来往往的人，我总是被感动着，是被小屋里摆放的东西哪怕是微不足道的物件所讲述的故事感动的，也是被小屋的历史和书写小屋历史的人们感动的。

多年过去，从听别人讲述小屋往事到给别人讲述小屋往事，当过去的萌动、激动、激情在时光流逝中渐渐平复之时，我在小屋里找寻到一个属于我自己的心灵港湾，也才意识到我只不过是和二十年来无数个走进小屋又从小屋出来的人一样，是小屋的过客，而我所能为小屋做的只是在本已斑驳的小屋历史上再刻上一道划痕，而小屋给予我的却是那真诚而无私的情感和人生的真谛。

小屋的历史是小屋里的人们书写的，小屋的故事也是他们留下的。和所有离开小屋的人们一样，我也是要离开她的。当韶光年华在时光之流中迸发活力而逐渐成为往事回忆时，我成为小屋窗前的一个观众，看着小屋里忙碌的人们和闻着小屋散发出的熟悉的气息，我要奔向另一个地方，寻找心中的梦，而留下来的只不过是小屋角落里某个档案柜里沾着灰尘的一页故事。但，这足矣！

不再品味小屋里忙碌的身影。在激情的岁月里，我感悟小屋的历史，期待着小屋的明天，在讲述小屋留下的故事时也不忘说：看，这就是我们的挚友小屋，我的小屋！

2003 年 4 月

那些时光里的影子

刘 冲[*]

欢 喜

大觉寺进门的殿里有弥勒,见之欢喜,再往里,几尊佛、菩萨、罗汉像,则肃穆安静。寺里居然散养了几只猫,白、黑、花、狸,照料得很干净,虽见了开怀不已,却也是被投喂惯了的,慵懒至极。鱼池里少了很多水和大鱼,多了新放的小鱼,密密麻麻的。整个院子里没有香火,听说僧人也不见了,少了很多生气。那棵不结果的老银杏枝叶干巴巴的,也这般。茶舍在,绍兴菜馆在,蚊子也在,客少,多了几十张椅子,地上的青苔有些湿滑。

这里本是极静的去处了,云多欲雨,更显空寂。若能与蚊子抗衡,门口买五块钱的炒白果,坐白塔那儿,坐鱼池那儿,坐老银杏树下,都可待上半日。既"无去来处",急何?

出寺不远,有个道口,一路铁轨盘在山里。问是否可行,看道口的人也是见多了似的,回答说,这火车上行、下行都有,也没个点,道边的沟也不平稳,容易摔着。你

---

[*] 刘冲,机制2000,供职于北京中农智牧科技有限公司。

来了,我也不能说不让你走吧,你说咋整?你看着办吧!

于是,火车就来了。等火车走了,我们也一起走了。

惊 蛰

凌晨时,细雨在屋顶攒够了,滴在空调机上,一场默默的春雨。天亮时布谷鸟叫,一群麻雀叽叽喳喳。楼下一天天热闹起来,男人女人们随意裹了一件大衣出门,距离越来越近,送快递的小哥脸上的口罩越来越随意了,主食店开门了,可没有咸菜,商业街上好多店都开门了,眼镜店,鸭脖店……我想买围裙,还有咸菜,只可以修眼镜。

屋子里只有两种声音,呼吸声和偶尔大风吹动门窗的声音。对着镜子整理下头发,揉揉脸,咧个嘴,开始电话会议。

下午六点,天还亮着,暖和了,就好了吧。

夏至一

楼下终于换了一个胖小伙子做保安,算是透出点生机。小伙子精神抖擞,认真记每个人戴口罩的样子,中午出门吃饭便不必重复扫码测温。俩月一过,就常能见他趁人少时溜到门外抽一支,也常能见他支着下巴趴桌子上困着的样子。

中午饭毕,有两个人固定出现在办公楼后的桐树下,约莫是同事散步。有一日,他们忽跳起国标来,再一日牵手走来走去,天不热时还常拥抱在一起。五楼看得真切,将将能分辨出是否换了人。窗台的红掌拼命往外,也许是看得眼热了,见证了一段甜蜜是真。

端午没到时,常有外乡人驮着粽子卖,或者驮着轧面机帮人们做挂面。麦收前,许多人家晒了半院子的挂面。母亲会摘些野苋菜的嫩叶,切两个西红柿加上几个鸡蛋,烧一锅淡淡的汤(有时候也放点茴香),盛出来放凉。

用蒜臼子砸几头新蒜。煮一锅挂面，过水。一碗面，浇一大勺放凉的苋菜汤，一匙蒜泥，一匙醋，几滴香油。我们管它叫凉面条，吃个没够。

夏至二

在未来、过去、他处，人们未必会想起这条时间线的夏至。这天，这个年纪，飘落远方的雨，燥热天空，五点日出。

人到了一定年纪，常惊叹时间过得太快，可又难再有一万年太长只争朝夕的心气，也不甘数着日头过活，尬在那美其名曰的中年困境。很幸福的年代，草原上的食肉兽们已经变成皑皑白骨，豢养的禽畜们为了我们的蛋白质需求被快速繁殖。幻想自由，自由的代价太大，边界太窄，纪伯伦都说那是枷锁，那短暂在时空的长河里也就一瞬，似乎徒劳。梭罗絮絮叨叨地展示一部分，枯燥，有趣也枯燥。用宏大的世界看小小的生命与用短短的瞬间透视无尽的时间一样徒劳和无趣。但那又是唯一可凭借的。佛陀和老子一样聪明，芥子须弥，万物刍狗。嗯，有人说王守仁发现了量子世界，倒也可能，在别处。

夏至这天，老三请我在城里的官舍吃午饭，聊着有的没的，很开心。听完走城的计划，老三有片刻的沉寂，说，该休息了。然后说，要么试上两三月，用中文。老二三四们都非常棒，让人非常开心。这座城里，有着为数不多的牵挂，大中小老头、菜汤、兄长、兄弟、挚友……很久才见，却常在外偶遇。城里的咖啡样子骚得很，齁甜。初七会冲一种淡淡的蜂蜜柠檬水，配一道猪油什锦金针菇，有次老三吃得很香。

夏至那天，从酒店步行往青岛火车站，要穿过一条条巷子，临街的楼，离马路就米把远的路肩，算作人行道。天亮时，早市和逛早市的人堆满了整条巷子，不显拥挤。没有大声吆喝，很默契地讨价还价，挑拣青菜，裤衩背心趿拉的拖鞋，惺忪的眼，油条在冒热气的油锅上，楼上的老奶奶打开窗户让窗台上的花花草草感受一点生活的躁动，烟火气十足。这生活，嘈杂里的安静平和，小事小物，小情小景，寻常反复，一日日。小时小城的大院也有类似的光景，现在已开始变成肩踵交错的疏离与冷漠。想必一城一城走下去，会有不同，隐在那嘈杂的市井里，会很美好。快不得，要花上很久，老三就说先试三两个月。以我的习性，怕三两地后干脆就停那了。有位老师翻译日本画家《美的情愫》，总觉得少了些什么，对了，自得的从容和美的鉴识，或有通感难以文达，或未得其神强解，也可能都不是，只因文化与表达的差异。生命与美或就需要去体验，走进去。

夏至，我不记得走过第几个城市，每次行走，脑袋都塞满，放空，记录，然后继续，周而复始。陈胖子则说选一处山水之间、灵秀之所，三小时车程，恰够梳理一个框架，在那儿写作一周，有静气。

记得，"我一次次地逃离我所居住的城市，却又一次次地失望而归。我找不到一片温馨莹润的风景，让自己的心灵感到安稳"。

夏至时，麦田就剩下麦茬和嫩绿的玉米苗了。平原又变成绿海，这茬生命力旺盛得无聊，持续到秋天。

走吧。

处　暑

从去年起，习惯性挑角落里的位置坐，从办公室、餐厅到各种交通工具，床也给推到一角里。很长很长时间，办公室和住所都是我一个，每个角落都是安全且不需分享的。食物是可以分享的，厨房则不成，鲜花和泥土都给你，留枝干给我。

天井里来了一只鸽子，旁若无人地停立着，玻璃太脏，看人应不太真切的，安然如在角落。大楼卜字状，还有天井，就有了很多死角在那儿，比如漫长黑暗、没有门的安全通道。出电梯的右手边，悠长的走廊尽头是明亮的玻璃门，整个楼都这样。这家很喜庆地贴了红对子，整整齐齐。

等夜深时，物业为了省电就把楼道的灯全关了。你再来，就看到一个模糊狰狞的长发精灵，真真切切，下意识地拔腿就跑。千万不要坐最右边的电梯，会滑落到三楼。

没有悲伤，只有恣妄与恐慌。

立 秋

夏天是生命盛放和腐败的季节，所有生灵。

史书里讲南北朝故事，刘裕北伐趁夏水丰，具舟泗水而上，一把拿了长安。北魏元家人反攻都是待秋冬马肥，一路突突突，济淮临江，赶元宏那会，打到淮河就快夏天了，又突突突回去了，不跑就被突突打回去了。

埋头到史里时，安静、恣意、低语、浅笑，欲罢不能。

立秋前些日子，隔壁大爷爷因病去世了，享寿九十四。大爷爷是父亲打小叫口的爹，读过高中，文化人，红白喜事都是他来监礼。人颀长清癯，忠厚宽和，寡言多礼。母亲说那几日见不到老人在周边的身影，感到失落。我默然，每次返家，必去他跟前说会话，给他点一支烟。独上次回与母亲告别时，他坐路边与人聊天，见是我，想起身招呼，车已远去。他见我想必如以往般欢喜：旧日远远见到他标志性的蓝衣长躯，喊一嗓子，大老爷，你搁这干啥咧。

去岁所购的一盆盆植物，已至干枯，不再会有芽头了。想了个法子，新覆些土，撒几粒种子。于是买了各色花草种子，覆土播种，见芽狂喜，芽萎沮丧，往来反复，乐此不疲。根子上绝望的，骨子里却又存点希望，试图寻点希望。

豆 酱

冰箱里有一大坨豆瓣酱，两公斤装那种。入夏开启出差季后，我就琢磨怎么打发它。整个春天让人养成了精打细算不浪费的惯例，倒不是因为穷，肉贵一时，主要是买东西不便和懒。

母亲会在夏天煮黄豆，滤水，发酵，和着面粉做成馒头状的曲头，挂在老槐树上风干。一部分掰碎了直接做酱，加辣椒粉、盐、水，搅拌，蒙上纱网在日头下晒，不多日就可以做佐菜食用。心情好的时节，也加煮熟的花生米、西瓜（肯定皮多瓤少），挑一筷子，是甜滋滋的辣，花生则带着嚼劲。若秋深了，则加入萝卜条、新鲜的白菜，吃一个冬天。黄豆煮嫩些，不挂树，做成酱豆子，晒半干了有纳豆的样子，也不丝丝扯扯，过冬的良品。工序差不多，食用时舀一碗，滴芝麻油，早餐夹馍里，能吃三个馒头。贫乏些，就放多点辣椒粉，晒干到有白渍，手抓着就馒头、糊涂。

多余的黄豆，母亲会舂了鲜红椒，加材料面儿（各种作料），做椒香黄豆，有点像超市卖的剁椒黄豆。永城县南产的辣椒肉厚带甜，味道是别处不可比的。

十八里河的乡亲也用黄豆做酱，夏天的西瓜酱，用去籽的西瓜瓤，一股清爽。我吃过一次王师傅家的就爱了，终是不好意思总讨要。

娟嫂子做炸酱面也是一绝。面是寻常超市里买，配料随意，那酱绝了，面酱炸得刚刚好，多数京味馆子比不来。

两公斤可是三口人半冬天的食量，夹馍拌面吃酱少，筹划着怎么快速消耗完：牛排切丁酱爆太多浪费，肥肠好，八爪鱼也美，茄子可以酱烧，萝卜白菜可以用酱腌，土豆丝青椒丝玉米粒都可以淖了酱拌，可又成了配料，小黄花可以酱焖，五花肉丁也成，都费蒜（蒜总贵），或者做酱汤，酱爆大葱最难……最好的方式，还是用它替掉酱油、盐。这对掌勺的分寸要求高了不少，不好随性而为。要是请人吃饭做一桌子酱烧倒好，也贵。思来想去还是夹面包切片做三明治罢了，大不了切点香菇丁炒一炒。

罐装的豆酱总少了些季节的味道，不曾驱赶过蚊蝇，吹过夏风，晒过最爆的日头。

冬 至

　　风吹了一夜，像有只老鼠在啃衣柜，吱吱喳喳，痒到脑仁子里。冬至过后，最冷的一天还是来了。雪继续绕开了这块富丽又荒芜的地方。北方，老不下雪，像会见不着丰年，心就跟着冷。

　　我想了一个题目，叫"寒冬已深、春天尚远"，准备写出来。其实我想了很多题目，同事抱怨说可不可以成文尚存疑问，另不要乱发朋友圈。写文太累，其实分享想法就好了。我从博士那听了一句话：免费的是最贵的。

　　我还听来很多话，有些有意思有些没意思，不过比沉默好些。最有意思的是有句老家的方言，"我听人说"，后面接事。意思就是，我要和你谈的这事，你别以为是我说的，但是你不能问这个（人）是谁。类似有人说，问的话就扯着淡了，一起扯着。

　　梦里更有意思。睡不着时梦见王二讲故事，说特佩服一挺牛的人，叫牛掰。有天牛掰和王二还有个人一起聊天，都是同行，聊着聊着牛掰跟王二吹牛，吹他多牛掰多牛掰。那人听着热闹："咦，真的？中午没喝酒啊？"牛掰醒了似的："你别和我说话。"没得聊了，散场王二埋怨那人说："你看你多傻，好不容易牛掰人前不要脸一把，承认咱们兄弟这几年填的坑、接的盘都是他干的值得吹嘘的好事，虽然干事的确实是咱不是他。我这录音录到一半的……"

　　我也不知道这梦啥意思说的啥事，王二也没说牛掰脸长啥样。王二死了好久了，书里能看见他。

　　梦见和母亲起了争执，母亲就总念叨我做的饭咸了。重做了一遍，不咸了，可老太太还是念叨，像个孩子一样。我醒来重做了一遍，不咸了，就想念老太太。

　　那天看见葛教授，脸蛋儿紧实紧实的，看得人想捏一把，真好。忽然觉得，他，还有我认识的一些人，都是站在地上的，而且眼睛会往下看。好了不起。

天真是冷，风又大，能站在地上的人，已经很了不起了。

腊　月

华北冬日的早晨，常一片白茫茫，是雾或霜衣。晴天，往往早起的人才能看到霜衣。那时还没路灯，打着手电筒去上早学，大白送完二姐刚好回来再送我。大白是一条土黄色的土狗，到校门口，就摇摇尾巴回去了。它很怂，在我去抓蛇时总跑得远远的。我也怂，怕黑怕鬼，路过学校路上那口枯井、那片坟地，腿肚子打软，有大白就不怕。早学放学也早，要回家吃饭，天已经亮了，路边的霜白白的一层，赶路的人有时眉毛上也是白白的。

母亲的腊八粥里是白米、碎白菜、五花肉丁，盛锅前滴上香油，我能吃两碗。大白闻到味道凑过来，蹭一棉裤的狗毛，我会偷偷给它一块肉，母亲也不怪的。小时候总觉得家里规矩太多，比如不能骑大白。有句老话是骑狗烂裤裆，我真不信的，骑完顶多蹭一腿毛。后来才明白，母亲怕我挨咬。我调皮，掏鸟抓蛇摸鱼都是好手，又特招狗，好像除了蛇咬四五次，就是狗咬最多。被狗咬很麻烦，得跑狗主人家讨筷子，烧一截在香油里，抹在伤处。出事要挨训，没出格就不会挨打。

现在想想母亲对孩子们是放羊式的教育，在做人做事的原则上画一个牢牢的圈，圈内可以打滚撒欢，想出圈，没门，赶回来还要揍一顿。她鼓励我们独立，对自己负责，说的话做的事都要认，人事要尽到。但她无可指摘的行事风格，我们学到的不是很多。冬日的下午家里总有客人，哭着的嫂子、抱怨的叔叔婶子、絮叨的爷爷奶奶。我很是感激，可以溜出去撒野。

母亲老了，尤其在父亲走后，记性变差，也不总管别人的事情了。我和她讲大白的事，她也只说狗是不能骑的，细节记不起许多，然后就和小姑一起笑我七八岁还尿床以及如何钻牛角尖。可能因为钻牛角尖，我学不来母亲的圆融，常在一些点上卡着卡着出不来。这是人已己人的问题。和一个旧友开玩笑说有两种成长，一种是把自己看得越来越重，另一种是把别人看得越来越重。第一种人有点矫情，就像我。

北方腊月里煮物不是很多，以前一般家家都煮红薯稀饭，甚至只是红薯茶。家里人多的红薯未必能吃过年，或赶上窖坑没挖好，就只好拿黄豆花生来煮，有时就面汤或玉米糁算了，至于大米，一年好人家也就吃上几顿干饭。煮开锅时要和面，即将面粉加水搅成面糊下锅。锅里加煮物，开上两次就好了，叫"糊涂"。不喝碗"糊涂"，那不叫"喝汤"。看新媳妇的手艺，就在和面上。"糊涂"里面疙瘩太多不行，面汤里面疙瘩多也不行，面疙瘩里有大疙瘩也不行。"和面也不会"的媳妇是来享福的，遭婆婆嫌弃。现在生活好了，下锅的煮物主要是大米、小米，红薯反而是稀罕物。冬天里回去，母亲就会给我煮红薯"糊涂"，运气好还能吃上不知谁家给的酱豆子。

大白也爱吃红薯，包括后来的小白。母亲说，大白是一个早上父亲出差时跟出去了，再没回来，半年后有人说在别处见过它，被拴了链子，见人就叫，去找却找不见。

我现在不养狗，不太懂得如何表达感情，但总觉得不会有什么固定的模式。我们太过注重人的有用，形式上的仪式感就变得可贵起来。

腊月生的人会好命，因为春天要来了，雪莱的预言很准。雾里，或快或慢，方向不会错的，列车会到站。

我与管风琴的奇妙乐缘

闫 晗[*]

对我这个音乐门外汉来说,音乐陪伴我度过了很多难挨的日子,而在诸多乐器中,我与管风琴之间的乐缘最为奇妙。

与管风琴的初次结缘可以追溯到某一年在青岛出差。傍晚我吃过饭,离赶火车还有两个小时,不知不觉溜达到中山路教堂,正赶上唱诗班活动。我走进礼堂坐到后排,一位阿姨微笑着递来一份打印的单子,具体的赞美诗曲目已记不清了,三首悠扬的合唱颂赞之后,更加奇妙的难以描述的乐音如同透过窗户洒进来的夕阳余晖,沐浴其中已惘然……

原来这就是管风琴,不过在那一刻,我只是与它的声音相逢,我还不知道那首曲子是巴赫的《耶稣,我心所慕喜乐》(BWV. 147)。静静地发了一会儿呆之后,我走出教堂。

第二次与管风琴相遇是在 2012 年欧洲跟团旅行期间。同伴们都去购物了,我一个人徜徉在科隆大教堂。在大礼堂内的左侧二楼处,放着硕大的一座管风琴,成排高度不一的银色金属风管悬吊在三十多米的高处,上端已经接近

---

[*] 闫晗,热能 2000,供职于北京卓众出版有限公司。

教堂穹顶。在如此恢宏的大教堂内，柔和深邃的琴音弥漫其间，与透过教堂彩色玻璃的光影交织在一起，既有庄严肃穆之感，又恍若出离尘世。一对年轻情侣点燃了烛台上的一支蜡烛，然后紧紧拥抱在一起。我坐在角落里的祷告长椅上，看着人们进来又离开。

第三次与管风琴相遇则更加偶然，更加回味悠长。2016年5月，为了与心仪的家伙约会有个去处，我一下子预订了许多场中山音乐堂的演出，其中就包括当年的"走进乐器之王——管风琴艺术节"。可惜事与愿违，到了9月下旬演出季开始，我却处于深痛情伤的治疗期，曾想不去也罢。但为了"报复"她，我还是约了不同的朋友去了现场，没想到收获超出想象。如此近距离地倾听、观看管风琴的演出，几乎彻底颠覆了我的音乐世界观。

第一场音乐会，管风琴家是来自加拿大的伊莎贝尔·德麦尔，很瘦削的女士，非常谦逊、平和，每首曲目结束后都会离开琴凳给大家鞠一个躬。她给我最深刻的印象是，原来演奏管风琴可以如此轻灵飘逸，双脚的弹奏仿佛是在脚键盘上跳舞。

德麦尔手脚并用演奏了瑞切尔·洛琳的《蜂鸟的飞行》和《知更鸟的对话》。蜂鸟在高空中快速飞行，不停在嗡嗡嗡地叫，而知更鸟却在低空徘徊，不断歌唱着新的曲调。蜂鸟不变的旋律和知更鸟一直在改变的旋律，这种充满了欢快乐趣的对比，完全征服了现场的观众。这场音乐会德麦尔还演奏了《哈利波特》《侏罗纪公园》等电影配乐，这些证明管风琴不仅适合演奏阳春白雪的古典音乐，也适合演奏更加世俗化的电影改编曲。

第二场和第三场音乐会，加拿大管风琴家文森·布歇和德国管风琴家沃尔夫冈·蔡赫则更加传统，气场庄严。除了巴赫、舒曼等之外，他们分别演奏了布克斯特胡德的《g小调前奏曲》（BuxWV.149）和《F大调托卡塔》（Bux WV.156）。给予巴赫重要"哺育之恩"的布克斯特胡德，他的音乐调式比巴赫的更高更难，非常坚硬而华丽，尖锐的音乐恍惚间让我又看到了科隆大教堂高耸的尖塔和拱门。继而，如丝绸和潮水一样的梦幻托卡塔在音乐堂内奔涌，漫长的赋格，打开了天堂之门，洒进来光辉，消融此刻所有的忧伤。

第四场音乐会，是让人欣羡的莱奥·凡·多赛拉和维恩·玛格达莱娜·乔丹斯夫妇。两人的钢琴四手连弹，简直是珠联璧合、完美无瑕，你能够在莫扎特的《f小调幻想曲》中听到他们举案齐眉的爱情。

莱奥用管风琴弹了巴赫的《g小调幻想曲与赋格》（BWV.542），这是一首非常辉煌壮美的曲子，饱满的气势，逐步累积的热烈情绪中，却有着如磐石般的沉稳。幻想曲部分，旋律不断自由向上盘旋，前后五次接续的托卡塔主题紧接着复调对位，那么虔诚的祈祷，能够感动上苍吧。赋格部分，则是信仰者对于其所信的伟大践行，从容不迫、轻盈而又义无反顾。

这次管风琴艺术节还有两点值得一提。其一是主持人——中央音乐学院的副教授沈媛，年轻、美丽而富有才华，让人非常惊艳。在一场演出开始前，我早到了一些，正好看到身穿背带牛仔裤的她从二楼管风琴风管箱背后钻进钻出，后来我才了解到管风琴的调音是一个多么浩大繁复的工程。音乐会正式开始时，沈媛再次出现，一袭黑色晚礼服的她与之前毫无违和感，她细致地介绍嘉宾和曲目，在部分嘉宾演出时，她还会站在琴旁帮音乐家翻乐谱。

其二是中山音乐堂的"乐器之王"，之前去过很多次，只看到演出厅后方墙上的管风琴风管。这次才真正见到演奏台如何与控制器和音管连接，它的牌子原来是美国奥斯丁。

罗曼·罗兰描写克里斯朵夫第一次听到管风琴时："一个寒噤从头到脚，像是受了一次洗礼。"在与管风琴相遇的几段乐缘中，那些因缘和合的时刻，我仿佛体会到了"吾，何之为吾；心，何之为心"，而这正是音乐对于每个个体的意义吧。

老屋的仙人掌

张庭场[*]

老屋是那种青砖灰瓦八树三间的徽式建筑。坐北朝南，中间是厅，东西两厢，厢房又分前后。八根立柱，东西各四根，三一分，分界处即是厅堂，厅堂最上方是天地君亲师，中间是毛主席，下面是供桌。供桌上有香炉等。六岁之前我住在东前厢，六岁之后我跟哥哥睡在东后厢的石柜上，石柜下面储存粮食，上面有木板，约两米见方。1989年村里通电，1990年家里有第一台电视，熊猫牌的黑白电视。多数时候我看了一个开头就睡着了，但我还是记得那几年的电视剧有《封神榜》，有《雪山飞狐》。哥哥喜欢看电影，只要是附近放电影，哥哥必去，即便是冬天的夜晚坐船到别的村，即便是回来要挨打，哥哥从未间断。于是常常听哥哥讲故事，《铁道游击队》《少林寺》等，我都是在哥哥的叙述中有了深刻的记忆。厅后是厨房。它的饭香总是冲击着我的味蕾。一大碗热腾腾的白米饭，加上母亲腌制的萝卜干，是记忆中最美的味道。

老屋旁边是红条石和青石板铺成的巷子。由巷子往南五重屋，就到河边。天稍暖时，母亲们便在河边码头洗衣服，孩子们就在河边玩耍，在码头石墩的缝隙中抓小鱼小虾。往北上可到马路，学校就在马路边，离老屋约有一千米。我从小就是自己一个人去上学（村里的孩子都这

---

[*] 张庭场，电气2001，中国农业大学电力系统及其自动化专业硕士，文史爱好者，供职于广州供电局。

样），那是快乐的时光。一路看过去，看铁匠师傅一锤一锤敲打那烧得血红的铁块，看修车师傅怎么修自行车，看篾匠编竹筐，剃头也看，扎花圈的也看。画"天观"的铺子常常堆积了最多的人，五颜六色的花儿鸟儿，有人说真像，有人说不像（方言中"天观"，是放在供桌上方毛主席那个位置的，一般盖了新房才买新的）。那时绝大多数房子都是青砖灰瓦的造型，极个别的有钱人才盖楼房。我和那人家的小孩是同学，上过他家楼顶，放眼望去全是瓦片的屋顶。我在老屋住到十岁。

老屋前有两盆仙人掌。有一次，父亲出差回来，拿出一块用报纸包起来的东西，慢慢打开之后，是两个干瘪的绿块。父亲说，这是仙人掌。那是我第一次见仙人掌，觉得很新奇，仙人掌，是神仙的手掌吗？母亲把两块仙人掌分别种在两个破盆里。起初是放在院前的条石上。院子并不大，门前宽约三米，长有十米，周边用一尺宽厚的条石围了一层，条石长短不一，长的约有两米。过了些时日，仙人掌长出来了，长得很茂盛。好像也没有怎么打理过，只是有时候母亲会把洗衣服的水泼到仙人掌上。

在当时村里仙人掌似乎是个新鲜事物，附近小朋友也常过来玩。我家有仙人掌，这让我比较骄傲。有一回，哥哥被什么虫子咬了手，肿了。母亲便小心地摘了一块仙人掌，用刀削净，剁碎，用手帕包起，敷在肿胀处，不出半天，好了。别家的婶娘偶尔也会过来借几块。新长出来的仙人掌刺很软，越老越硬，扎手。我会哄骗更小的小孩用手去摸仙人掌，扎出了血哭着回去跟大人告状。大概是影响到邻里和谐，父亲就把仙人掌移到院前的茅房顶上去了。不再能玩到，便有些忘记了它。

直到有一年，仙人掌开了花。那天的天气应该很透，布谷鸟在窗外"布谷布谷"地叫。我还赖在床上，母亲跑过来叫我，说，场哒，快起来看，仙人掌开花了。我很惊奇，仙人掌也会开花？从来没见过开花的啊。我跳起来，跑出去，看到仙人掌开了花，好大的一朵金黄色的花。其鲜艳的程度，给我留下永恒的印象，似乎再也没有见过那样金黄的大花朵。

2014年5月13日于广州桂花岗

早安,中国

马学玲*

当清晨的第一缕阳光洒向中国大地,你在哪里,谁与为伴?

此刻,我正在北京天安门广场。今天,70岁的新中国将在这里以一场盛大的"国之大典",为自己庆生。

三天前,我亦曾来到这里,带着我年迈的父亲、年幼的孩子。

其实,父亲并没有提出要我带他来,但我知道,他想来看看。我也知道,我应该带他来看看——新中国成立70周年华诞之际,在天安门前拍张照,这或许是一个西北农民心底最质朴的自豪。

翻阅父亲仅有的3条微信朋友圈,虽然发布时间各异,但内容都是天安门。我理解,天安门对他来说,是一份家国安宁的寄望——

出生于"三年困难时期"的父亲,由于爷爷奶奶常在生产队农忙,晒场上的草垛成了他的天然婴儿床,对面山头此起彼伏的狼叫声伴他长大。所幸的是,他赶上了中断十年的高考制度恢复;不幸的是,他落榜了,成了一名面朝黄土背朝天的农民。如今,他在异地他乡,为我的

---

* 马学玲,传媒2005,中国新闻网总编辑助理,作品多次获得"中国新闻奖"。

"北漂"人生陪跑。

60年人生风雨中，父亲见证了新中国诸多历史时刻。他曾饱受饥荒岁月的饥肠辘辘，穿过"十年动乱"的疾风骤雨，耳闻改革开放的春雷滚滚，感受北京奥运的无与伦比……今天，他准备在电视机前，"好好看一下阅兵"。

从1949年开国大典到2009年国庆60周年，新中国先后举行了14次国庆大阅兵。在父辈们眼中，阅兵早已不是阅兵，"阅的是老百姓的安全感、自豪感"。毕竟，这一天，太来之不易。

曾经，我们积贫积弱，百废待兴，不时承受着贫困和饥荒的蹂躏，35岁的平均预期寿命令人咋舌。

曾经，我们奋斗自强，步履维艰，一张刘华清将军在美军航母上踮脚参观的照片让人唏嘘，开国大典阅兵周恩来总理"飞机不够，我们就飞两遍"的话语让人泪奔……

"现在再也不需要飞两遍了，要多少有多少。山河犹在，国泰民安。当年送你的十里长安街，如今已是十里繁荣。"回溯历史，有网友如此喟叹。

纵观人类历史长河，70年，只是短暂一瞬，中国发展却实现惊人跨越。

谁曾想到，70年间，中国经济总量从600多亿元跃升到突破90万亿元，人均国内生产总值从119元增加到70892元，稳居世界第二大经济体。

谁曾想到，"一个都不能少"的小康路上，7亿多农村贫困人口成功脱贫，占同期全球减贫人口总数70%以上，贫困发生率下降至1.7%，创造了人类反贫困史上的伟大奇迹。

……

"白面馍，糖茶，油饼，电视机，洗衣机……老百姓现在真的是小康了!"父亲常常说起家乡，那个曾经贫瘠的深山大沟里，如今通上了自来水，铺上了红砖路，还安上了路灯。

今年夏天回农村老家时，看到路灯，我为之一惊，匆忙掏出手机拍下一张照片，想发朋友圈，又不知从何说起，抬头眺望，看见了对面山洼里爷爷的坟墓，顷刻间热泪潸然。

当年，爷爷为了帮助我们姐弟三人攒够学费，大病未愈就下地劳作，最终病情复发，永远离开了我们。爷爷弥留之际，我拉着他几近冰冷的手哭得昏天暗地，他唯一的期许就是让我"好好读书"。

"我考上了大学，走出了大山，来到了北京，在那里认真生活，努力工作。"我哭着说。我想，这也是对爷爷最好的告慰。

认真生活、努力工作，正是中国人的底色，也是一个个"中国奇迹"背后的密码。

你看，工厂流水线上的"螺丝钉"，娴熟的技术，不懈的坚持，擦亮"中国制造"的金字名片；辛勤劳作的农民，用一滴一滴汗水，充盈国家的粮仓，填满国人的饭碗；默默无闻的边防哨兵，茫茫雪域上终年坚守，万里海疆中静静守望；奔跑于写字楼之间的快递小哥，为饥肠辘辘的人们带去美味，温暖无数在外奋斗的国人；"城市美容师"环卫工，在人们熟睡的黎明时刻，在霓虹灯闪烁里，把这个城市扮靓……

今日中国之强盛，归功于每一个平凡而又伟大的中国人！祖国感谢你。感谢你，祖国。

我和我的祖国/一刻也不能分割/无论我走到哪里/都流出一首赞歌/我歌唱每一座高山/我歌唱每一条河/袅袅炊烟/小小村落/路上一道辙……

时光流转，多少年来，无数中国人每每唱起，无不心潮澎湃。

那天，从天安门回家的路上，我轻轻哼起这首歌。父亲打趣说："你们年轻人也这么爱国？"没等我张口，旁边的孩子突然来了一句："妈妈，什么是爱国啊？"

一时间，我竟无言以对。我沉默许久，摸着他的头说："爱国，就是好好读书。"

把爷爷对我的期许,传承给我的孩子,这一刻,我热泪盈眶。纵然时代巨变,但其中蕴含的自强自立的要义不改。我想告诉他:"你们是祖国的未来,要为中华之崛起而读书。"

我还想告诉他,我虽然一时回答不好什么是爱国,但我知道,我们为什么要爱国,因为,那是我们的根。

"你所站立的那个地方,正是你的中国。你怎么样,中国便怎么样。你是什么,中国便是什么。你有光明,中国便不黑暗。"

放眼未来,中国正青春,奔腾东去的长江为证,岿然不动的长城为证,静待一场盛大绽放的天安门为证。

早安,中国!加油,中国!今天,让我们一起祝福祖国,致敬自己。

(原载于2019年10月1日中国新闻网)

人淡如菊

郁 风

黄昏的阳光静静地笼罩着村庄，归鸟入巢，最后一只知了渐渐停息了残喘的叫声，第一枚落叶低诉着对初夏的留恋，躺在泥土里。

光线柔和多了，天空开始变得澄澈。空气里是谁家早起的炊烟，将归去的愁绪擦染？一个人默默地坐在久违的小院里，看着屋角里漏过来的余晖，不知道是该感伤，还是感动。墙下的那几株菊花长得很好，不是花开的时候，叶子还很肥大。

已经多久没有这样的闲适了？已经多久没有这样的安静了？已经多久没有回家了？村庄已不是老样子了，人也不见了当时的容颜。只有这几株菊花，每年还固执地开着。而我又有多久没有见到那淡雅的颜色了？

下午和朋友一起坐在村里的池塘边漫不经心地钓鱼，有一搭没一搭地说着可有可无的话。有鱼咬钩了，提竿不见鱼，鱼饵却不见了。捡一条蚯蚓挂好，钩又重被投入水中。不远处的小树上拴着一只成年的山羊，啃着还青绿的草。

说了多少句话，白白地浪费了多少条蚯蚓，又折断了几支柳条？要回去的时候，看看空空如也的小桶，相视一笑，各自离去。

而此时，什么也不想说，什么也不想做。只是想这样静静地坐着，随意地想，随意地看。就像那几株菊花，如果不是我故意将它的随意开放说成是固执的等待，它也是无心而开的。

　　时间多妙，看不到，躲不掉。一秒之中，什么都没来得及想。等已想清楚什么，这一秒已过。不必惊疑，也无须慌张，时间最是从容不迫，也最是公平。你若是不相信，就请看一看那几株还未开花的菊吧。它知道自己开放的日子，知道自己花期的短。所以它并不急着开放，开放之后也不急着凋零。就像史铁生所说，死是一件不必急于求成的事。

　　菊其实说不上是一种特殊的花，自渊明后，世人才多爱菊。花之"四君子"中，竹子最是奇特，至今我没有见过它的花开。农大的校园内有一些早园竹，很常见的品种，却的确能给人一种骨骼的质感。很清瘦的那种人才有，像板桥。兰花只真正生长在幽静的山谷，梅花只开放在严寒的冬季，只有菊是最寻常可见的花。不明白清高如先生，为何不是种上不与俗世同伍的兰，或是踏雪访梅，又或高调地说，不可一日无此君，却是偏爱这寻常不过的菊？

　　也许先生是知道的，"太高人愈妒，过洁世同嫌"。先生之偏爱此花，也许是先生的确感到寂寞了。归园田居之后，先生不再为世俗折腰，是不是也会有孤独之感？

　　要淡然处之，我想先生是这样想的。先生也的确是这样做的。所以他于东篱下采菊，又于悠然中见南山。人淡如菊，这是先生追求的境界吧。而世人说他是清高，怕是或多或少有些误解的。

　　记得见过这样一句话：桃李春风一杯酒，江湖夜雨十年灯。多么平淡至极的意境！仿佛听一个老者淡淡地说自己的过去，那些你听来会震撼或者感动的过去。一杯茶已经喝完了，或者还没有动过一口，却在老者的淡淡的语气中悄悄冷却。

　　又不知是什么时候，人走了，人去了，再也不得见了。而在某一天，你会不知为何地想起那位老者，那个淡淡而出的故事。这时，你也许就是正好读到了这样一句话。

　　入秋的时候，云淡风轻。收到一个朋友的短信：今天在缝两个小姐姐的帽子，坐在那儿，觉得自己像个孕妇，一个母亲，那种心情和期待，原来是幸福的。这样的话让我很惊喜。喜欢这样的联系，像是自言自语，而不是枯燥无味的"好吗""很好"。

　　回来的时候，在车上听到一个小姑娘对她爸爸说，我在电视上看到，人死了，还会有投胎转世，轮回。小姑娘的话我不知道那位父亲该怎样回答才好。然而小孩子是天真的，会真的相信那些子虚乌有的传说。而大人则不然，只会冷冷地说，人死如灯灭。大人们或许忘记了，灯是可以再点着的。

　　对小院的最初的回忆或者印象，是祖母。当时大概只有三岁的我，靠在祖母怀里，祖母就坐在门口。而现在，祖母已离世多年。祖母的样子，现在已是渐渐模糊了。

　　坐了好长一段时间，夕阳的余晖已经消失在云彩的后面。起身而走的时候，仿佛听见一声欢呼的喜悦。东墙边的葡萄今年没有结果，一旁的石榴第一次落花坐果。菊花还是会在九月盛开，那时北京也许会有所谓菊花节，或可以一看。这几株菊花又要"固执"地自开自败了。

　　而这所有的一切，原来本其自然，不可唐突，只可令其淡淡地来，又淡淡地去。

（原载于2009年9月2日第242期《挚友报》）

风筝

刘子宁*

七岁,爱上了风筝。

也许是爱上了那种在天空中飞翔的感觉,也许并不仅是这样。只是那时的我,多么希望有一只自己的风筝,就是那种商店里卖的、漂亮极了的风筝。而我,只能拿向外婆讨来的细线,拴上一只塑料袋,放到空中,摇摇晃晃,总也飞不高。我渴望有一只自己的、真正的风筝。

可是我的口袋里只有几毛钱,顶阔气的时候,不过一块,离一只风筝差远了;况且,这钱是用来买作业本的,而不是买风筝的,我在薄而黄的纸面上用铅笔画着我的风筝,线条被改得模糊不清。春天的时候,路两旁的商店门口都扯上一根绳,挂上各式各样的风筝,三角的、蝴蝶的、金鱼的……我常故意放慢脚步从这些店门口走过,为的就是能多看几眼这些漂亮的风筝,而,什么时候我才能有一只风筝?天上的风筝越来越多,风筝飞翔的蓝天也越来越晴朗。这时城里大大小小的街巷,又装满了明晃晃的春天。

阳光潺潺流过手染青布般的天空,风筝在清亮的空气中游动,将春光在招展的边角上颤动得更明媚。

---

* 刘子宁,植物2012,供职于苏州大禹网络科技有限公司。

我为飞得高高的风筝而欣喜,也为飞着的风筝里没有一只是我的而难过。我沮丧地回到外公家的小庭院里,仍用线拴了塑料袋来放,那塑料袋被风灌得满满的,摇摇晃晃就是飞不过屋顶。虽然如此,但我放塑料袋,从风筝上市直到商店里的风筝都收起来了,还是乐此不疲。

外公家小院的东北角墙外有一株很高很高的泡桐树。笔直的树干顶端有很多分枝,这使树像一架巨大的枝形烛台似的,烛台上有个鸟巢,外公说,那是只喜鹊窝。泡桐花开的时候,只有花没有叶子,层层叠叠的花朵,似彩霞锦团。树原本清晰的枝条的轮廓,此时就模糊起来,氤氲着一层淡紫。

那树常把花落到院子里,喇叭形状,玉白浅紫,细腻的花瓣上像蒙了一层水汽,不知是云雾的凝结呢,还是花瓣天然的晶莹,闪烁着细细的碎光。我欢喜这些来自天空的梧桐花,常拾捡一两支,簪在我的简陋的风筝上。

有一天,外公在家里——这是很难得的,平常他总去老干部活动中心练字下棋,到傍晚才回来。这次他没有去,是因为外婆出远门了,他怕我一个人在家不安全,才留下来。我兴高采烈地放我的塑料袋给他看:"看!快看!婆爹爹(音diā),飞起来了!飞得多好!你看它!"他背着手,微微侧着身子,一只肩膀向后张开,倾了上身,抬头看着那只摇摆的塑料袋。良久,他用温和的声音说:"这个哪有风筝飞得好呢?"他恐怕我不明白他所说的风筝,就补充说:"前一段时间,商店前挂的那种风筝。"说起那些好看的风筝,让人挺难过的,可我还是赶紧回答说知道的,说完很为难地瞅瞅他,表示自己除了知道无能为力,他也默默地看着我,一贯的温和。

下午他推了那辆老旧的凤凰牌自行车,对我说他出去一会儿,让我好好在家里待着。我还在放塑料袋,不过换了一只蓝的,漫不经心地答应一声,继续放。这次怎么也飞不起来,挺着急的,摆弄了好久,直到听见几声喜鹊的喳喳叫声,一只喜鹊立在树梢,另一只焦急地拍打着翅膀向巢扑去，在夕阳的映衬下，小小的影子清晰如剪纸。暮色里泡桐树上熠熠的花朵渐渐熄灭，天边的云朵擦着深沉的花影，被花影弥散开的颜色染得不那么耀眼，柔柔和和的浅色。这时仍有花被风送过来，地上，泡桐花已经盖满了院子东北角的小道。天就要黑了，外公呢？外公到哪里去了？想到这，塑料袋是不管了，我坐在屋前的台阶上等他回家，眼睁睁看着那太阳随时要坠下去的样子。风从屋檐下穿行渐远，夕照在浅红的墙壁上慢慢爬移，可是外公还不回来，我有些害怕起来。

泡桐花自顾自地落着。

突然巷子里响起了熟悉的车铃声，我站起身，接着是吱吱呀呀的开门声，我赶忙跑过去："婆爹爹，婆爹爹，你这么晚才回来，我刚才……"忽然不说话了，瞪大眼睛，我看见了一只风筝。

风筝？风筝！

就是商店门前挂的那种风筝！三角形的，光滑的面子，鹅黄的底子上镶一圈绿边，多么漂亮啊！

我站着不动。"来，拿去。"外公说，一边将风筝递给我，一边吃力地将自行车微微抬起，好搬过门槛，"这时候的风筝还真不好买，我跑了好几家店，最后才找到的。只有一个。我怕不好装，让人家装好了才带回来的——这风筝大，还真不好带。"

我双手紧紧地抱着这风筝，不敢相信："婆爹爹，是给我的风筝？""嗯？嗯。"他似乎觉得没有回答的必要，我却随着这一声简单的回答，感到一阵莫大的幸福。我有自己的风筝了！我盼了一个春天的风筝，在夏天终于有了一只。我高兴地摩挲着那柔韧的骨架，快乐得几乎发狂，鲜艳的面子，长长的飘带，崭新的，一动，就发出沙沙的响声，想象着手上晶亮的线绷紧，闪着光，我的风筝越过泡桐花枝梢头去，在高高天空中招展，风跟在它身后，打着口哨，它飞得好远好轻，仿佛带着我也飞起来了……

突然听到一阵咳嗽声，抬头看见外公，手里捧着他那口用了多年的茶杯，仍是安详地慢慢踱着步，在院里的旧藤椅上坐下。他的背微微佝着，灰色的衬衫上，从领口处被汗水濡湿了一片，紧紧贴在胸口。银白色的松软如同一卷云的头发上，温润的夕阳洒下的点点金光，碎了又碎，一朵泡桐花，在天边光的玫瑰色翅膀的笼罩下，翩翩落下来，静悄悄地栖在他的肩上。在细细的晚风里，颤啊颤的，却总也落不下来。

这夕阳，这桐花，这老人，从此定格为我童年里最美的一幅画面。它珍藏在我的记忆里，永不褪色，永远怀念，满足了一个孩子最初的飞翔的愿望，我的外公。

（原载于 2012 年 10 月 26 日 第 267 期《挚友报》）

春在溪头荠菜花

刘子宁

稼轩一句"城中桃李愁风雨，春在溪头荠菜花"，写春入乡野百姓家，词句清明，意思极为可爱。

荠菜花是白色，四瓣，玲珑的一小朵一小朵，蕊淡黄，春天时，在路旁、台阶底，甚至院墙下总有这种花，小时候绑花束玩，总要摘一两支搭着，类似于满天星的角色。花序高出叶很多，下面三角形的其实是短角果，当年尚未受到生物课的启蒙，老老实实把它看作叶子，所以一直没想过这种细小的花和吃的荠菜能有什么关系，直到初中有一天在公园看人拔草，有人指着拔下来的这种花说这就是荠菜，才吃了一惊。荠菜作为"菜"实在是很出名。还是春寒料峭的时节，有人在郊外挖了荠菜进镇来卖，路旁蹲着，面前摆一只篮子，也许是因为贴地生长的缘故，荠菜的卖相实在不好看，灰塌塌的，但滋味很好，入沸水焯一下，冷水过后，淋麻油，咸鲜嫩脆。除了直接拌，荠菜所做的吃食中，春卷尤其受欢迎。看到路边有人支了炉子卖春卷皮，往往就说："啊呀，荠菜上来了呀！"卖春卷的人站在炉前，手半握一团面，带着画圈晃动，面团黏至锅上又迅速转开，留下薄薄一层，另一只手随即揭下，面熟而带韧性，买一叠带回家。荠菜择干净，洗净切好，拌上鸡蛋丁，拿面皮包馅，炸熟，吃时蘸醋。后来饭店里也有春卷这道菜，四季常有，大惊小怪地买过。面皮厚，松松地包着馅，馅是韭菜黄或者白菜，拌了肉泥，烂乎乎的毫无滋味，且一口咬下去大半是厚厚的面，炸得很老，极腻。大一选修烘焙饮食这门课，老师在课上提到春卷，语气极为疏离，最后喜闻乐见地说："大家可能不能想象，在南方有些地方，春卷是咸味的。"我也在其余同学的惊叹中震惊不已。

另外还有荠菜饺子，通常与春卷一起包，馅料相同，拌了满满一盆绿莹莹地搁桌上，几叠薄薄的春卷皮，几叠稍厚的饺子皮，一家人坐下，边闲谈边包着，由小孩把包好的春卷和饺子分码在竹匾里，荠菜饺子几乎全是荠菜本身的滋味，多一点淡淡的面香，白而半透明的面皮中透出翠绿，盛在盘中，本身就是一片春色。苏轼给友人的信中写到荠菜："君若知其味，则陆八珍皆可鄙厌也。"诚然。上大学后在食堂没有吃到过荠菜，也不知道是北京没有还是择起来太过麻烦。春天又想起来，陆游曾写"日日思归饱蕨薇，春来荠美忽忘归"，只是于此，我恐怕是春来荠美更思归。

春季时鲜还有豌豆苗，家乡称为"窝窝头"，卖相比荠菜好，圆叶，抽着嫩梢，少量油盐炒食，滑嫩清香。蒌蒿我们那儿不多见，周围有县盛产，一次出去比赛路过，学校安排在当地农业生态园里吃中饭，端上来一大盘蒌蒿炒腊肉，茎秆脆嫩，色泽悦目，没一会儿就见了底。枸杞苗也是初春上市，开水烫了，加调料拌食，据说可以明目。因此有段时间家里中午总是端上这么深绿的一大盆来，外加一锅粥，枸杞苗清苦，吃着总觉得有股药味儿，粥是极淡极清，我深感苦大仇深，不下筷子以明志，划拉点雪里蕻到粥碗里，几乎成一碗咸菜汤。幸好高考在即，学校隔三岔五发营养指南，我妈不敢继续这么苦其心志，这么个清雅得不行的菜才从桌上撤下。

小时候三四月间，外公家后会开大片的油菜花。花序挨擦，枝叶遮盖，阴影密密地投下来，交错的茎秆带了点凉的深绿，上铺一层耀眼的金色，融融的阳光下有油画的质感。花田里有窄道，两旁茎叶被光照耀，绿得清浅，花过人头，风起时，千万轻浅的金色小花在光海上翻涌，空气里有甜蜜的香气。后来看《出埃及记》中"摩西向海伸杖，耶和华便用大东风，使海水一夜退去，水便分开，海就成了干地"，想象起来却是那片花海，深绿的海水浮漾一层金，在道旁分开，光点跃动，是波光粼粼，不见尽头。有时走着会遇见一两只猫，周边的皮毛被照耀得透明，成一圈柔和的光环，神态总有些矜持，远远遇见人，不动声色地继续走来，离两三米时，转身跃入花间，只听见窸窸窣窣枝叶响动。也有一两支泼洒到田外，伶仃地长起来，同时远离了厚重的本性似的，在淡灰的院墙上细细描，绘出颀长的绿和纯色的花序，是一幅纤细的工笔画。

玉兰常种在路旁，花大而香，从前只觉开得尽心尽力，历代吟咏起来无非拟作玉，拟作雪，拟作美人，并没有多大感受，直到读到沈同"隔帘轻解白霓裳"一句，突然觉着极为绰约。

此外还有许多的植物，有的太小，融入春日花海的洪流，只是一滴水，有些微的颜色和香气。或是像荠菜，虽然熟悉，但得很久后，偶然的机会才知道它的名字，或者永远不会叫得出，但确是它们攻占了故乡的每个溪头。

（原载于2013年4月10日第278期《挚友报》）

蒲公英的约定

葛芊奕[*]

清辰再次在这家咖啡馆听到这首曲子，已经过去整整一学期了。

还是她最喜欢的二楼靠近窗子的单人沙发，习惯的位置；还是那张小桌，正上方悬着倒郁金香形状的巴洛克琉璃灯，暖黄色的灯光从琉璃灯中缓缓垂下，柔软地照在那杯被她偏爱的玛奇朵上；她还是那个姑娘，有空，总喜欢来这里喝咖啡。

那杯还有一半的玛奇朵，还没有冷却，淡淡的琥珀色泽，原本浮在上面的一层奶泡早已被随意搭在碟子左边的小瓷勺搅拌均匀。清辰正捧着笔记本敲着字，是一份实践调查，如今她已经很少像往常那样随着心情、不论时间地写些诗了，也许是过了花季雨季，内心渐渐干燥枯竭了吧。

刚听到这首歌时，清辰没有在意。然而平静的前奏，以及略有压抑的第一部分旋律过后，风格迥异的第二部分旋律响起，清辰只觉熟悉，放下手头任务，努力回想着，想要回忆出这首曲子的名称，却想起了一个人……

清辰的嘴角不自觉地勾勒出一个柔和的弧度。去年，

---

[*] 葛芊奕，会计2014，中央财经大学硕士研究生在读。

在这里听到这首曲子时，他送给清辰一个亲手做的蒲公英瓶子。

也是一个夏日，是清辰离开小城去上大学的前一天。

去年的夏，天热得出奇，雨水也少得可怜，像极了他们这群等待录取通知的孩子，焦躁、不安。那个时间，怎么能安得下心？

第一次如此深切地体会梦想与现实之间横亘着的那道鸿沟，那并不比马里亚纳海沟浅，那是盛夏骄阳也到达不了的地方。

定了的结局，任是谁也改变不了分毫。

但对于清辰来说是个例外，她一向看得开，就连高考那两天都是没心没肺的模样。如今，唯一的纠结是也许将来和朋友们不在同一所大学。

毕业的一个月里，好友们不时地聚在一起，讨论着未来的城市、大学、专业，却不知道最终能去哪里。

他说要送给清辰一件东西。

地方自然是清辰选的。这家咖啡店，就在自家小区最外一圈临街的楼。

他们是很好的朋友，很好很好，好到什么程度，清辰自己也没有仔细想过。

清辰一直叫他"桃子"，这么称呼他，一是因为他的名字很绕口，二是因为小学时两人同桌，有一次课间，他拿出两个桃子，递过一个给清辰，看了一眼清辰，又看了一眼桃子，示意她吃。那时都是小孩子，清辰也没客气就吃了，还很大方地夸了一句"很甜，很好吃"之类的话。结果那家伙足足带了半个多月的桃子，清辰好奇，就问了："怎么你每天都带桃子吃？"那家伙想了半天，憋出来几个字："我喜欢。"清辰一歪头，随口说："既然你喜欢吃桃子，那我就叫你'桃子'吧。"他点头："行。"

于是"桃子"这个呆萌、和他本人一点都不符的称呼，顺理成章。

没想到这个称呼一直喊了十年。也不知是两人的缘分大，还是小城小,小学、初中同班,高中同校,最艰难的初三、高三,他给清辰不厌其烦地讲解,还有第一时间的鼓励或安慰,是那段黑暗时期里的星芒,黯淡了数理化的剑影刀光。

清辰的成长路上一直都有他,所以两人的互相了解度很高。比如,桃子喜欢魔方,喜欢足球,喜欢拜仁慕尼黑……又比如清辰喜欢诗词散文,喜欢植物,喜欢星星点点的小花,如蒲公英。

蒲公英,黄灿灿的,低调地开在路边,却不孤芳自赏,很是乐观向上,仿佛看见蒲公英,就会感到愉悦。

当蒲公英成熟时,一颗颗伞状的种子结成一个个白白的绒球,可爱极了。清辰最喜欢吹蒲公英的绒球了,看一把把洁白的小伞,被风吹到远方,她总是很有成就感地认为自己帮了蒲公英的忙,繁华了绿色的自然。

桃子自然知道清辰有多喜欢蒲公英,小学时,两人家住一个小区,放学路上,清辰走一路摘一路,而且极为认真地找对方向,用力将蒲公英吹向草坪。这样一来,速度慢了很多,桃子只好等着,最后认命地帮清辰摘蒲公英,吹蒲公英。当时的桃子显然不理解乐趣在哪儿,然而到了第二年春天,草坪上的金黄明显翻了倍,好似一条金黄织锦。他也认同了蒲公英,这种带给人喜悦的小花。

于是两人一起摘了三年的蒲公英。

直到清辰后来搬了家,她再也没有回到这里吹蒲公英。

还好,春风吹又生,鹅黄取代了嫩绿,又慢慢取代了翠绿,蒲公英依旧繁茂。

蒲公英的花季,不算短,早春一直到夏末,都有它的踪迹。

可对于小孩子来说,四季都有蒲公英才好呢。"要是冬天也有蒲公英就好了。"清辰不止一次感叹过,可她知道,北国的冬,千里冰封,哪里有蒲公英,就算是夏天摘下保存到冬天,也已经是枯萎了的,绒毛也都随风散了。

没有什么可以一直保鲜。可人们心中，总是希望美好珍贵的东西可以一直在，永不枯萎，然而这终究只是幻想罢了。

为此，桃子总是摇头，说清辰"傻丫头"。

清辰也自嘲，不过是说说，只是想法而已。

如今想来，桃子可以。人们都习惯于把玩笑当作玩笑，所以注定只有认真对待的人，才会让梦想抑或幻想成真吧。

他把她幻想过的东西真真实实地做了出来。

那是镶嵌在玻璃瓶子里的梦。

见面那天是离开的前一天，以后清辰就会在那个偌大的城市呼吸了，身边的人和事，不知又会有怎样的对白。

清辰心情很是低落，一直埋着头喝着咖啡，不愿说话。

当他拿出一个玻璃瓶子时，清辰着实被惊艳到了。

一朵成熟洁白的蒲公英绒球被透明的琼脂固定在了同样透明的玻璃布丁瓶中，上面用软木塞封好了口，还有几颗调皮的蒲公英种子逃离了大家庭，固定在整朵蒲公英的上方。

宁静，安好。

清辰怔然："真美，这是……"

"我做的，里面的蒲公英定型了，不会坏。"他把小瓶子装进一个盒子，交到清辰手上，很郑重，"可惜，时间有点仓促，做出来的效果有点差。"

盒子里还有一张纸条，熟悉的字迹："蒲公英的约定，分别是为了更好地相聚。"

清辰眼眶有些湿润，要分别了，她就快见不到他了，抬头看着桃子。

"傻丫头，知道你不开心，但在外面要照顾好自己。"桃子抬手扶了一下自己的眼镜，"还有，以后不开心或者想家可以看看瓶子。"

清辰点了点头："谢谢，这是我最喜欢的礼物。这些年还有吹蒲公英的习惯。"其实清辰还想说，在我吹蒲公英时也在想你。她却没有说出口。

"其实我也一直在吹蒲公英。如果以后有机会，一起看蒲公英。"

一定会有机会的。清辰连忙点头。

"好，记住，蒲公英一直在，我也会一直在。"

清辰将那只琼脂蒲公英瓶认真地装进了行李箱，她会一直带着。这样，在没有蒲公英的季节里，她还有一罐子珍藏的梦，可以看见那蓬勃的花儿，希望一直在，友情也一直在。

两人不在同一所大学。

不仅是桃子，死党闺密也都各自天涯一方。

大学生活渐入正轨，学习、社团、生活……清辰愈发忙碌，和老友的联系也愈发少了，甚至有时连朋友们的消息都懒得回复了。

清辰忽视了她最宝贵的财富，那只蒲公英瓶子已经在书桌上蒙了尘。

时光在流逝，不知这条叫岁月的河流，带来了什么，又冲淡了什么。

转眼新年，元旦晚会上，一个男生唱了首周杰伦的歌曲《蒲公英的约定》，清辰这才恍然，原来这是一首歌。

清辰也不知男生唱得如何，只是她觉得大屏幕上的每句歌词都让她熟悉，好像每句歌词写的都是她经历过的场景：

小学篱笆旁的蒲公英，是记忆里有味道的风景……认真投决定命运的硬币，却不知道到底能去哪里，一起长大的约定，那样清晰，打过勾的我相信……而我已经分不清，你是友情，还是错过的爱情。

看到最后一句，清辰更是五味杂陈，喃喃道："而我已经分不清，你是友情，还是错过的爱情。"

她想到了桃子，她想到了他们之间吹蒲公英的约定，想到了那个装着蒲公英的瓶子……

她走着走着就忘了，淡化了最珍贵的友情。

他会怪自己吗？很久不联系，就连新年，都没有按时送出祝福。

清辰赶紧拿出手机，打开QQ，桃子及死党们的头像在上面闪烁，纷纷留言："新年快乐。"

清辰深深自责，自己竟然这般粗心，他们会怪自己吗？

赶忙回到宿舍，点开灯，清辰看到桌子上的蒲公英瓶子还完好无损，仿佛一切如旧。

清辰赶忙拿出一张明信片，写道："原谅我最近走得如此快，迷失了方向，弄丢了你。今日顿悟，我终于知道若再这样错下去，自己会失去什么，你对我来说意味着整段青春。春天快来了，无论什么地方都会有蒲公英生长，当我独自吹蒲公英时，都会想起你，以及你做的蒲公英瓶——在我的书桌上，一切安好。感谢命运，我的年少有你，也会一直有你。新年快乐。"

桃子回信："永远记得阳光下你吹蒲公英，总是笑得灿烂。不管怎样，我一直都在。瓶中的蒲公英，永远保鲜，就是永远的陪伴。"

释然了。

蒲公英的约定，就是永远陪伴。

（原载于2015年9月1日第289期《挚友报》）

阳光、树叶和天花板，
头顶的风景是这些东西做成的

程　娜[*]

　　阳光、树叶、天花板，或许不需要仰头就可以看到，但当你仰起头，你会发现它们与平时的不一样。

　　当你仰起头，你会发现阳光并不全是一闪一闪刺眼的。最常见的是透过树冠，尤其是找到一个郁郁葱葱的树冠，此时阳光就成了背景，你或许能感觉到阳光被树冠托起来了；当有了薄雾，你还可以发现阳光是磨砂的，棱角收敛。

　　当你仰起头，这样就更容易看到树的另一种姿态。一棵树，你平视它，它或许会给人一种石墩的感觉，但走近树干仰起头，你会发现它是层次的，伸展的，第一层铺不满的地方，第二层来补，树枝是伸展的，树叶也是向外伸展的；当你仰视，你还可能会发现两棵树的枝叶搭成了一个心形，你可能会发现淡绿色又有些透明的树冠会在空中为你留出一道蓝色天空的缩影……

　　当你仰起头，你会发现天花板也是一道风景。一组组花纹展开在头顶，几盏灯恰就点缀在几何中心。若是你走在古建筑中，尤其是木建筑，更要仰起头看看了，头顶的

---

[*] 程娜，公共事业管理2018，供职于仁和汇智（济南）。

木结构是如此的精巧，木材有水平的、上斜的、波浪的、方块的，架起屋室，撑起颜值。或许你会被鲜艳的彩绘吸引，但别忘了其中的一方一圆，一花一叶，才正是风景所在。

在我们的头顶，阳光洒过，抹过发梢，留下余温；树的枝叶静静地注视着我们，长发、短发、各色衣服、各种脚步、各样音容笑貌……一天天，一年年，一代代人走过；木梁更新换代，不同的花纹揭下又铺就，历经烟酒糖茶香气。

它们确实平淡无奇，但不能是可有可无。它们的存在告诉我们，头顶不只有蓝天白云，不只有禽鸟飞虫，更多的时候，我们的头顶是光明，是色彩，是一条条美丽的曲线。或许仰起头的时候会有些累，也可能并非总会看到惊艳的美景，但我至今仍旧对无意中仰头发现的风景印象深刻。我也常常仰头，看着头顶的世界，琢磨着，这么漂亮给谁看？这么漂亮，为什么人们总是低着头？是因为阳光向来刺眼，且天一亮就来了？是因为树叶总要飘零，形状总是那样熟悉？是因为屋顶常有灰尘，就算干净也不能只盯着它，怪累的？还是因为它们一贯守候？

或许有人会说，就是它们早在我头顶上待着了。

是的。在《短暂爱情》中有这样一句："你是我的一朵玫瑰，盛夏之后你将一去不回。"读来是有些伤感吧，人们对短暂的美好事物多半是惋惜的，也愿意去追寻、捕捉它们。而那些仰仰头就能看见的，不去看也能想个大概的，人们还真就不想做点什么了。头顶的风景是由什么组成的？阳光、树叶、天花板，头顶的风景由这些东西组成。无人欣赏，我却情愿注视，乐此不疲。

（原载于 2018 年 11 月 26 日第 315 期《挚友报》）

故乡的影子

——乡音

付芷萱[*]

"为语带乡音",异乡羁旅,它是游子最贴身的行李,不会被偷走更不会被遗忘,轻得没有一丝重量,重得一出口便是整个故乡。

"梦里乡音近",午夜梦回,它是游子心中荡漾的旋律,给予心灵的慰藉,轻得没有一丝重量,重得整颗心都不够盛放。

异乡怎样好听的顿挫平仄,怎样好看的日月山河,都抵不过一句家乡土语的问候,让人亲切倍增、热泪盈眶。因为那质朴的语调具有整个家园的重量。

离家读书,舍友来自天南海北,宿舍就是各地乡音的一锅大杂烩。东北的舍友张嘴便是一股"嘎哈、埋汰、唠嗑"的豪迈感,北京的舍友也逃不开儿化音的亲切劲头,我也逃不开家乡这似唐山话又似东北话的一股味道……这才明白什么叫乡音难改。

故乡印在一个人身上最大的影子便是这难忘难改的乡音。

乡音挂在嘴角,是故乡烙印在我们身上的影子,最为

---

[*] 付芷萱,国际金融与贸易2018,现从事外贸行业。

鲜活最为明显。

生于斯长于斯，我们从生命伊始便浸润在乡音中。起初，父母操着一口流利的家乡话带我们领略诗中的秦皇汉武、词中的大漠烽烟；而后，我们练习着，去用熟悉的乡音辨音识字、交流、嬉戏。十几年如一日地使用让乡音慢慢成为流入血液的元素。

乡音也烙于记忆，是故乡投影在我们心上的影子，是一片土地上让人难忘的乡情。

难忘父母的乡音，两三声唠叨、伴随记忆的叮咛，那是小手拉大手一起与世界邂逅的亲情；难忘伙伴的乡音，追逐打闹的呼喊、出游玩闹的喧吵，那是当垆把酒共话桑麻、同采蒹葭的友情。难忘的乡音有千种，每一种都有自己的意味深长。它们凑在一起成了每个人心中独特的家乡的密码，关于亲情关于友情，既有琴棋书画诗酒花的深情，也有柴米油盐酱醋茶的温情。

而对游子，像我此时，乡音这影子从我的脚下逶迤流淌，把我的千千思绪带回身体本该属于的某个地方，那是我常常梦到的地方。

有这影子跟随，一个人不管去到怎样的红尘陌上，都不会感到孤独寂寞了。

（原载于 2019 年 1 月 12 日第 316 期《挚友报》）

开便利店的女人

杨兰心[*]

开便利店的女人是一个善良本分的人,家世寻常,学历不高。店里没有其他店员,生意也一般,但常客们都知道,这女人喜欢躲在柜台后面拿着本小书看。一道玻璃门把内外隔成两个世界,一旦有人推门,铃声阵阵就把她惊唤起来。问她在看什么,她支支吾吾地说是闲书,藏着掖着不让人看。老大不小了,没有结婚,说不定没谈过恋爱。

女人除了这点怪癖,别的还好,与人打交道时比较腼腆,时不时害羞地笑一笑,寡淡的脸就生出几分光彩来。女人还很细心,观察大家的喜恶偏好,别人随口一说她都会往心里去,然后慢慢地改进,所以店面虽小,一进去就能让人感到舒适。有好事的想要给女人介绍,或者大家一起想拉她凑热闹,女人都笑着婉拒了,固执地守在自己小小的一方世界里,看书,发呆,做着似有似无的幻梦。

一个寻常的冬夜,女人打理好店铺准备回家,发现店门口坐了个寒酸的男人,衣着单薄,瑟瑟发抖,蜡黄的脸却没有掩住他的英俊。女人穿得厚实却也控制不住抖了抖,她回到店里拿了些吃食——男人一直盯着她——又掏

---

[*] 杨兰心,工业设计2019,中山大学历史学系硕士研究生在读。

出自己的保温杯："你……你冷不冷，喝点热水吧，这些都给你。"

"我没有钱。"

"不，不要，"女人低着头，"你把杯子还我就好了，要是没有地方去，我带你去小仓库，总比外头好些。"

女人有了第一个店员。

这个叫阿梧的男人看着瘦弱却很有力气，也不像没文化，问他的来历他却不说，跟女人一样除了某一点外都还好。女人似乎并不关心他究竟姓甚名谁，来自何方，只要男人在她身边就够了。她没有闲钱，开不起工资，男人也从没有要求。她和男人一起吃饭，渐渐地睡在了一张床上，男人不对她做什么，她觉得自己过上理想的生活了。

"我没什么钱，"她对自己说，"但我是开店的，店里有很多食品。我只有一间卧室，但卧室的床很大，左边空荡荡的，可以提供一个休息的地方，"她撑着脑袋，望着上方出神，"所以我养活你是没负担的，希望你陪在我身边。"

"走吧。"男人打扫完店铺，和发呆的女人回家。

女人躺在床上时还在发呆，一不留神居然说出了心里话："我觉得你像书里面走出来的，我也想像那些女主角一样，等到我希望的人。"

"你一天到晚就看这些？"男人嘟囔着，翻过身不再说话。

"我很早很早就是一个人了，"女人自说自话，"这里白茫茫的，天空会飘过绮丽的云彩，周围又很空旷，但我被白色紧紧包裹着，并不太冷，渐渐地我希望有一个和我一样的人。"

男人打着呼噜，已经习惯女人的疯话，如果她不是个神经病，早就被男人杀死了。她的行为太过反常，没有人会这么坦然接受一个来历不明者。男人一度怀疑她是警察那边的探子，好几次趁她睡熟把手伸向她的脖颈，即便是路人死了也没什么大不了，反正他已经罪无可恕了，更何况她是个疯子，他不介意替疯子解脱。男人终究没有下手。

日子一天天过去，已是严冬，天气越来越凛冽。一个下雪的夜晚，男人提出去进货,女人拉着他,说别去了,不安全,男人说自己开车技术很好。第一次,男人拢了拢女人的围巾,让她注意保暖。

他挥挥手,就再也没回来。

此夜听说发生几起交通事故,女人心惊胆战出门寻找,雪浸透了她的头发,风逼得她直出眼泪,她看见破烂的车身,有许多混乱的无关的人。雪被践踏得肮脏凌乱,有人吵得不可开交。红的黑的污浊的,张牙舞爪、不速之客,女人只觉得魔鬼扑过来了!白茫茫的世界天崩地裂,融在地上化成一摊血污,她也崩溃得大哭起来了!

哭得没了气力,她失魂落魄地往回走,精神错乱并没有走对回家的方向,反而阴差阳错到了郊外——看见了空荡荡的货车。

货车安静得像一尊雕像,闭着眼睛死在雪夜里。雪已掩埋了一层。细细的雪花积在地上,包藏了污秽的地心,女人拖着疲惫的身子进到车里,车里开着暖气,暖气一烘她就睡着了——就像睡在自己家里。

(原载于 2020 年 11 月 4 日第 324 期《挚友报》)

时空交错，恍若隔世
——重温一本好书

刘翎怡*

旅行本就是人主动寻求时空交错感的方式和表现。抽离之时，常有恍若隔世之感慨相伴。

阅读亦如此。

旅行是在另一个地点，或打量现世、现时的另一种社会和文化，或参观当地的历史遗迹，想象此处十年、百年、千年以前的风貌和故事，或任由遐思飘向迷雾中的未来，对彼城之命运可能担忧可能向往——但终究把这里当作"异时空"。异时空和旅行者原来所处的时空，由于人主观上的认知和思考，而交错、编织、融合又分离。

阅读则是读者主动穿行于文字的路网间，观影一般经历小说戏剧的曲折情节、散文诗歌的丰富情感，既可能是对虚幻的叙写，也可能是加工后的真实，但天马行空的架构、触目惊心的报道，皆独立于"我"之外，独立于"我"生活的时空，本质上，实际都只是语言所承载的信息。信息，从某种意义上说，存在于并形成了另一个更为抽象的时空。人在阅读时，大脑神经元间特定生物电信号的翻译和转化，让此抽象时空，与人生命活动吃穿用行的

---

* 刘翎怡，农村区域发展2020，保送中国农业大学人文与发展学院硕士研究生。

物质时空，交错、编织、融合又分离。

旅行时，出走离家，偶尔想到自己已置身异域，脱离了庸扰纷繁的日常之事和忙碌之态，不禁感到恍若隔世。这是从原有固定轨迹中抽离出来后，对不久前迷失自我、被潮流和攀比裹挟向前行为的唏嘘和自嘲。这种恍若隔世，是对旅客个人在上一阶段生活的否定和难过。恍若隔世之感，也可能是对眼前他处之景、他人之事的难以置信，比如，误入桃源的武陵渔人发现眼前的乡民不知有汉、无论魏晋时的心理感受。旅客，对全球经济、政治、文化的变迁产生了沧海桑田般的恍惚而不免略带怀疑的跳脱感，这也不足为奇。毕竟，颠覆性的变化在人类历史上从未如此疯狂地频繁加速。旅行途中，久居繁华都市，处在时代的风口、竞争的浪尖的"精英"，见识到偏僻村落的日出而作、日入而息，再反思那些灯红酒绿之下的明争暗斗，这种恍若隔世的体验，对于旅客产生的冲击和震撼，就是一个很好的例子。

旅客只有切切实实，处在物理空间上的陌生之地时，才会收获眼中所见、耳中所闻、身之所感、心之所悟，是小小一方手机屏幕永远提供不了的，是虚拟现实技术再发达也模拟不了的，是人工智能再聪明也演算不了的阅读，又何其相似！

阅读能为人带来的"恍若隔世"之感，囊括了上述全部，还要加上一条：刚从沉浸状态抽离的阅读者时常体会到的，头脑中思绪的恣肆蔓延与身体四肢的静止不动形成的奇妙错位、自由与不自由的微妙反差，以及动静的对比共同营造的"大梦初醒"之感。

故地重游，心境总会有些变化，阅读时"老友"重逢，则是温故而知新，这又算是一种"时空交错"和"恍若隔世"之感。

那点黄，那点绿

慧之（王颖）*

常在黄昏，拨着琴弦，寻觅秋末那点黄。

抖动的音符蘸满了苦杏的羞涩，浓醇的芬芳，溶着那片曾有的温柔，滚落在瑟瑟秋风的枫叶中。

春雨绵绵，曲曲湖畔碎石路，串着旧日双双情侣的悄悄话。柳翠如烟，随意漫步在湖边。淡白色，一把小雨伞，掩着她秀发。打湿的花鞋淘气地踢一块小石子，湖面泛起层层涟漪。若有所思，眉头轻锁，愤怒地噘起小嘴，嚼着旧梦。

春日温情寄在秋日红叶，你说。

夏日旧梦嵌在冬日纯雪，我说。

我，带着丝丝叹息、追忆和执着，穿过你的心。你，低声地抽泣，伴着薄薄的哀怨，和着淡淡的泪水和悄悄的思念，摇撼着我不逾的心。

我珍惜，曾经拥有，山巅的呐喊，夏日的缠绵，寂寞冬夜的梦呓和空白纸上的对白，不再有"一低头的温柔"，恰似那"水莲花不胜凉风的娇羞"。山顶一片红叶，飘落了一春的绿。

又在清晨，拂着太阳，寻觅初春那点绿。

（原载于1990年6月4日第77期《挚友》）

---

* 慧之（王颖），工管88，供职于理实国际投资管理（北京）有限公司。

漂泊印象

王红江*

记得你曾告诉我一种感觉，叫寂寞；
记得我曾告诉你一种心情，叫漂泊。

很久了吧，我盯着你乌亮的眸子，流动着闪闪的纯真，就好像月光下注着星辉的湖。这湖水在荡漾，慢慢地、无声无息地扩展。待我蓦然清醒时，我发觉我在你的湖中曾怎样地沉醉过。

记得你曾告诉我一种感觉，叫寂寞。

那么，我该是一艘渔船，在你的波光艳影中划开你曾抱怨过的无奈与等待；
那么，我该是披蓑笠的渔翁，成年累月地打捞你的心事，垂钓着你的欢笑与伤悲。

真愿意我的一生永远在你的森林中迷路，
真愿意自己永远是你湖中没有航标的航船。

---

* 王红江，工管89，供职于北京市西城区椿树街道办事处，经济师。爱好文史，作品散见于《北京晚报》《北京西城报》等刊物。

可我曾告诉你一种心情，叫漂泊。

或许有一天我会听见林外的鸽哨，我便不再迷途；
或许有一天我会被湖外山色所吸引，我便不再犹豫；
于是我悄悄驶出你的湖泊，满载你的温柔与关怀，开始我此生注定的流浪……

别哭，我的至爱，不要让我的心因你的泪凋零春天。

或许远方的路有风，有雨，有荆榛，有沟壑，可我一想起你的那一双心灵之泉，顿觉温馨的心灵不再孤单；
或许经过风风雨雨苦难的流浪，我需要一个风平浪静的港湾盛我疲惫的心灵，我会发觉你的湖泊原来是那么宁静温暖；
但我并不后悔。

或许，
要告诉你一种感觉，不再寂寞；
要告诉你一种心情，不再漂泊……

（原载于农工大车辆工程系办的报纸《奔驰》1991年7月1日第3期，被"绿风"收入《青年爱情散文诗选》）

顽人梦游记

韦贵忠[*]

一

蓦然间,我感到十分迷茫,竟不知自己到底是什么了。现代人原始的游戏造就了我的生命和躯壳,同时也赋予了我喜怒哀乐的权力,注定了我灵魂的苦难。

在我的喜怒哀乐被俘虏的同时,我也遗失了自己以及一切——只剩下一具早已风干了的躯壳,被囚禁在空旷的荒漠里,放牧着自己的灵魂。

没有一方青草地。

缥缈的海市蜃楼。

二

终于,我把自己的壳体推向了猩红的残阳——我要扼杀那死尸的模具!

一柱孤烟,升起,在大漠幽蓝的黄昏。

没有森林,没有鸟语,没有花香。

三

大街上依旧车水马龙,舞厅里依旧灯红酒绿。那片苦

---

[*] 韦贵忠,汽拖94,现从事汽车供应链质量管理工作。

难的天空仍在延伸着爱和恨永恒的悲剧和暂时的喜剧。

而我,已做了远方永远的儿子,苦难暂时的情人。

四

在荒野了千百年的空气里,我找不到生命的样板——除了前人的坟墓。

只有月圆月缺,雾凝雾散……

五

当夕阳抹落最后一朵晚霞,我的灵魂便彻底被判处死刑了,我的躯壳也失去了思索和寻觅。

我想拯救我那尚有血肉的模具。

几匹狼用奇怪的目光盯着我,窃窃私语。

六

大漠的夜没有灯光,很静。

我在幽绿的目光中昏昏欲睡,或已是睡着了。

七

灵魂,在梦中整理着离散已久的生命……

后记:柯梦一场,混沌开悟。天地悠悠,人生渺渺,得失成败,融为一体,喜怒哀乐,何足道哉?!

(原载于1995年10月15日第122期《挚友报》)

秋天的故事

张敬柱*

夕阳把她最美的化妆品，轻轻地涂在那片熟透的苹果树上。飘满香味的果园，被打扮成了一个顶着红盖头的新娘。

没有一丝风，几片黄叶仍承受不了自己的体重，打着旋，恋恋不舍地离开堆满梦的枝条，飘坠在一蓬雪白的野草中。

忽然，那蓬"野草"动了动，慢慢向下倾去，慢慢地慢慢地，从"野草"倒下去的地方，微仰起一张饱经沧桑干老的脸。

那是怎样凄茫的一双眼睛呀，似乎在寻找丢失的但永远也不可能重现的昨天。它盛满了落叶，没有一颗苹果。那张脸就像深山里新开凿的栈道，除了一道道刀斧的痕迹，再也找不到一丁点人类的生机了。

老人就定定地微仰着头，佝偻着腰，手中那根旧烟袋中的烟灰，正一点点凉透，蹲踞的身姿铸刻成一尊石像。

夕阳已经躺在了远远的山尖上，再也无法把老人瘦小的身影拉长了，哪怕只一寸。

又有两片黄叶坠下来，压在老人心头，没一丝声响。

---

* 张敬柱，机化94，笔名柱子，供职于机械工业出版社，编审。

满园果香味连同呼吸一起凝固了。

不知过了多久,一个五六岁的孩子跑进来,胖乎乎的小脸蛋儿绽成一团开得热闹的红丹菊。他高举着嫩藕般的小胳膊,奔向老人,稚声稚气地叫着:"爷爷,爷爷,我要吃苹果。"

老人怔了一下,旋即眼中闪出亮晶晶的光,脸上的沟壑也兴奋地挤到一起:"好孙子,爷爷一定给你摘最红最大的苹果。"老人抱起孩子,孩子用小手轻轻地拂掉老人头上的落叶。

当老人把香甜的苹果连同夕阳一同摘下的时候,一轮银洁的圆月正从东方悄悄升起。

评:"夕阳无限好,只是近黄昏",不,夕阳之后还有月亮,黄昏过后又现晨曦,秋天落叶才有春天的绿芽,小孩摘下的苹果是老人欣喜的心愿,还有希望。

(原载于《逐日集》)

辑三

生命情人

大　海

李　林*

"海里的浪花是蓝色的！"
我的朋友这样对我讲
可我不知道
我没有见过真正的海洋。

但在小说里、电影上，
我看到了它
——海水的碧蓝
　　沙滩的金黄

于是
我梦想——
梦想来到海边
躺在松软湿热的沙滩上
沐浴着金色的阳光
梦想我驾着小船
漂在平坦如镜的海面上
悠闲地摇动着双桨

---

* 李林，内燃机81，中国农业大学工学硕士，北京镭格之光测量技术有限公司董事长。

突然感到一震

我的船与礁石相撞

紧接着听到不浑厚的声音：

大海里也不光是美玉琼浆

我有些猛醒

但小船已开始剧烈摇晃

海面上起风了

霎时间浪恶涛狂

我绝望了

但在这时

我看到了一道黑光

穿过排空的海浪：

让暴风雨来得更猛烈些吧！

声音是那样高亢

我明白了

这就是海燕的形象

我得到了勇气和力量

振作起来　奋力摇起双桨

（原载于1983年6月第6期《挚友》）

老　师

陈　升*

老师，
老了，
烟缕沿着，
刀刻般的皱纹，
盘旋到头顶，
与白发，
相互抚摸。

老师，
老了，
老花镜，
远远地悬挂在鼻尖，
因为累了，
没有更多的精力，
哪怕，
把它扶得正一些。

老师，

---

* 陈升，水机86，供职于国家先进印染技术创新中心。

老了，
但点烟的姿势，
没老，
抽烟的神态，
没老，
那一脸的正气，
没老，
那骨子里的，
高傲和优雅，
没老。

哦，
老师，
不老。

（原载于 2023 年 6 月 10 日第 327 期《挚友报》）

诗人的眼睛

杨建军[*]

在厚厚的诗集中间
我寻找
寻找诗人的眼睛

那眯上的眼睛宛如思索的星星
灿烂的光芒从生活底层射来
映亮天空
启开我迷惘的心灵

(原载于1988年北方诗社编《北国风》创刊号)

---

[*] 杨建军,农建86,深圳市固海威科技有限公司总经理。

黄　牛
——献给那些默默无闻的耕耘者

吴林虎

岁月的风沙

遮住了你的双眼

你不知疲倦地前行

忘了路旁有一片树荫

无情的鞭子

敲打你的神经

你麻木的双肩只知拉犁

忘了那沟沟坎坎走过了多少轮回

田里的枯草、腐气

充斥你的喉　迟钝你的鼻

你干瘪的胃反刍着

上下五千年的山水

刻板的耕作

浇灭了你的灵感

你野性的情怀　像风

掠过那牛郎织女鹊桥会

当历史的犁铧

楔入黑暗的荒漠

你满身的泥土是希望的种子

默默孕育着大地的金黄

黄牛啊

有一天,当你躺倒

你是否看到蓝天飞翔的鸟儿

   田头踱方步的蚂蚁……

(原载于1991年11月14日第3期《挚友文学副刊》)

路歌（外二首）

王红江

你的名字

如阔大的荷叶

散发着淡淡的清香

伸展盖满了整整一个夏天

以我如落叶般堆积的脚步

去叩你极富诱惑的篱笆小门

可你的心情

却如菊花般平淡

手握如秋风的叹息

我又踏上了落花铺满的小径

蓦然回望

你的长发凌空如夜晚

逃离这个让人伤心的驿站

我发现自己竟成一长衣翩翩的忧郁少年

（原载于 1992 年 7 月 5 日第 96 期《挚友报》，作品获得北京农业工程大学挚友社首届诗文大奖赛一等奖）

三　月

也曾听过雨打寂寞的树叶
也曾夜晚偷偷失眠
三月的天空响着一个声音
门前的树　叶叶都写着一个人的名字

也曾一个人静静地临窗发呆
也曾发觉枕边泪痕
三月的黄昏只有一种色彩
心头积雪是永不化的往昔岁月

也曾一个人默数台阶
也曾将寂寞刻入容颜
三月的小窗怎么没有一丝柔柔绿意
青春的四季怎么没有春天

于是我决定去找你
步入你的黄昏走不出对你的思念
自己是一艘
宁肯触礁　也要渡过去的船

我可以听见时间点滴的脚步
我可以听见命运在你手洗的
扑克牌中发出叫喊
我轻轻地询问

掩不住我心头上
千里的雷声万里的闪

于是我决定去找你
对，在三月
抛却孤独，抛却冷漠
我发现三月的天是明朗的天

（原载于首期《挚友文苑》，作品曾于 1991 年 8 月入选
《当代中国大学校园文学丛书》）

月　季

晚风中
你轻轻摇曳
好像倚在我的肩头低吟一曲
古老的传说
我悄悄问你
是否还依恋昨夜月光
你娇羞一笑
晕红
飞扬双颊

萤虫在你身旁起舞
暮霭为你织温柔的轻纱
你扶摇的浅笑
跃碎一片星光

你曼舞的梦幻
是你游鱼一样的流盼如斯

今晚
不，此生
别无他求
但能鞠你入怀
将青春和你的秀色一斟而尽
然后在你熏然的馨香中
酩酊

（原载于 1991 年 11 月 25 日第 90 期《挚友》，作品曾于 1991 年 8 月入选《当代中国大学校园文学丛书》）

偶像黄昏

林清红[*]

一抹火红在淡蓝的天空写意
百壁千仞很厚重
具有石膏的质感
用一种形式膜拜风景
头颅浮沉
眼是一对琥珀
沉淀的情愫亘古鲜明

我曾经用三株狗尾巴草装帧一份心境

西山有一种美丽
那是峰顶的晚霞
柔和雕砌的偶像很疲惫
　　　缓缓坍落

膨胀的情绪疯疯傻傻
爬满半球那边的天空
阳光老去

---

[*] 林清红，笔名林一。

我的世界墨色单纯

今夜我该睡去么？

(那一抹火红

   只是写意

  在淡蓝的天空)

(原载于 1992 年 5 月 15 日第 94 期《挚友报》，作者原署名"林一")

春
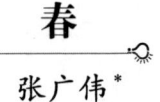
张广伟[*]

想不到的

是你在一场大雪之后

提前了归期

竟在那擎雪的枝头

在含苞的桃花中

匆匆归来

而我却还在那垂柳下

痴痴地等

我发现时

已是一个明亮的晌午

枝上顽皮的你

早就笑红了脸

而周围田野中

也遍布了你的身影

（原载于1991年11月14日第3期《挚友文学副刊》）

---

[*] 张广伟，机专90，供职于北京丰台五里店街道。

凄凉在中秋

夏耀西[*]

斜依一片月光

那些纷纷的落叶

散落着片片哀愁

翻阅记忆和随身携带的孤独

毫无边际游荡在茫茫银纱

想念家园　想念母亲做的中秋饼

似葡萄架上的圆月和架下的圆石桌

清晰而又温馨的童年跳跃而来

那时候窗台上常有一片月光摇曳

穿过斑驳的树影与我的梦重叠

我的亲人

你为什么将我推向荒凉与孤寂

让我在刻骨铭心的思念中消磨时光

原野上的花儿开了又谢谢了开

我无法向谁倾诉哀肠

稀释浓浓的思念

---

[*] 夏耀西，农建91，供职于中国农科院发展建设局。

我渴望有一堆篝火

在火中我要把你重读一遍

我的亲人

你驱我向天涯作漫长的孤旅

让我感到难挨的寂寞和悲怆的凄凉

但我无法拒绝，你的微笑

永远驱我奔向远方的圣地

（原载于1994年10月14日第114期《挚友报》）

故园 秋天 我的梦（外一首）

沙漏（林月俊）*

如蝉蜕一样挣扎

等待……

绵长的春天唤醒了

我的心灵

曾经作为你洁白的翅膀下

一滴水

一滴可被人一饮而尽的水

无法展示出生命的五味

故园——你是我全部的

唯一来源

黄色的背脊铺满我青春的

诗句

我用沉重的步履

踏出了年轻的希冀……

还需要握别吗？

你的掌心已有千年沧桑的记载

记载下了每个属于你的儿女

也记载下了这个伊始的秋季

---

* 沙漏（林月俊），农机92，供职于北京君擎知识产权代理有限公司。

第一片落叶静静地

流淌出秋的故事

我把回忆翻译成秋季

交予天边的一抹夕阳

请——

替我珍藏

我可以穿越每一阵秋风

尽管　我的浪迹

只能是

最干涸的记忆

敛起我四季的梦

掀开苍白的日记

我知道

我无法触及那片湛蓝的天

而只能

露出我最真实的脸

在生命的风雨季节中

我的梦

是我头顶的那把伞

也是我心中

永不改变的同心圆

（原载于1992年12月15日第102期《挚友报》）

树木倾倒了所有的枝条

树木倾倒了所有的枝条
为远航的船
架起一面帆

叶子毫无季节性的变换
将记忆重重地减淡

我的面容憔悴成
肃冬的风景
手臂挂在空中

一群鸟儿在角落里歌唱
我站在林边
看树木为你送行

（原载于 1995 年 6 月 30 日第 119 期《挚友报》，标题有改动）

故园之约

梁 英[*]

当我们老了，不再年轻

即使时光已失去光泽

你也要为我留住那双不变的眼睛

盼望　有一个夏天

我们赴约在故园

同时捡起那陈年的记忆

从对方依然的眼神中

读出年轻的你我

尽管岁月的风霜席卷了脸庞

尽管尘世的纷争笼罩了心灵

当我们回首那段所有的日子

便如昨天的姐妹并肩走在成长路上

同往事一起飞翔吧

信手从路旁挂满追忆的枝头上

摇一串旧日无忧的笑声

随意在铺满信笺的石桌上

---

[*] 梁英，电力93，供职于中国电力科学研究院。

捉一句当年默契的老语
远方送来转眼即逝的青春
抓住这一刻，我们回到了遥远的年轻

当年轻的期盼化为昔日的憧憬
在沧桑中摇曳
如果未来那一天，你我赴约在故园
我们怎会只是——
似曾相识？

1995 年 3 月

生命情人（外二首）

柱子（张敬柱）

我们是一群追逐太阳的人
在冰硬的水泥地上
播种年轻的心
顽强的根须扎入地壳
诗歌的清唱
穿越四十道年轮

我们是一群无畏的剑客
披着黑夜的披风
斩去漫天星海　挑起清晨
我们是一群流浪的歌者
　　是附在一把旧吉他上的
　　和谐的灵魂

我的挚友，我们至爱的
　　生命情人
还能唱支老歌吗？低低的
低低的，别去惊醒园中的花草
任六月细雨　滋润那方

心灵的净土

默默撑出　一片绿荫

（原载于2023年6月10日第327期《挚友报》）

燕子归来

在送粪汉子炸响的鞭梢上

玩了一个漂亮的空翻

这黑色的精灵

射向村口人们捶衣的小河

啄皱了刚过门小媳妇红润的脸颊

它们有点累了，想歇歇脚

停在晾衣绳上，草房檐上和寡妇们的窗台上

于是——刚洗完衣服的胖二婶

在花圆裙上擦着泡红的手

堆着笑念着

春天，又来啦

抱着火盆在热炕头上闷了一冬的老爷子、老太太们

又各自搬出磨亮的小板凳

唠老掉牙的往事

旱袋早没火了，还吧嗒、吧嗒

失去男人的女人

哄睡淘气的儿子

从红扑扑的小脸蛋上

寻找他父亲的影子和曾经醉人的盛夏

远处大柳树里不也是两只呢喃低语的燕子吗

树下靠着一对恋人在咬耳朵

掩不住的吃吃笑声

不是很响，还是惊断了燕儿们的情话

小孩子手里撑着硬纸壳的风车

冲着唱歌的燕子们亮开嗓门：

燕儿，燕儿，你扯葫芦我扯线

燕儿、燕儿，你扯葫芦我扯线

几只睡懒觉的鸭子被吵醒了

不满地拍拍翅膀

呱，呱……

燕子回来了

来到每个人的心里，每个人的家

（原载于 1995 年 6 月 1 日第 118 期《挚友报》）

无　题

日子是在不懈的挣扎中快乐地长大的。

——挚友生日题记

真的　我实在没什么好说的

日子半推半就地过着　心情就像

刚伏在稿子上打个盹

然后莫名其妙地醒了

和慌着进门的春天　撞个满怀

有老朋友的消息吗　那些比石头还坚硬的

我们当时多像一棵傻乎乎的白杨树

整日对着太阳较劲儿

笑声野性地染绿过大半个校园

使闪亮的星星和骄傲的五四楼　黯然失色

还是拿张近期的报纸来吧

瞧瞧我们播下的冬小麦　在哪个版面

又发出了新芽

我还要读读那首曾经沧海的爱情诗

要和那位小兄弟一起找找　热恋与失恋的感觉

就请黑夜温柔地翻开泛黄的字典

所有往事的细节都会在那间小屋中复活

我一个人倾听着　根在润沃泥土中行走的声音

渐渐入定　想象着十六年前想象着明天清晨

迎春花在《每日新闻》上开放的样子

（原载于1999年4月11日第155期《挚友报》）

在北方

李 克

村庄在未来的向往中。
当摊开的图纸容纳不下一块田地,
迁徙的鸟在南方产卵,
北方扬起惆怅的飞絮。

如果我们能握住的只有石头,
世界会怎样?
你会保持前倾的姿势吗?
我已追赶不上风的步伐,
我在夕阳中握紧手中的花香。
我为我的沉默感到愧疚,
像一棵被抽离河岸的芦苇。
我该迎风唱一首歌:
关于麦子的味道,在四月的北方。

我不知道
谁将在梦中讪笑我的无知
或对黑暗的漠视;
我在知觉中也无从辨别
那些花的品性和颜色。

四十三年的风尘
已在我的骨头里沉淀足够的钙质，
谁还在羡慕河边千年的修行？
当思想比麦子这个词的分量还轻，
我要匍匐，做一块虔诚的水晶。

2017 年 4 月 11 日

（原载于诗集《大地或荒凉的石头》）

这个春天
——写给未来（外二首）
周建湘*

就要靠岸了吗
我挥别昨夜的星辰和渔火
穿越一堵斑驳的城垣
阳光、浪花和帆影都款款而来
我面对了一个莺歌燕语的世界
曾有的往事和悲伤
在雪花溅落时融解无形
当指尖滑过一阵蚀骨的情怀
我渴望着另一个春天

我就在这个春天种植一园的葡萄
它们疯狂地拔节、长高
一个劲儿扑满我的记忆
以一种热烈烘暖一个冰凌的季节
没有一颗青涩的果实将滴落尘埃
有一天它们会晶莹可爱
没有一节枯朽的藤蔓
将永远停留在魅力四射的躯干上

---

* 周建湘，汽拖95，供职于株洲春风雅马哈摩托车有限公司。

我的心也就这般如水
等着花开　等着露珠滚落的花瓣

生命源于每一个微笑而纯洁美丽
真诚让彼此飞翔
没有距离的颜色才是最真实的
在水泥都市的上空我放飞一只候鸟
它将掠越所有的丛林和沼泽地带
在我的梧桐树丫上
为她而歌　也为她舞蹈
春天姗姗地走来　日子便这般可爱

那就让我在这个春天飞吧
茉莉花开的雨季才是最温馨的
这只候鸟从南到北　从北到南
疲倦时就梳理一下羽毛
栖息在水泥都市不远的某个城镇
和她一同看晓风残月　看天阶如水
看春水落霞　看渔舟唱晚
并聆听这个季节所有动心的和奔放的涛声

（原载于 1999 年 4 月 1 日第 154 期《挚友报》）

落花的渡口

暮春的雨　浣洗了如烟的江南
烟雨里的落花

牵动流水悠悠的离愁

飘在了渡口

暮歌如笛　轻轻吹响渡口的黄昏

风一如岁月的杨柳

带走我缠绵的记忆

如落花在缘分的天空里飞舞

落花如雪

浸润我随缘飘来的虔诚

渡口摇曳着黄昏

起伏的蛙声交织了桨橹轻唱

在深沉呼唤里

映衬我疲惫的尘埃

斑驳我一段沉睡醉人的美丽

落花的渡口

浮着我涌动的依恋

寄一缕相思飘向天涯

追逐梦里水乡流逝的年轻

如烟淡淡的时光

漂洗了岁月

收拾在追梦人的花瓣里

暮花憔悴，沉溺了天边流泪的夕阳

渔歌子的唱晚

醉醺了落花的心语

我的心贴在了渡口

将寂寞的容颜改变

（原载于 1997 年 6 月 25 日第 138 期《挚友报》）

母 亲

星光　月光

照亮了故乡那座熟悉的磨坊

母亲用一双吮干了血与肉的手

推着沉重的磨盘

吱吱转动了千回

流出了白色的希望

那是您唯一的欣慰呵

舒展一下脸上多年的深壑

看到您的儿子走向辉煌

于是躺下来做了七天七夜的梦

梦里又有一个明媚的春天

星光　月光

照彻了故乡那条熟悉的小河

河滩上那串串残痕

是您走过的寂寞和辛酸呵

而今小河悠悠的流水

也将唱着您平生谱成的乐曲

而我是您流不尽的诗

流不尽的思念

又是那白色的希望呵

当我收割了一茬春风

母亲　在故乡悠悠的小河里

翻洗着深锁多年的梦

彻亮的是那岁月的沧桑

最后您的脸也已酡红

醉倒在青青的群山之中

（原载于1996年4月11日第126期《挚友报》）

我和上天对视了一眼

张伟标

夜空，黑得如此清澈
一轮月在游走，不紧不慢
摘下眼镜，我近视的目光迷蒙
神思却飞越了光年

我炽热的意识之网，在冷月边凝固
突然察觉，我还是那个我
只是世界似流水，无声地漂远

那轮皓洁的明月，如上天之眼
睁着一只，闭着一只
我试着和上天对视一眼
天在旋，地在转
人们在熟睡

2018 年 10 月 28 日

阳历五月（外一首）

陈卫国[*]

五月饱满如一只竹叶粽子
艾蒲和河水一起平长
三两声早起的龙舟鼓点
端午杏还青

五月就是梅子黄时的雨
一声鞭哨春天走得远了
泥脚背的汉子揹起犁具
气息是春天的温和夏天的热
野蒿的熟香味溢出来了

五月是连着端午的老杏、粽子以及龙舟
端午中秋重阳以及年底
在远离故乡的时候被突出来了
五月是一幅图画
远离城市的
又在远离乡村时被提及

（原载于1998年6月6日第147期《挚友报》）

---

[*] 陈卫国，食工95，北京大学文学硕士，供职于中国农业大学图书馆。

路 过

　　顺道经过某城市，让我想起一个住在这座城市里的朋友。这个城市在一转念间成为我心灵的一部分归宿。

　　　　车越过将陷入晚睡的城市的梦
　　　　这一次没有遭逢任何深化牵挂的面孔
　　　　一路我一直设计着
　　　　若干相逢倾诉以及作别的场合和方式
　　　　什么都没有了——现在

　　　　思念是缘于爱的一种表达和安慰
　　　　衍生了期盼。一个折儿翻成惆怅
　　　　我溯向面对秋天的情绪
　　　　在告别或者近似告别的前后

　　　　爱是坚强而脆弱的
　　　　不小心构成快乐或者痛苦
　　　　在岁月里留下它们潜在的行走
　　　　蛊惑我忘掉什么，并且更容易想起

　　　　我不为什么远行
　　　　城市远了　夜色远了
　　　　那一万家灯火点燃的惆怅远了
　　　　又是思念的样子
　　　　我不过是一棵树
　　　　车过夜城，有一片叶子又落了

　　　　　　　　（原载于 1998 年 6 月 6 日第 147 期《挚友报》）

九月之旅

张 亚

临近渤海
九月的爽风镀亮歌喉
在散点的透视中
那群一路向西的鸟
已失去盛大的庇佑

一场秋雨
远山像古代垂泪的宫娥
无边的翡翠在倾斜
向着燕山深处的秀色
柳编的篮子　扎花的秋子
何其相似的旅程
这其间隔了多久
在可以明显嗅到香味的缕缕熏风中
劳作的民谣令人消愁

其实，真正听到的
只是时光的沙子
投下阴影，簌簌有声
说这块发甜的家园

已摆脱了无谓的言辞

说着跋涉，说着跋涉

在你的注视之下

胀破的果汁哺育虚无

痛苦已被痛苦者收藏

酝酿是一生的事情

然后是成群结伴而行的蜜蜂

随风上下　浑然不觉

更高处有受难者的飞行

鹰被仰望的目光

钉在天幕上

有人奢望这个季节

灵魂变得轻盈

（原载于1998年9月1日第149期《挚友报》）

长途电话

陈毓春[*]

关怀与抽泣在感情的

电波中跳舞

矩形的客套

迅速被定格成的圆

是我说不出话的嘴巴

顷刻间从天堂掉进了天堂……

耳朵支解的碎片

在乡音的厚度中溶解

糖、盐和老干醋

紫红的辣椒和理性的泪水

虚脱的坚强和贫血的慰藉

搅成一堆胶状物

从这头流到那头

风干的形状

是我漂泊的鞋

脚底的乡井土早成了异乡的灰尘

鞋带却拴在老屋的门槛上

（原载于1999年1月1日第153期《挚友报》，作者原署名"蓝月"）

---

[*] 陈毓春，微机97，中国农业大学电气工程硕士，供职于国家电网公司直属单位南瑞集团，从事电力系统智能用电技术研究工作，高级工程师，经理。

九月风（外三首）

双道红（王路昊）*

我必须走的那天，太阳破云而出了。而天空凝望着大地，仿佛天神的惊讶。

——泰戈尔《渡》

九月的风
吹酥成都平原的骨头
青山在伸展腰肢
惊落浮在云层上的思念

我知道　站在台上的
每一个符号
都想要把我送走
风起了
有的故事一旦飘落
就再也不会被拾起

沿着冰凉的铁轨
记忆在穿越了秦岭后
在华北平原的笑容中

---

* 双道红（王路昊），法学 2004，清华大学哲学博士，西南交通大学副教授，入选四川省高层次人才。

回望不能收拾的行装

你也许不会知道
有些文字是我永远的痛
只因为它们
曾经脱下过我烦冗的肉体
让灵魂能够自由地呼吸

中秋的月
是乞丐的目光
伸向每一个浪者的心坎
九月的风
在摇晃的花影中
成全异乡人残缺的梦

晚宴已散
光影的舞蹈业已谢幕
只剩下谁还在旋转
拨弄时光最疼的那一根弦

京城的雨
掉下豆大的乡愁
你可会知道
有一颗是我
在九月低沉的风里
难以写完的诗歌

（原载于2009年9月2日第242期《挚友报》）

九 月

九月　你把秋天
扎成辫子
我用几个清癯的文字
摆放成你
微皱的眉

一个人赶上了一场雨
却错过了那个
一起打伞的人
水花溅成了几瓣
擦痛了多少个干燥的日子

深夜　所有的语言
都醒来了
在玻璃门上
排列着你的名字

你说这是六月
那是八月
你却忘了说你自己
忘了九月的鱼
和那些虚构的水

于是　我们又开始

不约而同地读一首诗
挖开泥土上的句子
去寻找
截然不同的两个九月

穆赫兰道

生活是这样的痛,我们泪流满面,紧紧相拥,是不是只能在梦中,才能有这样的相拥,是不是只能在梦中……

——题记

都有谁和我一起
醉了　不断去凿穿石头一样的梦
凿碎被仿同的名字
还有那些软弱的时钟

好多人都躲进了泡沫里
我也一样　想象一种生活
在一些人的话语里
露出鼻子和眼睛
然后　被另一些人合上
置之高阁

在下一个置换中
我要和你交换符号
把所有的痛收回
放进无辜者的眼中

然后开始歌唱
但也不是真的歌唱
只是在别人的音阶上
复苏流水和你要的村庄

这一晚　我已注定
端不起自己
并且荒唐至极
以为可以吐月光一地
而后长梦不起

注释：

穆赫兰道：系美国洛杉矶一条道路的名称，也是美国导演大卫·林奇的一部著名电影的名字。该电影借用梦境和现实来表达对美国梦的一种批判。

仿同、置换：弗洛伊德《梦的解析》中的概念。

太　阳

一、太阳就要沉下去了

太阳就要沉下去了
我却希望　他可以停在枝头上
像一只歌唱的鸟儿
有金黄色的声音
和金黄色的翅膀

虽然　这城市盲目地飞驰

人潮把所有安静的光线

统统　都冲进下水道里

至少还有人

能听到　我的渴望

落在年轻的夜里

像落在你　纯洁的羽毛上

二、正午的时候

这时候　风停止了她的歌唱

或者曾经在这时候　停止了她的歌唱

谁回忆起了你的名字

谁的风就要开始静止

像正午的太阳把他的足迹

静止在你响亮的树叶上

三、清晨的阳光

池塘的光线　新鲜而又饱满

像你一样　没有忧伤

而我一无所有　除了记忆

清晨的阳光　正穿过转动的车轮

你的叹息　悄然无声

却把我镜子中的那个太阳

反复地磨损

春　分

陶　醉*

如果春天和春天分开
晨昏线也分出等量的酒
备份的我成立之前
昼夜的长短全无意义

我们假装重复来抵达永远
蝶翅又长出庄子的逍遥
我的体重不曾增加
是轻盈的东西总在飞离

镜子碎片在互相反射
谁也拿不出可靠的容颜
而你有烟火的手指
代替我触及人间

鲜有人确知
哪里是从头再来的起点
正如每个春天的瑕疵
都似曾相识

2019 年 3 月

---

* 陶醉，机化 2008，供职于金华市政府办公室，创立小风诗铺，出版诗集《瘦风集》。

路

刘志斋[*]

1

行驶的汽车走到河边，垂柳
和琴声拂过车轮
向地下王国进发

2

狂风挣扎，抓紧我身旁的玻璃——
玻璃用郊狼般的牙齿
撕碎来往行人的车轮
马路的井盖封存思想
和一群地下管道的歌

3

猎人睁开
两圈眼睛，漆黑色的，像枷锁
穿梭于不同的符号——
绽放的猎枪是

---

[*] 刘志斋，设施2013，供职于济宁医学院。

文明的信号

4

游离的灯光,沉默
走向灯笼花的背囊
根须将这棵大树
拔起,露出夜晚埋下的
向日葵——星星在笑

5

上游充满了火把,隔着
薄雾。燃烧的红色窗花
将风车的叶子融化

6

清晨,我走下十级阶梯,听见
狰狞的笑声,盗墓者的
锄头。松果叩击
出现了黎明后的旋律
翻开几年前的旧挂历
铁器发出它的信

7

收到邮递信件,纸玫瑰
放在,桌上的城堡中——
跳动的文字
光束载着我,走到

城堡的后面，围栏还没有开放

8

我来到瞬间会开放的花蕾旁
看到了蚂蚁和窃窃私语的石头

（原载于 2014 年 3 月 14 日第 277 期《挚友报》）

等　待

肖　帆[*]

别让清晨的湿气
冻伤你那年轻的傲骨
青春岁月
欢畅或是孤独
每一颗都是宝珠

柔和的眼波
荡漾着惆怅
忧郁的时辰里
你为一朵凋零的花
　　　哀愁
　　　薄冰
阻隔你对灵魂的问候

正如年轻的地层
千沟万壑
苦痛是白鸥
衔来种子

---

[*] 肖帆，植物2015。

现实贫瘠

请将它们播撒在

田园

耐过寒冬

耐过黑夜

直到你的梦乡

花儿千万朵

(原载于 2015 年 11 月 25 日第 292 期《挚友报》)

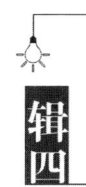

辑四

轻掩红尘

我们刚刚相识（节选）

王晓亭[*]

一池春水起波澜[**]

十月中旬的时候，大食堂前公告栏里的广告越来越多，那里天天是一片五颜六色的海洋。广告栏边的水泥地上，每天都铺着一摊过期的书籍杂志。在这地摊旁，是一个留着板寸头、穿着布鞋的小青年，他总是一手拿着一叠毛票，一边看着食堂前来来往往的学生，一边卖弄口才似的操着京腔吆喝着叫卖：瞧一瞧看一看哪，爆炸后的切尔诺贝利核电站啊。瞧一瞧看一看哪，中国女排获得五连冠啦！

有心的学生发现，大部分的广告都是各个社团招兵买马的，有《群言》报社的，有摄影社的，有文工团，有书画社，有广播站，有学生科协……扎堆赶集似的。围着广告栏的多数是大一的新生，他们在经历了严酷而单调的高中生活后，乍一看到这片五颜六色的、完全和数理化不

---

[*] 王晓亭，农建86，本名王纯筱，供职于威海广安城投置业有限公司，高级工程师，注册一级建造师，山东省作家协会会员。

[**] 本文节选自王晓亭纪实性长篇小说《我们刚刚相识》第四章，中国农业大学出版社2017年版，收入本书时有改动。

沾边儿的广告,那种新奇、激动而又无助的感觉,仿佛是刑期已满刚刚走出监狱大门的人乍一看到外面花花世界时完全找不到北的样儿。显然,这些广告就像一粒粒石子扔进新生们平静的心湖,让一池春水起了波澜。土木八六班221宿舍的李文革和刘洪涛,218宿舍的王哲、于文雍、张子轩等人,站在这些花花绿绿的广告面前,仔细地看着各社团的简介,有点刘姥姥进大观园似的目不暇接,似乎所有的社团他们都想进去试一试。

晚上,各社团大二大三的老社员们像商量好了的一样,纷纷主动找到宿舍,拉壮丁似的邀请大家加入自己的阵营。班长陈峻觉得有必要把全班召集到东二教室开班会,一是大体了解一下大家的特长,以便因地制宜、量身打造,二是统筹兼顾地商量一下加入社团的事儿,最好不要出现扎堆儿进一家的情况,以便于今后组织活动好找关系。真是不统计不知道,一统计吓一跳!全班30人中有七八个要加入《群言》报社,比如张子轩、刘洪涛、刘诗晴等。陈峻自己加入文工团,许如萱、王哲因为喜欢朗诵想加入广播站,徐航和李文革加入星星诗社,吴凯加入摄影社,有的还同时加入了好几个社团。没有找到合适社团的只有四五人,比如钱浩宇和潘皓等。

第二天,班长将名单分别报到各个社团后,基本都被相应的社团照单全收。一时间入了社团的同学个个像找到了组织似的激动不已,没入社的觉得自己仿佛是社会的弃儿,低人一等。

钱浩宇就觍着脸问班长:"还有别的什么可加入的吗?儿童团也成!"

"儿童团更不成!因为你明显过了年龄!"

"那你帮忙找一个吧?不加入一个,好像我思想很落后似的。"

陈峻替他分析了一下:"我看你啊挺能说,可我们文工团暂时还没有话剧班啊。唱歌吧,你那五音不全的嗓子唱出来的歌也没人能听懂。要不你先跟我来个简单的绕口令儿?"

"行啊,你说。"

"红凤凰、粉凤凰、红粉凤凰、花凤凰。"

"这难道还有什么难的？红讧皇，混讧皇，红混讧皇花讧皇。"

"得得，看来说话唱歌一类的活儿跟你不沾边儿！你先花一个学期把舌头捋直了再说。乐器呢？你会什么乐器吗？"

"会啊！"

"会什么啊？"

"吹口哨！"

"滚你大爷！甭跟我在这儿浪费时间。"

"你这人！怎么就不能在人家的热情上加把火，非得浇盆水呢？"

"我说哥们，真不是我泼冷水，你在班上搞搞后勤工作得了。既然有远大的理想和冲天的干劲，在哪儿不是干革命？嘿嘿。"

钱浩宇心里知道这小子没有存心帮他想办法，也懒得多说，转身去了221宿舍。推门一看，老徐又躺在床上看着琼瑶小说，心里不禁觉得老徐这人真是一个矛盾体，性格上点火就着，可这人却偏偏酷爱文学和诗歌。

钱浩宇揶揄道："呵呵，用功着呢？在研究怎么谈恋爱啊？"

老徐和钱浩宇打了个哈哈，就没太理会。钱浩宇走到窗旁，见潘皓也在为没有找到合适的社团而上火。两人在那儿眼瞅着别人业余生活轰轰烈烈的，哪能不找点事儿干？商量来商量去，最后决定报一个吉他班，学会了，也算是会一种乐器了。钱浩宇信心百倍地对潘皓说："哼，别看他们现在神气！等我们弹唱水平超过了 Jimi 和刘义君，不愁文工团不三顾茅庐请咱们。"

参加了社团的同学立马觉得课余活动多了起来，比如语文组和《群言》报要在周五晚上举行一次文学沙龙活动——琼瑶小说讨论会，而且参加讨论会的人员不限于《群言》报社员，有兴趣的同学都可以去。

王哲和张子轩叫刘洪涛同去，刘洪涛却一口拒绝了。

张子轩问："为啥啊，这是报社的第一次活动你都不参加？"

刘洪涛说："这叫啥报社啊？发的那个记者证不值一分钱。"

张子轩听他话里有话，便问："难道你试过了？"

"可不，丢脸丢大了。"刘洪涛不太乐意地说起前几天的一件事儿。

前些天，《群言》报给新加入的成员发了本烫金的《记者证》。刘洪涛满心欢喜，回宿舍把《记者证》在各位舍友间显摆了一番，神气得好像真的成了无冕之王。第三天就是周六，碰巧家里寄来了一张汇款单，刘洪涛于是兴冲冲骑车去成府路东口的邮局取钱。

营业员要他出示证件时，刘洪涛骄傲地把记者证递了过去！营业员翻来覆去地看了看，白了他一眼："这什么记者证啊？不是正规报社的不算数！拿学生证来吧。"

"不会吧！这可是堂堂一大学团委发的！"

"下面一位！"女营业员懒得和他啰唆。刘洪涛一看没辙，只好无精打采地回校取学生证去。

刘洪涛讲完，王哲笑着说："呵呵呵呵！你可真是拿着鸡毛当令箭啊。再说了，就这么点小事，弄得你老弟就想退团吗？要退，咱也要看看报社的日常业务都是什么，再退不迟啊。"

王哲和张子轩两人好说歹说，才拽着刘洪涛同去。等到了东二教室一看，发现已经坐满了人，粗略数数估计有四五十人，而且好多还是在一个大教室上合班课的八六级新生。等找个位置坐下后又满教室仔细地搜寻，发现同班女生许如萱、刘诗晴、沈丹枫和白晓曼也在。

讨论会开了不到半小时，发言的基本都是八五级学生，而且都是三言两语，文采平平，没有什么吸引人的地方。

正在大家觉得乏味的时候，八五级的才女陈岚接过话头，对小说进行了一大通的剖析：

"我呢，看了十几本琼瑶的小说，真的挺有感想的。首先，我觉得她的小说充满了古典诗意含蓄朦胧的意境美，在她的小说中总有夕阳寒烟彩云浪花。如果大家细心点，光从书名上看就充满了意境，大家听听：《寒烟翠》《碧云天》《彩云飞》《几度夕阳红》《月满西楼》《却上心头》……光看着书名，我就陶醉其间。再看看细节，那些柔情蜜意的甜美诗句俯拾即是，让人无法释怀。我给大家随便列举几首：

> 我有一帘幽梦，不知与谁能共？
> 多少秘密在其中，欲诉无人能懂！
> ……
> 谁能解我情衷？谁将柔情深种？
> 若能相知又相逢，共此一帘幽梦！

再比如那段让人心醉的《月朦胧》：

> 月朦胧，鸟朦胧，萤火照夜空。
> 山朦胧，树朦胧，秋虫正呢哝。
> 花朦胧，叶朦胧，晚风叩帘栊。
> 灯朦胧，人朦胧，但愿同入梦！

每次当我默默重复'灯朦胧，人朦胧，但愿同入梦！'的时候，总感觉愁肠百转，而不知身之所在。……"

才女的一番精彩剖析赢得了大家热烈的掌声，也让讨论会趋向热烈。许是气氛感染，情之所至，坐在陈岚身边的刘诗晴抢过话筒说："说得太对了！我真的有同感，就拿《雁儿在林梢》中的那首小诗来说，'我想用柔情万丈，为你筑爱的宫墙，却怕这小小窝巢，成不了你的天堂！……我愿守在你身旁，为你遮雨露风霜，又怕你飘然远去，让孤独笑我痴狂。'不怕大家笑话，我曾经不止一次独坐窗前，细细回味过这些柔情万丈的诗句，经常泪如雨下，试问，有那个女生不向往这样一个爱的窝巢？"

刘诗晴心声的大胆表白，又赢得了阵阵掌声。但没等掌声停下来，沈丹枫就接过话头说："我倒是有另外一个体会，觉得她的小说里连主人公的人名都是那么典雅优美。比如：《窗外》的江雁容、《星河》的萧雅棠、

《昨夜之灯》的裴雪珂、《聚散两依依》的钟可慧、《心有千千结》的江雨薇、《在水一方》的朱诗卉……大家如果仔细回味一下，听着名字就能猜着她们的娇柔美丽，就能给读者带来无限美好的遐想，所以我总觉得琼瑶是在用人名歌颂着人性中的美好。"

听了沈丹枫的一段话，子轩的确有点吃惊，因为上次的送信事件，让他觉得这个女生极其泼辣任性，甚至有些自私，对别人缺少体谅之心，简直是一个毫无柔情的男人婆！但她刚才的发言，却又让他觉得她是一个柔情万种而又崇尚美好的女生。他纠结着究竟哪一个她是真实的呢？

王哲也在那儿感叹："咱们宿舍好几个人也看了不下十部琼瑶的小说，虽然做了很多读书笔记，而且在宿舍也偶尔议论一番，却只是简单地聊聊故事情节和人物性格，远远没有她们如此系统的提炼。还是丫头片子们心细啊。"

会场上男生还是比女生理性，虽然有不少人同意女生们的观点，但男生们总觉得要是不拿出点深奥的理论，似乎就会让这些"半边天"占据研讨会的整片天。于是，讨论会渐渐变成男女辩论会，针锋相对、火药味奇浓。以校园诗人繁星为代表的男生给这些陶醉在琼瑶温柔乡的女生们劈头一盆冷水："我不否认，琼瑶以一支生花妙笔将一段段情感演绎得如此扑朔迷离、幽怨缠绵，她的很多小说在人物刻画、心理描写、意境想象上吸引了不少如你我般的少男少女，她梦幻般的爱情给了青年男女以精神寄托，但是，小说写得太幻想化了，脱离了现实，是一种不可实现的梦幻，现实生活中不存在这么美好的爱情。因此，看得多了，就觉得无聊甚至肉麻。"

会议开了两个多小时，对琼瑶小说提出来了很多感受和看法，但也没有谁能提出压倒性的结论。这时，《群言》报的文学指导老师田野掐灭了烟头，咳嗽了几声，清清嗓子说道："同学们，我也说几句啊。今天的讨论会没想到开得这么热烈，这么尖锐，谁说我们工科院校的文学素养不高？我看完全是屁话！"

"哄"的一声大笑，女生们一阵骚动。

"对不起，太激动了。我觉得我们有些同学的文学鉴赏水平不比中文系的低。"顿了顿，田老师又说道，"我基本同意大家伙的意见，我们分析讨论琼瑶的作品，一定要从历史和现实两方面来分析。不可否认，她并不单纯地为文造情，其小说中绵绵不绝的情感源于自身的丰富而痛苦的经历，源于她充沛洋溢的情感结构，正因为如此，她的小说迷惑了一些纯情的小女生，有的年轻人在她的小说里，似乎寻到了爱，寻到了情，一种滚滚红尘中早已消逝的挚情挚爱。但是，我们难道不觉得，她的反映面太狭窄了，有一定的模式吗？无非就是新时代的才子佳人嘛，起码在思维定式上没有太大发展；艺术构思虽然新颖，但有些情节显然是为故事的矛盾硬塞进去的嘛。因此，对于琼瑶的小说是否真如大家所评论的那么高，还要经过历史的检验啊！"

"田泰斗"定了调，直到结束也没有人再提反对意见。在回宿舍的小路上，大家仍然余兴未了地谈论着刚才的话题。一帮女生叽叽喳喳，反对田老师的言论明显占上风，有个女生甚至说："我们看小说看得天天洗手绢，现在竟然被田老师批得一钱不值，难道我们的眼泪白流了？"

张子轩听见后，和刘洪涛呵呵笑着，低声回应道："不会白流的，下次我去替你擦眼泪。"

父亲一生的六个别致场景（节选）

千岛（伊卫东）

2000年6月19日，六十岁。

蝉鸣聒聒，在首都北京还能像在老家一样，有着大自然的声响环绕耳边，这是他没想到的。出门见山，开门见水，他常戏言自己一辈子都没离开过山和水，等于一辈子都在游山玩水。上了年纪后，他更留恋故土了，对现在流行的退休后国内甚至国外到处走走看看，即所谓的旅游，他是十分排斥的。外面的世界再大，也不如生养自己的这块土地在他的心里有分量。要不是孙子出生，儿子媳妇急需帮忙，他也不会出这趟远门的，为此，他还提前几个月交接班办了退休手续。工作半生，为了孙子，他没站好最后一班岗，心虽有憾，想想也值得。

孙子正躺在一组黄色布艺沙发上睡午觉，这个来到这个世界才一礼拜的比小猫小狗大不了多少的小家伙，俨然成了全家的大人物，他的吃喝拉撒睡分分秒秒都被人关注。老伴和他只能做做后勤工作，喂养孙子的前沿阵地还是要靠媳妇和儿子，他们那个时代的粗放式带孩子的方法，现在的年轻父母是不能接受的。这不，孩子刚醒，媳妇又开始给他测体温了，还一笔一画极其认真地记录在一个本子上。

他小心翼翼地抱起孙子，左手心往上托着小家伙的脚丫，右手臂环绕在小家伙的身后，踱步到阳台的窗前。阳光透过玻璃直射在身上，在空调屋里感受不到炙热，是温暖舒爽的，这正映照了他此刻的心境。孙子一双乌黑晶亮的眼睛，紧紧盯着外面的景物，或是被摇曳着的树枝吸引，或是被走过的路人惊动。于小家伙来说，一切都是新鲜好奇的，于六十花甲的他，本来是万事万物已很难搅动的那颗一切皆释然的心，不由得在孙子纯净的童真中潮动起来。

他是个开明的父亲。当年儿子报考大学，地域和专业完全任由儿子自己做主，他没有一丁点儿的干涉。儿子毕业分配时，他和老伴当然是希望儿子能回到老家工作，离家近，隔三岔五的，想见就见了，但儿子选择留京，他们也就尊重儿子的想法，没加任何劝阻。恋爱，结婚，买房，所有这些人生大事，儿子都自己解决了，没让他们操一点心，到了生养孙子这一环节，再有天大的事，他也不能缺席了。突然，他感觉手心一热，嘀，好小子，放任自流了。

他喊来老伴给孙子换尿布。儿子和女儿都是老伴一手带大的，他在外忙着教书，很少有时间陪伴孩子，孩子成长的细节，他没什么太多印象，可以说是在他的少知少觉中，孩子就满山遍野奔跑开了。现在，一天二十四小时都和孙子在一起，他才切身感知养育孩子真不是一件容易的事。看老伴娴熟地擦洗着小家伙红润润的肌肤，想到自己笨手笨脚地连给孙子换个尿布都会满头大汗的窘样，他后悔自己年轻时没有抽出更多的时间陪伴老伴和孩子，人活一生世，归宿总是家啊。

他环顾房子四周，细细打量这个真正属于儿子的家。去年十月，开发商交的钥匙，过年前就装修好了，一直没入住，儿子媳妇早就商定，等孩子出生后，要和孩子一起住进新家，这样更有意义。年纪大了，他开始信命了，他注意到这房子所在地的地名有个"龙"字，小区名也有个"龙"字，他还注意到卖房的销售员和装修的设计师都姓"龙"，孙子又出生在"龙"年，自然是个"龙"子，六"龙"相合，吉祥之兆啊！十二年一个轮回，儿子客居异乡正好第十二个年头上有了自己的房子，在他和老伴的心里，儿子这才算是安居乐业了，住进自己房子的孙子则不算移民，是生于斯也将长于斯的北京人了。

对北京，他这一代人还是有着特别的感情的，"北京的金山上光芒照四方，毛主席就是那金色的太阳"，只要一提到北京，他脑海里就会响起这首歌的旋律。开国四大领袖毛周朱刘那张在飞机前的合影照片印在年历上，挂在家里墙上很多年，泛黄了，他也不允许老伴摘下来。照片中每个人的神态，他始终清晰地记得：他们两两相对而立，都充满灿烂的笑容。这是他第一次来北京，到京的第二天，他就去毛主席纪念堂瞻仰老人家了。他戏言自己进京一是抱孙子，二是朝圣。

朝圣，可不是嘛，中国的计划生育政策实行了近三十年，诞生了多少个"小皇帝"啊。孙子出生前，全家是盼星星盼月亮地盼着，孙子出生后，全家是众星捧月般围着小家伙滴溜溜地转。此刻，小家伙浑身上下被老伴打理清爽了，媳妇也喂完小家伙奶了，就又回到了他手上，只要孙子醒着，他就抢着抱。自己就一个儿子一个女儿，外孙出生时，他有心想多抱抱，可工作忙难得顾上，现在再不好好抱抱孙子，他觉得当年当爹有亏欠，当年当外公有亏欠，如今当爷爷如再亏欠，就不可能有弥补的机会了。他逗趣孙子道："越活越明白，才能活出个人样，越活越糊涂，那就枉来这世上走一遭了，你啊，能听懂爷爷的话吗？"小家伙若有所悟地盯着他，他不禁乐了。

一瞬间，他也盯着孙子出神了："我怎么就长着长着，长到爷爷辈了呢？"恍惚中，他回到了自己的童年，瘦瘦小小的他擅长爬树，刺溜刺溜，轻而易举就能上到树顶，伙伴们给他起了个绰号"麻雀"。他从未想到过，当他成了"老麻雀"，繁衍生息着的下一代有朝一日会栖枝三千里外的北京城，而且他还能亲见。想到这里，孙子出生当夜的情景又闪回他眼前。凌晨两点，他在睡梦中被老伴叫醒，媳妇肚子疼得厉害，凭老伴的经验，她判断该是孩子要出生了。两点四十五分到医院，三点二十五分就生下来了。护士通报"顺产、男孩"的那一刻，没人注意到他转身，双手拱拳，朝故土所在的东南方向行了个礼，他在告慰先人的同时，心里默念了一句："孙子，等你长大，爷爷要告诉你老家在哪儿。"

2015年6月21日，七十五岁。

早睡早起，是他退休后这十多年来养成的习惯。一般晚饭后他都会和老伴一起去江边走走，人老了经受不了大的运动量，散步就是不能缺少的健身环节了。俗话说"饭后百步走，活到九十九"，他希望健健康康地活着，一是自己身体能少遭罪，二是不给儿女们添麻烦。沿江一圈下来两个小时左右，八点前回到家，老伴雷打不动地坐在电视机前等着连续剧开播，自听说老年人追剧能活跃思维，不容易得那个阿尔茨海默病后，老伴就像领了圣旨一样遵照执行了。他通常会陪老伴一起看会儿，可不消几分钟就会靠在椅子上鼾声如雷，老伴可不愿听他这伴奏，轰他赶紧睡觉去，所以他都会在九点前睡下了。

老伴比他睡得晚也起得晚。他一早六点左右起床，去街边小吃店把早餐解决了，再到早市买点时令蔬果，上午一般在家做做家务看看报纸，今天也没例外。吃完午饭，他瞄了一眼客厅东墙上的挂钟，快十一点半了，该出门了，他和老伴打了个招呼，拿起雨伞下楼。每天到社区老年活动中心打一场麻将，是他近年来最热衷并坚持不懈的一项娱乐活动。起初老伴非常反对，因为棋牌室不禁烟，总是烟雾缭绕的，而他不吸烟（二手烟对身体的危害很大，这个道理他懂）。有段时间他也曾听从了老伴的劝阻，专门去无烟的地方打，但不是臭味相投的老哥几个一块儿耍，乐趣大减。他跟老伴说，不是百分百的玩儿开心不亚于二手烟伤肺啊。老伴默认了他的高论，之后就不再管他在哪"砌长城"了。

雨还真不小，他把双臂夹紧身体，免得雨水打湿了衣服。路过市教育局招待所，他不由得放慢了脚步，注目大门口的两棵梧桐，当年的小树如今已经参天。这是他退休前到市里出差常住的地方。过去从来没想过有朝一日会把家安在市府所在地、有17度城之美誉的新安江——1957年毛主席密访新安江水电站建设工地时，曾感慨过"庐山太高，北戴河太潮，此地正好"，省政府因此动议在这儿建中央疗养院，只因当时国家财政困难，最终也没付诸实现。——他是一个随遇而安的人，原本想着退休后就在工作单位所属小镇安度晚年了，但老伴不像他那么想，她说大地方总比小地方的条件要好些，不说别的，人老了病就多，小镇没有大医院，真要有个急诊啥的，还不火急火燎的。老伴的确有远见，他现在血压血糖都高，查体配药成了日常事务，这一搬家还真省了不少舟车劳顿之累。

他加快了步伐，他怕晚到就没空位了。昨天是端午节，儿子一家定居在京城，外孙去年大学毕业也留在了北京工作，除了过年，平常的节假日也就同城居住着的女儿女婿能来和他们老两口一聚了。女儿女婿来了就得做几个好菜，为了准备昨天的晚餐，他没得空去打麻将，一天没打，手痒心也痒啊。今天是他七十五岁的生日，正巧还是父亲节，本来对洋节日十分不屑的他，近几年独独对父亲节有了概念，每年的这一天，儿女的一声问候让他顿生一个为父者才能感受到的荣耀。奔忙一生，到老谁能承欢绕膝身边？不就是儿女嘛！如果能修正自己的人生路，他最大的心愿就是把消耗在工作上的时间，分一些来陪伴家人。

他不由得陷入对往事的回忆中。他想起两岁时问母亲要烧酒喝的那个盛夏的下午，他想起十八岁时弃学从军、师生家人欢送的那个初冬的早上，他想起三十一岁时转为公办教师、急赶山路回家见妻子儿女的那个深冬的上午，他想起四十七岁时陪老父亲喝完酒散步小河边的那个秋日的夜晚，他想起六十岁时被刚出生的孙子尿湿一身的那个北京的夏天，岁月真是一把无情的刀，几十年的时光，就把他从一个孙子辈打磨成了爷爷辈。人生苦短，白天不知夜的黑，年轻时为之奋力搏击的许多大大小小的事，转眼间都化成烟云，曾经的人与人之间的较真和较劲，现在看来"然并卵"。——突然想到孙子前不久在电话里教他的这个网络新词，他笑了。

"老伙计，想到什么开心的事了？"迎面撞上了老胡，他当乡村教师时的同事。老胡的大儿子是他儿子的小学同学，现在邻近的一个县当县长，小儿子在北京一所大学做教授，长年累月的，家里也就老两口过日子。孩子长大成人了，不知不觉中他们都成了"空巢"老人，除了参加各自喜好的棋牌歌舞等活动，他们最喜欢去市中心广场遛弯闲聊，老胡拉得一手好胡琴，随身带着家伙什儿，他知道老胡肯定是奔广场去的。他常跟这些老哥们戏言，他们是一群行将就木的老鸟，飞栖广场的绿荫下，三五成群，无力再飞天，正在时光慢悠悠的流逝中，一步步走向黄昏，走进人生最后的归巢。

他和老胡互相打听起老同事们的近况。前不久老蒋患肺癌走了。老蒋退休后跟着儿子生活在古镇梅城，今年春节他们还在街上碰见过，老蒋比他小六岁，当时看上去脸色红润，也没听他说起自己有什么毛病，老蒋还说他坚持天天打年轻时就酷爱的乒乓球，没想到说走就走了。哀叹完老蒋，他们又唏嘘起老万，过年前老万去老同学家做客，酒足饭饱，回家的路上他嫌走天桥麻烦，结果横穿马路时被一辆急速行驶的快递公司的面包车撞上，当场身亡。半年间，原来朝夕相处多年的同事就走了俩，他和老胡分手时，相互叮嘱着彼此一定要多保重身体。

触碰老蒋和老万离世的事，他没了打麻将的心情，掉头回家。到了家门口听到屋里有谈天声，他耳朵听力近几年是越来越差，他听不清是谁在跟老伴说话。他解下用细铁链拴在皮带上的钥匙开门："啊，大姐，你不是说下午三点到吗，怎么提前了？""老头子，你又忘拿手机就出门，我正准备去社区找你呢！"他们兄弟姐妹六人走了仨了，现在能相互走动见面的只有比他大整整一轮的大姐和小他四岁的弟弟了。大姐夫前年也走了，大姐的孙辈们都离开大山外面闯荡世界去了，还好她儿子媳妇还坚守着故土，陪伴着她在山里生活。近九十高龄，出门一趟太不容易了。她这次到孙子和孙女家各住了半个月，享受四世同堂的欢乐，今天到弟弟家来给弟弟过生日，是她几个月前就计划好的一个大心愿。

看到大姐身子骨还挺硬朗，他打心眼里高兴。老伴收拾好床铺，让大姐躺下小睡会，年纪大了，经不起一路颠簸，需要好好休息还还元气。他走进厨房，系上围裙，打开冰箱，从冷冻室拿出春笋，大姐喜欢吃油焖春笋这道菜，他要提前解冻备料，好做得软和可口些。这春笋是他上山拔来的，每年开春，很多个夜雨后的早晨，他都会骑上陪伴了他三十年的海狮牌 28 型自行车，去江对岸的一座山里拔春笋。不像小时候，日子穷酸，大凡野生能吃的东西，家家户户都会抢着去找寻，现在吃穿不愁，很少有人去山里觅食了，他是童心未泯图个乐，也当活动活动锻炼筋骨。他还会给儿子寄一些去，让儿子睹物思乡，对故土多一点念想。

　　大姐醒了，他给大姐倒了一盆热水洗脸，他先用手试了试水温再端到她面前。小时候大姐照顾他的时间最多，过去家里不富裕孩子又多，都是大带小互相拉扯着长大。看她比他更苍老的脸，他想让她多住些日子，该他多陪陪大姐让她享享清福了。他也想好了，只要大姐在，他就不去打麻将。一年见面的次数本来就不多，也就清明、冬至和七月半，这三个日子他必定要去老家的山里给父母亲扫墓，在大姐家逗留也只是吃顿饭的工夫，他就往回赶了。他正沉浸在自己的思绪中，忽然听到大姐问他："刚才我睡觉时有说梦话吗？""哦，有啊，但我听着好像是在唱歌。"

　　大姐眉头一松，她告诉他刚梦见父亲了。父亲坐在老屋的天井里看书，见她走过拉住了她，父亲说离开他们二十年了，天堂没家好啊，很想听听她小时候最爱唱的山歌，她就唱了；父亲还说，听说政府动员要拆这老屋，用农村的宅基地置换城郊的耕地，搞房地产发展经济，那可不能拆啊，老屋要毁在你们手里，你们以后怎么见祖宗啊；父亲还提起看到你续修的家谱了，他很欣慰你做了一件延续家风的好事；他让我转告你，打小贪杯的你，想喝就喝点，他不会再拿巴掌扇你了，只是岁月不饶人，伤不起身了，不要喝醉，解馋就好。他的眼眶湿润了，他仿佛回到了 1942 年夏天的那个中午，父亲担着木柴下山回家，他在站桶里向母亲讨烧酒喝。

错 位

陈月棋[*]

列车冲出了草原,前面是连绵不断的山脉,古老的长城逶迤伸展在褚褐色的山脊上,在远方与天穹汇聚于一点而消失了。

他坐在列车靠窗的位子上,眼睛始终无神地望着窗外。"她现在正在干什么呢?"每当想起她的时候,他的心不禁微微一颤,一股难言的隐痛又涌上心头……

一个星期前,他告别了父母,告别了美丽、富饶的家乡,怀揣着刚刚拿到的大学毕业证书,满怀信心地踏上了北上的列车。虽然与父母握别时的心情是很沉重的,但那时只要一想起她,一想起今后美好的生活,他又充满了兴奋和喜悦。然而,一纸"呼市概不接收外省应届大学生"的通知,把他和她那美好的梦想打得支离破碎,他木了,她哭了,今后该怎么办?一个在苏州,一个在呼市,坐飞机也得花两个多小时哪!还有一条路,就是彼此忘了。忘了?三年多的情情爱爱,能忘得了吗?泪水虽能洗去一些人的痛苦,但此时泪水也只能化作痛苦的催化剂了……

列车停靠在一个小站上,对面不知什么时候坐上一位学生模样的青年人,他的母亲正在窗外絮絮叨叨地叮嘱

---

[*] 陈月棋,食工89,供职于北京中伦(杭州)律师事务所。

着:"别着凉了","到校后立即来信"……这位母亲多像妈妈!他心中又猛地一颤:母亲,妈妈!你现在还在哭吗?儿子对不起你啊!他作为父母唯一的孩子,从小就受一家人的宠爱。四年前,母亲千里迢迢送他到北京上大学。虽然这是她生平第一次来北京,却没有好好逛一下北京城,就连天安门广场也没顾得上去看一看。在京待了三天,就陪了他三天,买东西,整床铺,洗衣服,访老师,然后又匆匆地赶回去。每次返校,母亲也总是送他到火车站,重复着那早已听腻了的叮嘱……然而,等儿子毕业了,却准备要离开她到三千里外的内蒙古去工作。母亲没说什么,只是默默地流泪。在他即将登上列车的瞬间,母亲只说了一句话:"别老惦记着我们,我和你爸会互相照顾好的!"他虽然尽力装着微笑,但说了一半就哽咽了。

北京站人声鼎沸,他和她曾多次在这里迎送,每次总有说不完的珍重或享受不尽的短别后重逢的喜悦。然而,往昔来迎送他的人呢?此时,她也许还在找他呢!昨天晚上他是"逃"出来的,没有跟她说一声再见,他不想再看到她那痛苦的泪水,也不想给她留下自己哭泣的形象。现在,不知她有没有看到那张留在旅馆的留言条,这张无情的便条,他是多么希望她能把它扯得粉碎,让她恨他,忘了他,但又那么希望她能理解他此时的心情,把那张沾满他的泪水的纸条珍藏起来,他是不能失去她的爱的!

站在车站广场上,往哪儿走呢?买张回苏州的车票,就这么简单地走吗?不,我要再到学校去看看。

学校里,一切都像他走之前一样,只是在暑假里刚刚经过装修的教学主楼显得更加雄伟、壮观了。主楼顶上,移动着几个观看校园暮景的"小喇叭",小喇叭,是他和她的一个"暗语"。有一次路过主楼,她突然问他:"主楼顶上为什么要安那么多小喇叭?"当他抬起头时,不免一阵大笑:眼睛近视的她居然把那些站在主楼顶上的同学称作小喇叭。不过远远看去,那一个个探出的小脑袋,还真有点像小喇叭。后来,他和她经常被"安装"在主楼顶上,观看脚下的灯光。他爱往东南看,她爱往西北看,然后又默默地注视着对方。那时,他知道她正在想什么,她也知道他想说什么……然而，今天，最怕发生的事终于发生了……

图书馆，依然是那么美丽、恬静。他最喜欢图书馆，在那里能经常看到她。他和她是同班同学，由于他爱学，她好问，于是接触就多了。一切都那么自然，没有一点浪漫情调，也没有经历什么风风雨雨，他爱她，她也爱他，于是就在图书馆前的那块草坪上，他第一次吻了她……如今草还那么绿，人却……他不想在图书馆前待下去了。一刻也不，马上离开这个学校，也许到学校来寻找安慰是个极大的错误。

与学校相连的是个邮局，现在，附近的商店都关门了，只有邮局还透射着温柔的灯光。"给她打个电话吧！"他快步走向长话台。当从服务员手中接过长话登记单的时候，他又迟疑了，该和她说什么呢？我不能再打扰她了，让她静下来去面对现实吧！给妈妈打个电话吧，对，马上就打。电话拨通了，熟悉的声音："请问你是谁？"

……

"喂，你是谁？"对方显然有些着急了。

"妈，是我……"

"喂，喂，你在哪儿？"

"我，我在北京……妈，我不去内蒙古了！"

"为什么？孩子，妈错了，我应该支持你和她生活在一起。孩子，只要你们幸福，妈就会高兴的。"说完不禁抽泣起来，但又立刻止住了。

"妈……"他一下子扑在电话机上，把电话给切断了。

走，赶快走，赶快回到妈妈的身边去，现在，只有妈妈才能安慰他了。

火车站依然那么多人，售票处的队伍很长，他静静地站在一号窗口前的长龙里等待着回家。

外面小贩正用特有的京腔招揽着顾客。若在平时，他是不会注意到这些熟悉的吆喝声的，如今，即将离开这生活了四年多的地方，不免有一种依恋之情。

"我想回到内蒙古去",这一念头突然跃到他的脑海中,"只要和她生活在一起,其他什么都可以抛弃,我可以去当临时工,去做小贩!"这个想法越来越坚定了。于是,他站到了去呼市大军的队尾。

　　前面的人一个个地走了,快轮到他买票了。他下意识地看了看一号窗口。一个熟悉的身影,他睁大了眼睛,屏住呼吸,难道是她?对!是她,没错。他冲了过去,一把抓住她的手,两人默默地注视着对方,谁也没说什么。也许谁也不知道该说什么……

　　他拥着她,离开了车站。

　　"你怎么在这儿?"他首先打破了沉默。

　　"找你。"

　　"找我?"

　　"嗯!"她使劲点了点头,"跟你说声再见!"

　　他惊愕地注视着对方。此时只要她能说出一句挽留他的话,他一定会毫不犹豫地跟她回到内蒙古去。

　　"为什么?为什么?"他显得愈发激动,然后又显得出奇冷静。

　　"也许,也许我们相爱本身就是错误的!"她抽泣着说。

　　沉默,又是一阵沉默。

　　"你刚才打算到苏州去找我?"

　　"是的,我们应该有个圆满的结尾!"她擦了擦眼睛,对着他苦笑着,"我会永远爱你的!永远永远!"

　　"我也会的。"他喃喃地说。刚才的激情已一扫而光,也许她做的是对的。

　　他们又回到了售票处,她站在他刚才站的地方,而他也站到她站过的地方。两人不时地转过头来看看对方,眼泪在两个年轻人的眼眶中打着旋……

（原载于1991年11月25日第90期《挚友》）

情节非常简单（小说接龙）

纪军池 等

之一

落日的余晖渐渐暗淡下去，白色的高楼只留下浅灰的剪影。远树模糊得像朦胧的粗线条的超现代派绘画。近处枝叶寥落的白杨肃穆着，渗出一丝秋的清冷，而事实上秋的寒意已汇入了这氛围中。虽然没有风的渲染，但季节的寒意直侵入肌骨，证明着四季在不知觉中悄悄转换。师大校园有些寂寞地肃立着。

我骑着咔嚓乱响的"永久"，穿过东楼前的林荫，学四食堂那又甜又香的糖醋排骨诱惑着我，就像阿拉伯驴子眼里的红萝卜。我仿佛看到另一个我从人头攒动的包围圈中挤出来，志得意满地看着身后的空隙被那些迟到者塞满，极优美地打个响指，开始慰劳我的五脏庙。

"嗨，纪编！"冷不丁侧面传来清脆而耳熟的招呼惊破了我的梦想，我不得不采取紧急制动措施。我这辆车是从上届毕业生那儿优惠过来的，价格挺便宜，是属于一分钱一分货那种。车座简易可卸，并且360度任意旋转；除了铃铛不响，哪儿都可以发出声音，百米之外清晰可闻；而且因为模样儿贼大，无论行在哪儿、放在哪儿都是一副大哥大的模样，很是鹤立鸡群。自从它经历 N 次交易而归于我的麾下时，刹车、轮盖之类的附件都已无处可寻，已算是永久了吧。不知是我的第多少位前任将铃铛盖焊接了，于是这带音响的"永久"上还孤零零地多了一样："聋子的耳朵"。因为没有刹车，遇到特殊情况，单腿制动，效果颇佳。只不过若骑得太快，还得像滑翔机一样惯性一下子。

话说回来，我正行间，有人招呼，其实不用回头，我也知道这是谁：除了那热心过头的肖晓燕还能有谁？肖晓燕，班宣委，兼负责本班信件收发。因为她耽搁了我的糖醋排骨，又因为这么个称呼——尽管我的确已是校文学社《晓钟报》的总编——我有点反感，可我还是不得不停下来，人家毕竟是好心。

"喏，你的信，《大学生》杂志社。"她语气里带着一种说不清爽的味道。——又是退稿。我接过她手里挺沉的牛皮纸信封，不冷不热地道了声谢，转身要走。

"哎"，她言犹未尽，"听说咱班当代文学史成绩出来了，六个不及格"，她又停顿了一下，"去查一下吧，要是考得很糟……现在找老师还来得及。"

我不得不再次道谢，看看表，又过了两分钟，大约铜盆里还有我的一份。六个不幸之中，我大约也是之一。考试那一阵儿赶上编辑报纸，忙得我直跳；那前后又正是我情感的荒季，很不合时宜地邂逅了美术系的那位叫沈蕾的挺优秀的女孩。报纸和沈蕾交替出现在我的脑海里，搅得我心神不宁。原计划两星期Pass当代史，结果只在图书馆坚持了两天就崩溃了。在考场上突然记起中文九二的知己杨子曾说过"考场上最不安的是什么都会和什么都不会的"，那天我就充当了一次第二者，那一场考试要是考得好，才是真正的活见鬼。不过不管考得怎样，我是不会去请那一位一生不见笑容的古板陈老夫子高抬贵手。这样想着，车轮滚过五百米，到了学四食堂前。

学四食堂就餐对象主要是中文系、美术系和音乐系的男生——食堂东二百米便是我们三系合用的北舍楼。食堂前除了两日一换的海报外，最吸引人的是兜售茶叶蛋和咸鸡蛋的食摊，其生意也因此倍儿红火。我径直走向食堂，一只挺亲热的手掌穿过人缝拍了拍我的肩膀，是很熟识的人才会使出的那种放肆的手法。

我稍一回头，就看到那张熟得不能再熟的脸和新秃的光头。在师大，每年夏季前后总有一些被暑热和躁动烧得不安分的小子将头发理得不留茬子，露出青光油亮的头皮，教室、食堂贼亮贼亮直晃眼。可眼下已是秋季了，能够坚持的人便如孔乙己碟中的茴香豆，"多乎哉，不多也"了。杨子就是一颗。

——纪军池

之二

"嘿！老弟，从背后我就看出你又憔悴了，是为了那个她？"知己就是知己，随便一句玩笑都可直贯心底。

我出其不意摸一下杨子的光头，涩涩一笑："别瞎扯。'当代文学'恐怕难逃厄运了。""不至于吧，老夫子不是挺欣赏你的吗？赶快活动活动……咳，骨头干吗那么硬！"说话间已拐进了人声嘈杂的食堂。

踮起脚尖望了望铜盆里正被快速瓜分着的糖醋排骨，再看看铜盆外两溜长长的队伍，我暗暗恨了一通那个尽带来坏消息的肖晓燕。算了，继续吃面条吧，不过，又得艰难地直面那位又白又胖的多面售饭员一次。这位售饭员，杨子送他绰号"赛貂蝉"，倒不因为他长得比貂蝉更漂亮，而是刚才还冷若冰霜地对待男同学，见女同学他能立刻冰消霜融春风满面，就像舞台上董卓与吕布中间的貂蝉之本事。杨子传授秘诀说："打面条时，眼睛只管瞅着餐卡机，千万别瞅'赛貂蝉'，否则食欲必会大跌至零下。"前边一位老兄回头看了我俩一眼，然后"吃吃"地笑。林语堂老先生说过，吃面条的能做皇帝，吃米饭的做不了皇帝，依我的理解，"吃面条的"

实指性情豪放、气魄宏大的中原人。虽然跟刘邦、朱洪武之类一样也吃面条，我却没有他们那种纵横驰骋的胆魄。写给沈蕾的厚厚一叠信，在枕头下已压了两个星期了，就是不敢投出去。我发现自己就像头一次吃面条的孙悟空，在难以捉摸的沈蕾面前，变得笨手笨脚。

走出食堂时，路灯已经亮起来了，报栏前围了一大群尚不识愁滋味的新生。中国足球队刚输了一场球，不知球迷们在报上又宣泄了些什么，引起了他们爱国之心的共鸣。广播台还在播音，主持人甜润的声音在校园里飘荡："……你的朋友为你点播歌曲《风雨无阻》，祝你生日快乐、天天快乐！"又一个把友情浓缩为两块钱点歌费的"朋友"——听到这千篇一律的脱离现实的祝词，我的胃里就像吃多了肥肉一样犯腻。

在歌声中，我跨上"永久"，直奔西学楼。那个叫萧翔的选修课老师是毕业不久的北大硕士生，言行之间毫无顾忌地流露着北大人特有的傲。他来去两手空空，好像从来不备课，只凭当堂发挥。他一站到讲台上便口若悬河，纵论今古，横谈内外，言辞铿锵有力，论点精辟新异。听他的课，犹如沉闷的夏日午后阵雨初歇，给人以淋漓酣畅之感。

带些"老大哥"建筑风格的西学楼，像饱经沧桑的老者慈爱地看着步履匆匆的学子们走进走出。每次面对它朴素、凝重的红砖外墙时，我就会不由得想象"全国山河一片红"那个时代的轰轰烈烈。生长在和平盛世的我们这一代人，没有经历那样的大风大浪的磨击，所以，思想中就多了些许虚浮。

有点儿昏暗的教室里，已零星地坐了几个人，有一对儿坐在角落上，头亲密地凑在一起窃窃地笑谈着。我赶紧移开视线，在前排坐了下来。桌子上触目地划着一些乱七八糟的所谓"文学"，我铺一张报纸盖了，眼不见为净。我常常惊讶于师大学友们的这些特殊的创造力，我也常常疑惑拥有如此"创造力"的学友们在文学社的各种征文中为何又显得底气超常贫乏。我拆开《大学生》杂志社的退稿信，再次体味古巴老海夫桑提亚哥接连八十四天捞上来的都是空网的那种悲凉。"你好！这么早啊？"又是肖晓燕，怎么没记得她选了这门课？没办法，我只得赶紧赔笑还一声"你好"。她浅浅一笑，随即在离我不远处坐了下来。我心有余恨，未加理会，继续埋头于我的退稿……

教室里静下来的时候，我才发现讲台上已站了一位陌生的女老师，着一套很合体的米黄色套裙，全身上下透着一股江浙山水般的灵秀。她耐心地把讲桌擦了又擦，才放下手中的讲义，目光含笑在教室里巡回了一圈："先向同学们做一下解释——萧翔老师已经取得了去美国留学的签证，所以，今后由我接替他来给大家上课……"

——辛　执

之三

也许是情有独钟的原因，萧翔的离去也带走了我对这门课的兴趣。更加上《大学生》杂志社的退稿、当代文学史的考试，还有那位在水一方的伊人——沈蕾，整整一节课，我没听进一句话，满脑子翻来倒去就这几件事。

下课后，肖晓燕向我走了过来："你怎么啦，整节课都心不在焉的，多亏这是选修课，要是考试课，还不又得不及格！"我抬头看了看她，赶紧说道："没事，没留神打了几个盹。"心想：我要是能在课上打盹，那这几块石头也就落地了。这个肖晓燕是怎么啦，怎么对我关怀倍加？哎呀！不好，她刚才好像说了句"又得不及格"，怎么是"又"呢？准是说我的当代文学史……我的心顿时提了起来，毕竟也是校文学社的总编，倘若文学史被抓，那也太那个了。有心想问一问，肖晓燕已回到了座位上，不好意思再凑过去。鲁迅先生曾说："我因常见些但愿不如所料，以为未必竟如所料，却每每恰如所料的起来……"这句话用来形容我现在的心情真是再恰当不过，我现在所做的只能是在心底祈求不是"恰如所料"。

接替萧翔上课的那位江浙味很浓的女老师叫李亚琼——这是我后来知道的。据肖晓燕介绍，她和萧翔是北大同学，毕业后一起分到师大。萧翔一毕业就准备去美国了，但由于女友——李亚琼的关系，才当了几天老师，不过最终还是留学去了。据说萧留学的钱还是女友资助的。萧翔老家是四川的，李亚琼的家在北京，父母很有钱——也不知她哪儿听来的这些乱七八糟的东西。

如果说师大有什么特点的话，我想，女生多恐怕是第一大特点。的确，就拿我们条件算好的中文系来说，才达到一比二个半。别的院校学生会都设个"女生部"，到这儿该改设"男生部"了。也许是在数量上占优势的原因，女生们的心理优势也很明显，表现为往往觉得自己就是能补天的女娲、能奔月的嫦娥、能填海的精卫……肖晓燕就是其中一位典型代表。本来，她只负责信件收发，但她觉得还不够，又主动请缨担当了生活委员。据她说，要以信件为线索来了解同学。这不，周六下午刚下课，就又"了解"我来了。

"总编，我要告诉你一个好消息。"她兴高采烈地说着，坐在了我的旁边。

"有我的信？"我知道不会是退稿，该退的都退回来了。

"你的文学史过了，我上午去系办看的。六十二分，好悬呀！"六十二分，对我来说，可以说是创纪录了，也不知她是真替我高兴还是嘲讽，从她口气里我可以确定：她也过了，而且绝对比我的分高。但男子汉的那份虚荣心使我没开口问她的分数。

"拜托，以后别'总编''总编'地喊了。文学史六十二分，还'总编'呢，拿我开心是不是？"我心里毕竟放下了一块石头，松了口气，同她开一玩笑。

"对不起，我——我喊惯了，真没那个意思，你别误会！"她竟然紧张得脸都红了。这倒是我没想到的。同学们都说肖晓燕的微笑很好看，我倒忽然觉得这时"欲说还休"的她很是美丽。六十二分的当代文学史虽然很糟，但毕竟过了，而且也带走了一些我对这位"信使"的反感。

眼下我正忙着文学社"秋韵"征文的事，所以，课余时间全在社里，除了睡觉，连宿舍也顾不上回去。怪不得以前的文学社社员曾说，要当文学社总编，首先得身体棒，其次才是笔杆子棒。刚进宿舍门，舍友就告诉我："嘿，总编，刚才有人来找你。"我正疑惑这么晚了谁还找我，他又故意说："是位女孩！"我一听，已猜到八九不离十了。

奔下楼去，我还在想：会不会是退稿？不会这么快，我上礼拜才寄出的。难道是——？我不由紧张起来。昨天我鼓足十二分勇气，终于将写给沈蕾——已放了好几个星期的信投进了她们系的信箱。难道是她的"判决"到了？我思忖着走出楼门，往传达室一看："啊？怎么是她！"

——小桂子

之四

即使让我猜上三天，我也绝不会想到眼前的女孩竟是英子！

英子是我高中时的同学，那时因为共同的文学梦而相识于小荷文学社。她长得颇像电视剧《红楼梦》中的黛玉，说话也总是轻柔柔的。我们的关系一直很好，以至于后来有人暗地里称我"宝玉"，甚至一舍友直截了当地问我："你是不是和英子好上了？"我一惊，随即有种做贼的感觉。那阵子的情感世界就像南国的春雨般烟雨朦胧。英子似乎也听到了些什么，以致后来我们的交往便带有了某种异样的成分。

高考后，大伙儿作鸟兽散了，我和英子很有缘地相聚在皇城根下。只不过我在城北，她在城西。于是很自然地因为老乡的借口相互见过多次，那份朦胧也一直由甚密的飞鸿延续。然而，冬雨来临的时候，她和另一个他牵了手。我孤寂了一春。

一年多没有联系了，我诧异于她的到来。

"你……"肩头忽然被重重拍了一下。回过头，灯下泛着青光的秃头，晃动一张熟悉的脸——杨子。他刚要说话，瞅见面前的英子，诡秘地一笑，然后跑他的步去了。大一那阵，我和英子的事，杨子知道得一清二楚。

"到外面去吧。"为了避免再遇到熟人时的尴尬，我提议。

是夜，有风，有月，星星很少。

"我和他完了。"英子的声音有些沙哑。

我似乎无动于衷。如此可见，我与英子的故事怕早已在记忆的某个角落里落满了灰尘。何况，现在有一个令我魂牵梦萦的沈蕾在心里飘忽。

已经围着操场走了三圈。她没有说话，我也只顾低着头。

嘭！嘭！阵阵敲打盆具的声音扑天盖地而来，夹杂着或长或短的哨声。熄灯了。也不知谁出的点子，到了11点就拉闸，结果招致不满者激昂的抗议。有人在窗口扯着驴嗓喊：给电！给电！

我像遇到了救世主："先带你去休息吧。"女生楼是不能去的，前天海报栏上一位挽留表妹住下的女生被处分的"先进事迹"仍记忆犹新。于是只好让英子住那八人一间却要4份糖醋排骨价码的招待所。

例行公事般安顿好英子，我急忙往回赶，否则宿舍楼门一锁，我这晚就要和草里的秋虫私语一夜了。路上往来的俱是送女孩回楼的男士，这些地下工作者！我低头暗笑。抬头一瞬，恰好和一对儿错过，眼角余光所见却使我不由得驻足回望。怎么那女孩像——像沈蕾？长发，白裙，个头……越看越像。我只觉得天旋地转，曾侦察了半个月，她不是没有男友吗？

木然地回到北舍楼，值班室那老头已经悠闲地踱着步准备锁门了。令人心碎的一晚。

"还记得高中时我们在一起的时候吗？""你还记得毕业留言时你写过的话吗？"……

又和英子走在曾经多次走过的林荫道上。尘封已久的记忆被英子的话一点点地展现出来。

"你肯原谅我吗?"……

英子在抽泣!脆弱的感情使我善良,而且今晚中国队能否出征法国世界杯的事件一直萦绕于脑际。尽管我很怀疑,心里有些松动。

校园的东北角是一方池塘,水已渐渐变瘦,几朵浮萍干枯地漂在水面,偶尔有几声蛙鸣。不知谁家的录音机在工作,传来时下街头巷尾流行的张学友的歌——《左右为难》。

"要不你先回去,我会给你写信的。"心里已乱作一团麻。

出校门,很巧地碰到肖晓燕。她在投信,转身见我,"纪——"一眼瞅见身畔的英子,微笑的脸便猛然沉下去,匆匆走了。我瞪大了眼望着她远去的背影,心里更不适了。

送走了英子,独自在校园里漫无目的地逛,任凭脑子飞转。

头有点发疼。回到宿舍,空无一人,床上有封信,竟没贴邮票。我心里一紧,撕开,抽出一张纸条:晚八点在操场,我想找你谈谈。

啊!这……

——阿　荣

之五

师大的夜是那样宁谧而安详,仿佛拉斐尔笔下恬静的少女,秋虫也停止了哀鸣。也许正是这静使我活跃的思绪愈加强烈,沈蕾、肖晓燕和英子的身影在我的脑海里旋转、重叠、搅混成了一锅粥,那张字条使我不觉想起打开的潘多拉魔盒。这个肖晓燕……

一觉醒来,天已大亮,舍友们早已杳如黄鹤。脑袋昏沉沉的,看来上午的课是睡过去了,想想英子凄凄可人之状,心里很是怅然;摸摸口袋,昨晚的字条也不知掉到哪儿去了,暂不去管它。进师大以来,别的没学好,给自己解脱的功夫可是练得炉火纯青,也不知这是一种成熟抑或其他。习惯地踱到报栏前,中国足球队进军法兰西看来是凶多吉少,一帮真假评论家似乎已准备了"萝卜"和"大棒"。万圣排行榜畅销书排名第一的竟是所谓"集古今名家之大成"的《鬼文化》,一看定价,居然要四份糖醋排骨外加一袋榨菜,饶是贵得惊人!记得著名女作家张爱玲说过:"人生是一袭华美的袍子,上面爬满了虱子。"这《鬼文化》想必是一件睡袍也未可知,不由想起师大课桌和厕所里那些不堪入目的"文字垃圾"竟也堂而皇之披了"文化"的外衣,我第一次体会到了鲁迅所说的"悲哀,无聊尚且无奈"。

这关于文化非文化的狗皮官司令我大伤脑筋,较之,我的梦中人——沈蕾有过之而无不及。我的矛似乎刺到了一堵万吨水压机轧制的钢板上,那酝酿了四个晚上才写成的信也许只能算又交了一笔学费,谁知道半路上会杀出一个"程咬金"呢?鲁迅说过:"人生最痛苦的是梦醒了无路可走。"对我恰不幸言中。

低头看表,11点整,离午餐还有近半个钟头,但学一食堂前已有几个身影在晃荡,与肃穆的教学区形成鲜明的对比,杨子那贼亮的光头,很是醒目。如果不是因为当了总编的缘故,只怕我也入了"光头帮"的行列。柳耆卿"忍把浮名换了浅斟低唱",但我辈是没有这种云水胸怀的,难免时时会感到疲累。看杨子对我视而不见的样子,不消说肯定又一场宣传板大战在师大打响。近年来,师大人似乎在追求一种外在的东西,有时难免会迷失内心真实的自我。在我几年的编辑"生涯"中,就难得见几篇翘楚之作,原先很令行家看好的"秋韵"征文,尽管其评委层次之高、奖金之丰厚、宣传力度之大而创师大三项之最,但来稿良莠掺杂,很让人怀疑这竟出自师大人手笔。

聆听着清越的蝉唱——自然使人的心灵净化,不知谁说的,真好——驱车直奔图书馆,挟着书匆匆来去的学子自动闪到路边,比听到车铃示警尤佳。绕过花坛,师大最现代化的建筑之一——图书馆便赫然入目。从几间暗室发展到现代化规模,其中的艰辛是幸福和一帆风顺中长大的我们难以体会的。但在硕长的《中国大学图书馆藏书总录》中竟没发现"师大"的字样,多少令我产生一种历经沧桑后的深沉的悲凉。由于征战多年,我的"永久"车腿严重失修,故而若安放方向不佳或某人不小心碰了一下,这庞然大物便要上演一幕风吹麦浪式的连锁反应。最近,师大为了迎接"211工程"校园文明验收,从上到下都行动起来,这自行车整齐排放便是系统工程之一,但这给我的车子"作案"带来极大的便利,也使我每次放车时都有一种隐隐的犯罪之感。趁管理员不备,我忙将车推到一个角落,然后迅速冲上二楼阅览室。

屁股还没坐稳,便觉得身后似乎有一种异样的目光在看着我,我转过头,"纪编——"是神态怡人的肖晓燕!(有人说,女人是最善于伪装的动物,果不其然。)我忙竖起食指做了个"嘘"的动作,她看了看四周,似乎见没什么异样,便压低了声音说:"萧老师给咱们来信啦。他说年底就要回国,还说要送我们每人一份礼物呢。"虽然萧翔有着北大人特有的"鼻孔朝天式"的傲气,但毕竟比那古板的陈老夫子要受用得多。青年人共有的激情使我们之间其实只隔着一层纸,这层纸也随他的出国而恒归于无,这种时刻听到这个消息无疑是令人惊喜的,更何况它是出自我们可爱的肖晓燕之口呢。所以尽管邻座已抗议似的扭转半边身子,我仍坦然听之。(可我怎么越听越不对劲儿呢?)"昨晚,我就把回信发出去了……""什么!……"我不禁大吃一惊,就像一个作弊的赌徒自以为必赢,一把投下去,不想是个"别十"一样。幸而我的脸色反应略显迟钝,而肖晓燕又沉浸在喜悦之中。我感到脸一阵发烧,忙低下头看手中的杂志,但我已无心再看下去,看来,我犯了一个愚蠢的错误呵……那字条,那字条是谁写的呢?

——经　纬

之六

　　就像一个在荒漠中旅行了两天的流浪者等候在一口刚冒气的饭锅前，饿不可耐而又不知锅里煮的到底是啥。我提前半个小时悄悄地来到了操场上，等候那位如今晚的月亮一样朦胧的传书者。秋风萧瑟，树叶凋零。

　　背后响起轻微的脚步声，我故作镇静，坐着没动。肩头突然被重重地拍了一下，是那种熟得不能再熟的手法。我转过头去，光头杨子！

　　"老弟，让你久等了。"杨子"胜利"的微笑让我从雾里云端一下子回到了硬邦邦的地球上。

　　"来一根？"

　　我没接杨子递过来的"希尔顿"。

　　他自个儿点着一根，意味深长地望着树丫上的残月，悠悠地吐出一缕白烟。

　　"有事就直截了当地说，干吗搞得这么玄？"我的口气里带点儿恼火。

　　杨子收敛了刚才的微笑，盯了我一眼，默默地吸了几口烟，然后突然将半截烟头狠狠地摔在地上，又踩了两脚："你跟当年的我一副德行，富于幻想，不切实际，蠢蠢欲动！"杨子从内层口袋里掏出一个信封来，在另一只手上弹了一下，又伸到我面前。是我写给沈蕾的那封信，鬼知道怎么到了他的手上。

　　"老弟，你清醒一点儿！我早就奉劝过你，在这几百亩土地上，百分之九十九点九的爱情的美丽，是人所共知的虚伪。正如《围城》里所说，压根儿是生殖冲动。创造真正的爱情，比琼瑶编故事要难一百倍！有些东西，你根本就赔不起。我劝你……"

　　我朝杨子一摆手："算了，我……"

　　一片树叶飘落在我的肩膀上，又滑到了脚下，枯黄的，一点儿蓬勃的夏季的痕迹都没留住。

我的心头突然升腾起一股苍凉的感觉，就像故事中的那位骑士，当他长途跋涉追寻到沙漠的尽头时，发现原先的一切只不过是海市蜃楼。"给我，打火机。"我轻轻点燃了那封没拆开的信。在红色的火焰中，一个美丽的身穿白裙的影子活泼地跳跃着，跳跃着……信封和信纸渐渐化成了灰，蜷成了一只黑蝴蝶，在秋风中飞走……

　　回宿舍时，大家正在兴高采烈地讨论着明天去香山秋游。我突然想起远方久违的同学曾写信问我有没有去登香山，她又在惦记我承诺过的寄给她的红叶了。可我不想去，常因为仰慕着一个鼓噪耳边的名声乘兴而去，结果却往往败兴而归，心中也就又失去一分神秘的美丽，只有香山，还在我心中笼罩着一张火红的霜叶编织的面纱。我一直不忍心揭开这面纱，已在两个秋日里背弃了自己的承诺。我托辞身体不舒服，明天不去了。爬上床，躲在被窝里反复听那首文学社的社歌，寂寞的歌声渐渐湿润了我心底的荒漠。

　　第二天醒来，房间里只剩我一人了。抱着厚厚一摞作业本，到图书馆忙活了一上午。午饭后，我又习惯地拐到文学社里，在难得的一刻清静中，读到一封读者来信。她说上期报纸中小小说《红枫叶》的作者阿蓝一定是位多愁善感的女孩。我不禁拍案大笑，阿蓝是我的新笔名。

　　"咚咚"有人敲门。门开后显现出来的人，让我立即敛住了笑而且感到一阵眩晕。肖晓燕一身运动装，手上拎着一袋苹果："纪——，听说你病了，我没爬上香山顶峰就回来了。"

——辛　执

之七

　　我被这突如其来的小丫头弄得不知所措。不知是紧张还是激动，一下子竟不知如何措辞了。

　　"哦——进来坐吧。"

同时又有些失望——我仍希望突然进来的是沈蕾。但是，面前这个恼人而又可爱的肖晓燕是从香山回来专程来看我的。单这一点就足以让我感动得要请她吃糖醋排骨了。更何况，在红色运动衫的衬托下，她那双大而明净且满含关切的眼睛和那"欲语还休"的神态，似乎显得更美丽了。

我的心底似乎也升起了一股隐隐的歉意。

"病了，不好好休息，还在这儿忙什么呀？"她关切地问。

"其实不碍事的……这里也不错嘛。哎，香山怎么样，叶子红了吗？"

"红了，满山红叶，真棒！人也真多……可惜你没有去，要不然准又会有佳作问世了……对了，美术系倒有一个学生去了，跟我们一路去的。"

"美术系？"我条件反射地想到了沈蕾。

"认识么？"我装作漫不经心地问。

"不认识。是个女孩，别人叫她蕾蕾……"

"蕾蕾……"我蓦然感到十分懊丧。

肖晓燕正在洗苹果。她的声音和水声一样清脆、欢快。

望着她的背影，我的心绪又无端地乱了起来。沈蕾和肖晓燕在我心中搅成一团。而对于英子，或是因为时间与空间的关系，已在我心中淡化了，更何况，她是有过"前科"的。面对她，多少有些别扭和负重——我本也不愿如此的。

"唉——"，我不由叹了口气。

肖晓燕回过头来："叹什么气呀？"

"哦——咳——没什么。没去香山有点遗憾。还有，好久没听萧老师的课了。哎，你是怎么给他写回信的？"

"大致是……我们很想念他，很希望能再听他的课……"

就着萧翔的话题，我们海阔天空地聊了一通，又扯到了李亚琼的课及她个人，当然还有肖晓燕的一些不知从哪儿弄来的乱七八糟的东西。

心情居然轻松了许多。可惜校广播台那油腻腻的歌词又开始了。

"该吃饭了。走吧，我请客！"其实，我还处于经济危机之中。

"算了吧，以后……"又是一个"欲说还休"。

她回宿舍，我便踏上我的"专车"直奔食堂。糖醋排骨是吃不上了。尽管餐卡里只有七块八角钱，我还是决定换换口味——来个土豆炖牛肉——因为心情好。

晚上，便抱着一本《鲁迅全集》到报社慢慢咀嚼起来：希望本无所谓有，无所谓无的……

该是下自习的时候了，报社里的人也渐多起来。报社的信使——大一的一位小女孩钟秀萍进来递过一封信："纪编——"

"又是读者来信罢？"我说道，接过。

信封上写着：请转交《红枫叶》作者阿蓝。

"该不是哪位哥们儿又误会了吧？"我心里笑道。撕开，抽出两张纸：

一张画着一片美丽的红枫叶。

另一张写道："……很喜欢你写的《红枫叶》，希望能交个朋友……"

再看落款，我的心怦然乱跳，脑袋轰地大了起来。

——小　韦

之八

美术系，沈蕾！那个穿着白裙的倩影从纸上飘了出来，伴着一只黑蝴蝶，一起在我眼前翩翩飞舞……

相同的故事如果发生在两个月前，我难以想象自己是怎样的兴奋劲儿，可我万没有想到，就在我开始冷静地处理这一段心情的时候，突然出现了香山之游、《红枫叶》之读者来信一类的事来冲击着我情感的波堤。本来那颗平静了的心又越跳越急，潜意识里想以回信为契机，大作文章，在几个晚上徒劳以后，我才决定暂作冷处理。

季节已经跨过秋与冬的一纸之隔。

这几天天气混混沌沌的，我也就如黏在风中的网上的虫子一样进退无由。一连串的问题像多米诺骨牌，前仆后继地顽强地横亘在我面前，真是苦不堪言。

这些日子偶然见到杨子的几次，都是来去匆匆，他忙着各种考试，忙着那茫茫然不可知却又切近的将来。虽然离远去还有一段日子，可将离去的人们很少还有如一两年前的脚步从容。那一个偶尔下点小雪的晚上，我听到有人弹着吉他像六月里蝉一样嘶唱那首经典的《青春》，蓦地感觉我所把握的日子已经不多，就像一把紧握的沙子，自以为蛮坚实的，却不经意从指缝中溜走了太多。在夜深人静的时候，我的心灵没有防线。歌唱中那为年华哀婉的忧伤直击我的心底，让我一下子感觉自己已站在远行的船上作别校园上空那美丽的云彩——我向自己暴露了自己。

周六的整天是在东楼一个小教室里度过的，一心一意地为着英语四级考试，这样的时间过得最快，不注意就听到关楼的钟声，收拾起书包，真的有一肚子的成就感。

想不到从另一个教室里走出"冤家"，她粲然一笑："纪编，告诉你一个好消息，一个坏消息，先听哪个？"

我大脑中极迅速地闪过一句话，不到一秒钟加工，输出这样一句："消息本无所谓好无所谓坏的，听的人变了，便也有了差别。"

"得了吧，你！"肖晓燕笑着揶揄，"萧老师暂时不回来了，因为这个原因，他单独给你写了一封信……"

其实，消息不好也不坏，就像看到挂在天空上的太阳。看到活泼快乐的肖晓燕心里不自觉地泛出沈蕾的背影，惦念起她现在的样子，唉！脑子里乱七八糟的想法像糨糊。

* * * * * *

晚自习的路上，我还想着萧老师信中的话："……经过调整和磨合，你应该知道该适应什么，保持什么，接受什么。大学四年只是一个短暂的过程,像一本打开了的书,教你如何做人。珍惜你年轻的生命,细心地去读生活的每个章节,其实复杂的都会变得简单。对全部内容的把握只有一个主题,那就是热爱真、善、美……"

在大一的时候,我只是借着有一些文学底子常与他诘难,不想他在大洋彼岸不顺心的经历之暇还给我这么大的关注。师者!

我思考着他的话。路边的白杨树安静地沉默着,那一双双长满树身的眼睛凝望着远方。那已是超越生命的沉思了,我想。

心里像流水一样滑过以前一位叫麦兜的挚友的经典诗句:

过去的将有个它们的结局/新来的还在悄悄地发生/人们忙着自己的事情/没有人倾听风里/别人流动的歌/我坐在长满青色的台阶/面对白杨树的眼睛/思考我和它们/这是我们的生命啊!人们

(大结局)

——纪军池

(原载于1997年3月28日第134期至12月20日第143期《挚友报》)

呼水河上

曹义

满天里太阳时不时被遮住，周围的云层被镶了一道边，又拖着越来越暗的色彩向东南流去，像呼水河的水。地面上时晴时阴，树叶儿透明，几处积水，空气里漫着花草淳沤的气味。

"龙峰又要过了。"冯老满憋不住嘀咕了一句。拐子腿何二贵在店堂里鼓捣着那只破收音机，含含糊糊地"嗯"了一声。

冯老满灌足了一满壶高粱酒，别在腰带上，顺手拎一挂吊在檐下的咸萝卜，破鱼篓挂在长篙上晃悠悠。何二贵瞥了一眼短裆裤在风里直摆乎、干瘦松弛的腿突兀地露出的幺舅，心里想：还奔啥哩？

"龙峰又要过嘞。"碰上几个熟人，冯老满嘀咕。这就到了河沿。冯老满眯了眯眼，龙峰要过了，上游的龙眼水库撑不住了，龙峰要过啦，河上的木桥要毁了。

呼水河两里多宽，隔断了桐梓洼通往外面的道。河上只有一座木桥半浮在河上，衔着两边的卵石滩。木桥毁了，进出只能靠渡船。冯老满是呼水河上最后的一个船佬、最后一个渔佬。撑着一只老掉牙的旧篷船，像只木葫芦，在呼水河上游来游去。他已经游过了大半辈子，呼水河已成为他的一部分。没人渡船的时候，他就玩起那一只破网,一根老钓竿,做一个地道的渔佬。只有在木桥冲毁的时候,他才转入另一种角色。咕咚咚几口高粱酒,抱起油亮的篙子,甩开喉咙:

  龙峰过那个嘿哟
  太子闹海那个哟嘿
  格老子今天过河哟
  一竿子撑到天边哟
  ……

  翻来覆去的这么几句,于是人们就知道,冯老满又在过河,冯老满船上又有人了。河两边的人家便有心里慌慌的,有心里定定的。

  鸡上笼的时候,风开始大起来了,天很快又阴又沉,听得见上游木桥"喀嚓嚓"的响声,几个浪头过后,河水陡地涨高了两三尺。

  上得船来的是三个小青年,穿得花花绿绿,大包小包的带了不少,一上来就堆在船头,还不忘拉盖上旧油毡。冯老满鄙夷地看着这三个人:瞧那样儿,大老爷们招摇得像婆娘,晦气哩。

  看看一时半会儿没人,先把这三个晦气家伙打发过河还赶时儿。"我日你个娘嘞!"他冲着呼水河吐了口浓痰,顺手横过竹篙。只一点,篷船悠了一下,转了个儿。

  雨就在这时下来了,先是几点,然后是一片,筛豆子一样越筛越急,噼里啪啦直洒下来。三个小青年缩在篷里。

  冯老满照例唱起了老调子,只要渡人,显出他冯老满的不可少,他就得到满足,就会亮起他的调子。船到河心的时候,被冲坏的木桥撞了一下,滑了一块旧毡。冯老满有些心疼,还没下几篙子,他就觉得省心了;去了就去了吧,这是呼水河哟。

  毕竟是夏天的暴雨,船还不到对岸,声势就小了,河水还那么紧。冯老满出了最后一篙,下了锚就了篷,脱下湿裈,嚼起咸萝卜——那三小子已经出了篷，在船头上扒拉着包。不一下子，就有一个人叫："船佬，篙走水啦！"冯老满吓了一跳，猫着腰钻出来，可不是，已经漂出一段儿，刚才可还好好横在船上。

冯老满赶忙顺着河沿跑了一段，下了水。浪很急，冯老满像一尾柳条鱼水底水面沉沉浮浮。赶上篙儿，早已腿酸胳臂疼。他沿着河沿溯回来，那三个小青年早走得没影儿。

冯老满顺手揭开船头的洋铁罐的盖，空空如也。前晌，出洼的汪嬷嬷的一个五毛也不见了。他细细看了看罐上歪歪扭扭的四个字"每人五毛"，一撒手，丢进了呼水河。冲着那三人走的路口唾了一口，河水冲过来，那白点，打了个卷儿就远了。那股子晦气也顺水漂走了。

对岸有人喊过渡的时候，冯老满已经把这些忘了个干净。赶到掌灯前，他已经在呼水河上撑了三个来回。对冯老满来说，龙峰就是这个样子。

龙峰过去了。天像被洗过了的亮。河边一两枝零丁的芦苇已经折了，余蘖还在长着，孤零的一点绿。河上的桥又通了。冯老满的船还在呼水河上，洼里外的人就知道：冯老满没随他城里的侄女去享清福。拉一挂破网，在呼水河上自得其乐的，还是呼水河上的冯老满。

（原载于1998年9月1日第149期《挚友报》）

无名战士

张新智

党史研究室的邱兄帮我细致地查阅了第 32 军的档案，依然没有找到姥爷的名字。我知道，找到的希望很渺茫。姥爷跟众多无名先烈一样，随着炮火的沉寂，将永远安静地沉睡于历史的角落里。

"过年的时候，你姥爷突然回来了一趟，没有穿军服。他说就要在青岛打仗了，打完了就回来了，很快就会过上好日子了……只住了两宿他就走了，再也没有回来……"姥姥又在重复这段往事，"那天也下着大雪，跟今天的雪一样大。你姥爷留下的脚印很快就被雪盖住了。你姥爷的脚很大呀，像一条小船。你就随你姥爷，也会长一双大脚板。脚大走得远啊，唉……"那时的小渔村还没有通电，昏暗的煤油灯下，姥姥搂着我讲故事，表姐在窗户边飞快地织着渔网。

"姥姥，我肚子更痛了。"

"姥姥给你揉揉。肚子痛，找老熊，老熊没在家，没在家找老沙，老沙在磨刀，吓得小孩好好的……"

已经下了一天一夜的雪，我在屋里闷着出不了门，姥姥为了不让我打扰表姐织网，晚饭时给我单独做了一个香喷喷黄灿灿的豆面烙饼——那是我记忆中最好吃的饼。我一口气吃完了，倒也信守诺言，没有缠着表姐陪我玩。

但没过多久，肚子却痛起来。那是一种隐隐的胀胀的痛。喝了热水，揉过之后，越发痛得厉害。姥姥有点儿慌神，让表姐停止织网，要带我去找医生。两人合力用棉被裹紧我，还用绳子捆住被角。姥姥让表姐帮忙把我驮到她的背上，表姐要抢着背我。"你正长身子，别闪了腰，还是我背他。你打着灯笼就行。"姥姥生于民国初年，一生坎坷都能泰然处之，可以背负一切。

她佝偻着身躯，驮着我，走在厚厚的雪地里，尖尖的小脚踩出"咯吱咯吱"的声音。表姐一只手提着灯笼，另一只手搀扶着姥姥，时不时为我掖一下散开的被角。雪花飘落在姥姥苍白的发髻和表姐黑亮的长辫上，倏忽即逝。

穿过两条小巷，就到了村卫生所，但大门紧闭。这么冷的夜晚，乡卫生院是不会派医生来值班的。姥姥决定背着我去三里之外的部队营房，那里有卫生员。

营房建在村西的岭上，有半个村子那么大。营房四周的墙上写着红色的大字，画着五角星和红旗。营房西门沿山坡有一大片操场，站在这里可以瞭望码头上停着的渔船和整个海湾。白天，战士们会在这里列队训练，喊口号的声音全村都能听到。夏天的晚上，有时会放电影，很远的村子里的人都会来看。我跟着表姐去看过几次，记忆中只留存了《三个和尚》的零星画面和被蚊子叮咬的痛痒感觉。营房是不让村民进入的，战士们也从不到村民家里来。但是春种秋收的农忙季节，他们会走出营房到田里帮忙干活，干完了他们就列队回去了。

雪夜的路不好走，街上一个人都没有，狗也不叫。姥姥大口喘气的声音像战士们射击训练时山谷反射回来的枪声一样清晰。中间停下休息的时候，表姐要求换她背我，姥姥坚持不许。

终于走到了营房门口，绿色的铁门外有两个战士握着长枪在站岗，他们的帽子上落了一层厚厚的雪。姥姥急切地跟他们说要进去找卫生员给我看病。其中一个战士看了看我，说等一下，转身跑步进了营房院子。不一会儿就跑了出来,招了招手,说:"快进来吧。"然后,他放下枪,从姥姥背上接过我,抱着进了营房,表姐挽着姥姥跟了进来。

转过两排房子,就到了一个白色的房间里。一个军服外面套着白大褂的战士在门口迎着,接过我转身放在床上,问:"哪里不舒服啊?"

姥姥讲了讲情况,卫生员笑了笑,露出一排洁白的牙齿。这是一个很年轻的战士,看上去比17岁的表姐大不了多少。他一边解开包裹我的被子,一边问我:"你怕不怕痒?我要摸摸你的肚子。"我还没说话,姥姥就抢着说:"他只有胳肢窝痒。"卫生员又笑了,我发现他的脸上还有一对酒窝。卫生员使劲搓了搓手,又朝手上哈了口气,轻轻地摁我的肚子,问哪里痛。我听话地回答着。

卫生员摸完后,转身打开了桌子上的箱子。我以为要打针了,开始紧张起来,在床上扭动身体。卫生员看穿了我的心思,拿出听诊器晃了晃说:"不打针,不用怕。"但他没有马上使用听诊器,反而解开白大褂,又撩起绿色的军服,把听诊器放到了自己的肚子上。过了一会儿,才拿出来,带着他的体温放到我的肚子上,并问我:"冷不冷?"

尽管我那时只有五岁出头,但我还是瞬间明白了他为什么要把听诊器先放到自己肚子上。这一幕深深地刻在了我的脑海里,那个圆圆的听诊器成为我一生中最温暖的记忆之一。

我们不认识这位细心友善的卫生员,不知道他叫什么名字,也不知道他来自哪里。很多年之后,这座营房已经撤防搬空,我也离开了家乡千里求学。在京城的一次师友聚会上,我平静地讲述了这个小故事后,在场的所有人沉默了几秒钟,爆发出了真实的掌声。

姥姥享寿九十岁,跟姥爷的遗物一起安葬在面朝大海的松树下。每次我回到家乡,都会去给他们扫墓,都要经过那片依然矗立的老营房,也都要念叨往事。

今年五一,又经过老营房时,开始好问的幼子问我:"他用什么办法给你治好肚子痛的?"我哈哈一笑说:"用那个温暖的听诊器啊。他让我去了一趟厕所，排空肚子就不痛了。"

"那老姥爷为什么走了那么久不回家呢？"

"他去为我们换回了幸福的生活。他跟卫生员一样，是一个好人，一个无名的好战士。"

（原载于 2017 年《十月文学》，作者原署名"辛致"，收入本书时有改动）

阵土台

王义峰*

1. 正　道

二十多年前，我大学毕业，在北京的一家报社做记者。

那时，记者工作时间自由，上下班不用打卡，也不用考虑拉广告创收，只要按时完成自己的发稿任务，其他时间都由自己随意支配。我本职是产经类新闻的跑口记者，参加各种各样重要且枯燥的行业会议，拿到新闻通稿，编一编便见诸报端。只要每月开上几次会，当月的任务也就糊弄着完成了。每到统计工作量的时候，部门主任李荷清手中的圆珠笔对报表上附着的见报稿戳戳点点："你们这些年轻人怎么就不思进取呢，瞧瞧这些稿子，哪一篇能算是文章？"叹口气，"你们这些刚毕业的孩子生活也不容易。唉……"于是调转了笔在表上签了字。站在他办公桌前，我感觉芒刺在背，李主任的目光从镜片上方射过来，满是无奈和期待。

我下定决心，要完成一篇能被称作"文章"的稿子。

---

* 王义峰，会计97，供职于北京广播电视台，制片人，导演。

苦于没有思路，便去找我的朋友老猫。老猫本姓毛，是副刊部的编辑，他的特点是和猫一样昼伏夜出，于是朋友们都叫他"老猫"。他在报社没什么朋友，整日郁郁寡欢。到我们单位之前，他是做深度报道的特稿记者。我曾拜读过他的作品，那文章字句犀利，采访扎实，立意高远，读罢，对老猫同志肃然起敬。他曾经暗访过很多不为人知的灰色地带，黑心棉加工厂、保护伞下的红灯区、火车站的车票黄牛党、游走在大医院周边的器官买卖、隐蔽在动迁废墟中的"上访村"，都曾经过他的笔和镜头曝光到公众视野。因为一篇揭露出租车行业黑幕的文章，他被前单位开除，同他一起被开除的还有签发稿件的总编辑。

到了我们报社，他越发孤独。之所以和我走得比较近，是因为他三十七八岁还是单身，我刚毕业连个女朋友都没有。于是我俩下了班就凑到一起撸串喝酒，一大一小两条光棍儿顺理成章地成了哥们儿。他教会我喝酒抽烟，还教会我开车。新司机对车异常着迷，虽然我没有驾驶证，报社那辆破桑塔纳经常被我借出来四处闲逛，副驾上必然坐着老猫。

我请老猫撸串儿，把我想写一篇好文章的想法跟老猫说了，他笑眯眯地拍了拍我肩膀："老弟，我就觉得你和天天坐班车踩着点上下班儿的那些废物不一样。"我连连摇手："千万别这么说，坐班车的都是曾经为报社发展立过功的人物，咱们可别乱作评价。"老猫喝了口酒，继续笑眯眯地说："赶明儿你开上车，我带你去一个地方，保管你能写一篇好文章。年轻人要有上进心，才是正道。"

2. 山　路

坐在副驾上的老猫跷着脚抽着烟，指挥我把车开上了高速。车窗外城市的景色逐渐退后，前后的汽车陆续变少，路两旁出现大片的田地，偶尔经过集镇村庄。老猫说，我们要去的地方叫少郎川。地图上看并没有这个地名。老猫说，按他指挥开车就是。那地方离我们报社有五百多公里，第一次开车跑这么远，我很是兴奋。

途中老猫给我讲了一些少郎川的碎片，他很多年前到那里采访过英模代表。那里基层派出所的一位老公安，凭着半个脚印竟逮住了一个盗挖古墓的团伙。

"那也太神了！你瞎吹的吧？"我不怎么相信。

老猫朝窗外弹了弹烟灰："兄弟，这世界上高人多着呢，不要因为你做不到就认为别人也做不到。"

我说："那倒也是，上次参加一个新闻发布会，那个主持人上场前十分钟拿到稿子，开场就脱稿了，一个字都不差。真是厉害！"

老猫看了看前面的路标："各行各业都有超级高手，尽管这类人是少数，但是这类人决定着整个行业的方向，甚至决定着几代人的生存方式和思维模式。"

"你想说的是孔子、柏拉图、阿基米德、爱因斯坦吧。"我也看到路标指示距广合公还有103公里。

"那可不一定，你说的那些圣贤当然伟大，但离普通人太远了。我说的是就在当下，就在人身边，平时能见到的人物。少郎川上有个叫阵土台的地方，那里有一块田地被当地人称为'福地'，周围好几十公里内的农田都种不出麦子，只能种谷子，而阵土台的福地却可以种出高产的麦子。更神奇的是，那片地不怕旱也不怕涝，下再多的雨田里也不会积水，再干旱的天儿，土底下还是湿润的。你知道为什么吗？"

我说不知道为什么，老猫指着服务区的路标让我开进去："听人说，因为那片地是那个村自己造出来的，具体怎么造的我也说不清楚，反正那片地就是与众不同。"

在服务区上了个洗手间，老猫把我换下来，他来开车。他说再往前走有区间测速，也有可能遇上巡逻交警，我这个无证驾驶的司机被逮住就完蛋了。果然出了这个服务区，拐个山弯就出了高速，往后就都是山路。路况还不错，基本见不到汽车，倒是遇到几群牧归的羊。放羊人甩着鞭子，呼喊着不听话的羊，鞭长莫及时，便倒转了鞭杆，用鞭杆另一端的小叉子叉起小石块朝羊抛过去，嘴里还骂着整套的脏话："削死你个王八羔子瘪犊子兔崽子还大愿的缺德种，让你跑，让你跑……"

我对刚才的话头还没放下，便问老猫能否去见识一下那片神奇的福地。老猫说先去采访几个人，再去看那片地。

山路崎岖，几个急转弯后，我不敢再说话，生怕被甩出车外，禁不住想起那羊倌抛出去的石头和他脱口而出的那一串儿谩骂，忍不住笑出了声。我们远远地看到一座长相独特的山，大小三个山头连在一起，如同一头猛虎趴在我们前方。老猫指着那座山说："咱们就是要到那山下，那个山脚下的村子就是阵土台。"

3. 采 风

午后的阳光把汽车的影子淡淡地投进路旁的庄稼地里。一垄一垄的禾苗，才拱破土，稀稀拉拉盖不住地皮。"夏至五月头，必是旱年头。"老猫突然冒出这么一句，语气中饱含着忧虑无奈和沧桑，仿佛他是窗外那些田地的主人。

"你不是说那片福地不怕旱吗？你看路旁的庄稼都旱成这样，咱们实地去看看那块福地的庄稼咋样。"我的提议得到老猫的赞同。他出了城之后，变得十分活跃，一路上说说笑笑，冷不丁地还朝着车窗外吼上两嗓子，一点都不像在报社里那副郁郁寡欢的模样。

我看见国道边停了辆捷达车，一个黑影正倚着车门抽烟，远远地就朝我们招手。老猫笑了："我靠，老王迎咱们这么远，真他娘的讲究。"桑塔纳停在捷达旁边，一双大手顺着驾驶座的窗户就伸了进来，热情地和老猫握手："毛老师，咱们又见面啦，哎呀，终于盼到这一天了呀。"老猫赶紧推开车门下车，两个人的手又握到一起。

老猫介绍我是他同事，我们一起到少郎川采风。老王放开老猫的手，又紧紧握住我的手,不停摇晃。他长得可真黑,和影子一样黑。他的嘴巴咧得很开:"哈哈,王老师,来得正好啊。我们这里最不缺的就是风,不管是东南风还是西北风,都是随便喝随便喝。"说完,可能觉得刚见面就开玩笑有点不合适,赶紧补充道,"喝酒喝酒,朋友来了有好酒,先给你们接风,再去采风。"

到了广合公,我才知道少郎川是指一条河的流域,难怪我在地图上找不到少郎川,只找到了一条蜿蜒曲折的河流,从广合公镇前的山脚下流过。那河已经干了,只有不到三尺宽的细流在艰难地蠕动。

老王是广合公镇政府办公室主任,请喝酒的饭店是镇唯一的二层楼,包间大得吓人。房间里,围着大圆桌已经坐了七八个人,仍然空荡荡的。热气腾腾的菜肴已经上了桌,那菜盘也是大得出乎意料。老王向大家介绍,我们俩是从大城市来的记者,高级知识分子。特别介绍了老猫,曾经把镇上派出所的徐所长登到报纸上,现在徐所长已经成为名满警界的痕迹检测专家了,业内人称"徐脚印儿",享受局级待遇。知道啥叫局级吗,咱们县长才是处级。

老王和他的朋友们一顿就把我和老猫都招待好了,下午在招待所溜溜睡到满天星斗。老王又带了另外几位朋友在同一家饭店准备了一桌饭,勉强挪到饭店包间,我是一口酒也喝不下去。另外几位都是"酒精考验"的模样,和老王一样,对我们极为热情。

喝了两杯后,老猫捂着酒杯口对老王说:"王主任,我们这次来是私事,不能太打扰您,酒少喝,咱们来日方长。这回我们就在广合公沿着少郎河走走,顺便做一些采访就好了。"

老王又露出他洁白的牙齿,咧着嘴说道:"小王老师要采风,对吧?采风怎么个采法?"

我说:"我要写一篇深度报道,需要了解一些当地有意思的人和事儿……"

老猫打断我的话:"王主任,我们这次纯粹是风花雪月,没有什么目的性,您如果有一些选题素材也可以跟我们聊聊。"

我说:"对,我要写一篇能够有响动的文章,毛老师就带我来这里,还请各位领导多指导,多帮助……"

老猫又打断了我的话:"啥深度不深度的,就是写的字儿多点,版面占得大,多赚点稿费。我在副刊部,搞点文学创作。其实诗歌比散文小说都难写,但是诗歌是按行算稿费,其他都是按字数算。量化起来的价值,诗歌最难却收入最少。"大家附和着笑了起来。

我第一次看到老猫在人多的时候如此从容不迫,挥洒自如。酒桌的气氛热烈而融洽,风雅又通俗。我恍惚感觉自己坐在李白、苏轼、陶渊明、莎士比亚中间,一起喝酒的还有遥指杏花村的牧童、独钓寒江雪的老翁。我们还一起欣赏了十二巫山云雨会的神奇景观、一枝红杏出墙来的满园春色。不一会儿,那个甩着放羊鞭的羊倌骂骂咧咧地也来了。

中午的酒还没醒透,晚上的酒更醉人。

一阵觥筹交错之后,老王眯起眼睛抽了口烟,若有所思,看了看桌上的其他人,缓缓开口:"毛老师,我知道哥哥你是大记者,前些年好多报道我都看过。南方那个黑心棉事件就是你最先报道的,还有假酒毒瞎一村人眼睛的事儿,也是你挖出来的。那群王八羔子瘪犊子真不够人揍的。"他举起酒杯和坐他旁边的人碰了一下,举着杯子却没有喝,"但是,我们广合公镇六百五十四平方千米,十五个行政村,土地都是黑色的,庄稼都是绿色的,人心都是红色的,那些脏心烂肺的人在广合公活不到冬至。"说罢又和老猫手中的酒杯碰了碰,仰脖干了。

"毛老师,您如果是带着任务来的,可千万和兄弟说。今晚这几位,都是各部口的干部,还有镇上的企业,如果有事儿可别把我们蒙在鼓里。"老王的眼里映着酒杯里的波纹,泛着真诚的光。

老猫也干了酒,拍了拍老王的肩膀:"王主任啊,咱们共同患过难的,还记得在虎头山下抓盗墓贼的事儿吧。要不是你,我估计就被埋在地下八米了。真就是来散散心,采采风,没有任何任务!放心吧,老弟。"

"采风采风,今晚好好休息,明天安排好行程。"老王倡议,大家一起举杯，一桌子人谈笑风生起来。我忽然感觉自己是个白痴，在这群人里不知道该说点啥了。

4. 虎头山

第二天，镇上的司机开车，老王和我们一起来到虎头山下。那座远远看去颇像卧虎的大山，竟然那么高，几乎没什么植被，褐色的石砬子裸露在阳光之下，显得肌骨遒劲。

老猫指着虎鼻子的方向说："那里就是我和王主任死里逃生的地方。"仔细看，虎鼻梁的两侧有几条不规则的大坑，那是古墓的盗洞。

虎头山下曾经是宋辽时期的古战场，附近的向阳山坡上多有各类古墓。农民翻地时，就从地下挖出过随葬品的辽白瓷盘。有一段时间，少郎川挖古墓风行一时，当然这是非法发掘。据说有挖到马镫壶、唐三彩等瓷器的，还有开了大墓，里面埋的是将军，整副的盔甲、鎏金饰品，都是价值连城的宝物。这些文物流入市场，造成极为恶劣的影响。

猖獗的盗墓行为，引起公安部门高度重视。市刑侦支队得到线索到虎头山设伏围捕盗墓贼。半夜里，老猫作为随行记者跟踪报道，还是机关干事的王主任配合毛记者采访。两个年轻人愣头愣脑地不顾刑侦警员的再三警告，爬到盗洞附近，老猫看到有人影，立即按下快门，却忘了关闪光灯。闪光灯一闪，惊醒了盗墓团伙。一群黑影从盗洞中冲出来四散奔逃，还有人从高处向下扔滚石，刑侦队本来就不熟悉地形，又有队员被飞石所伤，结果一个盗墓贼也没捉到。

毛记者和王干事两个小青年却爬进了盗洞，用手电筒照亮进入墓室。

老王指着那个大坑回忆："那个洞竖着下去也就一人深，然后就是横着的洞，连通墓室，那叫马道。马道可有点长，我们俩爬了足有三分钟，见里面忽然就开阔了许多，豁然开朗啊。"

老猫点头："往里爬的时候，我在前面，你在后面。"

老王继续指着那大坑："是啊，我胆小，怕碰见死人啥的。等进到墓室里一看，我的天哪，方方正正一座柏木楼，柏木的棺材摆在柏木床上，做工相当精致。我俩进了墓室弯着腰能站起来，谁也碰不到谁。"

"要不是你拦着，我们可能就在那墓室里陪葬了。"老猫跟着一起回忆。

"可不嘛，你看到床头雕刻得好看，举着相机就拍照，一抻腰，脑袋就撞到楼顶上的板子，那板子哗啦一下子就掉下来了。你还要拍，我拦着说，这家伙要塌，赶紧跑。"老王说的时候还很紧张，"我俩刚爬回马道，那柏木楼轰隆一下就塌了，你说也奇怪，进去的时候估计三分钟，等我俩爬出来连一分钟都没用完。"

这还不算最危险，他们从马道里钻出来碰到了盗墓贼仓皇逃窜时丢下的电雷管，要不是派出所的徐所长眼疾手快把他们俩扑倒在地，他们两个肯定得被炸得粉碎。广合公派出所的徐所长在现场采集到一些痕迹，其中有半个脚印是重要的证据。据说徐所长的爷爷就是清朝衙门的捕快，父亲是老警察，也是新中国第一代公安人。徐所长颇得家学真传，单凭这半个脚印居然在镇上的大集上把嫌疑人给认了出来。

老猫把这件事写成长篇报道，对救命恩人徐所长着了许多笔墨。老猫因此成了徐所长晋升之路的推手。王干事却因此次事件挨了批评，因为他和记者的失误导致抓捕计划失败，有干警受伤。若不是徐所长在短期内抓到嫌疑人，恐怕坐在镇政府办公室的主任就不姓王了。

老猫仰望着虎头山鼻梁上的大坑，提议上去看看。老王乐呵呵地说，没问题，好久没爬过这座虎头山了，顺便看看当年的发掘有没有留下什么漏网之鱼。

把车停在山脚下，我们一行四人向山上爬，司机背了个双肩背包，里面装了矿泉水、零食、纸巾等物品。虎鼻子十分陡峭，我们只能迂回着爬上山坡。老猫边走边回忆当初和刑侦队上山设伏的情景，老王和他互相补充，当时的情景如电影般再现。我和司机津津有味地听着他们讲的故事。

不知不觉间，就爬到了虎鼻子上。

果然是好大一个大坑，坑里杂草覆盖，已经看不出那是炸药炸塌了墓室留下的痕迹。文物部门在爆炸后曾对古墓做了抢救性挖掘，可惜盗墓贼对墓葬的破坏极大，除了那座柏木楼，也没可以拿出来说事儿的文物。于是古墓发掘的工地便荒废了。经过多年的风吹雨淋，那个杂草丛生的大坑仿佛是虎脸上遭到袭击留下的伤疤。

站在虎头山上眺望，少郎河沿着崇山之间迤逦而去，一些干涸沟渠像大树的枯枝一样在山间延伸。老王指着最近的两条沟介绍道："别看这两条沟干干巴巴的，每年都要发几次大洪水，也是极为厉害的。"因为山上的植被少，山坡上存不住水，一到雨季，山上的水都会汇集到这些沟里，然后再注到少郎河。这些水沟就是少郎河的支流，别看平时是干涸的，每条沟后面都连接着一两个村庄。

山下的农田被勤劳的农民修理得一块块平整有序，黑褐色的土地柔和地泛着油光。老王说，今年太旱，庄稼都没长好，往年这会儿庄稼地早绿油油的了。在山脚时，我们已经就这个话题聊过，如果再不下雨，恐怕这些田地基本就没啥收成。庄稼不收年年种，这里的老百姓除了种地也干不了啥。说着，老王朝老虎鼻子的另一面指点："看，那边的山岙里建了个选矿场，招商引资来的项目。刚开建时，阵土台的村民死活不同意，闹了不少麻烦，现在建起来，是咱们镇的利税大户。电视剧里怎么唱的来着？毛驴拉磨哟，走不出这个圈儿。井里蛤蟆就能看到巴掌大的一片天儿……"

老王唱得还真不错，挺像赵本山的味道，他指的方向有个村子。

"阵土台？"我听到老王说到这个村庄的名字，立刻问道，"是不是有一块福地的阵土台？"

"福地？什么福地？"老王好像没听说过。

"就是阵土台村子自己造的那块地，抗旱又抗涝的那块地。"我说，望着山脚下那个村庄，安静地依偎在山脚下，袅袅炊烟从红瓦房顶升起，不觉间已到吃午饭的时间。

老猫一直举着相机拍照,他那个大炮一样的长焦镜头对着阵土台方向一通咔嚓咔嚓。忽然,他指着一个方向,问老王:"王主任,那片绿油油的地是阵土台的田地吧?"

"哦,你说的是大方田啊。"老王满不在意地说,"对,那是阵土台的地,那片地倒是挺好,能种麦子,不用机井浇水也能保个秋收。"

我们看到了那块方正的田地,似乎就是比周围的农田色彩要深,庄稼也长得好一些。我又想起老猫说的"福地"的事儿,便想去阵土台看看。老王欣然应允,掏出手机打了个电话:"张村长,我是王主任……上面来了两位记者,去你家吃晌午饭……我们四个人在虎头山上勘察地形呢,好,现在下山了……好好预备一下,我车后备箱有酒,你那小烧度数太高,客人喝不惯。"

5. 阵土台

张村长家在村子最后一条街,村长早已在大门外等候,一见到我们的车,忙迎上来:"王主任,贵客驾到,荣幸荣幸。赶紧上屋里喝口水,咱们马上开饭。"司机从后备箱取了两瓶包装精致的酒拎进门来。

老王介绍了老猫和我,张村长分别和我们握了手,村长的手粗糙有力,手掌上都是茧子,肯定没少劳动。老王又指了司机手中的酒道:"按照组织纪律,要严格控制干部到村民家大吃海喝。我们自带酒水,算是AA制的工作餐吧?"

张村长满脸开了花地道:"哎呀,这话就是见外了不是?咱们今天不谈公事,是朋友聚会,给远道而来的朋友接风洗尘。王主任也是联系群众感情,便于开展工作。没那么多说处,赶紧进屋洗把脸。"

他家院子横向很宽,是两个院子打通的院套。一半儿用作小烧酒坊,酿酒出的酒糟用来养牛,正房后院便是牛棚。二三十头大牛小犊在后院哞哞地叫。几个养牛的工人正推着小车给牛送草料。

"张村长是广合公镇有名的能人,您进村时都看到了,街道整齐宽敞,村容村貌比镇上做得都到位。"老王向我们介绍。

"哪里哪里,都是镇里领导治理有方,我这就是跑腿打杂的。配合着镇里给老百姓干点具体的事儿。"张村长说着,给我们一行四人发烟卷,又一一点上。

村长家专有一间餐厅,桌上早摆了几个大盘,手把肉、杀猪菜、小鸡炖蘑菇、清炖牛腩、羊血炒芹菜、大葱炒笨鸡蛋、蒜蓉西蓝花、蘸酱菜,还有一盘切成一段一段的鲜食玉米。张村长特别推荐这个玉米,这可是本村的中国农业大学的高才生从学校育种室取回的种子,在院子里种了几十棵,新鲜的棒子可以生着吃,又甜又脆!

我和老猫都取了玉米试了试,果然甘甜多汁,像水果一样口感极好。于是每人都大口地啃了好几块。村长见我们吃得开心,便让家里工人用塑料袋装了四袋新鲜玉米穗儿。

席间,我又提起那块福地,张村长一愣:"两位记者老师怎么知道我们这有块福地?"

老猫说是听徐所长说的,徐所长已经是大专家,每年都要和老猫约几场酒,以表达不忘旧情。徐所长一家在广合公好几辈,对这片土地了解得深透,乡间的奇闻故事自然了解不少。

张村长垂下眼皮,默默地说:"徐所长是好人,也是个好官。就凭他的技术能力,不是吹牛,绝对能去联合国拿奖。"

我说:"听说那块福地是您村人自己造出来的,真的假的?"

村长喝了口酒说:"是真的,我们阵土台这个村都是老辈子人造出来的。你们说那块地以前叫'福地',现在叫'大方田'。早些年都靠天吃饭,老天爷不下雨咱们就种不了地,种下地也收不了庄稼。唯独那块地,再旱再涝,都打粮食。"

我问:"怎么那么神奇呢?"

村长说:"我也说不明白,你们想讲古说今,吃完饭我带你去找六奶奶，那老太太比我说得明白。"

老王爬山累得腰酸腿疼，没有太张罗大家喝酒，吃了不少的蘑菇，连说这山上的榛蘑就是好吃，然后就熟门熟路地到隔壁炕上扯了个枕头躺下了。司机吃了两碗米饭到院子里擦车。餐厅里只剩下村长、老猫我们三人。

村长举杯跟我们碰了一个酒，说："阵土台这个村本来不在现在的位置，以前在少郎河边儿上叫前营子，后来发了一场大水把整个村给淹了，老祖宗才把村子搬到现在的位置。毛老师，王老师，你们看到我们村这街道整整齐齐，横平竖直，街道一样宽窄，家家户户的房子建得也是规规矩矩，都是老祖宗留下的规程。不信你去周围附近的村庄看看，整个少郎川找不出几个像我们阵土台这么规矩的村子。"

老王在热炕头上已经睡着了，鼾声大作，坐在餐厅里都震得耳膜发痒。

村长喝得有点快，脸色涨红，粗壮的指头捏着酒杯叹了口气："你们两位提到大方田，那可真是老辈子人留下的福地。要是没有那块地，我们这个村早没了。不过现在福地也不行了，镇里招商引资整了个铅锌矿选场，就建在虎头山西边的半山腰上。我们这里根本就没有矿，矿石要从外地往这里运。为啥要把选矿场建到我们这儿？因为这个选场有污染，没人愿意要。选矿需要抽地下水，排出的废水直接排到山沟里往地下渗，地下水、田地都给污染了。前年从大方田取了土壤样品去北京化验，重金属都超标。老祖宗积下来的福，早他妈的被这群孙子折腾没了。"

老王的呼噜声实在太响，村长厌恶地把隔壁的房门和餐厅门都狠狠地关上。村长媳妇在厨房里喊道："又喝多了吧这是！轻着点，少说两句吧。你也就喝点酒发发牢骚，你能咋着啊？"

可能村长感觉对我们两个外人说得确实有点多，忙张罗上米饭。吃完饭，村长要带我们去另外一间卧室休息一下，我和老猫都说不用。如果可以的话带我们去看看六奶奶，我对阵土台和"福地"的来历颇感兴趣。

6. 前营子

六奶奶家和村长家离得不远，三两分钟就能走到。老太太应该有八十多岁了，老头子走得早，就剩一个人守着一处小院，花白的头发十分浓密，整齐地梳在脑后，眼不花耳不聋，见到我们来访十分高兴。她说她十五岁就嫁到了阵土台老张家，村长的爷爷和她丈夫是亲兄弟。老太太果然健谈，听说我们请他讲讲阵土台的来历，话匣子便打开了。老猫从背包里取出采访机，按下了录音键。

"以前我们住的这块地都是荒地，啥也没有。

"我们这疙瘩归热河省管，那一年夏至是五月初六，'夏至五月头，必是旱年头'，你说少郎川整整俩月没见雨点。地里的庄稼苗儿都没出齐，晌午头的日头晒得杨树叶子直打绺，倒是那些'沙的啦'，就是蝗虫，振动着翅膀，满山坡沙沙沙地吵死个人。虎头山上的石砬子被晒得黑黢黢干巴巴，活脱一头蔫头耷脑的老虎，眼巴巴地望着少郎河。少郎河干涸的河床裸露在光天化日下，如同一条新蜕下来的长虫皮。"

听到六奶奶开讲，老猫和我相视大笑，这老奶奶让我们眼睛发亮，太可爱了。接着听六奶奶说：

"我们营子原先在南河套北河沿，就是大方田旁边儿，你们现在要是去看，还能看到没倒的房框子。那年地里旱得冒烟，人也没精打采，话也懒得说，饭也不想吃。老爷们光着膀子在炕上躺着，黏糊糊的汗顺着脊梁直往下流。他们趁着一早一晚，从井里打水挑到田里浇地，肩膀都磨起茧子。妇女们聚到老榆树阴凉里纳鞋底子，补破衣裳。

"张茂生老伴儿，就是村长他奶奶，那会儿还活着。那老太太人脾气格外好，看着也不下个雨，就在大榆树下提议了，要不去求雨吧。你猜怎么着，还真就把雨给求下来了。"

我问道："六奶奶，这求雨，怎么求啊？"

"你听我说啊,我们营子后有个龙王庙,小庙不大,但是可灵验啊。一说求雨,几个妇女都赞成。然后这帮求雨的人就往庙上走。张茂生老伴儿端着个筛子,里面装有供果香纸,几个妇女拎着瓦罐子,一群孩子跟在后面,他们都戴上用杨树枝叶编成的凉帽圈儿。

"这帮人来到少郎河边的小庙前,那庙就是用砖头垒成的神龛,里面摆放着龙王爷牌位。张茂生老伴儿围着小庙走,用杨柳枝蘸着那罐子里的水,边走边弹,把水均匀地洒了一圈。其他妇女就七手八脚地把筛子里的供果摆在龙王爷的神龛前。张茂生老伴儿也洒完了。一群人在牌位前跪下,小孩就跟一群小猴子似的跪在大人身后。

"张茂生老伴儿划着洋火把黄表纸点着,再烧着一把草香。这营子里只有张茂生老伴儿会念词,她手捧着香,口中念念有词。念罢,把香插在香炉里。一群妇女孩子在张茂生老伴的带领下对着神龛磕头。磕完头,求雨仪式就算结束了。

"你说稀奇不稀奇,张茂生老伴儿他们刚回到家,西北方向就咕嘟咕嘟长起了黑云彩。不大会儿,几道闪电之后,一阵磨子雷轰轰隆隆地响起来……"

7. 阵土台

听着六奶奶的讲述,我眼前浮现出当年的情景。

被电闪雷鸣惊动的妇女们纷纷赶紧往家跑,收晒在院子里的粮食和衣裳。一道闪电嘎啦啦地闪了几下,瞬间黑压压的云块上仿佛被切了个大口子,远处的天空变成蓝洼洼的。鸡蛋大的雨点子分不出个地噼噼啪啪落下来,热油锅里烹上凉水一样,院子里的土地立刻就噗噗噗地冒起烟,到处都是粗重的白气。紧接着大雨倾泻而下,一阵紧似一阵。起初还蹦跳欢呼的孩子们,也被这突如其来的大雨吓得有点发蒙,赶紧各自回家。

前营子并没有几户人家,基本是同姓家族住在一起过大日子。每家一个大院套,土坯房建得东一处西一处。街道不过是进出村子时人踩车轧的黄土路。雨水打在苫着谷秸的房顶上,沿着房檐哗哗啦啦地往下淌,顺着墙根汇成小溪,鸡屎猪粪柴禾沫子棒子秸漂起来,沿着小溪流向低洼处,打个漩儿冲向少郎河。

此时间,所有街道都成了河。浑黄的泥汤子翻腾着在院墙之间向南边的少郎河涌去。少郎河的河床有一里地那么宽,虽然水流从来没断过,平日只有一小股汩汩东去,温顺得像个小媳妇,逶迤在南山脚下。

张茂生一家在房檐下蹲了约有一个时辰,忽然听到从少郎河的上游传来一声骇人的怒吼之声,仿佛千万头牛一起哞叫,比天上的雷声还要大,轰隆隆地震响。就见河套上游涌起一团黄色的雾,成团滚了下来,足足有两丈高。

"发大水啦!"张茂生禁不住脱口而出。躲在屋里的几个孩子也都跑了出来,和他一起看。天上还在不停地打着闪,光屁股的孩子吓得往大人怀里钻。屋子里已经有几处漏了雨。张茂生的老伴用铜盆瓦罐摆了一地,接着漏水的地方。漏水打在盆盆罐罐里叮叮当当越来越紧。

另外几个房子的门也陆续打开,躺在炕上男人们被河里的巨响惊得早没了睡意。再听张茂生老爷子大声呼喊,都赶紧披上小褂探出头来。

大水说到就到,水头早呼啸着从眼前掠过。平日空旷的河床此刻满是浊浪。让人看着眼晕,只见那河水越涨越高,浪头却越来越小。眼前的大水一会往东流,一会往西流。街道上的水也在涨,几乎看不见水流动。院子里的积水很快就没了脚腕子,转眼间就没了小腿肚子。牲口棚里的牛、马、驴、骡子都不安地嘶鸣,试图挣开拴在槽头的缰绳,院子里的鸡试着要飞,狗不住脚地往高处跑,寻找避雨的地方。

"屋里进水啦,快点堵上啊!"张茂生的六弟张茂发住在东面厢房,大水最先进了他家的门。他顶着草帽披了个麻袋片,抄起一把铁锹在院里的高处挖土挡在门槛前。另外几个屋的男人们也都纷纷跑出来,帮着挖土叠坝。刚把东厢房门口的水挡住,西面厢房也进了水。大家又都去西厢房门口挖土叠坝。厢房的门叠了土坝没多大一会儿，正房堂屋也进了水。大家又赶忙来叠正房门。院子里已经没有土可挖了，只能拆了一段院内的菜园子墙，堆到屋门口。房顶的水越漏越多，竟然沿着山墙往下淌水流。炕上的棉被褥子都被打得湿淋淋的。一时间，老张家一家十几口，乱成一团。

"扑通！轰隆！"

和张茂生院子隔着一个胡同的老汪家，一个偏厦子坍了，激起一片水花。汪老大和汪老二在院里嗓子都叫岔了声，招呼家里所有人都从屋里出来。人们刚一到院子里，汪家的另外一个厦子也倒了，又是一片水花。老汪家虽然和张家住隔壁，地势却低了一些，四面的水都往老汪家汇集。

汪家人老少八口人都蒙着泡在院子里，看着摇摇欲坠的正房，手足无措。汪老大蹚着没膝盖的水往后院走，想看圆仓有没有进水，刚走两步，踩翻横在水中的一个木头疙瘩，栽了个大跟头，趴在水里一下就没了影。汪老二背着五岁的儿子，连忙过来扶他大哥，费了很大劲才把汪老大扶起来。汪老大的腿肚子上划开一道口子，水面上被血染红了一片，转瞬又被冲开了。趴在汪老二背上的孩子吓得哇哇地哭出声。

雨仍在下，刮起风，雨水拧着劲淋在人们身上。尽管戴着草帽披着麻袋片，身上早已经湿透。张茂生抄起一个铜盆，敲得山响，边敲边喊叫："发大水了，快出来，快出来，往后山跑！"

几个院套的人们都陆续赶出，冒着雨，蹚着水。男人们没忘了牵上大牲口，把孩子和小脚女人扶到牛马背上驮着。张茂生兄弟在前面开道。原先的路早已看不见，只能根据露出水面上的树木摸着往后山的方向摸索。到处是白亮亮的水，深一脚浅一脚。终于在天黑前来到阵土台村现在的后山坡上。这里的高台地里都是石碴子儿，土地没劲，种下庄稼也不打粮食。

坡上有几处大石碴子在石壁上突出五六尺一大块，像是鹰的嘴巴，天然一个石头窝窝。里面虽然冰冷潮湿，却也勉强可容下十几个人避雨。老人、孩子和妇女被安顿到里面，男人们都还是披着麻袋片冒着雨，蹲在鹰嘴岩下。张茂生看着筋疲力尽老老少少三四十口人，长出了一口气。这一路也就三里地，感觉却有几百里那么长。路过了两条大沟，都汩汩滔滔地发着水，不敢蹚水过，绕了大圈才越过来。

六奶奶说起几十年前的往事绘声绘色，把我和老猫都听呆了。六奶奶接着说：

"前营子一场大水之后就给冲垮了，我们在后山坡搭窝棚住了一个多月吧。在灯笼河当乡长的王宗林骑着大青马回来了。他说少郎河上游的拦河坝被红胡子土匪给炸了个大口子，要不咱们这儿水不会这么大。那些挨千刀的胡子最可恶，欺男霸女抢老百姓粮食，官兵进山收拾他们，他们就偷偷炸了水坝。

"王宗林也是咱们阵土台的大恩人，他在灯笼河跟着省里派的官一说，说我们前营子被水淹了，衙门口还真派来一个工作队。那工作队里有高人啊，其中有个从京师大学堂农科学堂来的大学问人，人家来到我们这一看，说土地可以改良。怎么改良呢，就趁着发大水的时候，把西河套的水引过来，用上游冲下来的淤泥把我们前坡的地都淤成了良田。就在遭大水那年，张茂生老大哥带着全营子人淤地，还补种了荞麦。不然全营子人都得去要饭，没粮食过不了冬，不饿死才怪。淤出来的那块地比周围的庄稼地都高一截，一旦遇到涝天，水都从两边儿流到少郎河里去了。那块地土层厚，吸水多，比别的地抗旱。你们说的福地，就是这么来的。"

8. 归　途

六奶奶一气讲了这么长时间的故事，连口水都没喝，说完了，便笑眯眯地看着我们几个人。村长听入了迷，如梦初醒般说道："我都快五十岁了，从来没听过像六奶奶讲得这么详细。闹了半天大方田这块地还真是人造出来的。现在的人咋就不想着怎么把庄稼地往好了整，非要搞个铅锌矿选场按在咱们头顶上呢？"

六奶奶端着茶缸子喝了口水说道:"大孙子,你都当村长了,咋还跟小时候一样糊涂蛋呢? 人啊,一要心眼摆得正,二要眼睛往前看,心正做事有底气,往前看走得远。我活了八十多岁,最佩服的就是有学问的人,那个帮咱们淤地的文化人多了不起啊。对了,你前两天给我送过来那几个玉米棒子,是哪里淘换来的新品种,可是真好吃。"

老王晃晃悠悠地从大门外走进来,没进门就喊道:"毛老师啊,你们到这来访贫问苦了,咋不叫上我。我给徐所长打电话了,汇报你们来少郎川采风,他托我好好照顾你,往亮处看,别总盯着黑旮旯瞅。"

我和老猫去了大方田,那里的庄稼果然比周围的庄稼长势好。

回程的路上,老猫开车,他问我,你觉得你能写出一篇像样的文章了吗?

我说,应该可以吧。

2023 年 10 月 16 日

轻掩红尘（节选）

王晓雪[*]

凌漫惜醒来的时候感觉比平常早了一刻钟。她有一套自己的生物钟，谁都搅扰不得。她的眼睛卸开一条缝儿，脑中混混沌沌有了些意识，便感到了冷。初春的北平，依然感觉不到暖意。她低头一看，发现那条洋红洒花丝绵被子竟已被身边的苏少安抢去了一半。漫惜心中燃起了一阵无名火，欠了身拉住被角用力一夺，心想不抢回被子也需弄醒他。谁料少安翻了个身，把被子掖得更紧，睡得依然安稳，好像故意同漫惜作对一般。漫惜歪头看着少安，几绺头发随着她脑袋的移动，从耳畔的发网里漏出来，不安分地蹭着她的脸颊。她移动了一下脸颊的位置，稳稳当当地压住了它们。她咬着嘴唇，手指头绞着月白色的睡衣下摆，定定地盯着少安后脑勺一绺翘起来的头发。良久，她喘了口气，心定下来，却再也没有了睡意。她索性坐了起来，看了看床头的西洋珐琅钟——果然，早了一刻钟。北平的天亮得已不算晚，但屋里仍然很暗，她没有去开灯，一半是因为懒，另一半则是怕吵醒了少安。她扭头看了眼少安熟睡的面孔，和北平所有的富家公子一样，他也是圆脸，健康红润的面色，多少有些发福，但松松垮垮套上大

---

[*] 王晓雪，经济学2009，供职于中国石油报社。

褂，也就不那么明显了。就好比小吃摊上卖的包子，即便个儿大，人家也觉得是虚胖。

她下地，趿拉着月白色夹金线软缎拖鞋，从衣架上取了件兔绒袍子披在肩头，懒懒地坐到了梳妆镜前——这西洋的玻璃镜确是比那老铜镜强得多了。她看着镜子，发现镜子上有一块儿胭脂渍，便伸出一根手指头，去抹那块红迹子，凉凉的触觉顺着她的手指尖往上爬。她突然想起自己念书时，国文老师给她们讲过一个西洋人编的故事，似乎就是关于一面魔镜的一个故事，那魔镜表面上看着同其他玻璃镜一样，但镜子里头就是另一个世界了。

漫惜盯着自己涂了蔻丹的手指甲，慢慢地用指甲去刮镜子，戏谑般地要刮出通往另一个世界的入口。她把视线从自己的手指上收回来，抬头仔细端详着镜子里的自己。一对略显乌青的眼圈很是刺目，衬得漫惜的脸颊越发的白——不知是睡久了还是香粉没有洗净，不过不管怎样，漫惜都觉得自己像一个眼睛黑洞洞的白脸女鬼。她略一皱眉，镜子中的自己也照猫画虎般地皱了一下，不仅如此，似乎又丑化了她一分。漫惜记得她在家的时候从来不在镜子前面多消耗时间，可自从嫁到北平，她就越来越喜欢拿自己现在的相貌和她出阁以前比一比。

她仰一仰下巴颏儿，一对丹凤眼眼尾上扫，就翘起了细长端丽的鼻子，倒是露出了一种风尘的烟火味道；她的脸蛋原先是鼓鼓的，这两年不知怎的瘦了下来，棱角就显现出来。但漫惜还是怀念她婴儿肥的时候，两腮上两团肉，时不时地挂搭下来，好像随时在和人赌气一样，带着一种少女特有的优越感；漫惜的婆婆苏太太姓富察，一听就知道是满洲贵族，满洲女人最爱惜的是头发，因此漫惜从她那里吸收了不少满洲人的习气。她也开始保养自己的头发，苏太太教她制作一种玫瑰香油，盛在小瓷瓶子用，每天早晚用梳子蘸了梳头。漫惜把这个法子加工了，她嘱咐母亲叫人每年从南方家乡捎许多桂花来，洗过头发以后再湿漉漉地揉上一遍，哪怕那香味不能持久，心理上就有了许多养尊处优的安慰。

她发呆的时候,门轻轻开了,进来了丫鬟琉璃,一见她坐在梳妆台前,便蹑手蹑脚地走过来,小声说:"少奶奶醒了?可要洗漱?"她点头,于是琉璃就带了小丫头进来,端了脸盆盖碗痰盂,伺候她刷牙洗脸。

她们尽量小心地不发出声响,以免吵醒了少安,但他还是醒了,醒得极不情愿,一边嘟囔着一边坐起了身。琉璃正替漫惜挑衣服,见他醒来,便拿了青盐去伺候他漱口。漫惜选了件牡丹红十样锦旗袍,少安正自漱口,见了便吐掉口中的水说道:"别穿红的,今天我大姐来。"漫惜听了,极不乐意地放回去,嗔怪地说:"为什么早不讲?偏偏在我选好了才讲。"话虽这样说,她已换了件姜汁黄盘花织锦旗袍,转身撩开小隔间的珠串帘子,进去换衣服。少安把盖碗递给琉璃,琉璃就给他送上一块白布手巾擦嘴,然后边替他拿衣服边说道:"昨儿个我听太太讲,今儿姑奶奶还会把成亚少爷带来。"漫惜在里面接口:"成亚今年也有十岁了罢。"琉璃答道:"不到呢,才九岁。老太太和太太早就相了位姑娘,是玉器柳家的二小姐。等丧期、孝期一满就说要成婚的。"沉默的少安突然淡淡地插了句:"也是娃娃亲。"话音一落,就没有了其他声音。

漫惜没有接话,少安也不再提什么,琉璃就更是噤声了。未几,漫惜"哗啦"一声掀开帘子走出来,一面钮着领口的扣子一面道:"你们苏家还真是喜欢娃娃亲,结了一个还嫌不够。"琉璃急忙过来,息事宁人地拉她到梳妆镜前坐下,漫惜取下发网,拿起牛骨梳子梳头发,却被梳子勾下来几茎断发,扯痛了她自己。她生气地拿梳子在桌台上磕了一下,把红木台面磕出了一个小坑,琉璃赶紧把梳子接过来,道:"仔细少奶奶的指甲。"说着替她取来景泰蓝的指甲套子,"好不容易留了快三寸长,折了多可惜。"然后又摘下她的发夹子替她分头路,"少奶奶需快点,老爷和太太不大会儿工夫也该醒了,需去请安呢。"

漫惜冷着脸,从镜子里看着少安慢吞吞地穿裆子穿鞋,此刻她心中真有些恨他。琉璃很快给漫惜挽了个圆髻,挑了个点翠凤嘴花银钗子簪牢了。她搭讪着赞道:"少奶奶头发真是好。跟您讲个乐事,咱们这儿以前有个李妈,头发不多了,偏爱挽个大髻,您道她怎么办?她在自己的头发里塞上许多棉花,有时候棉花透出来,乌突突一团,我们都在背地里笑,她自己还当是高招。"漫惜拿起桃木小梳子把鬓角的头发篦紧了,说道:"这倒也不是什么新奇事,我前两天去美发沙龙的时候还见着有人这么干呢,只不过做得要高明些。"琉璃从乌木镶玉的首饰盒里拿了两副耳坠子在漫惜耳边比着:"少奶奶看哪副合适些?"漫惜瞥了眼,见一副是翠玉月牙式耳环,一副是红宝石镶金花耳环。漫惜不作声,琉璃便拿了问少安:"少爷看呢?"少安站起身子,抻抻褂子,答道:"金的罢,贵气些,太太喜欢。"漫惜用鼻子"嗤"地一笑:"刚还说你姐姐过来,丧夫见不得喜庆,现在又教我穿金戴银地冲撞人家,何苦来呢。"说着,自去拣了副白珍珠串戴上。

  琉璃笑笑,把耳环放回首饰盒子,正要出门,却被少安叫住找怀表。漫惜奇怪:"昨晚不是放在枕头下了么?"少安答道:"不是那个,那个叫我磕掉粒钻,琉璃,回头去镶上。"琉璃"哎"了一声,少安又说:"找陈先生从葡萄牙国带回来的那个,描金的,跟法兰西香水一块儿送来的。"琉璃道一声"知道了",就蹲身去矮柜里翻找,大大小小的礼品盒都掏了出来。

  漫惜瞥了一眼少安,见他一副坦然自若的样子,也起哄一般跟着说:"琉璃,帮我找找有没有一个珐琅錾金的粉镜子,何太太送过来,我还没用过呢。"琉璃赶忙道:"知道了,少奶奶。"漫惜见少安没有做声,就把视线重新投向镜子里,镜子中的自己脸上的粉好像不甚均匀,于是她拿了粉扑子擦着鼻翅上多余的粉,然后又淡淡抹了层胭脂。

  她斜眼从镜子里看琉璃:油亮亮的头发编成辫子盘在头顶,露出一截粉颈子,一件竹根青布褂子,一条葱花绿小脚裤子,褂子外罩着的白地平金马甲紧紧裹着腰,那是属于少女的腰,令漫惜在心里叹了口气。少安那边又问道:"这是什么时候拿来的?"漫惜见他指着床头的珐琅钟,答道:"是老爷的同事,叫作王什么,从英吉利拿来的,不记得了么?"少安想了一下,似乎还是没有印象,说道:"这些洋玩意从前只有皇主子才用得上,如今多得倒也不稀奇了。"尽管当时清朝的末代皇帝爱新觉罗·溥仪已经退位十四年,各路军阀忙着争权夺利,但像苏家这些从前同皇亲国戚走得很近的大家族来说,谈起爱新觉罗氏,依旧带了些敬畏。

漫惜站起身,抽出雪青洋绉手帕擦掉黏在蓝宝石戒指上的香粉,对少安说:"太太和老爷约莫已经醒了,我先去请安,你也快些。"临出门又喊琉璃,"以后手帕子不要用玫瑰末子熏了,怪呛人的。"说罢便掀了门帘走出去,穿过院子,往上房院去。

才进院子,就看见几个小丫头在换盆花,把杜鹃撤掉换上了茉莉。她绕过大理石屏风,看见苏太太的丫鬟菊芯正端了盆水出来,见漫惜过来便打了声招呼:"三少奶奶早。"漫惜问道:"老爷和太太可都醒了?"菊芯答:"都已醒了。老爷马上要出门了。"

漫惜连忙进门。苏太太和苏先生都在里间儿。苏太太正让丫鬟芍药给她梳头,苏先生正对着镜子打领带。外屋只有管家董顺在帮苏先生收拾公文包。董顺在苏家干了十多年,精明干练,在苏先生的熏陶下也懂了一些生意上的人事,所以经常帮苏先生收拾东西跑跑腿儿。他看见漫惜进来,喊了声:"三少奶奶早。"漫惜也点头为礼:"董总管早。"——毕竟是公公倚重的能人,自然怠慢不得。漫惜站在里屋门口叫了声"爸、妈",苏太太"嗯"了一声:"到外头先坐会子罢,吃些点心,等你大姐来了再一起吃早饭。昨天换了个糕点厨子,原是在宫里专做细点的御厨,桌上是他刚做的玉露霜方酥,极是难得。"这玉露霜方酥是宫廷有名的细点,在顺治和康熙年间最是流行,做工极为精细,到了清末,又添加了诸多工序配料,却都不及原来的味道了。御厨中能做原味玉露霜方酥者当真寥寥无几,若不是苏太太娘家是前清的满洲贵族,如今可是决计没有本领找到这样的能手的。漫惜谢过,在起坐间的水曲柳小圆桌前坐定,桌上放了一碟玉露霜方酥,一碟芙蓉糕,一碟佛手酥,漫惜就拈了一块玉露霜方酥来吃。屋里,听见苏太太对芍药说:"帮我把这披霞莲蓬簪戴上,看弄乱了掼花珠子"。不多会儿,苏太太就撩开青竹帘儿走了出来,一边勾耳坠,一边问漫惜道:"少安呢?还没有醒?"漫惜答道:"醒了,还在穿衣呢。"苏太太又接着对漫惜说:"少安的咳嗽可好些了?""好多了,只是他不喝那些苦药汤子了,我每天叫琉璃炖川贝枇杷露给他,大夫说也是润嗓子润肺的。""人奶呢?还喝么?""喝的。""下次叫她们多弄些,你要多喝,少安男人家,不过就是半碗的事,咱们女人可不同,人乳很养女人的,下回叫她们多拿一碗。""晓得了,谢谢妈。"苏太太家境显赫,从小到大养尊处优,是个很懂得保养的女人,如今快五十岁的年纪,看上去却只有四十出头而已。苏太太一向注重衣着,就如今天,一件浅棕色金线描花绸袍,镜面乌绫镶滚,肩头披一条杏黄格子流苏披肩,领口一只花环造型的钻石别针儿,头上一朵淡黄米珠玫瑰花,一支披霞莲蓬簪,耳垂上一对白银玉如意耳坠子。看她白净面皮,颧骨上淡淡地覆一层胭脂,鼻子继承了她满洲老祖宗的特点,高且挺直。但毕竟岁月不饶人,眼角的皮肤也略略显出了松弛,只是苏太太掩饰得极其巧妙,不细瞅是决计看不出的。因此,漫惜心下时常佩服苏太太的养生之道,婆媳二人之间最常说的也是衣饰饮食之类。苏太太向漫惜道:"昨儿个赵八奶奶送了几匹好料子,特意留给你了些。有一匹豆绿的,一匹鹅黄的,我记得你有一双青莲色的夹金线绣花鞋,配鹅黄的或者豆绿的袍子都好。一会儿我叫腊梅给你送过去。"漫惜心里记下了这两种颜色的搭配,向苏太太谢道:"妈费心了。"

两人正说着,苏先生也出来了。苏先生比他太太大三岁,黑黑的脸膛棱角分明,平日里不苟言笑,没有一丝文人习气,是个地地道道的商人,现如今正跟洋人合作办机器工厂。漫惜听人说,原先苏太太最讨厌洋人和洋货了,她对她祖先的基业充满了崇拜和维护,因此对苏先生的事业也阻挠得厉害。但是五年前苏太太害的消渴病发作得很厉害,中医束手无策,苏先生只好请了西医来看,苏太太本是嗤之以鼻的,没料到却大大地缓解了,再加上实在喜欢那些精致的香水、洋伞、玻璃镜,于是也就不那么排斥洋东西了。苏太太抬眼看去,见苏先生没穿长袍,倒是穿了套硬挺挺的西服。尽管当时的老百姓已经认识了西服,但穿的人着实不多,谁若赶时髦弄一件来穿,还常常会被讥笑一番。苏太太笑道:"哎哟,今儿怎么突然想起穿这身儿来?"苏先生答道:"今天和两个英吉利来的洋人谈生意。再说,现在谈生意就算本国人也爱穿西装,穿着长袍大褂签合同总是感觉别扭。"漫惜站起身,喊了声"爸"。苏先生点点头:"坐。"低头看了一眼怀表,再转头看向门口,皱眉道:"少康怎么还不过来?"向董顺吩咐道:"董顺儿,看一下二少爷什么时候过来。"董顺应一声,跨出门,没走两步,就在院里碰见二少爷苏少康和二少奶奶吴莲湘绕过屏风走来了。少康是少安的二哥,大少安五岁,大学毕业以后进了苏先生的公司。由于念过英文,便干脆给父亲做起了助手,平日里和洋人谈生意,总是少不了他的。今天的少康也是一身西服,头发一丝不苟地,梳作三七分定型。这二奶奶吴莲湘本是他的侧室,他的原配夫人早在三年前就病故了,莲湘就此扶了正,只可惜她的肚子不怎么争气,生了两个孩子,偏偏都是丫头。两人向苏先生和苏太太问了安好。少康问父亲:"爸,现在走么?"苏先生道:"当然,你要是再来晚一点,就迟到了。"少康闻言脸一红。苏太太听了,回护着少康说道:"哪有这么紧张的?玉萱和成亚一会儿就到!你们就不等等?""算了,"苏先生答道,"现在是来不及了,反正他们又不是马上就走,晚上再见不迟。""早饭呢?""在外面吃。""别吃太油腻的东西。""知道了。"说罢便走出门。

  莲湘见桌上果盘儿里有一把小胡桃,就喊菊芯找来一块红毡条铺上,坐下来拿着小钳子开始磕胡桃,嘴里也不闲着:"妈,这胡桃不错,粒粒饱满,我记得玉萱姐欢喜吃的。"漫惜瞅她一眼,窄额头尖下巴,颧骨高高的,显得很刻薄,一张端端正正的薄嘴唇上搽了鲜艳的口红,她额前留了刘海儿,还时髦地烫了卷儿,蓬蓬松松地垂到眉梢。看她穿了件粉荷色的电光绸旗袍,葱白线镶滚的荷叶袖口,戴了副红宝石耳坠子,头上一支盘花金钗垂下来的紫水晶穗子,随着她头颈的摆动滴溜溜打转,周身还散发着香气,也不知是香粉还是法兰西香水儿。如此鲜亮的打扮苏太太见了也不以为意，漫惜心里便懊恼起来：为了玉萱过来，连胭脂都擦得淡了，真真儿是素面朝天，比起莲湘的朱口白牙，自己倒像个寡妇！

漫惜心里一阵别扭，也没办法再回去补救一下，只得闷声不响地坐下，拿了一把小钳子，跟着磕起胡桃来。莲湘见了漫惜那三寸来长的小指甲，对苏太太赞道："妈，您看三妹妹的指甲，跟水葱儿似的，真叫人艳羡。"漫惜脸一红，不知如何接口，就见苏太太对她笑道："听见没，你二嫂这是眼红了。多暂等院儿里的凤仙开了，叫你们屋的琉璃来掐几朵，回去拌明矾敷指甲上。养这么长了忒也不易。"婆媳妯娌之间又说笑了一会儿，就听见菊芯脆亮地喊过来："太太，三少爷、姑奶奶和成亚少爷过来了。"莲湘赶紧丢下手里的胡桃仁跑到门口，苏太太也过了去，然而漫惜被一片胡桃壳夹住了指甲，等她小心翼翼地钳下来，一群人已经迈进门了。只见苏太太在左边挽着玉萱，旁边莲湘拉着成亚，两人的后面是丫鬟玛瑙。玛瑙是玉萱的贴身大丫头，当年陪着玉萱嫁进了乔家。漫惜赶紧站起来，向玉萱打招呼。众人簇拥着玉萱和成亚在圆桌边上坐下，莲湘便忙不迭地递过去胡桃仁，可苏太太正忙着向玉萱问长问短，根本无暇顾及她。漫惜心中冷笑：好一个热脸贴上了冷屁股！她扭头，便看到少安坐在一旁的金漆几案边上。他穿一件佛青色实地窄袖长袍，一件酱紫芝麻地一字襟珠扣小坎肩，领口垂下来一条怀表的亮闪闪的金链儿。他跷了二郎腿坐在那儿，正悠然自得地嗑瓜子。漫惜走过去问："怎么来得这样晚？""今儿早上衣服穿少了，又回去叫琉璃找了件坎肩儿，然后再出门就碰见我姐了。""琉璃呢？""出去了。去工匠那儿镶钻了。"见少安答得心不在焉，漫惜索性懒得再问，便回到圆桌边上，挑了个空凳子坐下，自己插不上话，干脆便端详起玉萱。

（原载于2011年5月23日第256期至
2011年8月21日第258期《挚友报》）

夜渐长

贾 柯*

> 夏至日阴气生而阳气始衰。
>
> ——题记

小年走在路上，前面过来一位扛着大刀、光着膀子的汉子，刀片很亮，随着汉子的晃动，刀背上的三个铜环叮叮当当地响，偶尔能往小年眼里反射一道强光，小年抬手遮了一下。

他心里对这把刀说：你的主人也不怕这骄阳晒化你。

刀上的环一下子不抖了。

小年是一个剑客，偶尔帮镖局走趟镖挣一些散银子，用完了再接活，反正他也没有老母或者老婆要照料，孤身一个人活着，比照顾一大家子要简单得多。可他也不是一个简单的剑客，若真过招他的功夫只不过是花拳绣腿，打架，他靠的是听得见刀剑的说话声，也不是所有的，至少晚上不行，他只能听见那些被阳光照射着的刀剑。

记得有一次，一个江湖怪盗劫货，把货的侍卫不堪一击，紧急关头他听见这怪盗的剑呻吟了一声："我和剑把儿连接的地方松了，磨得好疼。"小年冲着剑把儿连接处

---

* 贾柯，试验2013，中国科学院计算所博士，杭州学军中学教师。

出剑，剑断，失了武器的劫货者束手就擒。

汉子和小年擦肩而过的时候，小年听见那把刀说："大侠，后面那个提剑的人跟着我们很久了，主人粗笨不知，没啥本事，身上就一些帮人干活的糊口钱，求大侠帮我们拦住他。"

小年皱眉，这人长相真不像什么正经人，可是刀剑都是直爽的性子，还没有那些弯弯绕绕的心眼。但是话说回来，他不过是一个剑客，平白里管这些闲事，天下的土匪那么多，官府都睁一只眼闭一只眼，偏偏他管，岂不是找事。可小年还是止步了，因为他的确看见了那个"跟踪者"，右手提剑，剑被厚厚的布子裹得严严实实，这人穿着很体面整洁的青衫，像是个有钱人手下的跟班，全没有偷别人银子的必要。他直盯盯地看着前面那人，不遮不挡，正大光明地跟着。

小年想听听这人的剑怎么说，可惜，不见光的剑，他是听不见的。

就像是人心，不见光的，那些藏在阴暗角落中的，别人也是读不懂的。其实也没有必要读懂，世界上人那么多，也不是非要和这个心在暗处发了霉的人有什么交集。

小年心中狐疑，跟在这人后面，他只不过是好奇，可是转身时小年向街拐角的一瞥让他乱了心绪。

一双深邃似湖、空蒙如雾的眸子，仿佛隔着千山万水向着他望来，那双无边氤氲的眼眸中，隐约遮挡了一切的情绪。两人的目光在空中交会，那人眼中一抹淡淡的清光掠过，转瞬变成了盈盈笑意，朝着小年遥遥举杯。

这人桌边的剑冲小年喊："我家主人有事找你。"

小年抖了抖，便被迎面而来的两人请上了楼。

"劳烦阁下了，还望宽恕两位下属。"空蒙如雾的眸子狭若长柳，其内仿佛有水流静静涌过，氤氲成河，漾开一丝一丝的涟漪，而后无声潜入心肺，似曾相识的眸子。他笑，也像是不笑："刚才那把剑说'前面的贼人，偷了别人东西竟还敢这般明目张胆地走在路上'。"

小年心里一抖，不知道刀为什么要说谎，它怎么能说谎。

那人月白色底纹暗银锦袍翩然浮动，长袍如水，在夜色下静静流淌，小年发现这人虽有绝世风华，可惜只能坐在轮椅上。"我听得见刀剑说话的声音，只不过，他们一定不能见光，而且是从来没有见过光，自深山中打造出来后就没有见过。"小年看他，也看见了他后面的各色刀剑，有连环九锁刀，刀尖缺了一牙，也正是这一牙，只要挥刀者九式之内全将对方锁在牙一寸之内，这刀会自动出手，了结对方性命。

还有半月刀，小巧玲珑也锋利无比，常被当作暗器；还有七铃剑，配七步剑式，每使出一步，剑都会发出如铃铛般的轻吟，小年却越看越不对劲，这满眼刀剑大多数都是他见过的，甚至还和几把聊过天，他还看见地下那片无把儿的剑身，身上生了锈，一声不吭躺在角落里，正是当年他打断的那把。

"我有一位故人，是儿时的玩伴，小时候他从河中将我救起过一次，可是之后家父左迁，就彼此没了消息。我想找到他一谢当年恩情。当年他说想做剑客，我请阁下来就是想请您帮我听听，这些刀剑是从江湖各地搜集来，想必会有几把见过他。您问问他们，若能再寻到挚友，小生定重金相谢。"这人缓缓勾唇，淡淡道。

小年想起来小时候，他和附近的小伙伴们玩耍，穷人家的孩子不过是捏几个泥人，有一个和他们同龄的公子哥看见，硬是要请他们在自家包下的船上玩。深秋的水有些刺骨，泛着薄薄冷意，小年本来不肯，可还是和小伙伴们一起上了船。

游湖的确比捏泥人过家家新奇，小孩子们一玩儿就没了谱，互相叫喊着聊着现在未来。船到湖中心的时候不知道谁推了小年一下，小年撞到那公子哥身上，两人就这么栽下了船，小年会水，和急忙跳下水的侍卫将那吓傻的公子哥捞上岸。深秋的水把衣服一层层地凉透了，小伙伴们傻了，有两个还算机灵的把小年送回了家。

可是走的时候，小年听见一位侍卫的佩剑对他说："糟了，闯祸了，你知不知道这是谁家的孩子,以后见着可要跑远些。"

小年从回忆中走出来,看着面前的刀剑,七铃剑悄悄地冲他叮咛:"你觉得他是不是真心报答你?"角落里没了把儿的断剑说:"他下湖冻伤了筋骨,这才不能时常走路,平日里要靠轮椅才能出门,他若找到你,还能留你的命?"

桌上匣中一把重剑嗡嗡低吟着,小年认出来最初见这把剑,还是在一位正准备与江湖十剑之一的薛胡子决斗的中年侠客手中,小年告诉侠客:"你的剑累了,若再打斗,他定是折了。"如今这把完整的剑说:"大夫说他的筋脉只是受凉,若晚来上一会儿想必就断了,他真心谢你。"

"阁下可是知道了?"耳边突来一句,小年一抖,他的嗓音清润如玉,"若阁下有了消息,一定要告诉在下,在下万语难言谢。"

小年犹豫了,是重之又重的金银,还是自讨的杀生之灾?"你说,刀剑怎么就会说谎了呢?"小年问。

日色将近,暖阳柔柔,照着这些刀剑七嘴八舌的,好似一切红尘悠闲均自然而然融化湮灭,一派浮躁。小年想起来正是夏至,这一天过去,白天就越来越短了。是光下的腐朽,还是暗处的潮生?

当刀剑都有了心眼,这人活着,就更累了。

"阁下可是有线索了?"
"我再听听。"

忽地,小年耳边清静了,他好像听不见刀剑声了,是天暗无光了吗?时值傍晚,日光暖暖的。

(原载于 2014 年 8 月 30 日第 281 期《挚友报》)

老家门前唱大戏

王义峰

四十年来,中国社会发展日新月异,人民生活水平取得长足改善,改革开放取得的成就覆盖到中国的每一个角落。笔者接受了一个题目,写一篇关于改革开放四十年对普通人影响的文章。作为中国农业大学的学生,很自然地把目光投向农村。我走进一个普通的山村,倾听村里人的讲述,观察他们吃、住、行,体验那里的变化,感受新时代的进步。

一滴水,可以折射阳光的色彩。

引 子

六月农闲,六合庄的刘春清却每天都相当地忙。他是六合庄的秧歌队队长,每天晚上都要把音响和大鼓拉到六合广场,组织村民们扭秧歌。

秧歌队队员主要是营子里的中老年人,不少都已是两鬓染霜的爷爷奶奶。平时到广场上扭秧歌的也就二十来个人。人虽少,却也热闹。待到广场上的路灯亮起,秧歌队服装头饰装扮齐整,花花绿绿色彩鲜艳,音响里传出唢呐锣鼓欢快的节奏,广场上彩绸迎风舞动,扇子上下翻飞,姿态迥异的舞步踏着鼓点,快乐的阵型不断变化。刘春清喜欢把自己扮成老太太，身着宝蓝色的丝绸服装，头上戴顶几十年前东北老太太的绒帽，鬓角插着一枝花，掐着长长的烟袋杆扭在队伍最后。他学着老太太步履蹒跚，扮出各种怪相，不时逗得周围看热闹的人们大笑。扭秧歌的人们也笑，人们都笑得特别开心。

这样的秧歌已经在广场上持续了三年，除了农忙时节，春夏秋冬，雷打不动。三年来，每天都有人把扭秧歌的视频发到微信群里给大家欣赏。这个叫"六合庄生产队"的微信群里有133名成员，其中有政府机关干部，有企业高管，有知名律师，有考古学家，有电视台记者，有制片人，有工程师，有个体户，有公司职员。他们中有外出闯世界的创业者、毕业后在外地工作的大学生、还在读书的学生和刚刚毕业的年轻人，也有早已嫁出门的姑娘。这些人分布在全国各地，甚至国外。他们愿意守候在群里，因为他们都曾是吃着六合庄井水长大的孩子，在六合庄，有他们无法割舍的牵挂。

活跃在"六合庄生产队"群里的，也有几位像刘春清这样年纪的老一辈。他们能熟练使用微信，和年轻人们热烈互动。每天晚上直播秧歌时，群里也像广场上一样热闹，大家七嘴八舌唠家常。那是全世界六合庄人最快乐的时光。

"村怀天下"的小营子

六合庄是内蒙古赤峰市翁牛特旗的一个自然村，和很多名不见经传的村庄一样，在最大比例的地图上，也只能在公路乌灯线（乌丹—灯笼河）边上找到一个圆点。按赤峰的方言习惯，自然村被称作"营子"，六合庄全营子有133户人家，在籍人口462人，从20世纪80年代末到现在，这个数字一直都没有太大的变化。巧合的是，村里的户数和微信群里成员数一模一样。

背靠着虎头山，面朝着少郎河。六合庄人的祖先多是从山东、山西、河北逃荒流落到此，选择了开阔的向阳的高坡安家落户。于是，祖祖辈辈在这片土地上以农业生产为业，岁月在披星戴月的耕作中消逝。据传说，起初六合庄的名字叫"六户庄"，就是说刚开始在此垦荒扎根的只有六户人家。至于六合庄是什么时候落成的，最早在此地扎根的人家都是哪六户，已经无从考证。根据老一辈流传下来的故事推算，这个村的历史至今应该有190年左右。六合庄现在的常住居民以王、张、刘、江、宋几个姓氏为主。他们严格遵守着老祖宗留下的长幼顺序，从名字上占的字就能知道在家族里的辈分。

为村庄定名为"六合庄"的前辈一定文化造诣深厚。

中央电视台导演史学臣给乡亲们解释，"六合"指的是上下和东南西北四方，即天地四方，泛指天下或宇宙。《史记·秦始皇本纪》中就有"六合之内，皇帝之土"的语句。此外"六合"还是中国传统哲学概念，核心为天下规律，古人曰"知六合者知天下"。史学臣于1997年考到北京工商大学，毕业后留京工作。他对村名的解释让六合庄人很是骄傲，被人们认为是最权威的说法。

著名作家鲍尔吉·原野先生和笔者交流时，分析"六合庄"这个名字可能有河北的元素。赤峰当地多把村称为"营子"的，燕赵大地很多村子都叫"某某庄"。比如六合庄就有好几位大姑娘远嫁到河北固安，那里的地名就有叫马庄、杨庄、相公庄等。

果真如鲍尔吉·原野先生和史学臣导演分析的那样，六合庄既有慷慨悲歌燕赵大地的气概，又是涵盖天地四方。单从名字上解读，六合庄这个几百口人的小营子，架势和内涵都挺大气，可谓"村怀天下"。

涵盖天下的六合庄在实际生产生活中却远没有名字那么令人扬眉吐气。生活环境闭塞，生产方式落后，直到20世纪60年代，人们农业生产依旧依靠畜力和人力，广德公二中的历史老师凌富给学生讲课时说："咱们现在用的犁杖，在东汉时候就在用。"在六合庄微信群里好多人都曾是凌富老师班上的学生，他们是最后一批"东汉历史"的见证者和亲历者。

落后的生产力，让六合庄人距离富裕很远。

富裕与否，用身上衣裳口中食来衡量最为直接。关于吃饭，六合庄人的感受和记忆是不同的。20世纪五六十年代生人的共同记忆是吃不上饭、吃不饱饭，七八十年代生的人们记忆是吃不上好饭。在衣食丰足的今天，他们经常忆苦思甜，那些记忆成了教育下一代的素材。

刘春清他们那一代尝过挨饿的滋味。在那些特殊的年月里，地里产出少，家里兄弟姊妹多，吃饱肚子是个大问题。他们曾经吃过的食物，说出来现在人们都不知道是啥，如"原谷原糠炒面""莜面盔垒"，很多野菜都是主要食材，灰菜、榆树钱、哈拉海都曾经被熬着当饭吃。虽是难以下咽的食物，却还不一定能吃饱。因为这代人经过艰苦岁月，深知食物来之不易，对每一粒米都倍加珍惜。也因为被高粱玉米酸了胃口，所以对今天所提倡的以多吃粗粮作为健康饮食的说法，他们颇不以为然。

1978年，党中央召开了十一届三中全会。那一年，王义波出生在六合庄，他对小时候的饭菜记忆犹新。家里夏天的餐桌上是各种菜蘸大酱和咸菜，冬天的餐桌上是酸菜炖土豆条和咸菜，春夏秋冬主食都是小米饭，只有在逢年过节的时候才能吃上几顿白面馒头和肉。与他同龄的孩子们到了读书的年纪，营子东头的三间土房就是他们的学校，名为"东学校"。在这里他们将读完一、二年级，然后转到广德公镇小学接着上学。东学校里只有一位老师，采取"复式班级"教学模式。一年级和二年级都在一个教室里上课，老师先给一年级讲课，二年级做练习。给一年级讲完，让一年级做练习，再给二年级讲。直到1999年，东学校被合并到广德公镇中心小学，这位名叫王洪瑞的老师才结束他的复式教学。凡是在东学校读过书的孩子，都会熟练地背诵一段歌谣："老师老师快放学（音xiáo），我们家煮的白面条。一人一碗零一勺，回家晚了捞不着。"吃面条要实行"定量供应"，足以说明六合庄积极响应国家政策，普通人家都实行计划经济。

人们说，真正能吃饱饭，就是分田单干以后。家庭联产承包责任制给予村民极大的生产积极性。"交够国家的，留够集体的，剩下都是自己的。"张喜东比王义波小两岁,他们两家是前后院。张喜东的记忆中,每年都有几件事让小孩极其快乐,其中一件事是家里去广德公卖葵花籽,因为卖完葵花籽,爸爸就会给儿子买两根油条。捧着炸得酥软松脆的油条,滋滋的香气扑鼻而来,舍不得大口吃下去,咽着口水,小口小口地咬,细细地嚼,比过年吃的肥肉片还要香,真是最难忘的美味。

到1987年,六合庄开始尝试种植"火麦",这种小麦生长周期短,磨出的面粉相对黑,含蛋白质低,吃起来不筋道。尽管如此,人们还是选择用上等地来种麦子。看着田里麦子黄澄澄地一片片成熟,大家心里涌满幸福的泉水,仿佛顿顿都吃白面条的日子已经实现。种麦子的头几年,人们生怕浪费了来之不易的麦子。为确保颗粒归仓,在收麦子的时候,都不用镰刀,而是直接用手薅,把一棵棵麦子连根拔起,甩掉根部的泥土,打成捆装车。拉回场院,要用铡刀先将麦穗铡下来,再用碌碡碾压脱粒。作为细粮的原料,麦子收获的程序之复杂,超过其他作物。

民以食为天,这些关于吃饭的记忆,也构成了六合庄的历史。

中国版图上有着千千万万个这样的小村庄,六合庄或许可以成为他们的缩影。这是一个名字可以包含天下的村庄,又是那么微不足道。很多自然村落的历史鲜有人关注,土生土长的村民也不甚了解。但是,这里的人们默默地经历时代的变革,正默默地创造着历史。

闯荡江湖的"剑客"们

所谓"百里不同风,十里不同俗"。

在广德公镇流行一句顺口溜:"北营子小道多,六合庄外号多。"北营子位于六合庄和广德公镇之间,六合庄的人们要去广德公镇赶集,或者去北营子走亲戚,为图方便抄近路,会在北营子的田地里踩出窄窄的小路。那些小路也不过几条而已,实在还没达到"多"的程度,但是,乐观幽默的六合庄人确实"热衷"于给人起外号。现在五六十岁年纪的男人们,如同《水浒传》里的一百单八将,基本上人人都有自己专属的绰号。

绰号往往在主人的童年时代就被赐予,几乎要相伴一生。这些千奇百怪的称谓,听上去让人哭笑不得,又倍感亲切。老王家有个小孩调皮捣蛋,气得他妈妈大喊大叫:"你可别闹了,你是老天爷行了吧!"这话被邻居听到,从此这个小孩就有了新名字,叫"老天爷"。老张家已经有了两个男孩,第三个孩子降生。孩子爹一看还是儿子,脱口而出:"又来了个要账鬼。"得,这个孩子绰号就叫"要账鬼"。当年的小孩长大成人,甚至当了爹,当了爷爷,这外号在乡亲们间仍然通用。乡亲们见面用绰号来表达亲切感情,也用绰号来表达不满情绪。

有一位村民的外号叫"山药",后来人们听单田芳的评书《白眉大侠》,书中有个剑客叫尚怀山,江湖人称"山药蛋"。幽默的六合庄人民立刻改称那位大叔为"尚老剑客",现在大叔已经当上爷爷,名副其实地成为"老"剑客。

六合庄确实活跃着一群剑客,不过要把宝剑的"剑"改成建设的"建"。此"建客"与彼"剑客"的区别是,六合庄的"建客"们最擅长的兵器是刨锛和桃铲,这些是泥瓦匠必备的工具。他们本来就是土生土长的农民,种地为主业,此外统统都是副业,打工就被人们统称"搞副业"。工地搬砖盖房子自然也是副业,但是盖房子是基础建设,所以六合庄人出门都不是搞副业,是"搞基建"。

20世纪80年代开始,广德公镇活跃的建筑队,主要成员几乎都来自六合庄。营子南边的砂石公路,是剑客们上班下班的必经之路。他们骑着永久、凤凰、白山牌自行车,车后座斜挂着帆布制作的"百宝囊",里面有桃铲、刨锛、水平尺、线坠、大大小小的各式泥抹子。建设要求不高的乡镇民居,六合庄的剑客们个个都是十八般武器样样精通的江湖高手。广德公镇上的很多民居,都出自六合庄剑客们之手。

随着社会逐渐开放,每年春节刚过,六合庄的剑客们就成群结伴地,扛上行李卷,背着"百宝囊"去沈阳、北京这些大城市闯荡江湖。等进到腊月，剑客们背着行李回家过年，带回或多或少的"大团结"和给家人买的稀罕物。剑客们回来了，一家家笑逐颜开其乐融融，欢欢喜喜过大年。第二年正月，剑客们辞别妻儿老少，再次出门闯荡。1988年，六合庄有了第一台黑白电视机。两年后，村里彩色电视机已经好几台，都是"搞基建"的成果。

村里没有有线电视，只能收到少数几个频道，一群白天在地里干完活的男女老少，到晚上拥挤在14英寸的彩电周围，有啥看啥。电视里正在播国际足球比赛，连足球都没见过的庄稼人看得兴致勃勃。老牌剑客王洪礼把腿一盘，坐在炕头上，按照自己的理解给在座诸位现场解说。当时的中国队还能把日本队踢得一愣一愣的，说话有些口吃的王洪礼的解说也让观众们一愣一愣的。他解说的风格带有浓郁的乡土气息，他形容中国球员跑得快时说："还是中国人蹽得快，小日本儿炝着蹶子都没撑上。"中国球员大脚长传，他解说道："这家伙干得真远，这得从东学校干到西树趟子了吧?!"发现球员拉扯犯规说："这家伙咋跟小毛驴似的，拽都拽不住！"也不知道他这是支持犯规还是表扬球员身体素质好。在六合庄那些懵懂无知的球迷集体印象中，球赛远不如解说精彩。

21世纪以来，六合庄搞基建的人们有了比较正规的身份——农民工。他们在城市里吃了多少苦，遭了多少罪，受了多少欺负，只有亲历者才知道。刘春清的四哥刘春峰当年走南闯北"搞基建"，是六合庄著名剑客之一。他性格开朗言谈诙谐，对在城里"搞副业"的人们有一番描述："远望像逃荒的，近瞅像要饭的，揉揉眼睛一瞧，原来是搞基建的。"他们进城打工组成临时团队，相互照应抱团取暖。当把一年的收入交给家人时，看到家人的快乐，改善家中生活水平，一切辛苦不如意都烟消云散。过年那几天，剑客们也会穿上崭新的西装皮鞋，凑在墙根底下晒太阳侃大山，坦坦然然。因为尽到了老爷们儿的责任，他们感到踏实。

与附近村庄有些不同，六合庄人们兜里有了点钱，就惦记着翻盖房子。20世纪90年代初以前，谁家有一套全砖的瓦房，那是先富起来的象征。他们会把口存肚攒的有限资金用于修房盖屋上,宁肯顿顿啃咸菜疙瘩,也得把房子盖得宽敞漂亮。修房子是大工程,没有个两三年是完不成的。主人们攒够一笔钱就开工建设着,建到一半钱不够了,把工程先放一放,等来年赚了钱接着建。那时候经常会看到垒了一半儿的石头根脚(房屋基础),砌到一半的砖房框子。三间大瓦房都盖好装修一新,没个三年五年是下不来的。据说,埃及人就是这样盖房子的。六合庄人自觉地遵守老祖宗留下的规矩,房屋院落建设的朝向、间距都有一套不成文的讲究。至今,六合庄的六条街道横平竖直,就像规划院设计过一样。

当年"搞基建"的六合庄人,还是有一些搞出了名堂。擅长木工的张喜华就组建了自己的包工队,在牡丹江安家落户;精于经营的宋奎华包揽各类工程项目,定居到天津;"七零后"代表刘玉东则在赤峰成立自己的公司;十几岁就跟着叔叔当小工的王义龙,创办了自己的铝合金加工厂,后到霍林河主要从事锅炉安装工程。致富经历让他们成为六合庄的名人,也成为大家的目标和榜样。混得不错的人们,会带上自己的亲戚朋友一起打拼。

虎头山下的"学霸"们

六合庄人除了热衷于翻盖新房,还有一个共同点,就是重视教育。在他们看来,孩子考上大学就意味着可以摆脱下庄稼地的命运,不用再去顺着垄沟找豆包,也不用再奔波外乡"搞基建"。只要孩子能考上,砸锅卖铁也要供孩子念书。

刻苦的孩子们没有辜负父母亲人的培养,从1990年到2014年,六合庄考到大中专院校的学生有53人,平均每年考上2.5个大学生。四百多人口的村庄中,接受高等教育的人口比例占村庄总人口的15%,在方圆百里的村庄里,这并不多见。

王义明是比较早考上大学的六合庄青年之一,他是"足球比赛解说员"王洪礼的儿子。从赤峰农牧学校毕业后回到广德公镇政府工作。他继承了父亲口吃的特点,也继承了父亲的古道热肠。他爱喝酒,也爱唱歌。酒到兴头,只要有人举杯,他都说"讲理",然后"吱嘎"一口干掉杯中酒。如果酒桌上都是熟人,他可以即兴把酒当歌。他唱歌很好听,歌声中充满了感情。酒品如人品,人们评价他厚道,是个大好人。村里不论谁家有个大事小情,他都有求必应,尽己所能出面帮忙解决。

六合庄另一位著名剑客张术廷,靠包工"搞基建"供出两个大学生。1992年他家大儿子张志军考到内蒙古师范大学,10年后张志军获得博士学位。2003年二儿子张志民考入中国地质大学读硕士。这俩"学霸"和六合庄的其他孩子没啥两样,每年放假也要帮助家里干农活,放牛;暑假正赶上收麦子,博士也和大人一样下地,弯着腰一棵一棵地把麦子连根拔起,生怕碰掉一个麦穗。如今,张志军在北京某科研机关工作,张志民在天津工作。

1994年,王义斌考到内蒙古工业大学,他二姐王凤华比他早一年考上内蒙古师范大学。父亲王洪才是广德公工商所干部,家教严格,促使他养成了早起跑步的习惯。每天清晨,他都会沿着六合庄的剑客们上班的路线跑到公路上,再从村西的树趟子跑回家。他毕业后从事工业设计,在三一重工工作一段时间后,到上海创立了自己的公司。王义斌奔跑的身影,曾是一道亮丽的风景,多年后回到村里,有的人一时叫不上他的名字,会说:"这不是爱跑步的那个谁吗?"

史学臣从小喜欢画画,无师自通地熟练使用水彩、水墨。他画的雄鹰、猛虎、骏马、山水贴在墙上,可以和年画媲美。他仿照年画,在硬纸板上画出梁山一百单八将,再把纸板上连人带马剪裁下来。通过镜子反射阳光,把纸人纸马的影子投射在窗帘上演电影。1997年,他考上北京工商大学广告系,毕业后成为中央电视台导演。

2004年,张术坤接到北京航天航空大学的录取通知书,毕业后他进了航空工业计量所,工作是设计飞机。多年后,他在微信朋友圈里晒出自己小学时写的日记，里面描写了他在家喂毛驴的事。当十来岁的张术坤拴好毛驴，躺到炕上睡午觉时，做梦也不会想到将来去北京研究火箭发动机的事。站在六合庄后山坡的石硪子上，最远能看到少郎河蜿蜒的河道消失在群山之间。至于北京，实在太过遥远。

2015 年春天，刘春峰从天津回到六合庄，安排自家的土地承包事宜。他早已不再背着行李"搞基建"，脚上的皮靴是儿子刘玉忠从古巴带回来的。2008 年，刘玉忠毕业于辽宁石油化工大学，工作分配到石油系统，每年有半年的时间在南美洲，做海外建设项目。

王义波在大学毕业后，分配到翁牛特旗政府工作。当年为了吃顿白面条而念叨老师早点放学的顽童，如今已是翁牛特旗人大办公室主任。在办公楼里，他经常能碰到同事史学军。史学军早年考上中专，学的是最热门的专业——电子计算机，毕业后就一直在翁牛特旗政府工作，他是史学臣的哥哥。

2016 年江铁军、江铁峰兄弟先后加入"六合庄生产队"微信群。两兄弟大学学的都是工程专业，参加工作后，很快成长为出色的工程师，是单位的技术主力。江铁军写过一段抒情的文字："在人生的长河中，寒窗苦读绝对是非常值得的生命经历。经常说读书无用的都是书读得不够的人，他们还体会不到冬天听雪夏天听蝉的心灵之乐，读书破万卷，不仅是为了工作，更是为了许你一世悠然。"在他的内心深处，有着诗意的人生体悟。

请他们进群的是他们的本家哥哥江铁生。江铁生从内蒙古农业大学毕业后，在通辽市审计局工作。江铁生的姐姐江淑兰，医学院毕业后在翁牛特旗医院工作。和江淑兰年纪相仿的王瑞玲，2004 年毕业于山东中医药大学中医临床专业，毕业后就留在济南当医生。

六合庄的另一对兄弟，陈国文、陈国武先后毕业于师范专业，水到渠成投身教育事业之中。

和陈国文同班的刘玉芝，大学毕业后考上了公务员，在乌海市组织部工作。

王义龙的女儿王静大学毕业后,成为文化经纪人,她服务的艺人也是赤峰人,是炙手可热的国内一线演艺明星。

在教育水平普遍提高的今天,大学生已经不再新鲜。然而,在六合庄这样的一个小山村,如果没有高考,上面提到的和没有被提到的大学生们可能要像父辈一样继续种地,继续背着工具箱去打工,从事更辛苦的工作。他们的父母深知生活艰辛,不希望儿女们重走自己的道路,耗尽所有也要把孩子供到大学里去。他们在学校里可能不是最优秀的,达不到"学霸"级别,但是走出校门后,他们已经完成蜕变。面对社会的挑战,他们不是毫无准备,他们输得起,最差不过回家种地。

网络上给出身寒门、努力拼搏的男生取名"凤凰男",颇有贬义。确实,"山沟里飞出的凤凰"要付出更多才能获得和原本就在天上的鸟们一样生活。这些六合庄的孩子们,都和父母一起下过地,种过田,他们熟悉春种秋收的每一道工序,于是,更加珍惜一切机会,勤奋朴素脚踏实地。他们成为六合庄后辈们的榜样,鱼只要努力就能越过龙门,不断努力就成了龙。

没唱过戏的二十年

和王义明同岁的王义青,也爱喝酒,爱张罗。他敢说敢讲,好打抱不平,像个大侠。有一件事让他很受刺激——有人说,六合庄穷掉底儿了,连台小戏都唱不起。这件事无意间堵在他的心里,憋着一股气。

在农村唱戏并不稀奇,年年都有的群众文化娱乐,当然村里唱戏还有其他的含义在里头。如果这一年天旱,村民们就会到龙王庙求雨许愿,如果真下了雨就会还愿请神看戏。农历六七月正是雨季,自然会下雨。人们顺理成章把龙王爷的牌位从庙里请到戏台下,在观众席的最后面用新鲜的杨柳树枝搭建一个佛龛,意为演戏主要给神看的,人们不过是沾了神的光罢了。

话说在1996年夏天，六合庄求雨成功，请神看三天戏。操办当年唱戏的会首是王义青的本家堂哥王义春，戏班子的劳务要各家各户按人头分摊，戏班子演职人员的住宿就看谁家有闲房，用餐则由全村各户轮流管饭。演到第二天开始下起连阴雨，后面一天的戏是没法唱下去了，只好等雨停再把后面的戏演完。结果花了六七天才把三天的戏演完。村里民风淳朴，管戏班子吃饭住宿都没问题。等这约定的戏终于唱完了，戏班子班主提出这几天误工要加点戏价五十块钱。这可难为了会首王义春。戏价已经按人头分摊收上来了，班主要临时加码，虽然钱不多但已然不好再给大伙摊派，只能和伶牙俐齿的班主讨价还价，这过程显然不会愉快。最后逼得王义春没办法，把自己费了老劲攒的废旧电线卖掉，才算补上了这个亏空。戏班子的班主讽刺挖苦道："你们六合庄都穷掉底儿了，请不起戏班子就别唱戏了。"

打那以后，六合庄就没人操办唱戏这事儿。龙王爷再次到六合庄看戏已经是二十年后了。

二十年里，阳光普照大地，每一株草都会成长，六合庄这个小山村随着国家发展而进步。村民们外出打工的机会越来越多，不仅挣了钱，更增长了见识。从外面带回来的新玩意和新思想都潜移默化地改变着每一个人。二十年足以让小年轻步入中年，让小朋友长大成人。

让六合庄人想不到的事情还有许多，而这些事都变成了现实。比如，老太太们年轻的时候曾听过一位老先生的预言："……几十年以后，有路无人走，有衣无人穿，有粮无人吃。"缺吃少穿的年代听到这样的预言感觉是天方夜谭，如今，公路上跑起了各种各样的机动车，连个驴车都看不到，更不用说行人了，可不就是"有路无人走"。如今，人们的衣服款式不时新都不想穿，粮食产量高，除了够口粮还要出售一部分。

1997年暑期开学，史学臣第一次坐火车去北京报到的时候，张喜东已经在位于大望路的北玻集团工作了一年，尽管他只有十六岁，靠着勤奋和朴实，深受师傅喜爱。与前辈们不同，张喜东这代人不甘心继续做"搞基建"的外乡人，他们努力融入城市之中。在村里人看来，张喜东运气特别好，尽管他没有读大学，但是也闯出了一片天地。在加盟到一家著名的白酒销售公司后，他成为最出色的大区销售总监，负责好几个省的营销。多年前只能在卖葵花籽的时候才能吃上一块钱的油条，已是现在最普通的早点。

刘玉东和王义青都是1971年生人，他们从小一起长大。刘玉东是个文艺爱好者，和史学臣自学成才画画一样，刘玉东无师自通地会吹笛子。在物资匮乏的年代，文化娱乐同样匮乏。刘玉东可以快速地用笛子演奏曾经听过的歌。很多人都记得，夏天安静的傍晚，悠扬的笛声回荡在树影和月光之间，给小山村增添一股活力。爱吹笛子的刘玉东继承了六合庄人"搞基建"的传统，与前辈们下力气干活不同，他不再使用刨锛和桃铲，他的主要工作是建设和投资。虽然他的公司在赤峰市建筑行业中已经有一定影响，但是刘玉东在做人做事上都相当低调。

2005年，刘春清买下了隔壁的院子，和自己家的院子打通，在家里建起烧酒作坊，采用传统工艺酿制纯粮小烧。这种小烧酒度数高，口感浓烈，比不了张喜东卖的名酒，但深受乡亲们喜爱。酒坊产生的酒糟用来养牛，二三十头牛每天醉醺醺地横吃昏睡，长得膘满肉肥。每到冬天，六合庄的酒友就把自己家的粮食送到酒坊，请刘春清代加工酿酒。人们都是三百斤五百斤地往酒坊送粮食，仓库中有了余粮，用来酿烧酒这点粮食，那都是小意思。人们再也不用为吃饱肚子发愁，肚子里油水多，倒是开始惦记苣麦菜蘸酱加小米饭来。小烧白酒在外地也有销售，比如刘春清的儿子刘玉磊在赤峰开的饭店，算是"六合小烧"的批发零售定点单位。

历史上广德公镇有过酿酒的传统，"广德公""亿合公"都是当年大名鼎鼎的烧锅酒坊商号。如今广德公镇"隐居"在六合庄的这家酒坊，无意间让传统得以延续。

从1996年到2016年的二十年里，六合庄的家家户户都有变化。小土房变成全砖大瓦房，有的还在城里买了楼房；毛驴车变成拖拉机，甚至有的人家还购置了小汽车。没有人再为口粮不够而发愁，最受人关注的是粮食和蔬菜的价格，种地都以经济作物为主了。年轻人多数都在城里工作，逢年过节时他们才会回家。人们都在自觉地奋斗，为生活为孩子为前途为未来。

每个人每家每户都在改变，有些事物则变化不大。比如市场经济繁荣的今天，人们仍然习惯于逢农历一、四、七到广德公赶集，买不买东西在其次，有时就图个逛逛街。街上当年的供销社被超市替代，人们还是习惯说去供销社买东西。

过年贴的春联、挂钱现在都有现成的买了，人们端详着春联上的字还免不得品评一番。以前过年的春联都是由教书的先生来写的。考古学家王义学的父亲就是王洪瑞老师，他们父子俩的硬笔毛笔书法都堪称一绝。另一位老师是张喜民，个子不高，书法也是一流的。接近年关，乡亲们就夹着红纸到他们家里去，请先生帮忙写春联。先生们不仅为乡亲们义务书写对联，还要自备笔墨。能够上手写春联，对于学生们来说也是件荣耀的事，如今王义学还记得当年从父亲手中接过毛笔时难以按捺的激动。

村里谁家要修房盖屋，要请人来帮忙的，从来不会涉及工钱，主人请大家喝顿酒就可以了，遇上红白喜事，更是全村总动员。这些似乎都是传统，在人们看来，本来就应该互相帮忙和睦相处，没什么可计较的。农忙季节，谁家地里草薅不过来，邻居之间搭把手是毫不犹豫。这是几十年来留下来的传统，变化不大。

另一个没有太大变化的就是六合庄的村容村貌。和几十年前一样的几条街，各户的围墙还是土夯的，大小街道还是黄土路。每家大门前都有粪场，随处可以见到垃圾。祖祖辈辈生活于此，人们已经适应这种生活环境，就像已经习惯了二十年来六合庄都没唱过戏一样。

六合广场的秧歌队

2016年内蒙古自治区启动大规模的乡村基础设施建设。3月27日，广德公镇党委政府领导出面,在六合庄召开新村建设动员会。新村建设共有十项指标,包括重新修建围墙,建设群众活动广场,硬化路面等,覆盖各项民生内容,要把六合庄打造成翁牛特旗经典示范村。这个消息传出,无异于春雷炸响,让六合庄村民都为之一蒙,对政府领导发布的消息将信将疑,直到4月1日,推土机真的开到村口,才明白这回确实是动真格的了。

关于新村建设,王义青先于村里其他人一步了解情况。因为有的乡镇改造工程启动先于广德公镇,他的施工队已经参与其中。得知六合庄新村建设启动,他天天往家跑,自发监督工程质量。这些年来,王义青参与过很多行当,承包过砖厂,下过煤矿,修过公路,建过楼房,事业干得很不错。这位"大侠"对村子里的事情充满热心,谁家有个大小矛盾纠纷摆不平,他就义不容辞地出面主持公道。因为多管闲事,打抱不平,他没少得罪人。他认为,新村建设是大事,关系到六合庄村每一户人家,每一口人,政府花大力气打造的精品工程,决不能有半点含糊。

在建设村中心广场时,这位"大侠"再次发了威。刘春清是六合庄的队长,参与了新村建设的全程设计及组织。有人向刘队长反映广场的施工不符合规范。六合庄最不缺的就是"搞基建"的人,他们反映的情况应该不会错,六合庄要求施工方停工返修。施工方自然不会轻易同意这一要求。刘春清便找来王义青到现场解决问题。"大侠"出面自带气场,他那一身江湖气质,一般人真就来不了。不知道他用什么办法,反正广场是返修了。六合庄新村建设的整体水准都很高,建筑质量最好的就是广场。

新村建设涉及家家户户,需要动员每一户。以往也有类似的事,总会有人不理解不支持,这次新村建设,却得到全村人的认可。人们知道过了这个村,就没这个店,政府出巨资来改善村里的环境,这是可遇不可求的事。村民们齐心协力,对新村建设无比支持。

用了三个月的时间,六合庄完全变了一个模样。

乌灯线45公里的界碑向东不远处,立起一块巨石,上刻着"六合庄"三个遒劲飘逸的大字。从这地名碑起通往村口的砂石路被取直拓宽硬化成为"六合大道",路两侧种植了绿化树木,有绿色铁丝网保护。村中的每一条街道都被铺成水泥路面,路旁的瓦砾垃圾被清理,家家门前的粪场也被填平。所有土围墙都被推倒,在原基础上用红砖砌好,并粉刷一新。六合庄村庄街道本来就很规矩,新村建成后更加整齐。每一户的庄稼院大门旁都钉有统一门牌号,共产党员家的门牌号旁还有一个"党员之家"牌。在村东、村西各设了垃圾投放点,对村民生产生活垃圾统一堆放处理。大街上没有任何杂草,干干净净,整整齐齐。

在村中心的洼地上建起了一座大广场,广场地面由灰色水泥砖砌成,广场西北、西南两个角各搭建了一座木质凉亭。两座凉亭之间建起一座假山石,画有云纹朵朵。"六合广场"四个大字和村口的地界石上字体相同,刚劲有力。在广场上的正东方向,建起一方舞台约有30平方米,舞台背景是借助一面加高的围墙,用防水油漆做了彩绘,舞台背景上书"百姓大舞台"几个美术字。广场正北方则设置了几台户外运动器械,供村民日常锻炼身体使用。

短短三个月,六合庄的面貌发生了如此翻天覆地的变化,让每一位六合庄人无法按捺内心的欣喜之情。一个名为"六合庄生产队"的微信群也热闹起来。这个群的成员都是六合庄人,他们分散在全国各地。在村子里的人们会拍照片、录视频发到群里,所有人共同为家乡的变化而高兴。

种在王义青心里的那棵草,又拱了起来。因为20年前戏班子班主的那句六合庄人请不起戏的话,不知不觉回荡在脑海。他建议,六合庄新村建设,应该有个庆典活动,最直接又易行的方式就是组织唱戏。这个提议发到"六合庄生产队"群里,立刻得到了大家的响应。他的想法和很多人的想法同频共振。这是六合庄群众意见最统一的一次。王义青、张喜东、刘玉东、王向东几个人组成了"庆典筹备小组",他们经过一系列微信讨论,集体设计了庆典的形式、活动流程、经费来源和财务管理方法。这套程序被简单地概括提炼成文字,发布在"六合庄生产队"群里。内容可以概括成下面几个要点:

活动主题：六合庄新村建设庆祝典礼

庆典时间：2016年8月，共计六天

庆典内容：(1) 庆典开幕式上向镇党委和政府赠送锦旗，表达群众对党和政府的感恩之情；(2) 对"美好庭院"进行表彰；(3) 为六合庄连唱六天大戏；(4) 给每一位为庆典捐款的家庭赠送纪念品。

经费来源及使用：通过众筹的方式，向六合庄走出去的乡友发起募捐，捐款以500元为1股。所有收入资金都第一时间公开发布到群里，所有支出在庆典结束之后向所有捐赠者公布。

按照要求，每一位捐赠者最少必须捐赠1股，最多可以捐4股，既保证活动经费的标准，又避免这件事引起乡友之间进行攀比。事实证明，他们的设计是很有成效的。

微信群是当下最迅速最精准传达消息的渠道，这一消息很快就在六合庄传开。王义龙、王义虎兄弟俩最先响应捐款，之后很多乡友陆续在微信群内接龙。筹备会的几位每人都选择最高标准捐了4股。仅用一天半的时间，就收到捐款33500元。

赤峰最著名的剧团——胜新评剧团的舞台车如约而至。

通往六合庄的路旁，遍插彩旗，彩旗上印有"六合庄新村建设庆典""不忘初心，执政为民"等文字。20年不曾唱戏的六合庄，在宽敞的六合广场上搭起高高的戏台。人们早早聚集到广场上，等候好戏开场。

在正戏开场之前，破天荒地搞了个开幕式。开幕式很简短，按照原本设计的流程，邀请了广德公村主任周玉民上台讲话，队长刘春清向周主任赠送了六合庄村献给政府的锦旗，另外10位"美丽庭院"代表走上"百姓大舞台"接受六合庄村全体村民赠送的礼品。这些活动在六合庄百年历史上是不曾有过的。

演戏的剧目安排也是经过研究的，下午安排的是传统评剧，晚上则演出歌舞晚会。这考虑到下午的观众主要是本村为主，老年人居多，照顾他们的欣赏偏好。晚上则会有很多周围村庄来的观众，年轻人会多一些，年轻人喜欢歌舞小品多一些。唱戏的那六天，筹备会的几个人召集了一些年轻人负责维护交通秩序，保证演出安全，也是忙得不亦乐乎。

王义青很满意地说："那年班主说咱们营子唱不起戏，你看看今天咱们唱得咋样？"刘玉东忙前忙后，他很在意演出效果和老百姓的反馈。村民群众的反响很好，尤其是外村的人们向他伸出大拇指，都说活动办得好，人们对六合庄又有了新认识。

筹备会核算账目，支付完演出费用后，所募集到的资金还有一部分结余，经过大伙商议，为村里置办了音响设备和扭秧歌服装。刘春清自荐为秧歌队队长，消失多年的秧歌队，水到渠成地建了起来。如本文开头所描述的那样的场景，每天都在六合庄上演。在宽敞的广场上，乡亲们在广场的凉亭下乘凉，还可以开心地扭扭秧歌。

从悠然闲适的生活中发掘出了快乐，秧歌队很快被人们接受。在秧歌队组建之后，经常会组织一些特别活动，比如"伞头评选大会"。秧歌扭到一段终了，会有"伞头"举着旗子出来唱上一段。唱词是现编的，老词都是在秧歌队到了谁家门前拜年，"伞头"唱出来向东家讨赏钱的，六合广场上的大赛上，"伞头"们唱出的词就是另外一番内容了。

培养了史学军、史学臣两个大学生的老爷子史占民也是选手之一。在锣鼓声中，他走到广场中间，举起旗子绕场一周，旗子摇动，锣鼓暂停，史老爷子开口唱道：

刹住锣鼓便开言呐，老少爷们（就）听真言。

六合庄组建了秧歌队啊，开开心心像过年。

（锣鼓点：咚不隆咚呛，咚不隆咚呛，咚不隆咚咚不隆咚呛）

像过年哪像过年哪，听我把六合庄的变化说一番。

村里修了水泥路啊，结实笔直平又宽。

没有泥来没有土哎，再也不怕连阴天。

房屋院墙修整好啊，家家户户都喜欢。

垃圾统一到营子外，道旁绿树很新鲜，

村里修了大广场啊,还有(那)凉亭在两边。
(锣鼓点:咚不隆咚呛,咚不隆咚呛,咚不隆咚咚不隆咚呛)
说一番呀又一番啊,一句两句也说不完。
感谢党的政策好啊,六合庄的建设得不一般。
感谢政府支持大啊,精品村的美名就往外传。
如今赶上新时代啊,六合庄老少都笑开了颜。
六合广场上唱大戏啊,大戏一唱就是整六天。
咱们的学生们不忘本,又出人力(来)又捐钱。
(锣鼓点:咚不隆咚呛,咚不隆咚呛,咚不隆咚咚不隆咚呛)
唱一番呀又一番啊,一句两句也说不完。
改革开放政策好啊,新村建设才是开端。
青山绿水都常在啊,美好的生活就万万年。
……

后记:

对于六合庄这个只有百余年历史的小山村,2016年注定是值得纪念的一年。

这一年,党的惠民政策让六合庄从头到脚变了模样;

这一年,六合庄培养的优秀儿女用实际行动回报家乡;

这一年,通过电视网络更多人认识了六合庄的新面貌;

这一年,也许是六合庄走上全新发展之路的一个起点。

按照筹备会的集体意见,庆典活动要连续三年。经历过2016年的活动,筹备会已经不再是少数几个人,而是一个群体。他们中的很多人还在六合庄继续耕种,他们对建设家乡有了更多美好的设想,开拓思路,从产业开发的角度使劲,改变传统的创收模式。这些都在逐步实现着。

到2018年8月,是六合庄新村建成的第三年。筹备会信守承诺,通过众筹的方式,为乡亲们连唱三年大戏。第一年募集的款项的结余,用于购置秧歌队音响和服装。第二年募集款项结余用于修缮六合广场上的凉亭。第三年募集款项除了唱大戏，还为乡亲们做些实事。做更多事让乡亲们受益，是六合庄人的心愿。

一个国家的梦想，应该是由无数普通人的梦想构筑成的吧。

是的，是这样的。

2018 年 7 月 16 日初稿于北京
2018 年 7 月 26 日第二稿于河南郑州

摆手越千年

高杨 孙莹[*]

> 哟……大山的子孙哟，爱太阳喽。
> 太阳那个爱着哟，山里的人哟……
>
> ——《山路十八弯》

沿着十八弯的山路，顺着九连环的水路，目之所及，是土家族古朴庄严的摆手堂；耳之所闻，是苗族高亢嘹亮的飞歌。那些散落在苍茫山水间的吊脚楼，为大自然平添了一份人文景致。

止戈为武，高平曰陵。位于湖北、湖南、重庆、贵州交界地带，4省市71个县（市、区）构成了武陵山片区。

用当地俗语来描述这里曾经的情景再合适不过了——"前面酉水河，后面烂岩壳。田无一丘地皮薄，吃饭穿衣没着落。"

这里，集民族地区、革命老区和贫困地区于一体，是跨省交界面积大、少数民族聚集多、贫困人口分布广的集中连片特困地区，也是中国区域经济的分水岭和西部大开发的最前沿。

---

[*] 高杨，工管2001，农民日报社三农发展研究中心主任，高级记者。
孙莹，中国传媒大学文学博士，现任农民日报社记者。

这里，满眼皆山。山连着山，山套着山，山环着山，山衔着山，一座座，一层层，一片片。乡亲们在石头缝里讨生活，每一寸泥土、每一粒种子都不肯放过，他们坚信，山同脉、水同源、树同根、人同俗，这里的庄稼一如这里的人民，坚韧而又顽强。

从1986年开始，30多年来，农业农村部（现为国家乡村振兴局）倾全系统力量，致力于帮扶湖北省恩施土家族苗族自治州、湖南省湘西土家族苗族自治州等武陵山腹地地区，200多名挂职干部前赴后继，苍茫武陵、悠悠酉水见证了这一路的坎坷与艰辛。

手把手、心连心的帮扶，让这片茫茫大山发生了历史性变革，这里的一山一石、一草一木见证了血浓于水的深情。

在脱贫攻坚战即将胜利的时刻，我们来到武陵山片区，在瑰丽的碧波山岚和欢快的摆手舞中，见证历史与现实的重叠，仿佛打开了尘封2000多年的竹简，伴随着深流的酉水和古朴的吊脚楼默默诉说着这里的前世今生……

那　山

"土民赛故土司神，旧有摆手堂，供土司某神位，陈牲醴，供肴馔。至期既夕，群男女并入，酬毕，披五花被锦，帕首，击鼓鸣钲，跳舞长歌，竟数夕乃止。"

每年春天，龙山县苗儿滩镇捞车村惹巴拉宫的大摆手堂前，在沟通人神之间的神秘使者——梯玛的主持下，盛大的舍巴日就会拉开序幕。穿上盛装，唱响歌谣，人们围在一起跳起传承千年的摆手舞，欢腾的气息一波接一波在山谷间传递荡漾。

挖土、撒种、织布、种苞谷、纺棉花……在全身各部位肌肉的协调配合下，一系列扭、转、屈、蹲的动作组合再现了日常农事活动的场景，而日子也就在这一摆一转间倏忽而逝,转眼,已是千百年的春种秋收。

在土家族聚居区,每个村都设有摆手堂,供奉着祖先八部大神。就在捞车村不远处的里耶镇比耳村,村民如今最希望神灵庇护的,是脐橙的丰收。这里山上山下到处种着脐橙,当果实缀满枝头,果香溢满山间,就是一年中最幸福的丰收时刻。

"种橙子,卖不得,自己当饭吃?"最初引进脐橙时,种惯了苞谷、红薯的村里人两手一摊,对这填不饱肚子的水果直摇头。

"前面一条河,后山乱石窝,吃饭靠统销,住房蹲岩脚。"为了改变当地的落后面貌,第一任村支部书记米显烈默默攥紧了拳头:这里可是龙山里耶!那个2000多年前城墙环绕、马蹄嘚嘚的秦帝国洞庭郡迁陵县!"北有西安兵马俑,南有里耶秦简牍。"3.7万多枚简牍啊,帝国的职官、历法、邮政、仓储、军需、法律、算术、宗教、农业无一不包,边陲县邑的社会百态由此重现。

拾起一片残瓦,它或许就曾见证过楚国的明月;捡起一截断砖,它或许就曾抵挡过秦军的长矛;捧起一抔泥土,它一定饱含着一次次城头易帜留下的血腥;掬起一捧清水,它一定荡涤着王朝更替时战车铁骑的火花……

辉煌的时代已然成为过去。"有女莫嫁比耳郎,坐月没有大米汤",曾经全村200多名青壮年中就有80多名光棍,这样的现实着实让人扼腕。究其原因,就一个字,穷!

时间倒回1989年,人均耕地不足0.2亩的现状让米显烈一筹莫展。种不了粮食就种果树,木本作物一旦扎根,就会努力生长。

一个月的时间,米显烈三上龙山,五下吉首,凭借退伍军人身上那股不服输的劲儿,四处寻求致富门路,终于将目标锁定:脐橙。

寻钱找物,开山炸石,背土填窝,米显烈带头种植脐橙,立志要改变比耳村贫穷落后的面貌。30多年过去了,最初从湖南农科院引来的小树苗如今已长成叶茂根深的大树,里耶比耳脐橙也逐步走出了大山。

2009年，比耳脐橙专业合作社成立，吸收了960多名成员。全村90%的村民加入，贫困户100%入社。

抬头望山，山上种树。"看到那山顶没，都是脐橙。"多种一棵树，多收一树果，多赚一笔钱。缺土少地，村民们就背土上山，在石头缝里填土种树。根系倔强地延伸舒展，越深越牢地抓紧泥土，枝干用力朝着太阳的方向生长，越往高处，越发茂盛。

树上果子结得多，树下脐橙卖得欢。近几年，扶贫干部帮助村民学会了通过电商销售脐橙。10斤一箱，每箱68元，还包邮。相比当地2元1斤的价格，村里人直呼"想都不敢想"。经由庞大的物流系统，已经有200多万斤里耶脐橙走出大山，销往全国各地。

看着大家通过各种渠道赚钱，贫困户余家国着急了。小时候家里穷，没有机会读书，40多岁的他只认识简单的几个字，可不识字就没法打字，如何与买家交流？

"比耳村位于酉水河流域的富硒带，温度均匀、土质肥沃，是脐橙的沃养天堂。我们里耶脐橙果形椭圆美观、色泽橙红温润、口感甜而不腻，含有多种人体所需微量元素……"拿着手机进行语音售卖的村民正是余家国，没有想不出的办法，没有卖不了的脐橙。

以前，比耳村村民靠着篾刀子（编制竹器）、船篙子（下河捕鱼）、苞谷子（种植玉米）艰难度日，而今这一树树脐橙，让村民票子多了、车子多了、房子多了。

大山为龙山带来了脐橙，在与之相邻的永顺县，大山的馈赠则是另一种漫山遍野的果实——猕猴桃。

"隰有苌楚，猗傩其枝。"中国是猕猴桃原产地，一颗猕猴桃能提供一人一日维生素C需求量的两倍多，是当之无愧的"水果之王"。

1996年，永顺县开始发展猕猴桃产业，可是稀稀拉拉的果实把大家的致富梦一下子打碎。怎么办？学技术！2005年，水杨桃砧木嫁接技术启用，永顺猕猴桃亩产也由 4000 斤提高到 1 万斤以上。看着急剧上升的数字，果农眼里渐渐有了光，不仅要坚持种，而且要扩大规模种。

在永顺县高坪乡，有万亩连片的猕猴桃基地。

"北京都没有这么好的猕猴桃。"在基地冒雨分拣猕猴桃的果农一下子来了精神，怕我们不信又补充道，她在北京待过，比这小一圈的猕猴桃，一颗都要七八块钱。

高坪乡有易地扶贫搬迁户 82 户 293 人，如何引导搬迁群众发展优势产业，答案就是这小小的猕猴桃！

"金艳"为黄心猕猴桃，"米良一号"是绿心猕猴桃。在永顺，茫茫大山中"宝贝"多，早就藏着野生猕猴桃，"米良一号"正是由其嫁接改良而成，抗病性强、产量高，更适合当地种植。

"甜度高，口感好，个儿大。"高坪乡乡长万锋补充道。

"一年能买一辆中配的帕萨特。"问起收益，当地老百姓这样形容。

7 个猕猴桃专业合作社、28 个猕猴桃专业村，果汁、果酒、果脯、果王素……如今的永顺已成为我国南方最大的猕猴桃生产县，产业覆盖 23 个乡镇 220 个村 8 万多人，与贫困户建立了紧密的利益联结机制，带动 8000 余户 3.5 万人增收。

"一株油茶一斤油，百亩油茶起新楼。"永顺的大山中，不仅有"金果"，还有"金油"。

山茶油，简称茶油，被誉为东方的黄金油，一直以来就是永顺当地百姓常用的高级食用油，山上 600 多年的老茶树如今仍年年开花结果。

山茶花开于秋季，果实成熟于次年花开时节。10 月采摘季，花开满山，如繁星散落枝头，芳香素雅、沁人心脾。朵朵花间，是一簇簇饱满得快炸裂开的褐色果实，花与果同株共茂，并盛并存，因此有"抱子怀胎"的说法。

五季 13 个月的云滋雾养，赋予了茶果独特的内涵，每斤不低于 50 元的成本让其愈显珍贵。

往更高的山上走，就来到了湖北恩施土家族苗族自治州来凤县三胡乡黄柏村杨梅古寨。

大山深处云蒸霞蔚，中华蜜蜂徜徉其间，采百花，酿甜蜜。

"一年只取一次蜜。"这是苗族小伙儿姚俊的坚持。

改良传统活框蜂箱，减少蜜蜂的消耗，增加蜂蜜香味；发明九九养蜂法，一个人最多能管护 1000 箱蜜蜂……在中国农科院专家的支持下，尚风寨蜂业有限责任公司负责人姚俊完成了多项技术革新。

2018 年，公司以自然村落为基本单位，选取一位饲养牵头人，并按贫困户的饲养能力与自然承载能力，免费配送一定数量的中蜂蜂群。如此一来，贫困户摇身一变成了股民，每个蜂群由公司占股 20%、牵头人占股 50%、贫困户占股 30%。

无需任何资金成本，不需承担任何风险，只要付出劳动，贫困户就可获得每个蜂群 30% 的利益分配。

飞翔在这片大山里的"小精灵"，又回馈了这里的乡亲。

那　土

土家族自称"毕兹卡"，意为"土生土长的人"。

这是一个古老而又年轻的民族。千百年来，土家人在武陵山区繁衍生息，直至中华人民共和国成立后，几经调查论证，才被确定为单一民族。

"福石城内锦作窝，土王宫畔水生波。红灯万盏人千叠，一片缠绵摆手歌。"这是一个只有语言而没有文字的民族，其历史就在曼妙的摆手舞和悠远的摆手歌中一代代口耳相传。

舞于山水间，歌飘武陵外。这是一片神奇的土地，处于富硒带的优势让出产的农作物蕴含天地灵气。

在距离龙山县城南 7 公里的洗洛镇，我们见到了"百合王子"宋志国。

"以前大家都叫我'短跑王子'。"练体育出身的他有着健硕的体魄和幽默的灵魂。

"百合，生山中，春生苗，长一尺许，叶似蒜苗，青色，夏开红花。"在嘉庆版《龙山县志》的记载中不难发现，百合，也是这片土地的原住民。

20 世纪 60 年代，宋志国的家乡大井村为了进一步优化百合品种，村供销社从江苏宜兴县引进卷丹百合 6808 公斤，在小井、大井、坪中大队铺开 40 亩试种，次年单产就达到 600 公斤。

这里的土壤特别适合种百合！

1998 年，父亲宋仁彦的百合产业缺人手。"上阵父子兵"，宋志国一琢磨，回到了故乡，自此，这个土家族小伙儿成了"百合二代"。

读过书、见过世面的年轻人有自己的规划。2002 年，宋志国承包了 40 亩土地，并用 18 年时间将其发展到 400 亩，翻了 10 倍。

"只有微苦的百合才可以入药，甜百合只是蔬菜。"对家乡的百合信心十足，这是当地人透出的精神气。

"秋水仙碱"，龙山当地人人都挂嘴边，这个百合中富含的物质到底是个啥，我们一无所知。

"治疗痛风的药物，主要成分就是秋水仙碱。"宋志国一语道破。

球茎颜白如玉、鳞片肥厚、形态卷曲、抱合紧密，这是卷丹百合的特征。味微苦、食药两用，这是龙山百合的特质。

滋阴清热、润肺止咳、清心安神……作为蔬菜，鲜百合销往上海、南京等长三角地区，上海市场的占有率高达 98%；作为药材，百合干片入驻成都荷花池、河北安国、安徽亳州、广州清平等中药材市场，市场占有率超过 80%。

对于销售，宋志国有自己的小算盘。6月的百合鲜嫩、量少，从张家界荷花机场空运直达上海；秋季百合大量上市，则拼车直发；如果将鲜百合放到冷库，也能卖到第二年的五六月份。

百合剥片，这是一项人工成本较高的劳作，既要保证品相的完好，又要及时剔除受损的鳞片。虽然烦琐又单调，但每斤4毛钱的价格仍吸引许多留守老人到合作社工作。

丰收时节，120多人一起剥片，颇为热闹壮观。夕阳西下，怀揣着100元工钱回家，又是何等满足与幸福。

2009年，"龙山百合"注册为地理标志证明商标，从口头相称到正式定名，众望所归。

"百合办"，专门为百合成立的机构，11位工作人员一年四季都围着百合转。

品种对比、种球选择、疫病防治、水稻百合连作……小小一颗百合，需要做的事情真不少。

百合，成就了一条街。一家挨着一家，家家都做百合生意，随处可见堆成小山的百合干片和讨价还价的来往客商，这就是龙山的马路市场。

在面粉里加入百合粉，就制成了耐煮、润滑的百合面。想在竞争激烈、产能过剩的挂面市场争得一席之地，绝非易事。

"这面卖得怎么样？"

"30吨。"

宋志国用手比画出一个数，这是去年合作社卖出的面条。今年，他又从河南引入了一条新生产线，想着继续扩大规模。

百合茶、百合酒、百合饮料，这些是龙山推出的新产品。不久后，百合安神口服液、百合面膜也将陆续亮相。

400余栋百合干片加工烘烤房、40余座百合保鲜库、100余家百合加工企业，覆盖全县建档立卡贫困户1.2万户4.5万人，电商年销售额达

2500 余万元……

这所有的一切都建立在 10.3 万亩的百合种植面积之上,这可是全国百合种植面积的五分之一!

因着这片土地,百合百变,焕发出无限生机。

在这片神秘的土地上,还有和大姜、小黄姜并称中国三大姜种的"凤头姜"。

来凤来凤,有凤来仪。酉水流经龙凤盆地,孕育了形似凤头、姜柄如指、尖端鲜红的凤头姜。温润的气候和富硒黄棕沙壤,造就了凤头姜无筋脆嫩、美味多汁的特质。

6 月到 10 月是子姜采收期,10 元一斤的田间收购价让姜农大呼过瘾。等到 11 月,大量老姜成熟,又是另一派丰收景象。

过去,一到农历腊月,姜农们就起出地里的凤头姜,挑起扁担,上四川、下湖南。回来时,背篓里便是满满的锅巴盐、五彩丝线等生活必需品。

凤头姜,见证了那段清贫的历史,也护佑了来凤一方百姓。

山还是那座山,水还是那湾水,如何让来凤县的姜农从土地上获得更大的收益,是扶贫干部苦苦思索的问题。

好土才能出好姜,大家一合计,向专业技术人员求助。

一边是 500 余年的种植加工历史,一边是实验性的土壤改良,面对未知,姜农们犯起了嘀咕。

专家们看出了姜农的担忧,于是承包土地,自己干给姜农看!

凤头姜有严重的连作障碍。姜瘟病,是让姜农最头疼的难题。

姜瘟病,学名生姜青枯病,发病快、死亡率高、无有效防治手段,多年来一直困扰着当地姜农。哪怕仅有一点点残留的病菌,都会对凤头姜产生影响,轻则减产,重则绝收。

土壤消毒、买种苗、施肥料、生物农药防控……在姜农最差的土地上，专家们硬是收获了 5000 斤优质凤头姜，而这一亩产，早已超过了传统种植的平均水平。

惊讶的姜农纷纷来取经。土壤处理费用 1 亩 2000 多元，姜瘟病没有了，产量翻番，连杂草都少了，每亩效益增加了三四千元。

会不会是偶然？姜农们还是不放心，毕竟贫困的生活禁不得一丝风险意外。于是，专家又种了一年。有了第一年的基础，成本更低，产出更高。

不等了！姜农们主动找到当地干部："请专家来指导我们种凤头姜吧！"

两年的耕耘是值得的。在各方努力下，姜瘟病的防治效果达到 95% 以上。

"凤头姜含姜醇、姜烯、姜辣素等，能增进食欲、健脾胃、温中止呕、止咳祛痰、提神活血、抗衰老。"当这些专业术语从路边吆喝的姜农口中传来，专家们相视一笑。

山中育百草，土里存黄金。包括百合在内，厚朴、黄柏、杜仲等 15 种中药材就是龙山土里的"黄金"。

在龙山县洗车河镇草果村，我们见到了 46 岁的宋宏成。贫困让他不得不在 20 出头的年纪背井离乡，深圳、上海、杭州，一路辗转，一路漂泊。

心安即归处。2006 年，想稳定下来的他回到了家乡，与山外的世界不同，这里依然是几十年前的模样，父老乡亲的生活并没有太多改善。

守着宝地过穷日子，这怎么行？

草果村盛产通草。一番考察后，宋宏成组织成立了龙山县波波中药材种植专业合作社。

拿起一根，体质轻盈，洁白无味，中部有半透明的薄膜。可别小看这其貌不扬的通草，清热利尿、通气下乳，都是它的神奇功效。

给宋宏成放手一搏的勇气与信心的，除了家乡道地的药材，还有东西部扶贫协作项目的支持。

合作社种植 617 亩通草，两期共投入 280 多万元。今年栽，18 个月后就可收获。错开时间，分层次种植，这样年年都能丰收。

通草的茎干是难得的药材，而留下的外壳也是制作机制炭的原材料。变废为宝、合理利用，这是宋宏成的生意经。

10月是通草的采收季节，合作社成员纷纷来到基地工作。为了让路远的成员有个歇脚的地方，宋宏成在基地边上盖起了员工宿舍。

110元一天，这是合作社定的工资；当天结算，这是宋宏成定的规矩。

145户172人，合作社让草果村的贫困户有了工作，有了收入，更有了盼头。

那　城

"山沟两岔穷疙瘩，每天红薯苞米粑，要想吃顿大米饭，除非生病有娃娃。"这民谣，道尽了武陵山的贫穷。

来凤县百福司镇舍米湖村是土家文化摆手舞的发祥地。迎着小雨，顺着曲曲弯弯的石板路，我们来到了舍米湖民族文化中心。

"这石板路、这摆手堂，都是先辈留下来的。"舍米湖村支部书记彭平悠悠道来，我们的思绪也随着这雨后的石板路延伸到了远方。

"一脚踏三省"的舍米湖，2014年有贫困户90户278人，2018年全部脱贫。

鼓声响起，我们从沉思中被唤醒。眼前是一群身着传统青蓝色土布衣服的土家儿女，循着节拍，他们欢快地跳起摆手舞，9个主要动作统一流畅，浑然天成。

曾跟毛主席见过面的彭昌松今年87岁，但凡村里有重大活动，他依旧一马当先，被誉为"摆手之乡不老松"。

人人都会摆手舞，这是每一个舍米湖村民的"傍身绝技"。

跳舞也能赚钱？村民你看看我，我看看你，一脸不可置信。

游客到舍米湖村，就是想看最正宗的摆手舞。

于是，一有机会大家就相约跳起摆手舞，寂静的小山村也渐渐走入大众视野。

相比舍米湖村的幽静，作为当地土司文化代表的老土司城遗址仍诉说着当年的繁华。

"城内三千户，城外八百家。"八街十巷纵横交错，痕迹依旧；天然屏障灵溪河潮涨潮落，静静流淌。"五溪之巨镇，万里之边城"，由此可见一斑。

水井悠悠，马蹄嘚嘚。当时明月在，曾照彩云归。

忆过旧时城，再看今朝美丽新农村。

距离老土司城 50 公里的芙蓉镇科皮村，是深度贫困村，1279 人中，429 人为建档立卡贫困户，贫困发生率高达 33%。

如何改变？产业、文化双管齐下。

不远处 936 亩水稻田中，放养着稻花鱼；左手边的山上种有 638 亩猕猴桃，100 亩脐橙，600 亩黄金茶……

"去年一头猪相当于一头牛啊！"村支书王付文感叹，深居武陵山腹地，没有受到非洲猪瘟的波及，养猪户大赚了一笔。

树崇德向善新风、树移风易俗新风、树遵纪守法新风、树诚实感恩新风、树勤劳致富新风；建起乡村夜校、农民培训中心和创业协会、乡村车间和一村一品基地、扶贫互助合作社、爱心公益超市。"五树五建"，这是科皮村的创举。

同为美丽乡村，恩施州来凤县桐子园村又是另一番景象。

车行桥、人行桥、茶园游步道、滨水栈道、观景平台……放眼望去，远山如黛，独峰而秀，茶园成片，绿树如荫。

桐子园曾是重点贫困村。2005 年冬天，村里多方考察后，决定发展茶叶，可村民不认可。怎么办？村民代表、党员带头种茶、建茶厂。

茶，3年才能种成。这3年，带头人都憋着股劲儿。直到第一锅茶叶新鲜出炉，闻着四溢的茶香，大家心里的石头才落了地。回忆起这段往事，村支部书记刘春生感慨万千。

"没种过茶，谁心里都没底。最开始的200亩效益不错，后来就200亩、200亩地发展。"

茶树水淹不了，风吹不倒。如今，90%的村民都种上了茶，全村1250亩耕地中，1200亩变身为茶园，每亩地增收6000元，2017年整村脱了贫。

建筑，是人类文明的承载体，也是了解一个民族文化的捷径。"石匠怕打石狮子，木匠怕建转角楼。"

吊脚楼，这种古老的干栏式建筑，没有一颗钉子，抗震且易于搬迁，被称为巴楚文化的"活化石"。

临水而立、依山而筑。上层干燥防潮，是居室；下层空阔方便，是外间。节约土地、合理分配，作为土家族、苗族的传统居所，吊脚楼恰如一颗颗珍珠点缀在武陵山间，与大自然浑然一体。

"无瓜不成趣，无坎不成楼，不转不成楼。"在惹巴拉，到处可见传统的吊脚楼。土家语中，"惹巴拉"意为"美好和美丽的地方"。

武陵土家第一寨、土家织锦之乡、原生态民族民间文化博物馆……

当文化旅游和红色旅游越来越火，武陵山区愈发脱颖而出，为发展旅游扶贫提供了肥沃土壤。

在惹巴拉，连接3个村寨的风雨桥"连心桥"旁，旅游公司开辟了两个集中摊位摆放点，摊位交由村民经营，贫困户优先。

在800里武陵山脉的深远之处，龙山县最南端，有一座古城，名为里耶。

里，土家族语大地、土地之称，

耶，土家族语开垦、耕耘之谓。

里耶，土家人拓土耕耘、繁养生息之地也。

谁也没有料到，酉水河畔的这个小小边邑，竟封藏了如此多的历史奥秘。

护城河里出土的52枚秦简，开启了一个崭新纪元。随着一号井的考古发掘，3.7万多枚简牍重见天日，一个个秦朝历史的片段得以"复活"。

秦简一出，世界震惊。

如果说西安兵马俑是大秦帝国的缩影，那么为其注入灵魂的，便是里耶秦简牍。

时间再拨回到1935年，任弼时、贺龙、关向应、萧克、王震等老一辈无产阶级革命家，带领红二、红六军团驻扎在龙山县茨岩塘镇，时间长达238天。这里是湘鄂川黔革命根据地的中心，是湘鄂川黔省的首府。

中共湘鄂川黔省委员会、湘鄂川黔省革命委员会、湘鄂川黔省军区，红二、红六军团医院、兵工厂、供给部……茨岩塘，无疑是武陵山中的"遵义城"。

如今，龙山县正在打造全域旅游，武陵山文化传承的种子，在群峰云海间散布播撒……

那　人

家人围坐，篝火可亲。

摆手堂前跳起摆手舞，笑声随着歌声舞动飞扬。中场休息，来一杯藤茶，这就是当地人优哉游哉的生活。

藤茶生长于海拔400～1300米，喜阴湿，山地灌丛、林中、石上、河边都有它的身影。属于葡萄科蛇葡萄属的藤茶又称莓茶，植物名为显齿蛇葡萄，是一种野生藤本植物，不含鞣酸、咖啡因，有茶之香醇，而无茶之刺激。这是武陵山区人们世代饮用的一种饮品，叫茶，却不是茶。

"三两黄金一两茶，藤茶浑身都是宝。"站在镜头前的是湖北酉凤来硒贸易有限公司负责人杨艺琼。

干练的短发、真诚的笑容、详尽的介绍……这位54岁的土家族妇女以其独特的感染力打动着每一个人。

2017年从贸易转行做茶，并且是全家总动员，这在哪里都不多见。

31岁从澳大利亚留学回来的儿子主管电商，儿媳管理财务，女儿负责销售与品牌……就连82岁的老母亲都在公司帮忙。

养在深闺人不识，很多人并不知道藤茶。

于是，杨艺琼不放过任何一个推介藤茶的机会，参加产销会争取经销商，参加品鉴会认识茶商，走进社区结识消费者……

疫情期间，杨艺琼也没闲着，坚持每天发抖音。2020年70%的产品都通过互联网销售，收获了600多万元的战绩。

租农民的地，收农民的茶，安排农民工作，给农民分红。8个乡镇全覆盖，基地、工厂一体化，公司带动贫困户322人，每年人均收入达到2万多元。

而几年前却是另一番景象。

"你能不能帮我把藤茶卖出去？"这是当地干部的诉求，也是茶农、茶企的心声。2018年是藤茶的低谷期，茶企的仓库里积压了几千吨货，茶农手里攥着白条。这也是挂职干部杜建斌到来凤的第一年。

茶博会就要开始了。10天时间，杜建斌给恩施争取到了最好的展位，不只藤茶，恩施玉露、利川红纷纷惊艳亮相。

2019年下半年，积压的藤茶销售一空。

幕后工作要做，台前工作也不能落下。

"藤茶具有清热润肺、平肝益血、消炎解毒、降压减脂、消除疲劳等功效。它的植物黄酮含量是沙棘果的3倍、三七的9倍、蜂胶的45倍、银杏叶的110倍、杜仲的450倍……"

挂职副县长杜建斌来到消费扶贫直播间，做起了来凤藤茶的代言人。

2020 年上半年，藤茶卖空；端午前后，咸鸭蛋、皮蛋卖空；年前，腊肉、香肠卖空……

卖空固然令人欢喜，但进一步做好规划才能让生意更加长久。

种植面积不再增加，要建加工厂，保证应收尽收；要做深加工，打造品牌；要对藤茶分级，满足不同消费群体需求……

2020 年初，武陵山特色产品交易平台正式投入运营。

21 家藤茶生产企业上报质量和数量，同时带着产品参加盲评。经专业人员测评，4 小时后当场出结果，给藤茶定级的同时，给出批发指导价。采购商则根据各自需求，参照测评结果现场认购。

阳光交易，优质优价。4 个小时，764 万元。

山高多雾，寒凉多雨。唐崖茶，600 年。

在咸丰，一群人干成了另一件与茶相关的大事。

红茶、绿茶、黄茶、白茶、奶白茶……来到咸丰县唐崖茶市，各色茶叶让你应接不暇。

2020 年 4 月 29 日，唐崖茶市正式开业，目前已有 30 多家企业入驻。

梁正文，茶叶协会会长。茶市一开，协会运转更加顺畅。

茶企进茶市门槛不高，茶市的最大功能是将企业聚集，品茶、斗茶，比学赶超的氛围由此浓厚。同时，资源得以整合和共享，哪里的茶叶好，哪里的需求量大，怎样做出一杯好茶，都能在茶市寻得答案。

有了稳定的"据点"，方便以茶为中心的人们坐下来切磋交流，这是之前想都不敢想的事。

循着茶叶清香，我们见到了这群在推杯换盏中推心置腹的协会成员。

张俊，标准的"80 后"，退役后开始做茶叶，已有 15 个年头。作为绿园春茶叶专业合作社的负责人，张俊和 40 多名成员一起管理着合作社 4 万多亩茶园和两个加工厂。在他的带动下，1000 多户茶农"撸起袖子加油干"。

疫情期间，为了不耽误茶叶销售，茶市专门开辟了杭州专线，直接将唐崖茶运往浙南茶市。一个春天，运输就超过 200 吨。

不仅送往，还得迎来。

姚健，咸丰县茶叶局局长。去年初，一接到茶企请求，他就半夜带着批件去高速公路口接人、接器械，打通茶叶销售受疫情影响的"堵点"。

从路口直接到企业，14 天的隔离时间，来者也不闲着，安心在企业做茶。隔离期结束后，再装满一车茶叶返回。

生产防疫两不误，咸丰茶叶的生产销售不仅没受影响，反而优于往年。

在咸丰县高乐山镇白岩村，我们见到了第一书记魏广积。

2016 年底，魏广积第一次来到白岩村。贫困发生率高达 45% 的白岩村几乎没有一条水泥路，基础设施非常差。年轻人都外出打工，只剩下老人儿童。

作为脱贫攻坚"尖刀班"成员，魏广积在摸清村里情况后，果断决定重启茶产业。

19 世纪 70 年代的老茶园很多都荒废了，如何"变废为宝"，魏广积动了一番脑筋。

唤醒沉睡的老茶园，这是首要任务。

清理杂草、修剪枝条，一番劳作后，老茶树容光焕发。

无污染、香味足，老茶树伸展出的新茶叶受到市场青睐，价格较普通茶叶翻了几番。

同时，合作社的茶叶基地也在紧锣密鼓地经营着。1600 亩茶园中，100 多名村民在此务工。

2017 年，村里茶厂开始修建，2019 年正式开工。如今，茶厂不仅能将村里的茶叶全部消化，还可以帮助周边村庄加工茶叶。

因着茶叶，2017 年白岩村全部脱贫，群众满意度达到 100%。

钱包鼓起来了，环境好起来了，村里又办起了乡村旅游。

2018年正月初一,白岩村游人如织,挤挤挨挨,人们暂离快节奏的都市生活,在青山绿水间放空自我。客人一拨接一拨,有的来了就不想走,且一住就是3个月。

绿水青山就是金山银山。如今的白岩村,人均年收入达到一万多元。我们走进永顺产业孵化园,这里上演着促进产业扶贫的"父子档"。

在孵化园,我们见到了59岁的彭发明,人称"湘西柚子王"。

"柚子不愁销了,电商打开了大门。"

在儿子的帮助下,彭发明成立了湘西三农电子商务有限公司,把永顺全县的农产品集中销售,在中国扶贫网、京东等七大平台同时推出。

电商绝不只是年轻人的事,老爷子照样玩儿得溜。拿起手机,彭发明娴熟地打开页面进行操作。

线上线下一年销售额将近2000万元,其中一半归功于电商。

在外做了几十年生意的王守功今年55岁,儿子王少甫武汉大学毕业后,决定回乡创业。2017年,大丰生态农业开发有限公司正式成立。

"条索紧细泛白花,醇厚甘美茶奇葩。神秘湘西多好物,土家儿女最爱她。"这个"她",便是莓茶,也叫藤茶。

大丰莓茶,这是爷儿俩的事业。年轻人有想法,王守功全力支持。

莓茶隐茶杯,这是儿子王少甫的小发明。将茶包固定于纸杯底部,不仅能有效利用碎茶,而且方便取用,是办公场所的首选。

目前,永顺全县网络带货超过1.2亿元,有800多人专门从事这一行业。

1986年,农业农村部开始支持武陵山区。

200多人接续奋斗,选派的挂职干部都是部内精英,他们懂政策、懂技术、懂市场,正是武陵山区脱贫急需的人才。

95%的时间都在武陵,挂职干部真正介入当地的政治、经济、文化、生活等各个方面。我们能带来什么?这是每个挂职干部的自问,政策、理念、经验、人脉……

大到全县、全州、全省、全国，小到一户贫困户、一家合作社，挂职干部事必躬亲。

山高路远，翻山越岭几天才能走出大山的日子已经结束，一圈圈盘山公路平坦又漂亮。

在武陵山区，过去判断一家富裕程度的最简单方式，是看其家里挂了多少腊肉。如今，香肠腊肉已经成了产品，不仅自己管够，还远销海内外。

种瓜点豆，惜土如金。由言必称贫到话必谈产业，不离土、不离乡，照样奔小康。

产业需要定力，需要几代人持之以恒的坚持；扶贫需要毅力，需要一群人接力相传的坚守。

古道悠悠，摆手千年。尽锐出战，精准帮扶。山一程，水一程。武陵今胜昔。

[原载于《农民日报》2021年02月21日六七版通版，作品获第32届中国新闻奖（2021年度）系列报道二等奖、2021年度全国农民报好新闻作品一等奖，收入本书时有改动]

桃花源里等春天

靳雪洲*

> 2021年7月，在偏僻的乡镇，我们一起度过了那个记忆中难以忘怀的夏天。漫长的雨季缠缠绵绵，密水涨呀涨，水库的蛤蟆跃上堤岸，秦屯河的涓流歌尽了似水流年。时光荏苒，星移斗转。
>
> 冬日的雪花纷纷扬扬，北风吹散了点点秋霜，远山晴雪宛如画中模样。游鸭戏水不知寒，雁阵惊声归何方。湖光山色明如镜，火车清笛掠山岗，炊烟袅袅暮村庄。
>
> 我愿以天为被，以地为床，以山为枕，以水为毯，徜徉山水间，陌陌不识归。
>
> ——题记

北京市中心以北一百里，山区和平原的交界处，中轴线北延长线在此隐于山谷。站在燕山山脉隆起的边缘，整个北京城像一幅徐徐展开的画卷一览无余。清澈的溪流从山谷中顺流而下汇入水库，平静的湖面映着天光山影，黑色的鸭儿点缀其中，"怀密号"小火车从湖面山间缓缓驶过。水库之南，京密引水渠碧波荡漾，秦屯河的苇花摇曳生姿，两条水道交汇之处，绿树之中掩映着灰瓦红砖。艺

---

* 靳雪洲，园艺2016，字容与，号搴芳。

术与生活的交织，都市与乡村的碰撞，人与自然的和谐，在这里交相呼应，共同构筑起了一个世外桃源的所在。昌平兴寿下苑村，这个宁静的、不起眼的小村庄，却有着乾坤般的世界。

20世纪90年代，随着圆明园画家村的拆迁，北京的艺术家们开始寻找新的聚居地，一些人去了通州宋庄镇，另有一部分人则来到了昌平的上苑乡。1995年，摄影家汪建中在京郊漫步时，发现了这个青山绿水的小村庄，遂来此买民宅定居。一年后，中央美术学院王华祥老师也来到了下苑村，开设了做艺考培训的"飞地艺术坊"。后来，村里先后入住了著名雕塑家钱绍武（已故）、田世信、孙家钵、郑玉奎，油画家邓平祥、杜键、孙逊、万纪元等一大批知名艺术家。2000年，钱绍武先生题写了"下苑艺术家村"的字样，其石碑矗立在村口，成为下苑村的标志。老艺术家的到来也不断吸引着青年艺术家来此学习、生活，经过二十多年的发展，如今，常住下苑村的艺术家已有80多户，并且形成了以下苑村为中心，包含上苑村、秦家屯村、桃峪口村、东新城村、西新城村、辛庄村等多地的艺术家区，总共有200多位艺术家生活在这片区域。与享誉全国的宋庄村不同，下苑村似乎深藏不露，较少有人知道它的名字，作为宁静的小村庄，没有受到商业气息的侵染。来到这里的艺术家许多是功成名就的退休教授，举家搬迁至此，在这里过着边创作边隐居的生活。

下苑村村庄不大，只有200多户，户籍人口400余人，本地的年轻人大多进城了，村中以老年人为主。在这里时常能见到上了年纪的老人在街巷里晒太阳，或是在自留地里侍弄蔬菜和庄稼，也往往能在村子附近的水库边、小山上、树林里见到写生的艺术家和孩子们。田世信夫妇逛早市时与熟识的村民热情地打着招呼，万纪元老师在村中遛狗时也常常喜欢和大家聊天，这些名声在外的老艺术家们都丝毫没有架子，在这里过着一个普通村民的生活。每周三下午，还能看到村里的巾帼志愿者们捡拾垃圾，她们从2017年起自发地推广垃圾分类，才有了下苑干净整洁的环境。整个村子的节奏很慢，就像平静的湖面泛着浅浅的涟漪，时光在这里甚至感觉不到流逝。

二十多年间，艺术长期地浸润着这片土地，与村民的生活完全交织、融合在一起。陶艺家郑玉奎老师长期在自己的工作室里免费授课，提起陶艺，下苑村的村民多多少少都会捏出点东西。村民王宝珠和刘秀芬夫妇年轻时给艺术家运输参展作品，接触得多了，也早早拿起了画笔，画着他们熟知的农村生活，虽未经过专业训练，他们的画却因生动传神极讨人喜，被人买走收藏的有几十张，甚至有一幅曾经漂洋过海卖到了法国。村民陈德明是村里的木匠，由于常常到艺术家家中做工，也喜欢上了木雕，时不时在自家门口摆弄自己的作品。兴寿镇以草莓产业闻名，陈德明喜欢雕刻一个个大大的草莓，刷上红漆，在十里八乡都出了名。村党支部副书记陈永忠将一幅松鹤朝日图画上了自家巷子里的墙壁。陈书记六十多岁了，担任副书记15年，对村里的大街小巷、家家户户了然于心，是下苑村的"活地图"。由于喜欢书画，他常常与村里的艺术家交流切磋，成为沟通艺术家与村民之间的桥梁。2016年，借助艺术家村资源，昌平区老干部（老年）大学兴寿分校落址下苑村，开设了书法、国画、太极拳、陶艺等诸多课程，由陈书记担任校长，村里的艺术家们免费授课，吸引着周围村庄的许多人前来学习。还有很多年轻的艺术家，像"黑子"、解雨凝、李化猛、孙鑫珂、杨鑫珂、蒋可钰、郑志岩、姜家鑫等，都积极参与村庄的发展，共同维护着这个富有活力的艺术社区。艺术之于下苑，是一个相伴共生、不可分割的关系。艺术来源于生活，生活本身又构成艺术。乡村的山山水水、花花草草、莺啼蝶舞、犬吠鸡鸣，那些可爱的人和事，每一处都是不可复制的作品。艺术根植于乡村，才显得更有灵魂、更接地气，这是在城里所体会不到的感觉。

刚刚来到下苑村时，我对村庄还不太熟，得王宝珠和"黑子"的邀请便到"黑空间"工作室做客。"黑子"原名申建军，他极是喜爱村北的桃峪口水库，一进工作室就能看到几幅大大的油画上尽是蔚蓝的波涛。王宝珠是"黑子"的房东，也在这"黑空间"里作画，画得最好的当数活灵活现的小毛驴了。2016年，热情好客的"黑子"在自己的工作室举办了十多个展览，将村里的艺术家们组织起来，从此，艺术家们与村庄有了更多的交流和互动。村里的公共空间逐渐多了起来，大家组织的各种活动形式也更加丰富。2018年，在村委会的筹备和艺术家的支持下，下苑村举办了第一届艺术生活节，汇聚了诸多领域的艺术家，集结了雕塑、音乐、绘画、舞蹈、戏剧、影像等不同类别的艺术形式，艺术家和村民们一起画画写生、捏陶塑、载歌载舞，在环保市集出售自制的手工产品，好不热闹。据统计，那天到场的游客足足有三千余人。后来的2019年和2021年，下苑村也相继举办了两届艺术节，分别为新中国成立七十年和建党百年献礼，艺术家崔马太老师带领村民和当地中小学生，绘出了《农民笔下的昌平七十年》七十米长卷，该画卷最后被昌平区档案馆收藏。

艺术家的到来给村民增加了房租收入，如今的下苑村，2万元1年的院子已经难觅踪影，一个稍大一点的院子往往都要5万~6万元了。然而，除了房租，艺术家资源对村庄集体经济却贡献寥寥。艺术家赵峰在下苑村居住十余年了，他也深感艺术与乡村的连接还不够深入，便有了与村集体合作的想法。村党支部书记冯志广是个很有想法的人，也一直在为村庄的发展谋出路，他与赵峰一拍即合，由村集体公司、艺术家个人、村民个体共同出资组建了北京下苑侃谱文化旅游项目开发有限公司（侃谱公司），在村庄开办艺术主题的民宿、餐饮，不仅有经营收入，也作为村庄的公共空间承办艺术雅集、展览，"侃谱空间"逐渐成为下苑文旅的一个招牌。

这两年间，村庄发生了很大的变化，作为选调生的我也与村庄共同成长着。我于2021年2月来到下苑村，那时的村庄特点还没有那么明显，艺术家们大多在自己的工作室里进行创作，外面的人如果没有人专门介绍，贸然来到这个村子往往看不出来这里是艺术家村，只是觉得这里街道整洁一些，绿化多一些，村里非常安静，一些房子似乎盖得很有特点，其他方面与京郊普通的农村也没有什么大的区别。变化发生在今年的春天。在村委会的召集下，几十名艺术家、村民和小朋友们共同绘制了反映下苑生活的 200 平方米的墙绘，村南的空地种上草皮变成雕塑广场，孙家钵先生的《老子》、王少军先生的《跨越昆仑》，以及青年艺术家果滋滋的《春风的形状》等雕塑作品作为永久性设施保留在了下苑村。随着市区两级领导的重视，越来越多的项目也落地下苑村。根据昌平区创建文旅融合消费创新示范区的统筹安排，"下苑艺术生活节"升级为"下苑艺术生活季"，逐渐发展成为一个常态化的活动。在 4 月 16 日的艺术季开幕式上，小朋友们在帐篷里写生，艺术家和村民们一起跳着舞、打着鼓，村里的志愿者们维护着秩序，大家时而欣赏舞台上的节目，时而在艺术市集逛逛看看，时而到艺术家工作室里参观游览，在绘画、音乐、舞蹈中肆意表达着自己的内心，融入浓烈的艺术气氛中，一派生机勃勃、春意盎然的景象。在美丽乡村建设工程中，下苑村新铺了柏油马路，接下来要借助创建文明城区的契机为村庄增添绿植和宣传墙绘，在桃峪口沟景观生态提升项目中加大道路沿线的规划设计，以下苑艺术家村为中心，将兴寿镇、延寿镇东部整个桃峪口沟沿线的十几个村串联起来，突出艺术区特色，展现山水林田湖草交织的半山区风貌。有幸能够以选调生的身份参与村庄的规划设计，我以新村民的身份热爱着这里，也对村庄未来的发展充满信心。

远观桃峪口水库

雪中的燕山山脉

两年间，从初到下苑的完全陌生，到对村庄有了大致的了解，再到能将一个个名字和人对得上号、说得上话，我已经完全融入这里的生活。在这里，我深深体会到这个宁静的小村庄有着一种内生性的、自发向上的力量。村干部为发展集体经济到处拉产业拉项目，村民为维护村庄环境整洁自发组成了环保志愿者服务队，艺术家们都各自发挥着自己的长处，开展免费授课、给村庄提供墙绘和雕塑设施、组织举办艺术节、为村庄发展规划建言献策……下苑是我们生活的地方，大家都在自发地维护着自己的家园。矛盾与困难当然也会有，比如缺乏产业用地，比如基础设施不够，比如文艺产业对集体经济的带动还没有那么明显，有些问题不会马上解决，但大家怀着对本乡本土的热爱，都在为村庄建设得更好而努力着，这才是发展的动力和源泉。我深知自己与下苑的情缘不会因两年的基层锻炼结束而消减，未来回到选调单位，我也仍然会时刻关注着下苑村的发展，以期待能为这里做些什么。因为我深知，下苑是一个具有活力的地方，即使现在它的名声还没有那么大，经济还比较薄弱，但它是与众不同的，是具有发展前景的。

附录一　挚友导师团名单

顾　问
艾荫谦　马世青　王珠珠　秦世成　宁秋娅　王之盈
骆芃芃

团　长
徐晓村

副团长
葛长银　夏耀西　蔡海生　吕名礼　张远帆　范大年

首批导师团成员
丁选云　马国玉　王　斌　王　伟　王保福　王义峰
王　睿　林　涵　安文军　刘　冲　纪绍勤　吕建军
齐志明　杜贺君　曲　越　陈明海　陈月棋　陈卫国
张敏学　张昌健　张敬柱　张伟标　张新智　沈立峰
宋　赛　吴林虎　吴海华　李红艳　李　克　杨　薇
范晨辉　钱　芳　侯建勋　胡启毅　骆　骢　高　燕
来栋红　桂银生　徐顺利　康　伟　梁建芬　彭　凌
韩保峰　景　发　蔡　焱　魏红俊

秘书长
彭　凌

副秘书长
易华秀　林燕燕　闫　晗　高　杨　张　星　马学玲
胡鹤鸣　史新杰　时学锋　挚友社在任社长

附录二 挚友社成立四十年（1983—2023）历届负责人名录

主编负责制阶段（1983—1988）	
届　别	主　编
第一届	杜贺君
第二届	任洪斌
第三届	文　成
第四届	武进福
第五届	李　腾
第六届	刘　安

总编负责制阶段（1989—1992）		
届　别	总　编	社　长
第七届	王保福	—
第八届	王　颖、吴林虎	—
第九届	陈月棋	陈月棋（兼）

社长负责制阶段（1992—2023）		
届　别	社　长	总　编
第十届	牛建文	龙　腾
第十一届	张昌健	李青绵、夏耀西、蔡　焱
第十二届	魏红俊	黄剑华

续表

社长负责制阶段（1992—2023）

届　别	社　长	总　编
第十三届	纪绍勤	彭　凌
第十四届	彭　凌	李　克
第十五届	吕名礼	韦贵忠
第十六届	张伟标	周建湘
第十七届	齐志明	杨　薇
第十八届	王义峰	康　伟
第十九届	赵和锋	吴海华
第二十届	刘　冲	闫　晗
第二十一届	吴贵琪	魏　薇
第二十二届	刘胜文	黄　澈
第二十三届	张　星	高晓燕
第二十四届	王路昊	刘重阳
第二十五届	程凯明	马学玲、胡鹤鸣
第二十六届	张　楠	李　想
第二十七届	杨晓煜	汪晶舰
第二十八届	王　旋	张　帅
第二十九届	史新杰	王晓雪
第三十届	杨泽远	耿川迪
第三十一届	金瑶瑶	罗君谊
第三十二届	刘妍雪	刘子宁
第三十三届	贾　柯	张　迪
第三十四届	吴旻泽	刘惠姗

续表

社长负责制阶段（1992—2023）		
届　别	社　长	总　编
第三十五届	李厚诚	时学锋
第三十六届	潘　怡	孔若思
第三十七届	徐石蔚	王伊宁
第三十八届	高　凡	晁茜森
第三十九届	燕苡欣	李　昂
第四十届	甘　婷	刘翎怡
第四十一届	张雨彤	李昕萌

附录三 挚友社图片撷珍

1983年,挚友社初创之时合影

2007年,挚友社在"全国高校十佳社团评比"
中荣列第一名——挚友之约合影

挚友报

《每日新闻》第1000期

"九月风"征文颁奖现场

2023年6月10日,挚友社成立四十周年庆典——为"挚友石"揭幕

2023年6月10日,挚友社成立四十周年庆典——与会人员大合影

2023年,中国农业大学党委常务副书记张东军
为挚友社成立四十周年题写的书法作品

释文:挚友

2023年,中国艺术研究院中国篆刻艺术院院长骆芃芃
为挚友社成立四十周年镌刻并捐献的"挚友"印章墨迹

后　记

阳光很久没有这样明亮，时间里的故事永远不会讲完。

2023年4月，适值母校中国农业大学开启献礼"双甲子"、强农新征程之际，挚友社也喜迎四十华诞。4月8日，在挚友社成立四十周年纪念座谈会上，由挚友社创始人之一、教育部原中央电教馆党委书记、馆长王珠珠首倡的"一本书"活动被提上日程并充分研讨。

6月，王珠珠老师就"一本书"活动专门召开编写组核心成员线上讨论会，开脑洞，集思广益，于是，兼顾人文和科学两翼、聚焦"挚友现象"的"挚友丛书"初见端倪，并就此扩容，由"一本书"变为"一套书"，即本书和《青春的火种》。在6月10日召开的挚友社成立四十周年庆典上，王老师还就"挚友丛书"的编写思路，以及"挚友"所承载的时代意义、社会价值、精神实质等作了精彩的主题发言。

德国著名诗人荷尔德林说："以人的尺度体察人生世界，/尊更高的生命为崇高的意义。"（《更高的生命》）因此，在人生的长河中，追求生命价值的提升是永恒的命题，这也正是本书题旨之所在。

本书的选稿来源主要有两个。一是通过"挚友丛书"征稿启事，征集上来的稿件和约稿110余篇（首），反映了自强不息的挚友人在走入社会之后对社会、对人生、对生命多方面的深入思考和智慧积淀。二是《挚友报》《挚友文学副刊》《挚友文苑》《校园文艺》《北国风》等刊物，它们象征着挚友这条永葆青春的河流意气风发、永唱着青春之歌，一路奔向前方。

后记

本书共分为四辑。辑一"挚友师友经典",旨在致敬多年来关心、支持挚友社成长,对挚友社有深远影响的老师和友人,精选了10位挚友师友代表的名作18篇(首),含散文8篇,诗歌10首。辑二至辑四,重在展示挚友社成立四十年来挚友人在散文、诗歌、小说和报告文学方面的非凡成就,选辑了70余位挚友的各体裁佳作(戏剧除外)103篇(首),含散文59篇、诗歌32首、小说和报告文学12篇。需要说明的是,辑二至辑四的名称要归功于以激情和担当著称的1988级挚友吴林虎的散文《用心灵呼唤生命》、1994级传奇挚友柱子的诗歌代表作《生命情人》,以及后起之秀2009级挚友王晓雪的小说《轻掩红尘》。

《易经》关于君子立言修辞问题,提出了两条原则,一是"言有物",即充实的内容;二是"言有序",即精练的语言形式。本书的选稿原则也大体上肇基于此,侧重于写实,而又不拘泥于过于个人化的情感体验。

当然,我们还有一种潜在的野心,意图通过每辑作品的选择,建构属于挚友人自己的文学谱系。虽不能至,心向往之。

在选稿过程中,我们的心时时被一种青春的激情感动着。在沟通交流中,有的挚友由衷地说,看了自己以前的文章,"发现生活真是最好的老师";有的虽然对作品略有遗憾,但仍满怀热情地支持我们的工作;有的为"吟安一个字"数易其稿,殚思竭虑……可见,无论如何,只要我们用心做过,那过往的将终究会成为我们的财富。青春,是有憾的,也是最美的。

本书具体分工如下:徐晓村老师担任主编,负责本书框架的整体设计、指导和初选篇目的终审等。李克、陈卫国和吕名礼担任副主编,在丛书总主编王珠珠老师和主编徐晓村老师指导下具体开展工作。李克负责稿件的征集和部分约稿,并对征集来的稿件及《挚友报》等刊物中的诗歌和小说作品进行初选;陈卫国负责对散文和报告文学作品进行初选等。

由于本书征稿和审稿时间比较仓促,加之图书篇幅限制等原因,虽然我们多方筹措,尽了最大的努力,遗珠之憾在所难免,恳请广大挚友人给予谅解。为了体现理工科院校特色，入选作品尽可能在作者简介部分简要标注了作者初入中国农业大学所学的专业和年级，但限于资料不足等原因，未能尽善尽美。对书中的这些不足之处，也恳请广大读者批评指正。

  本书得以出版，是广大挚友集体智力支持的结果。其中1994级挚友上海华维可控农业科技集团股份有限公司创始人、董事长吕名礼，以"华地上万物"的实际行动和"维至善初心"的深切情怀回馈挚友，个人慷慨资助本书出版经费五万余元，助推"挚友丛书"的编写、出版；由1999级挚友吴海华和2000级挚友刘冲、闫晗等在挚友社二十周年社庆之际辑录的文集《青春的岁月》，以及2015级挚友时学锋提供的电子版《挚友报》（第1～327期），为我们此次选稿提供了极大的便利；1998级挚友王睿（文艺IT虎）为各辑精心绘制的插画涉笔成趣、意蕴丰盈，给本书增色添彩不少，对此我们深表感谢！

  最后，感恩母校中国农业大学，她的厚德质朴、博学包容让挚友社如沐春风、茁壮成长！感激各位关心、支持挚友社的领导和老师们，你们是挚友社坚守大学校园文化传承的引领者和见证人！祝福奋进不已的历届挚友人，为我们一起走过的无悔青春，为我们是一群追逐太阳的人！

编者

2023年12月